# Die Ostroute

Erzählungen

Andreas Erdmann, Marko Ferst, Monika Jarju u.v.a.

Edition Zeitsprung

# Die Ostroute

Erzählungen

Andreas Erdmann, Marko Ferst,
Monika Jarju u.v.a.

Bibliografische Information durch die Deutsche Nationalbibliothek:
Die Deutsche Nationalbibliothek verzeichnet diese Publikation in der Deutschen Nationalbibliografie; detaillierte bibliografische Daten sind im Internet über http://dnb.d-nb.de abrufbar.

herausgegeben von Marko Ferst
© Edition Zeitsprung, Berlin 2019, 2. Auflage
ISBN 9783741222412

Coverfoto: Marko Ferst

Alle Nachdrucke sowie Verwertung in Film, Funk und Fernsehen und auf jeder Art von Bild-, Wort-, und Tonträgern honorar- und genehmigungspflichtig. Alle Rechte vorbehalten.

Herstellung und Verlag: BoD – Books on Demand, Norderstedt

Andreas Erdmann

# Wolfsjagd

*Firndorf/ Lappland, 2. Mai 1969*

### 1.

Warm war der Schnee ... und rot, leuchtend rot ... getränkt von dem Blut, das sich verströmte und in der kalten Luft dampfte. „Der Bærgelak war's!", sagte mein Vater und beugte sich über das Ren, welches leblos, den Kopf zur Seite geknickt, mit zerrissener Kehle im Harsch lag.
„Welcher Bærgelak?", fragte ich.
„Na, der Grauhund."
„Herrje!", seufzte Mutter, als sie herbeigeeilt kam: „Grauenhaft ... Und schon wieder ein Jungtier." Fassungslos starrte sie auf das braune Kälbchen mit den langen Zotteln: Wie ein Bärenkind schaute es aus.
„Sein drittes Opfer im Lauf von zwei Wochen." Vater erhob sich und blickte der Spur nach, die sich als Abdruck von Pfoten den weißverschneiten Hang hinaufzog: „Doch diesmal schlug Matis ihn in die Flucht!"
„Matis!?" Sie sah mich aus großen Augen an: „Ist das wahr, mein Kind? Bist du so mutig gewesen?"
„O ja, Mutter", gab ich zurück. „Ich lief an den Zaun. Kaum sah mich der Graue, ist er schon auf und davon wie der Blitz."

### 2.

Großvater spannte die Rentiere an und sprach ihnen zu: „Ruhig Blut, ruhig Blut." Denn die Hirsche scheuten, wie immer, die Lenka.
Derweil schabte Mutter mit scharfem Knochen den Raureif vom Schlitten. Und jetzt kam Vater, in seiner Kufte aus Sämischleder; er trug ein Lasso über der Schulter und brachte die Gewehre zur Lade. „Aslak", sagte die Frau zu ihm, „werdet ihr heute den Reißer erwischen?"
„Bestimmt. Er kann nicht weit sein, und wir brauchen ja nur seiner Fährte zu folgen."
„Darf ..., darf ich ... mitkommen?", fragte ich zögernd.
„Unsinn", gab Mutter zurück.
Vater hingegen meinte: „Hm, warum nicht? Du bist bald erwachsen und groß genug für die Jagd."
„Erwachsen!? Assi, der Junge ist nicht mal neun Jahre alt!"
„Och, Mutter, bitte!", drängelte ich.
„Nein, mein Sohn", sagte sie noch, jedoch aus dem Ton ihrer Stimme vernahm

ich bereits ein ‚Vielleicht'. Und als Großvater ihr dann erklärte, auf einer Wolfsjagd könne ich etwas fürs Leben lernen, willigte sie schließlich ein: „Nun gut, Väterchen, aber gebt auf ihn acht und lasst ihn mir nicht aus den Augen!"

Jetzt aber schnell! Ich stürzte ins Haus und schlüpfte in meine Fellbeinlinge. Im Nu zurrte ich mir die Skaller, meine Fellschuhe, mit rotem Band an den Bellingern fest, verschnürte den Pelz und setzte mir meine neue Vier-Winde-Mütze auf.

„Johee! Männer, seid ihr zur Abfahrt bereit?", tönte Großvater vorn auf dem Rentierschlitten.

„Jawohl!", rief Vater, der hinter mir saß.

„Jawohl!", rief auch ich.

„Oi oi hoooh!" Es gab einen Ruck: Die vier Zugtiere setzten sich in Bewegung, und wir, ihren wippenden Geweihen hernach, fuhren voran auf dem Schlitten. Mutter winkte zum Abschied: „Manne dærvan! Fahrt in Gesundheit!"

„Bacce dærvan!" Ich winkte zurück und sah die Frau am Tor zunehmend kleiner und kleiner werden. Bald schrumpfte das Blockhaus hinter ihr zu einem grünen Tupfer zusammen, und um sie herum schrumpften die anderen Hütten und Häuser: Gelb, rot und blau ... Das ganze Dorf, das damals aus gut einem Dutzend Gebäuden bestand, erschien nur mehr wie eine Anzahl von bunten Punkten auf einer papierweißen Fläche.

„Siehst du den Grauen?", rief ich nach vorne.

„I lae, noch nicht", bekam ich zu hören, „aber wir sind ihm rasch auf den Fersen." - Rasch waren wir, ja wir rauschten nur so den fliegenden Rentieren nach. Auf sausenden Kufen schnellte der Schlitten mit uns zwischen Birken einher, durch eine kalte und kühlende Luft, hinaus in die Weite der Vidda. Hier erschien mir der Himmel auf einmal so groß und die Erde so klein und gedrungen. Am Horizont zog eine Raide dahin, und als die letzten umzäunten Weiden der Herden hinter uns lagen, vernahmen wir vor uns, aus einiger Ferne, den hohen Ton einer Joike. Dem johlenden Ruf folgte ein heiseres Hundegebell. Dann tauchten die dunklen, erdfarbenen Zelte ziehender Lappen im milchweißen Firn auf.

„Dort steht der Gubbe!" Großpapa zeigte zum Rand des Zeltdorfs, wo ein kleiner, knubbliger Greis vor einer verfallenen Gamme lehnte. Dies war er also ... Von diesem Mann, den alle nur Gubbe, den Alten, nannten, hatte ich schon gehört: Man erzählte in Firndorf, dass er ursprünglich aus Norwegen stamme - und an die 130 Jahre alt sei!

Mich erinnerte er, wie er jetzt, in seiner rotgrünen Tracht mit der hohen Spitzmütze, durch den schmatzenden Sulz auf uns zugeschlurft kam, an einen urigen Feldtroll: „Mikkel Mikkelsen!", krächzte er Großvater zu, kam näher und grüßte mit heiserer Stimme: „Buore bæive, guten Tag!"

„Ibmel addel", erwiderte Großvater, „Gott gebe den guten Tag!"

„Wollen's hoffen."

„Gubbe, sagt, habt Ihr den Grauhund gesehen?"

„Jei, vor zehn Minuten schlich er am Torf lang."

„Vor zehn Minuten erst?"

„Jei. Jedoch ... jagt das Tier besser nicht", sagte der Alte, sowie er jetzt die Gewehre erblickte, „der Wolf ist ein Freund des Menschen."
„Ein Freund? Er riss uns drei Rentiere!"
Dies sei beklagenswert. „Aber vergesst nicht, wir Menschen nahmen dem Wolf seinen Lebensraum und beraubten ihn seiner Beute. So ist er gezwungen, sich wiederzuholen, was ihm gehört."
„N' ja ..."
„Wenn ihr dennoch hinausfahrt", raunte der Gubbe und kniff die Augen zu furchigen Schlitzen zusammen, „nehmt euch in acht vor dem Sturranoaivi!"
„Ach!?", machte Großvater, wirkte erschrocken.
„Wovon spricht der Mann?", fragte ich Vater.
„Vom Sturranoaivi, dem Großen Kopf", erklärte er mir, „unsere Vorfahren nannten ihn Schneegeist."
„Jei, jei, der Schneegeist ... man hat ihn draußen im Eisfeld gesichtet", griente der Greis. Er stapfte im matschigen Faulschnee herum, bevor er sich jäh zu mir aufreckte und mich aus weit aufgerissenen Augen anstarrte: „Oo, mein Junge, weißt du denn nicht, dass der Schneegeist die weiße Wildnis beherrscht? Gigantisch ist er, weder Mensch noch Tier, und wem er zürnt, dem bringt er den Tod!"
„So ein Unfug, Gubbe!", fuhr Vater ihn an, „erzählt dem Jungen kein Schauermärchen!"
„Im Märchen wohnt Wahrheit", erwiderte er.
Und Großvater drängte zum Aufbruch: „Wir müssen los! Boris, Boris."
„Friede!", wünschte der Gubbe uns noch auf den Weg - was in unserer Sprache ‚Friede vor Wölfen' bedeutet.
„Ja, Friede!"
„Friede!", wünschten auch wir. Großpapa schnalzte den Rentieren zu, und wir zogen hinaus in die Wildmark.

### 3.

Nicht lange, und uns empfing ein heller, fast greller und gleißender Neuschnee. „Merkwürdig", hörte ich Vater, „hier hat der Winter kein Ende genommen." Ja, die Landschaft umher erstrahlte noch immer schlohweiß: Alles erschien so weit und so licht in dieser Jahreszeit zwischen Polarnacht und Mitternachtssonne - man wurde schneeblind und sah sich geblendet.
Nach einer Weile, als sich die Augen ans Helle gewöhnten, ließen sich einige rötliche Inseln im Lichtmeer erkennen. Waren dies Spuren von Blut? Hatte ein Fuchs, ein Schakal oder Bär auf der Flur eine Beute zerrissen? Oder etwa ... „Der Schneegeist?"
„Hör auf damit!", knurrte Vater mich an, „den gibt es bloß in der Legende. Es ist ein Geist, ein Gespenst - bloß ein Hirngespinst, Junge!"
„Und die roten Flecken?"
„Blutschnee ... Roter Staub, den der Wind herantrug."

„Da bin ich beruhigt", erwiderte ich. Der Schlitten zog an; wir glitten hinunter ins Flusstal.

Huiii! ging es jetzt auf das Eis des gefrorenen Flusses hinaus: „Hier ist der Wolf hergelaufen", bemerkte Großvater, „der Länge nach über das Wasser."

Nun harschte der Schnee nicht fest auf dem Eis, und die Hirsche sträubten sich, scheuten das Pulver. Sie warfen die Stangen auf und scherten aus, woraufhin der Schlitten zu schlenkern begann: „Oi oi oi hooooh!", schwang der alte Mann seine Peitsche.

„Ik galga mendu roatta herginad vuoddjet!" rief Vater von hinten: Großvater solle die Rentiere nicht zu hart antreiben.

„Olet väärässä!", rief der auf Finnisch zurück, obschon er wusste, dass Vater nur Sämisch verstand.

„Hör sofort auf, die Tiere zu schlagen!"

„Ich will sie ermutigen."

„Väterchen, nein, du hetzt sie auf! Ein Ren bleibt ein Wildtier, selbst wenn es gezähmt ist."

„Aber ein Rentier ist auch ein Renntier."

„Mensch!", wurde Vater jetzt laut, „dürfte ich dich an Enare erinnern!?"

„Hach! Hast ja recht, mein Sohn", raunzte Großvater, senkte die Gerte und lenkte die Tiere vom Eis in das knirschende Gras.

Alsbald ging es schleppend am Ufer entlang, durch ein buschiges, unwegsames Gelände. Dabei spähten wir ständig zum Fluss, wo wir, nach einer Biegung, die Wolfsfährte aus dem Blick verloren.

„Aiooh!" Wir hielten an.

Die Männer stiegen vom Schlitten, schlüpften in ihre Felljacken. Sie zogen sich Schneeschuhe über und stapften umher.

„Sonderbar", hörte ich Vater vom Rand des Schneebruchs, „hier endet der Abdruck der Pfoten."

„Das kann nicht sein, Aslak!" Großvater tappte durch ein Gesträuch. Er näherte sich einer Gruppe verkrüppelter Kiefern, hinter denen, steil und zerklüftet, eine Moräne mit Wächten aufragte. Mit einem Mal brüllte er: „Da ... da ... das Wolfstier!"

Ich fahre zusammen, falle dabei fast vom Schlitten, wie ich ein Rascheln vernehme und jetzt das riesige Monstrum hinter dem Felsen hervorstampfen sehe: „Himmel! So große Wölfe gibt es!?" Wuchtig stampft der Koloss ins Gehölz. Knackende Äste. Schwirrender Schnee, und vor ihm, im Unterholz, wildes Geschnatter: Flatternd fliegt ein Schwarm Schneegänse auf.

Vater johlte: „Oho, welch ein Brocken von einem Wolf! Er trägt sogar ein Geweih!"

„Ein Geweih?"

„Ja, welch ein Geäst! Nein, ein Elch ist's!"

Wahrhaftig, ein Elch war's! Ein prächtiges Elchtier, das sich mit stechenden Schritten ins freie Gelände davonmachte.

„Unser Tier ist wohl um einiges kleiner", grinste Großvater, sichtlich erleichtert, „allerdings nahm es den gleichen Weg: Dorthinaus verläuft die Wolfsspur!"

Flott ging es weiter. Wir bogen vom Fluss ab und zogen gen Nord in die Finnmark. Die Hirsche im Trab - der Grund stieg leicht an. Die Kiefern umher wuchsen auf. Immer mehr Stämme flogen vorbei. Es gab Zweige mit glasigen Zapfen und feines Geriesel aus flockigen Kissen, als wir in schlängelnden Windungen durch einen dichteren Wald dahinglitten: Hier war ich noch nie gewesen. Oh nein, ich hatte mich niemals so weit von zu Hause entfernt! So groß war die Welt und so fremd: Dort eine Lichtung mit hohen Wehen und Weben wie im tiefsten Winter, und drüben die stämmigen Bäume, die wie menschliche Hünen auf stelzigen Beinen dastanden: „Aak! Aak, aak!", krähte ein Vogeltier von einer Art, die ich nicht kannte. Ein springender Hase, dann schnellten die Bäume zurück in das Holz. Sogleich stoben wir einen geschwungenen Hügel hinab, hinauf und wieder hinunter, und vor uns warf sich das Land zu einer kahlen, blau schimmernden, mächtigen Anhöhe auf: „Das ist der Walrücken", sagte mir Vater.

„Walrücken?"

„Ja, so nennt sich der Berg - nach einer Sage: Es heißt, in der Vorzeit wäre hier ein Polarwal gestrandet."

„Ein Polarwal ... so riesig!?"

„Nun, man sagt, Schneeschicht um Schneeschicht deckten ihn über Jahrtausende ein."

„Wal oder nicht, wir müssen da rauf!", hörten wir Großvater. „Die Fährte verläuft in einer Linie nach oben, gradewegs auf die Kuppe!"

## 4.

Weiß. Weiß war alles weithin, so weit das Aug reichte: Eingeschneit lag das Hochland vor uns, und der Blick verlor sich die Flanken des Berges hinunter und über den Fjell von Schnee und Eis, der sich scheinbar endlos vor uns erstreckte und am Horizont mit einem weißen, von Wolken verschwommenen Himmel in eins überging.

Vater stand bis zu den Knien in einer Schneewehe. Er stellte den Kragen der Felljacke auf, zog sich den Pelz bis unter das Kinn und die zottige Mütze tief ins Gesicht: „Und?", fragte ich in die klirrende Kälte hinein, „kannst du den Grauhund erkennen?"

„Nein. Er scheint verschwunden."

„Und der Abdruck der Pfoten?"

„Vom Wind verweht."

Ich vergrub meine Fäustlinge tief in den Taschen: „So kehren wir um? Fahren heim?"

„Im diede", erwiderte er - was so viel heißt wie: ‚Ich weiß nicht'. In dem Moment löste sich Großvater von unsrer Seite. Er schob seinen Fuß mit dem Robbenfellstiefel einen Schritt weit nach vorn, hob den Arm mit der Flinte und wies rechterhand die Flanke hinunter: „Dort ist er! Seht ihr ihn? Seht ihr den gräulichen Schatten am Bergfuß?"

„Ja!", sagte Vater, und plötzlich sah ich ihn auch, den grauen Tupfer fernab in der Senke.

„Der Wolf", wisperte Vater, „steht einfach da, als erwarte er uns."

„Der Wolf, der Wolf!", rief ich, aufgeregt, aus.

„Stille! Beweg' dich nicht, Matis!", bat mich Großvater. Er ging in die Knie und hob langsam den Lauf seiner Flinte.

Ich sah auf den alten Mann und das Gewehr - in dem Moment fiel mir ein, was der Gubbe uns vorhin gesagt hatte: ‚Jagt das Tier besser nicht. Der Wolf ist ein Freund des Menschen …'

„Großpapa, warte!"

„Pscht!", machte er, ohne den Blick vom Visier abzuwenden.

Laut bellte der Schuss auf und schallte hinaus in die Landschaft. Was geschah drunten am Berg? „Du hast ihn doch nicht getroffen?"

„Sicherlich."

„Nein, Großpapa, schau! Jetzt springt der Wolf auf. Er prescht drauflos und zischt uns davon!"

„Na, ich gebe ihm Zunder!" Hastig, mit zitternder Hand, lud er eine Patrone nach. Er hob das Gewehr, legte an - und feuerte auf den fliehenden Schatten. Das Tier aber schlug einen Haken und jagte hinaus in das glänzende Feld, in dem es vor unseren Blicken entschwand.

„Verdammt!", fluchte Großvater, „hab ihn verfehlt!" Er lud abermals, riss die Flinte nach oben und feuerte blindlings zum Himmel.

„Verscheucht hast du ihn", graunzte Vater.

„Iwo, er war viel zu weit weg. Hättest du ihn denn auf die Entfernung getroffen? Im Übrigen", fragte er mit scharfer Stimme, „Aslak, wo warst du mit deiner Flinte!?"

„Ich ließ sie zurück... auf dem Schlitten."

„Oha, auf dem Schlitten! Du bist mir ein feiner Jäger, mein Sohn!", schrie ihn Großvater an, schnappte nach Luft, brüllte auf Finnisch: „Sinä olet päästäsi sekaisin!"

„Und jetzt?", ging ich, zaghaft, dazwischen, „der Wolf ist fort. Fahren wir wieder nach Hause?"

„Im diede", gab Vater zurück. Doch der alte Mann - „Hrr, von wegen nach Hause!" - zog schon mit stiefelnden Schritten zum Schlitten, kehrte sich noch einmal um und winkte uns zu, ihm zu folgen: „Vorwärts, Männer! Dem Wolf nach!"

## 5.

Vereinzelte Flocken schwebten vom Himmel, als wir auf dem Fahrzeug den Berghang herunter, hinaus auf die Ebene kamen: „Da sind sie ja wieder, die

Tapfen der Tatzen!", sagte Großvater, griff in die Zügel und lenkte die Tiere den Tapfen im Schnee nach.

„Was meinte der Gubbe", gab ich nach vorn, „als er sagte, der Wolf ist ein Freund ...?"

„Er sprach wohl vom Hund."

„O nein, vom Wolf! Er hat auch gesagt, dass wir Menschen dem Wolf den Lebensraum nahmen."

„Hat er das?"

„Ja, und dass wir ihm seine Beute abjagten. So muss er doch unsre Rentiere schlagen!?"

Daraufhin sagte Großvater nichts.

Die Flocken mehrten sich. Ich schob den Kopf in den Nacken und hob meinen Blick zu den bauschigen Wolken: „Sag bloß, du fürchtest dich vor dem bisschen Schnee?", meinte Vater.

„I lae, ach was! Ich mag die Schneeflocken. Sie kommen wie winzige Sterne herunter."

„Wie winzige Sterne, ja ha", lachte er, „wunderbar schauen sie aus, die feinen Kristalle."

Doch nach einiger Zeit, wir waren ein gutes Stück auf den Fjell rausgefahren, zog das Gewölk immer dichter und dichter über uns auf; und die flauschigen Sterne, die uns umtanzten, trübten die Luft und nahmen die Sicht.

„Väterchen!", rief Vater herüber, „siehst du noch die Tapfen?"

„Schwerlich", rief es zurück. „Wenn es so weitergeht, wird uns der Schneefall die Fährte verwischen."

„Zudem wird's bald Abend", ließ Vater verlauten. „Dem Ren, als Nachttier, macht die Dämmerung ja nichts aus ..."

„Aber uns! Wir müssen uns sputen, den Wolf einzuholen."

Der Schneefall nahm zu, und die Hirsche fielen aus dem Galopp in den Trab. Immer langsamer ging es voran. Die Tundra, die an uns vorbeizog, erschien mir bald grau. Wir fuhren im Windschatten; aber auf einmal drehte der Wind, heulte auf und wirbelte uns eine Menge von Pulverschnee, wie eine Wolke von Federn, entgegen. - „Aioooohh!", tönte der Mann an den Zügeln. Die Rentiere trabten sich aus. Wir kamen zum Stehen - und standen in einem fädelnden Griesel.

„Der Niederschlag ... Dazu graut der Abend", Großvater kehrte sich um. „Es macht keinen Sinn, weiterzufahren."

„Also fahren wir heim?"

„Ja, Matis, ja", lächelte er und Vater bekräftigte: „Wenden wir um! und lassen den Wolf für heute Wolf sein."

Großvater suchte, die Tiere zurückzulenken. Doch augenblicklich, als ob der Wind mit uns kreiste, schlug eine frostige Böe auf uns ein und überfiel uns mit heftigem Flockengestöber: „Ich fürchte, es gibt einen Schneesturm!", rief Vater aus. Rasch zog ich mir meine Vierzipfelmütze tief in die Stirn, bedeckte die Ohren und schob die Kapuze herüber. Schon war es, als ob ein Gewölk voller

Schnee, vom Sturmwind gepeitscht, aus dem Himmel hernieder zur Erde fegte und wir uns mitten darinnen befänden: Schroff flatterte uns ein Vorhang von Eisschnee und Graupel entgegen. Das Wetter, so bitterkalt, eisig, verschlug uns den Atem und stach ins Gesicht. Wir sahen nichts mehr. Sahen nichts. - „Väterchen, halt' nur die Tiere im Zaum!", hörte ich Vaters keuchende Stimme im Nacken. - „Ich versuch's ja ... versuch's!", kam es ächzend zurück: „Das Zugren gehorcht mir nicht!" - Über uns schwirrender Hagel. Die Hirsche begannen zu röhren und rissen wie wild an der hölzernen Gabel. Die Stangen knarschten. Ruckartig zog uns der Schlitten voran. - „Festhalten, Männer!", schrie Großvater auf: „Festhalten, festha---" Da preschten die Rentiere los. Sie warfen sich mitsamt dem Schlitten nach vorn und rasten hinein in den tobenden Schnee. Wir stürmten ins Eis und stürzten bald hierhin, bald dorthin: Aus allen Richtungen peitschte der Sturm auf uns ein, kam mit Körnern von Hagel, mit Grau- und Braunschnee und Schlacker und Schloßen. - Blitzte es etwa? Ich riss meinen Kopf herum und sah im prasselnden Dunkel, in einiger Höhe schräg über dem Schlitten, so etwas wie ein riesiges, feuerrot flammendes Auge aufblitzen! - ‚Nehmt euch in acht vor dem Sturranoaivi!' klingt mir auf einmal die warnende Stimme des Gubben im Ohr. ‚Gigantisch ist er, weder Mensch noch Tier, und wem er zürnt, dem bringt er den Tod!' - Urplötzlich, ich erschrecke zutiefst, vernehme ich in der Höhe ein Fauchen! Ist es der Sturm? Oder ist es der Schneegeist, der über uns wütet? Ich starre nach oben, in einen brausenden, pechschwarzen Schlacker, und schlagartig ist mir, als blicke ich geradewegs in einen weit aufgerissenen Rachen! Der Schneegeist! Da! Sind das nicht seine fletschenden Zähne!? Die scharfen, blinkenden Reißzähne, ja! ... Zähne wie von einem Untier, so ungeheuerlich groß, dass es uns mit dem Schlitten zerreißen und uns allesamt in einem einzigen Bissen verschlingen könnte! Hrrrr, mich packt die Angst. - Nei- neinein, sag ich mir, bibbernd: ‚Es ist ein Geist', hat Vater gesagt, ‚ein Gespenst - bloß ein Hirngespinst.' - „So lass mich in Ruhe!", schreie ich lauthals drauflos: „Verschwinde, verschwinde!" Doch lauter, viel lauter als meine, im Schrei sich überschlagende Stimme, ja ohrenzerberstend ertönt das Fauchen rings um uns her. Es ist ein einziges Tosen und Toben - jetzt wieder ein Lichtblitz! Abermals, wie im flackernden Feuer, das riesige, flammende Auge! Gleich darauf rollt in der Höhe ein Donner heran und zieht grollend und dröhnend über uns hin. Ich verstumme. Ich presse die Augen zusammen, kralle mich mit beiden Händen ans Sitzbrett und drücke mich fest in Großvaters Rücken. Derweil hält mich Vater von hinterrücks mit beiden Armen umschlungen. Ich spüre sein Zittern und Beben aus nächster Nähe und höre ihn wimmern: „Ibmel, oh Gott, steh uns bei!"

## 6.

Ich weiß nicht, wie lange die Höllenfahrt ging. Es kam mir wie eine Ewigkeit vor, bis der Eissturm erstarb und das Lärmen sich legte. Abrupt kam das Fahrzeug zum Stehen. Ich atmete auf, schälte den Kopf mitsamt der Mütze aus der vereisten Kapuze, spitzte die Ohren und horchte - hörte vorn am Gespann das Schnauben und Schnaufen der Tiere. Großvater keuchte, und Vater drückte mich an sich und hauchte: „Gottlob, das Kind ist gerettet!"

Ich wischte den Schnee aus meinen verfrorenen Augen, öffnete langsam die Lider: Im ersten Moment war ich erschrocken, als ich bemerkte, dass uns die Nacht ereilt hatte: Die Erde ringsum dämmerte finster; nur ferne am Horizont, wo der Tag abgetaucht war, brannte die Sonne noch rötliche Schlieren in den schwarzen Schnee. Über uns waren die Wolken zerrissen: Wie durch ein himmlisches Fenster sah ich nun Sterne um Sterne aufblinzeln.

„Vater, wo sind wir hier?"

„Weiß nicht, mein Junge." Er löste sich von meinem Rücken und stieg vom Schlitten, klopfte den Schnee von sich ab. Dann schlurfte er nach vorn zu den Tieren, die völlig verstört in der sternendurchfunkelten Nacht herumstanden.

Auch Großvater schälte sich von der Decke, erhob sich und meinte: „Ich schätze, es hat uns weit in den Norden verschlagen."

„Wie weit?", wollte ich wissen.

„Wer weiß, vielleicht bis ans Nordmeer?"

Ans Nordmeer. Ach was! Großvater flunkerte ...? Während er sich Vater zuwandte, rutschte ich bis zum hinteren Ende des Schlittens vor und spähte hinaus in die nächtliche Landschaft. Da war mir, als ob ich, in einiger Ferne, zwischen zwei schattigen Felsen ein Schimmern gewahrte: Rührte es von einem Wasser? Erstreckte sich hinter den Klippen das Meer? Ich stemmte mich auf und entdeckte, wie dort, an der felsigen Kante, hellschimmernd der Mond aus seiner himmlischen Tiefe auftauchte. Und vor dem steigenden Mondlicht erkannte ich jetzt einen pechschwarzen Umriss: Das war ... das war doch ... ein Wolf!!!

Ich fuhr herum zu den Männern: „Pst! Dort steht der Grauhund!"

„Matis--!"

„Vater, beweg dich nicht!"

„Boatte deiki! Komm her!"

Nein, das sei zu gefährlich, hörte ich Großvater: „Bleib besser da, wo du bist, Junge! Nimm dir, vorsichtig, ein Gewehr von der Lade!"

Ein Gewehr? Sollte ich etwa ...? Ich streifte die Handschuhe ab, fingerte über das Brett in die Kiste, bekam etwas Hartes zu packen und zog es langsam hervor: Großvaters uralte Schrotflinte.

„Prima! Mach es so, wie ich's dich lehrte!", fisperte Großvater.

Daraufhin lud ich eine Patrone, entsperrte den Riegel, schaute auf - sah, wie sich der Wolf auf dem Felsen regte: Er stellte sich auf die Vorderläufe, streckte den Hals und reckte sein Haupt: Befremdlich, beinahe gespenstisch kam er mir vor, wie er über der runden Scheibe des Mondes auftrage. Warum läuft er nicht fort? dachte ich. Er müsste längst meine Witterung aufnehmen. Ob er mich beobachtet?

„Worauf wartest du?", zischte mir Großvater zu. „Pirsch dich heran!"

„Ja, überwinde dich, Matis!", flüsterte Vater. „Irgendwann ist es für jeden Jäger das erste Mal ..."

Ich schob mich hinter den Schlitten. Dann robbte ich bäuchlings, die Flinte umklammert, durch den schwarzen Schnee. Dabei bewegte ich mich, auf dem Pelz und den Fellhosen, nahezu lautlos. Wie ein Raubtier, das sich an eine Beute ranpirscht, kam ich näher - und hielt plötzlich inne, verharrte im Dunkel. Mir stockte der Atem, als der Wolf mit dem Kopf in die Höhe schnellte. Er schüttelte kurz seine Lefzen, sperrte das Maul auf und fing an zu heulen. Unheimlich war dieser langanhaltende Laut, der wie ein Klagelied in die Nacht hinaus tönte.

Ich löste mich, hob mich auf die Knie, nahm die Waffe und hievte sie mir an die Schulter. Ich sah durch den Sucher, peilte auf Kimme und Korn an: Wie prächtig er war ... ein herrliches Tier! Sein Fell glänzte silbern im fahlen, flimmernden Mondlicht. Ob es ein Silberwolf war? - Ich spürte, wie mein Finger am Abzug zu zittern anhob: Nein, ich will nicht abdrücken! sagte ich mir: Der Wolf ist ein Freund. Man muss ihn schützen.

„Jetzt, Junge!" - „Nutz die Gelegenheit", hörte ich die beiden Männer. Und ehe ich mich versah, löste sich der Schuss wie von selbst. Ein gellender Knall. Ich verspürte den Rückstoß der Flinte. Der Schuss hallte noch von den Steinen wider - das Heulen war jäh verstummt. Der silbrige Schatten schnellte herum und sprang nach hinten weg in das Licht, hinein in den leuchtenden Mond. Ich hatte ihn nicht getroffen! Jedoch vor dem gähnenden Dunkel der Felskluft regten sich auf einmal weitere Schatten! Das war ja ... ein Rudel von drei, vier, sechs Wölfen! Eines der Tiere bäumte sich auf. Es taumelte, während die anderen flohen - kippte nach vorne, stürzte vom Felsen hernieder und schlug, wenige Schritte vor mir, auf das Eis.

Ich war erstarrt. Ich saß wie versteinert, vernahm noch ein flüsterndes Säuseln des Windes und dann die Stimmen der beiden Männer, die jubelnd und joikend auf mich und den toten Wolf zugerannt kamen. In mir aber war eine furchtbare Stille.

## 7.

Die Heimfahrt schien kein Ende zu nehmen. Die Hirsche trotteten durch die arktische Nacht, und wir, auf dem Holz, hockten fröstelnd und schlotternd unter den Decken.

Irgendwann tanzte das Nordlicht über die Vidda. Es flackerte uns mit seinen gelblichen, grün bis bläulich umrandeten Bögen entgegen, die von links nach rechts über den Horizont huschten und hinter sich die Sterne verschluckten. Mal flammte es auf, mal schien es in sich zusammenzufallen. Dann näherte sich uns ein anderes Feuer - es rührte von einer lodernden Fackel: „Da seid ihr ja endlich!", rief Mutter uns zu, als sie uns auf dem Dorfweg entgegeneilte. Mit ihr kamen Männer des Dorfes gelaufen: „Wo bleibt ihr!?" - „Was fahrt ihr so spät durch die Nacht?"

Großvater bremste das Rentiergespann. Wir stiegen vom Schlitten, woraufhin sich die Leute im Kreis um uns scharten: „Habt ihr den Grauhund erwischt?"
„Ja, seht ihn euch an!" Vater zeigte nach hinten. Da sah man das Tier, mit dem Lasso verschnürt, rücklings auf dem Brett und alle Viere von sich gestreckt: Die buschigen Ohren, die rundliche Spitze der Schnauze. Das Maul mit der hängenden Zunge zwischen den scharfen, kantigen Zähnen. Dazu ein Augenpaar, das mich erschauern machte: Der Blick ging mir durch und durch.
„Der ist aber mager!", bekam man zu hören. „Mickrig!" - „Ein schmächtiges Kerlchen!"
„Ja, aber ... ratet mal, wer ihn erlegt hat!"
„Sag es schon, Mikkelsen!"
„Na, unser Matis!", verkündete Vater jetzt stolz und nahm meinen Arm, riss ihn in die Höhe wie bei einem Helden.
„O mein großer Sohn!", strahlte Mutter mich an: „Nun ist er ein starker und mutiger Jäger!"
„Bravo! Bravo!", gaben die Männer Applaus. Ich aber senkte mein Haupt vor den Leuten und starrte zu Boden: Junge, du hast ein Tierkind getötet! schoss es mir durch den Kopf, bevor mir die Tränen aufs Fell hinabtropften. Und leise, so leise, dass mich wohl niemand verstand, hörte ich jetzt meine Stimme aufschluchzen: „Er war unser Freund ... ein kleiner Wolfsjunge, fast noch ein Kind, so wie ich."

*Nachbemerkung*

*Heute ist Matis A. Mikkelsen Vorsitzender einer namhaften Tierschutz- Organisation. Er kämpft für den Fortbestand der Wildtierpopulation im skandinavischen Großraum, insbesondere für ein striktes Abschussverbot für die wenigen, in diesen Tagen noch freilebenden Wölfe.*

Marko Ferst

## Der Freund und das Fensterkreuz

Zwischen einigen Hügeln und einem See eingebettet und von mehreren Seiten durch morastige Seggewiesen und kleine Erlenwäldchen begrenzt, lag das heimatliche Dorf. Hinter Ziegeldächern stieg langsam die wärmende Morgensonne empor.

Reinholt Domke schloß die Eingangstür seiner Tischlerei auf und ließ sie weit aufgesperrt stehen. Außerdem öffnete er mehrere Fenster, damit die stickig warme Luft vom Vortag angenehmer Kühle wich. Dann ging er in sein Büro und zog sich Arbeitskleidung an.

Verborgen in halbhohen Tannen, einer Gruppe ausgewachsener Birken, auf Stromleitungen sitzend und anderswo zwitscherten Vögel unentwegt. Eine Schwalbenmutter flatterte zurück zu ihrem Kugelnest unter der Dachrinne der Werkstatt neben der Tür und brachte ihren mit weit aufgerissenen Schnäbeln schniependen Jungen Futter.

Fast gleichzeitig kamen der Altgeselle mit seinem hellblauen Trabant und der Lehrling auf dem Fahrrad durch das Tor gefahren. Etwas später, kurz vor Arbeitsbeginn, raste Heinz, der jüngere Geselle, mit seinem Motorrad durch die Einfahrt auf den Holzplatz. Er drehte eine scharfe Kurve, eine aufgewühlte Spur blieb zurück, abrupt bremste er, stieg ab und stellte sein Fahrzeug unter das Vordach neben den Trabant des Altgesellen. Als Heinz dem Meister die Hand gab, meinte dieser zu ihm: „Nächstens werde ich dir eine Harke in die Pfote drücken, wenn du so wie eine besengte Sau fährst!" Heinz verzog keine Miene.

Nach der Frühstückspause besprach der Meister mit dem Altgesellen den Bau in der Friedrichstraße Nummer neun. Dort sollten sämtliche Fenster ausgewechselt werden. Den Lehrling wollte er ihm mitschicken. Bald darauf luden der Meister und der Junggeselle die Fenster auf den Autoanhänger und verschnürten sie mit Stricken. Stephan, der Lehrling, packte das fehlende Werkzeug in die Baukiste, schnitt Keile an der Bandsäge, füllte sie in ein kleines Säckchen und legte alles in den Kofferraum des dunkelgrünen Lada. Alle stiegen ein, nachdem der Meister alte Decken über die Sitze gelegt hatte. Reinholt Domke fuhr recht langsam, denn auf der holprigen Straße konnte es leicht passieren, die Fenster verrutschen und könnten beschädigt werden. Der Lada glitt an den Dorfeichen vorüber. Gesprenkelt flutete das Sonnenlicht unter den Baumkronen auf die schmutzige Frontscheibe, glitt wie ein reißender Strom über das Fahrzeug hinweg. Binnen weniger Minuten erreichten sie das betreffende Haus. Der Meister gab Heinz und Stephan noch ein paar Hinweise, koppelte dann den Hänger ab und fuhr seinen Wagen eilig zur Werkstatt zurück.

Heinz meinte salopp zum Lehrling: „Ich dachte schon, der Alte will mit einbauen helfen. Hat aber glücklicherweise noch wat besseret zu tun und det is och gut so. Der kann bleiben, wo der Pfeffer wächst, nich."

Stephan nickte zustimmend.

An der Fassade des grauen Hauses hatte sich hier und da der Putz gelöst, rotes Mauerwerk lugte hervor. Das Glas der Hoflampe war zerbrochen. Von den Fenstern blätterte überall die dreckig weiße Farbe ab. Nur der Vorgarten war gepflegt.

Mit zwei der Fenster, die sie jetzt auswechseln würden, verband sich eine unheilvolle Geschichte. Stephans Freund hatte einst in diesem Haus gewohnt. Karsten hieß er. Fast versunkene Erinnerungen trieben Stephan ins Bewußtsein. Mühsam versuchte er sich sein Gesicht vorzustellen. Er wußte zwar noch, strohblonde Haare und braune Augen hatte er, aber die einzelnen Züge wollten kein Bild mehr ergeben.

Als Karsten und Stephan in die dritte Klasse gingen, ist das damals passiert, in der Nacht nach dem Abschlußfest des Schuljahres. Karsten kam danach nicht mehr zur Schule. Stephan dachte, er sei krank, bis seine Mutter ihm erzählte, was sich zugetragen hatte. Nachts konnte Stephan damals keinen Schlaf finden, drehte sich von einer Seite zur anderen im Bett und träumte davon, wie er Karsten der Gefahr entriß.

Schrill läutete die Schulklingel, die jetzt den Unterrichtsschluß ankündigte. Die Lehrerin verabschiedete sich von den Schülern, nahm das Klassenbuch unter den Arm, griff ihren rotbraunen Aktenkoffer und verließ den Raum. Die Schüler packten ihre Sachen ein, stellten die Stühle hoch, nahmen ihre Taschen und griffen ihre Jacken auf dem Flur. Wie eine bunte Herde strömten die Kinder von den Klassenräumen zum Schulgebäude hinaus. Einige gingen zum Hort, andere nach Hause. Die im Nachbarort wohnten und nicht den Hort besuchten, liefen zur Bushaltestelle hinüber.

Karsten war in dieser Woche für den Ordnungsdienst eingeteilt. Er wischte die Tafel ab, fegte den Klassenraum aus und entleerte den vollen Papierkorb in den Container. Dabei ließ er sich Zeit, denn der Bus fuhr erst in einer halben Stunde. Stephan hatte inzwischen seine Schulmappe an den Zaun gestellt und wartete auf den Schulbus. Auf den Boden blickend träumte er vor sich hin.

Plötzlich kamen Swen und Marcel auf ihn zu. Er wich zurück. Swen nahm Stephans Mappe und schleuderte sie auf die Straße. Ingo rannte herbei, hakte den Riemen aus und schleifte sie hinter sich her. Stephan lief auf Ingo zu. Dabei verpaßte ihm Swen von hinten einen kräftigen Fußtritt und schubste Stephan danach so, daß er vornüber auf den Bürgersteig stürzte. Ingo lachte laut. Langsam stand Stephan wieder auf. An seinem rechten Ellenbogen sickerte Blut hervor. In ihm kochte alles vor Wut.

Marcel schritt auf Stephan zu und meinte übermütig zu ihm: „Haste schon mal jesehen, wie meine Faust mit Überschallgeschwindigkeit in deinen Mund rutscht, du Scheißhausfliege!"

Stephan entgegnete deutlich aber halblaut: „Laß mich in Ruhe!"

Er hatte es noch nicht ausgesprochen, da schlang Marcel schon den Arm um seinen Kopf und drückte ihn an seinen Körper. Stephan stieß mit seinem Fuß leicht gegen Marcels Wade. Darauf schrie dieser: „Na warte, dir werde ich´s schon zeigen, du Mistvieh!"

Mit seiner körperlichen Masse hatte er es leicht, Stephan auf den Boden zu zwingen. Beide sühlten sich im Dreck. Schnell gewann Marcel die Oberhand und drehte Stephan den Arm auf den Rücken. Keuchend zischte Marcel zu Stephan: „Wir werden schon unseren Spaß an dir haben!"

Stephan schwieg. Sein Herz klopfte wild.

„Los steh auf", kommandierte Marcel ihn. Zögernd erhob er sich. Gedanken stürzten ihm wild durch den Kopf. Mit einem Ruck versuchte er sich loszureißen, doch Marcel hielt ihn sicher im Griff. Auf dem gegenüberliegenden Bürgersteig lief die Mathelehrerin vorbei. „Wenn die dusslige Zicke weg is, geht's weiter", raunte ihm Marcel mit lächelndem Gesichtsausdruck zu.

Kurz darauf sprach Swen zynisch: „So, jetzt wirst du schön ein bißchen Medizin schlucken. Komm schön her! Rizinusöl schmeckt ausgezeichnet! Komm lecker, lecker!"

Marcel und Ingo drängten Stephan im Wartehäuschen an die Wand. Swen schraubte den Deckel des braunen Fläschchens auf. Ingo versuchte Stephans Mund zu öffnen. Hartnäckig wehrte sich Stephan.

„Machst du deine Fresse bald auf", fauchte Marcel.

Nach einigen Fehlversuchen schaffte es Ingo. Langsam gluckerte ein wenig Rizinusöl in Stephans Mund. Mit aller Kraft versuchte sich Stephan noch einmal loszureißen. Dabei biß er Swen in den Unterarm. Das Fläschchen fiel ihm aus der Hand und zerbrach dumpf klirrend auf dem Betonfußboden.

„Ach, du Scheißer du", stöhnte er wütend. Blitzschnell boxte er Stephan mehrmals in den Bauch. Stephan krümmte sich. Er bekam keine Luft. Als er sich erholt hatte, gelang es ihm zu entwischen.

„Das ist vielleicht ein Feigling", rief Swen ihm hinterher.

„Feigling, ein Feigling", stimmten auch die anderen beiden ein.

Swen ergänzte grinsend: „Verjeß nicht dir nen Privatklo zu mieten!"

Stephan machte, daß er davonkam. Angst und Eckel spürte er in sich. Die Knie zitterten. Er versuchte sich zu übergeben. Es kam nichts. Aus der Abschürfung trat immer noch neues Blut hervor. Als er sich kurz umdrehte, sah er, wie sie seine Mappe in eine Mülltonne stopften. Schnell rannte er weiter zur Schule hin. Nachdem sie ihn nicht mehr sehen konnten, wischte er sich die Tränen aus dem Gesicht.

Karsten malte mit einem fast aufgebrauchten Kreidestück Fratzen an die Tafel. Er hörte Schritte. Hoffentlich ist es kein Lehrer, dachte Karsten. Aufmerksam lauschte er. Dann kam Stephan durch die Tür herein.

„Hast du mich erschreckt, ich dachte schon, jetzt ist die nächste rote Eintragung im Hausaufgabenheft fällig."

Karsten nahm den Schwamm, machte ihn unter dem Wasserhahn naß und wischte die Tafel ab.

„Weshalb bist du eigentlich gekommen?" wandte er sich zu Stephan.

„Hab mal wieder Ärger", antwortete er gedämpft.

Karsten nahm die Abschürfung wahr und kratzte sich am Hinterkopf. „Geh doch zu nem Lehrer."

„Lieber nich."

„Na ja, das mußt du selbst wissen. Eigentlich hast du ja recht, das nützt eh nix."

Stephan erzählte ihm, daß sie seine Mappe in die Mülltonne befördert hatten. Als beide den Klassenraum verließen, sagte Karsten: „Paß auf, wir werden folgendes machen. Ich gehe zur Haltestelle. Wenn der Schulbus kommt, hole ich die Mappe aus der Tonne und du kommst hingeflitzt. Oder warte mal, ich hab noch eine bessere Idee." Sie tuschelten miteinander und heckten einen anderen Plan aus.

Stephan ging vom Schulhof. Ihm fingen die Knie schon wieder an zu zittern. Langsam schritt er auf die Haltestelle zu.

Swen grölte schon von weitem: „Ach wer kommt denn da, unser kleiner Toilettentieftaucher, Freund Milchtüte!"

Stephan entgegnete ihm barsch: „Halt deine Fresse, du Arschloch!"

Swen hielt sich eine Hand vor die Stirn: „Wir werden dir dein großes Maul schon stopfen! Hier Muskeln müßte man haben, Muckis", und wies auf seinen rechten Oberarm. „Aber beißen tuste wie en Weib, du dreckige Mistsau!"

Zusammen mit Dirk und Mirko, die gerade von der Essenhalle zurückgekommen waren, schwatzten die Drei. Auf einmal blickten sich alle zu Stephan um und rannten auf ihn los. Stephan flüchtete so schnell er konnte, bog in die Bungalowsiedlung ein, rannte den staubigen Weg entlang, bis er zu der mannshohen Kiefernschonung kam und verschwand in ihr. Er stürmte durch einen ganzen Waldabschnitt, überquerte einen Weg und kauerte sich unter einem dichten Holundergebüsch zusammen.

Die fünf Jungen hatten Stephan gerade noch in das Waldstück flitzen sehen. Am Waldrand wies Swen an, jeder solle ein Stück weiter das Dickicht durchkämmen. Wir werden dich schon kriegen, dachte Swen erregt.

Es verging eine ganze Weile, bis Stephan in der Nähe trockene Zweige knacken hörte. Er schmiegte sich dicht an den Moosboden. Eine Ameise krabbelte an seinem Arm hinauf. Mit seinem Zeigefinger schnippte er sie weg. Grashalme kitzelten an seinem Hals.

Ingo kam aus dem Wald heraus. Kurz darauf erschienen auch die anderen. Stephan spürte, wie sein Herz laut pochte und die Wangen heißer wurden. Es schien ihm, als ob Swen vom Weg aus direkt auf ihn zulief. Immer näher und näher ... doch er ging vorbei. Stephan war erleichtert.

Karsten holte die Schultasche aus der Mülltonne und versteckte sie, währenddessen Stephan verfolgt wurde. Behend griff er zwei andere Mappen, öffnete den Mülltonnendeckel und stopfte sie hinein. Zwei andere schmiß er in den Blumengarten eines angrenzenden Grundstücks. Eine landete mitten auf einer Rosenstaude. Sie brach auseinander. Die letzte schleuderte er auf das Asbestdach des Wartehäuschens. Ungesehen stahl er sich zum Schulhof zurück.

Die Mädchen, die vor der Essenhalle Gummihopse spielten, gingen, kurz bevor der Bus kam, zur Haltestelle. Als er zischend und schniefend hielt, huschten zwei Lehrer eilig von der Schule zum Bus hinüber. In den Bus eingestiegen fragte sie der Fahrer, ob noch jemand kommen würde. Einer der Lehrer antwortete: „Wer jetzt nicht da ist, hat Pech gehabt."

Der Fahrer drückte auf einen Knopf, und die Türen schlossen sich. Der Bus fuhr an, aus dem Auspuff stieb eine schwarze Rußwolke. Swen, Marcel, Ingo, Dirk und Mirko liefen gerade den Weg zurück, als sie den Bus vorbeifahren sahen. „Scheiße", meinte Ingo, „jetzt ist der Bus weg."

Swen regte sich lautstark auf: „Wenn wir das Schwein morgen kriegen, machen wa kurzen Prozeß, denn weß er nich mehr wat vorne und hinten is!"

An der Haltestelle trauten sie ihren Augen nicht, die Mappen waren weg. Fluchend suchten sie sie.

Ob der den Bus etwa trotzdem erreicht hat, dachte Swen bei sich. Darauf spie er: „Der soll sich bloß morgen nicht zur Schule trauen, denn isa dran und kricht die Fresse poliert." Die anderen schwiegen. Zügig gingen sie die Strecke zu Fuß nach Hause. Als sie außer Sichtweise waren, folgten ihnen Karsten und Stephan.

An manchen Tagen fühlte sich Stephan schon beim Aufstehen schlecht. In der Schule war er froh, wenn er wieder eine große Pause auf dem Hof überstanden hatte, ohne daß irgend jemand ihn ärgerte. Weder Lehrer noch seine Eltern konnten ihm wirklich helfen. Maßregeln half immer nur zeitweise. Seit Stephan sich mit Karsten hielt, war es nicht mehr ganz so schlimm. Nur noch selten wurde er schikaniert.

Die Fenster im Flur, im Bad, in der Schlafstube und im Kinderzimmer hatten Heinz und Stephan fertig eingesetzt.

Heinz stöhnte: „Puh, ist das eine Hitze heute." Ungeschickt kramte er aus seiner Hosentasche nach seiner Uhr. „Kurz vor halb eins, komm wir machen erst mal Pause", meinte er zu Stephan und ließ die Uhr zurück in die Tasche gleiten. Die Mieterin, die ihnen in den letzten Minuten zugesehen hatte, bot ihnen Platz in der Küche an. Beide holten ihre Brotbüchsen hervor.

Die Mieterin fragte: „Wollen Sie etwas trinken – Cola, Limo, Bier oder Kaffee?"

Heinz und Stephan antworten fast gleichzeitig: „Cola." Heinz fügte hinzu: „Aber kühl, wenn möglich."

„Noch irgendwelche Sonderwünsche?"

Heinz erwiderte: „Eigentlich nicht."

Sie stieg in den Keller hinunter und brachte die Cola.

Nach der Mittagspause wechselte Heinz das Fenster in der Wohnstube und Stephan das in der Küche aus. Stück für Stück meißelte Stephan das Fenster aus dem

Mauerwerk frei, bis es sich endlich entfernen ließ. Dann löste er die Verankerungen des alten Rahmens und schlug sie mit dem Hammer krumm. Auf seinem Kopf juckten Körnchen von abgeschlagenem Putz, und unter seinen Achselhöhlen spürte er frischen Schweiß. Die brütende Hitze machte jeden Handgriff zur Qual.

Stephan nahm den alten Fensterrahmen heraus. Dreck rieselte ihm unter dem Hemd den Rücken hinunter. Für einige Augenblicke starrte er auf das Fensterkreuz und dachte über Karsten nach. Hier war es also. Was mochte Karstens Mutter Veronika Febarn in die Enge getrieben haben? Was mag durch ihren Kopf gegangen sein, überlegte er?

Stephan brachte den Rahmen aus dem Haus und stellte ihn zu den anderen an einen halb verfallenen Schuppen. Danach trug er die alten Fensterflügel hinaus.

Als Stephan die neuen Rahmen in der Küche einsetzte, half ihm Heinz beim Verkeilen. Anschließend bohrte Stephan die Löcher für die Moniereisen in den Fensterrahmen. Einmal traf er nicht genau die Fuge zwischen den Steinen in der Wand. Außerdem schnitt er die Eisenstifte mit dem Bolzenschneider etwas zu lang ab. Nur mit Mühe verschwanden die Stifte im Holz, ohne daß sichtbare Abdrücke verfehlter Hammerschläge zurückblieben. Endlich fertig verkittete er die Bohrlöcher und setzte die Flügel ein. An einem Falz mußte er noch einmal etwas nachhobeln. Dann paßte alles. Zuletzt setzte er noch das Fensterbrett ein. Nur schleppend langsam näherten sich die Zeiger seiner Uhr der Feierabendstellung, so als ob eine unsichtbare Kraft sie beständig aufhielte.

Vier Jahre nach dem Krieg kam Veronika zur Welt, und es dauerte nicht lange bis ihr Vater gen Westen in den anderen Teil Deutschlands entschwunden war. Seit dieser Zeit hatte sie nie wieder etwas von ihm gehört. So wurde sie von ihrer Mutter allein großgezogen. Dabei hatte diese allerlei Mühen zu überstehen, denn Veronika setzte zumeist ihren eigenen Kopf mit Erfolg durch. Ihr nicht gerade ungelenkes Mundwerk leistete dabei oft gute Dienste.

Nach der Schule begann Veronika eine Lehre als Verkäuferin, doch bevor sie diese beenden konnte, zog sie zu ihrem Freund nach Berlin und brach die Lehre ab. Kurze Zeit später heiratete sie ihn und brachte ihr erstes Kind zur Welt, ein Mädchen. Sie nannte es Claudia. Doch um ihre Ehe war es nicht zum Besten bestellt. Immer öfter blieb ihr Mann bei Saufgelagen hängen, das Geld wurde knapp und zuweilen kam es sogar vor, daß er sie im Elan seines Rausches verprügelte. So nahm sie Gelegenheitsarbeiten an, um zunächst erstmal an eigenes Geld zu gelangen. Viel verdiente sie nicht. Erst durch eine Halbtagsstelle in der nahegelegenen Kaufhalle konnte sie die unmittelbare Finanznot etwas dämpfen. Dort lernte sie auch Moni kennen. Wenn Veronikas Mann mal wieder über die Stränge schlug, wohnte sie oft für etliche Tage bei Moni in der Wohnung. Ihre Freundin hatte es geräumig und sich gemütlich eingerichtet. Sie konnte es sich leisten. Ihre Arbeit in der Kaufhalle war das eine, das Geld, das sie im Hotel verdiente, das andere. Mit den Männern ließ sich dort ein guter Schnitt machen, besonders das westliche Geld rechnete sich.

Es ergab sich die Gelegenheit, daß Moni und Veronika zusammen zum Hotel gingen. Es fanden sich Wege, auch für Veronika Einlaß zu erhalten. Der Barkeeper bekam seinen Obolus. Nach und nach wurde es auch für Veronika üblich, die Haushaltskasse auf diese Weise kräftig aufzustocken. Sie nahm sich eine eigene Wohnung und ließ sich von ihrem Mann scheiden, doch sein horrender Alkoholgenuß hinterließ selbst bei ihr Spuren. Auch sie fand Gefallen an diesen und jenen Getränken alkoholischer Art, in ihrem lukrativen Hotelnebenverdienst hatte sie ständig eine gute Auswahl.

In einem Tanzlokal lernte sie ihren zweiten Mann kennen. Um ihre neue Liebe nicht aufs Spiel zu setzen, beschränkte sie sich darauf, hin und wieder den ein oder anderen Stammfreier zu besuchen, natürlich ohne Wissen ihres Freundes. Erst als ihre heimliche Nebenarbeit beinahe einmal aufzufliegen drohte, ließ sie von ihr ab. Es dauerte nicht lange, und sie heiratete Herbert Febarn. Kurz danach zogen sie hinaus aus der Stadt. Sie begann als Frisöse ganztags zu arbeiten, setzte jedoch bald eine Zeit lang aus, weil Karsten, ihr zweites Kind, auf die Welt kam. Für etliche Jahre zog ganz normaler Familienalltag ein.

Irgendwann hatte es dann begonnen. Immer wieder schlichen sich kleine Streitereien in den Alltag ein. Im Betrieb wollte man Herbert auf Montagearbeit schikken, und er selbst wollte es auch, weil er dabei weitaus mehr verdienen konnte als bisher. Veronika paßte das nicht, sie sagte es nicht direkt, ließ es ihn aber spüren. Allmählich lebten sie sich auseinander. Herbert fing an, mehr seine eigenen Wege zu gehen. Er traf sich mit alten Freunden, die er lange nicht gesehen hatte, und kam auch mal ein Wochenende gar nicht nach Hause. Sie fing an, wieder stärker zu trinken. Er konnte das nicht ausstehen. Später kamen dann Seitensprünge dazu, beide hatten ihre Affären, und es ließ sich am Ende nicht mal sagen, wer den Stein ins Rollen brachte. Zwar blieben sie weiter verheiratet, doch Herbert suchte sich in der nahegelegenen Kreisstadt eine eigene Wohnung, und sie sahen sich nur noch selten.

Veronika begann wieder ihrem lukrativen Gewerbe nachzugehen. Jedoch lief es nicht mehr so gut wie vor Jahren. Jetzt nahm sie auch Freier, die sie vormals brüsk abgewiesen hätte. Ihr Körper hatte die jugendliche Anziehungskraft längst verloren. In ihrem alten Hotel bekam sie keinen Zutritt mehr, sie war zu alt. Nach und nach schaffte sie es aber dennoch, sich einen Stamm von Freiern aufzubauen. Die meisten lernte sie auf der Oranienburger Straße in Berlin kennen. Die Stammfreier, die sie zu Hause besuchten oder die in ihre Wohnung kamen, waren ihr die angenehmsten. Man wußte, mit wem man es zu tun bekam, und war aufeinander eingespielt.

An einem Sonnabend hatte Veronika ein guter Kunde aus dem Westteil Berlins zum Essen eingeladen. Sie trafen sich wie verabredet. Er war ein wenig jünger als sie und trat äußerlich gepflegt auf. Um außerhalb Berlins von der Polizei unbehelligt zu bleiben, fuhren sie mit Veronikas Wartburg zu ihrer Wohnung. Nachdem die finanziellen Angelegenheiten geklärt waren, zogen sie sich aus, badeten gemeinsam in der Wanne und überließen sich danach sexuellen Freuden.

Kurz vor Mitternacht klackte die Wohnungstür. Claudia, die Tochter von Veronika, kam von der Disko nach Hause. Sie zählte inzwischen vierzehn Lebensjahre. Wie es der Zufall so will, Veronikas Freier kam gerade aus dem Bad, nur mit einem Handtuch umschlungen, als Claudia sich im Flur ihre Jacke auszog. Daß jemand gekommen war, hatte er im Bad nicht registriert.

„Guten Abend", entgegnete er ihr und verzog sich ins Schlafzimmer. Sie hatte ihn nur ironisch angelächelt.

„Deine Tochter, nicht wahr", meinte er zu Veronika.

„Ja, die kommt mal wieder reichlich spät."

„Sie wird eben erwachsen", entgegnete er. „Im übrigen kommt sie von ihrem Aussehen her ganz nach der Mutter."

„Kann schon sein", meinte sie darauf und goß sich einen Likör ins Glas.

„Du auch?"

„Ja, gerne."

Sie stießen an und tranken.

„Wie wäre es denn", fragte er, „wenn du mir mal deine Tochter überlassen würdest? Du weißt, der Preis spielt bei mir nicht so eine große Rolle. Meinst du, ob sich das einrichten ließe?"

Veronika schwieg eine Weile und goß sich einen weiteren Likör ein.

„Keine Frage des Preises, wie darf ich das verstehen?"

Er merkte, daß sie zögerte und meinte: „Na, sagen wir doppelt soviel wie üblich?"

Erneut nahm sie sich Zeit zum Nachdenken und meinte dann aber kurzentschlossen: „Ich kann sie ja mal fragen. Worum es geht, weiß sie ja inzwischen. Sie wünscht sich schon länger einen Kassettenrekorder. Könntest du ein Gerät von drüben mitbringen?"

„Ich denke, das ist kein Problem."

Veronika ging in Claudias Zimmer. „Kannst du mir mal verraten, warum du schon wieder so spät nach Hause gekommen bist?"

Sie zuckte mit den Schultern: „Kam nicht früher von der Disko weg."

„Schöne Ausreden erfindest du."

Claudia murmelte vor sich hin.

„Wolltest du nicht immer schon einen Kassettenrekorder", fragte Veronika schon viel versöhnlicher.

„Das wäre echt Klasse, wenn ich einen bekommen könnte."

„Ganz so einfach ist das nicht", wiegelte sie ab. „Aber eine Möglichkeit gäbe es schon. Du weißt, ich habe wieder Besuch hier, er würde dir einen mitbringen, wenn du mit ihm schläfst."

Claudia kam ins Grübeln. Sie hatte mit allem gerechnet, aber damit nun wirklich nicht. Wenn sie sich darauf einließe, würde es ihr erstes Mal sein. So hatte sie sich das nicht vorgestellt. Eigentlich ging es ihr gegen den Strich, daß ihre Mutter so etwas einzufädeln versuchte. Aber da war auch der Reiz des Unbekannten. Schlecht sieht er ja nicht aus, dachte sie bei sich. Man könnte es riskieren. So meinte sie zu ihrer Mutter: „Und der Rekorder wäre mir sicher?"

„Er hat es versprochen."

„Und künftig kann ich bis zum Schluß in der Disko bleiben?"

„Naja, wir können ja mal später drüber reden."

„Was ist, willst du oder läßt du es bleiben?"

„Ich denke, ich mache es, aber vorher gehe ich mich duschen."

Veronika lief ins Schlafzimmer zurück und meinte zu Bernd: „Sie kommt, aber bitte gehe mit ihr vorsichtig um und ohne Kondom läuft nichts, klar?"

Claudia ließ sich Zeit, das Haare föhnen dauerte halbe Ewigkeiten. Immer wieder wägte sie hin und her, ob sie dieses Angebot doch lieber hätte ablehnen sollen, aber am Ende siegte die blanke Neugier. Ihre Mutter zog sich in die Küche zurück und Claudia ging zaghaft ins Schlafzimmer. Er entkleidete sie, umarmte sie und ließ sich mit ihr ins Bett gleiten. Noch am anderen Morgen lagen sie nebeneinander.

Was an diesem Wochenende begann, wurde seitdem zur regelmäßigen Gewohnheit. Claudia bekam ihren Rekorder und immer wieder auch Kassetten, die sie sich von Bernd wünschte. Öfter brachte er ihr auch modische Kleidung aus dem Westen mit. Den größten Teil des Geldes steckte allerdings ihre Mutter ein. Dennoch gab sich Claudia ohne Widerwillen Bernd hin, freute sich sogar auf ihn, wenn er kam.

Veronika hatte kurz nachdem sie sich von ihrem zweiten Mann getrennt hatte, auch aufgehört, einer geregelten Arbeit nachzugehen und war nur noch pro forma in einem Arbeitsverhältnis gemeldet, damit sie keinen Ärger mit den Behörden bekam. Sie lebte in den Tag hinein, trank oft Alkohol. Nach einem Autounfall, jemand hatte ihr an einer Kreuzung die Vorfahrt genommen, trug sie einen bleibenden Schaden davon. Mit dem rechten Fuß hinkte sie nun etwas nach. Das stellte sich als ein ruinierender Schlag für das eigene Geschäft heraus. Sie verlor etliche gute Stammkunden. Immer mehr flüchtete sie sich in den Rausch des Alkohols. Das Geld wurde ihr knapp. So nahm sie Claudia gelegentlich zur Oranienburger Straße in Berlin mit. Ihre langen blonden Haare, das schmale Gesicht und ihre Jugend, das zog die Männer an, die auf der Suche nach dem käuflichen Sex waren. Da ließ sich ein guter Preis erzielen. Mit der Zeit wurden Claudias Ausflüge mit ihrer Mutter zur Oranienburger Straße häufiger. Mitunter ging Claudia völlig übermüdet zur Schule, mehrere Male kam sie auch zu spät, oder die Mutter schrieb ihr einen Entschuldigungszettel wegen angeblicher Krankheit, weil sie am Abend zuvor bis in den neuen Tag hinein ihre Dienste angeboten hatte.

Längst überließ sie sich den Männern nicht mehr ganz freiwillig. Ihre Mutter setzte sie unter Druck. Wenn sie nicht spurte, bekam sie Stubenarrest, oder die Mutter gab ihr wochenlang nichts mehr vom eingenommenen Geld ab. Das war ohnehin nicht viel.

An einem Abend standen sie wie so oft in einem offenen Hausflur in der Oranienburger Straße. Mit ihren kurzen Röcken gaben sie zu erkennen, weshalb sie hier verweilten. Es dauerte nicht lange, und ein Freier biß an. Von seinem Auto aus hatte er die beiden gesehen, wendete und kam erneut herangefahren. Er öffnete seine Beifahrertür und forderte Claudia höflich auf, bei ihm einzusteigen. Ihre Mutter drängte und stupste sie zu ihm hin. Claudia stieg ein, doch bevor das Geld die Taschen gewechselt hatte, fuhr er mit seinem Auto los und herrschte das Mädchen an, die Tür zu schließen. Lässig zündete er sich eine Zigarette an.

„Du Zuckerpüppchen bist also eine Hure?"

Sie schaute ihn fragend an: „Was soll das jetzt werden?"

„Da fragst du noch? Ich will dich bumsen oder was dachtest du?"

„Und wie steht es mit der Bezahlung?"

„Kommt noch, wirst schon sehen, wie ich Dich bezahle!"

„Bei mir ist immer vorher Kasse", entgegnete sie ihm.

„Bei mir aber nicht, du geldgieriges Luder!"

Claudia ekelte sich vor ihm. Die grauen Bartstoppeln mußte er schon tagelang vom Rasieren verschont haben und der Bierbauch macht ihn auch nicht gerade anziehender. Mit schnellem Tempo fuhr er am Fernsehturm vorbei stadtauswärts. Am Treptower Park bog er auf einen unbeleuchteten Parkplatz ab und stellte den Motor aus.

„Nun wollen wir mal sehen, was du drauf hast." Mit festem Griff führte er sie in ein angrenzendes Wäldchen, immer weiter von der Straße weg.

„Los, zieh dich aus", befahl er ihr dann. Sie rührte sich nicht. „Wird's bald oder brauchst du eine Extraeinladung?"

„Laß mich in Ruhe, ich will mit dir nichts zu tun haben."

„Armes Mauerblümchen, du wirst jetzt das tun, was sich für eine ordentliche Nutte gehört. Ist das klar?" Er brach sich einen dünnen biegsamen Zweig aus einem Gebüsch ab und fuchtelte damit umher. „Los, los, los, sonst gibt's Hiebe!"

Widerwillig beugte sie sich seinen Befehlen. Die letzten Kleidungsstücke riß er ihr fast vom Leib. Mehrere Male traktierte er sie, und es wollte kein Ende nehmen. Immer wenn sie nicht spurte, schlug er sie. Als er sich abreagiert hatte, ließ er sie liegen, wie ein Bündel aussortierte Altkleider, setzte sich in sein Auto und fuhr davon.

Im Morgengrauen mit dem ersten Bus kam Claudia zu Hause an. Seit diesem Zwischenfall versuchte sie sich, so oft es ging, den Berlinfahrten zu entziehen. Eine latente Angst begleitete sie und all die beschwichtigenden Worte der Mutter halfen nicht mehr. Mit Nachdruck machte ihr Veronika auch immer wieder klar, es habe nach ihrem Willen zu gehen.

Etwa seit dieser Zeit besuchte sie auch Bernd nicht mehr. An einem Wochenende war Veronika so im Suff, daß sie nicht mehr wußte, was sie sagte und tat. Anklagend schrie sie ihn an: „Wenn du meine Tochter nicht kriegen würdest, du geiler Bock, dann kämst du doch sowieso nicht mehr. Von mir will ja keiner mehr was. Los hau ab", schrie sie ihn an und drohte mit erhobener Bratpfanne. Bernd suchte eiligst seine Kleidung zusammen, zog sich an und tauchte nie wieder auf.

Nachdem Claudia die zehnte Klasse abgeschlossen hatte, lernte sie Schneiderin. Seitdem wohnte sie im Internat und ließ sich nur selten zu Hause blicken. Bald hatte sie auch einen festen Freund. Die Oranienburger Straße in Berlin und die nähere Umgebung mied sie.

Seit Herbert Febarn weggezogen war, wurde für Karsten vieles schwieriger. Sein Vater hatte ihm oft beigestanden, wenn er sich aus irgendeinem Grund den Zorn der Mutter zugezogen hatte. Manchmal war er mit ihm Angeln gefahren. Jetzt besuchte ihn Karsten in seiner neuen Wohnung gelegentlich. Im Sommer holten sie sich dann mitunter ein Softeis von der nahegelegenen Eisdiele.

Meistens erzählte Karsten seiner Mutter nichts von seinen Ausflügen, denn sie sah es nicht gerne, wenn er den Vater besuchte. Doch im Ausreden erfinden war Karsten recht einfallsreich. So konnte das Fußballspielen auch mal außerplanmäßig stattfinden. Nur durfte das nicht auffliegen. Ein andermal war er mit dem Pferdewagen Wolfgang Egberts unterwegs.

Bei seiner Mutter zu Hause fühlte er sich immer irgendwie im Wege. Hatte sie sich einen Freier eingeladen, mußte er in den Keller oder sich außerhalb des Hauses aufhalten. Manchmal konnte er erst spät in der Nacht ins Bett. War seine Mutter betrunken, kam es öfter vor, daß er hungrig blieb. In der Nachbarschaft fragte er dann gelegentlich, ob er mal eine Stulle bekommen könne. Irgendwann überwand er sich und deutete seinem Vater die vielen Widrigkeiten an, die er auszuhalten hatte, und fragte ihn, ob er nicht bei ihm bleiben könne.

„Das wird deine Mutter wohl nicht zulassen", entgegnete er ihm.

„Und da läßt sich gar nichts machen?"

„Ich fürchte, das wird ganz schwierig sein, aber ich denke darüber nach. Aber ich will nichts versprechen, was ich am Ende nicht halten kann. Wenn es dann nicht klappt, dann wärst du bestimmt böse auf mich."

Seit Herbert eines Tages bei Veronika vorbeikam und seiner Frau, jedenfalls war sie es auf dem Papier noch, mitteilte, er bemühe sich um das Sorgerecht für seinen Sohn, wachte sie streng darüber, daß Karsten, soweit es irgend ging, in seiner Stube blieb oder wenigstens auf dem Hof. Nur wenn Freier kamen, konnte er sich noch im Dorf herumtreiben, wenn sie ihn nicht im Keller einschloß. Diese rigide Maßnahme erwartete ihn auch, kam er nicht gleich von der Schule nach Hause. Selbst wenn er zu Stephan spielen ging, mußte er erst lange Versicherungen abgeben, daß er nicht zu seinem Vater ausbüchste.

Seit kurzem stimmte Karsten froh: Sein Vater hatte ihm erzählt, er könne bald bei ihm bleiben. Er müsse nur noch etwas Geduld haben. Karsten freute sich schon darauf, er konnte den Tag gar nicht erwarten.

Es klingelte zum Unterricht. Jede Klasse stellte sich in Zweierreihe an. Diejenige, welche zuerst am diszipliniertesten stand, durfte als erstes ins Schulgebäude gehen. Die Morgenkühle brachte manchen in dünnen Sommersachen zum Frieren. Die Klasse drei wurde als vorletzte hineingewiesen. Im Flur vor dem Klassenraum hängten alle ihre Jacken und Turnbeutel an den Kleiderhaken. Dann wurden die Stühle von den Tischen heruntergestellt, jeder packte seine Mathesachen aus.

Frau Arend kam herein, schloß hinter sich die Tür und stellte ihre Tasche auf den Lehrertisch. Christian ging nach vorn und sprach: „Frau Arend, die Klasse drei ist zum Unterricht bereit. Es meldet der Pionier Christian Kandert."

Die Mathematiklehrerin bedankte sich und sagte: „Seid bereit." Alle erhoben eine gestreckte Hand über den Kopf und erwiderten: „Immer bereit." Darauf Frau Arend: „Setzt euch."

Sie benannte ein paar Aufgaben im Mathebuch, die gelöst werden sollten, und kontrollierte dann die Hausaufgaben. Unter die Aufgaben setzte sie in jedem Heft einen roten Strich mit ihrem Kugelschreiber. Marcel, Swen und Karsten hatten die Hausaufgaben nicht erledigt. Sie mußten ihr Hausaufgabenheft zum Lehrertisch bringen und erhielten eine Eintragung.

Stephan dachte, ob Karsten sie aus reiner Faulheit nicht gemacht hatte oder konnte er sie wieder nicht? Vielleicht von beidem etwas ... Manchmal hatte Stephan Karsten bei den Hausaufgaben geholfen, ihm noch mal etwas erklärt, was er nicht verstanden hatte. In letzter Zeit war es seltener vorgekommen, weil er merkte, daß Karsten immer so schnell wie möglich fertig werden wollte, gern die Hausaufgaben nur abschrieb und am nächsten Tag in der Schule selten Bescheid wußte.

Nach zwei anstrengenden Mathestunden wechselte die Klasse in den Musikraum und ging zur ersten großen Pause hinaus auf den Schulhof. Stephan holte seine Milchflasche und lief zu dem Kastanienbaum hinüber, wo Karsten stand. Er öffnete seine Brottasche und holte eine Stulle heraus, wickelte sie aus dem Papier und stopfte es in die Tasche zurück.

Karsten fragte ihn leise: „Gibst du mir nen Stück von deiner Stulle ab!"

„Hast du deine vergessen?"

Karsten antwortete nicht. Stephan brach die Stulle mitten durch.

„Sag mal", fragte er, „soll ick heute Nachmittach vorbei komm und dich abholn zum Abschlußfest?"

„Ick kann nich."

„Warum denn dit?"

Stephan blickte Karsten schulterzuckend an.

„Ick meine det muß doch irgend enen Grund haben?"

„Ick darf nich."

„Wiso'n dit? Versteh ich nich."

„Ick darf eben nich, ick muß zu Hause bleiben."

„Und warum?"

„Hat meine Mutter gesagt."

„Na ja, ick kann ja mal bei dir vorbeikomm und fragen, ob du vielleicht doch darfst. Mal probieren wenigstens. Manchmal kann man se eventuell doch überred'n."

„Hat keinen Sinn." Stephan schwieg und steckte beide Hände in die Hosentaschen. Er war ärgerlich auf Karsten und besonders auf seine Mutter. Man hätte es doch wenigstens versuchen können, dachte er. In der Pause wechselten sie kein Wort mehr miteinander. Stephan brachte seine leere Milchflasche zum Klassenkasten zurück.

In der Musikstunde las Fräulein Rosenbach aus einem Buch vor. Es war die letzte Musikstunde in diesem Schuljahr. Anschließend hatten sie eine Stunde Deutsch und in der fünften Sport. Dieses Fach hatte Stephan von Anfang an gehaßt. Nachdem sich alle auf dem Sportplatz das Turnzeug angezogen hatten, stellten sie sich der Größe nach in einer Linie auf, rechts die Jungen, links die Mädchen. Christian gab neben dem Sportlehrer die Kommandos und meldete. Danach wies der Sportlehrer an, es seien sechs Runden um den Sportplatz zu rennen. Anschließend wurde Weitsprung durchgeführt.

Stephan grübelte darüber nach, warum die Mutter Karsten nicht erlaubte, zum Abschlußfest zu gehen. Ob er etwas ausgefressen hatte, dachte er. Es kann ja gar nicht anders sein. Oder ob er irgendwohin mit zu Besuch fahren sollte?

Die 45 Minuten der Sportstunde gingen für Stephan einfach nicht um. Irgendwann kam dann aber der erlösende Moment, in dem der Lehrer die Stunde beendete. Karsten und Stephan fuhren zusammen mit dem Schulbus nach Hause. Als sie ausstiegen, verabschiedeten sie sich kurz.

Am Nachmittag, etwa um dreiviertel drei, radelte Stephan mit seinem Fahrrad zu Karsten. Vielleicht darf er doch mit. Er ging auf den Hof und klopfte an die dunkelbraune Haustür mit der blättrigen Farbe. Niemand öffnete. Er klopfte noch einmal, wartete und klopfte ein drittes Mal. Nichts rührte sich. Kein Laut war von innen zu vernehmen. Stephan verließ den Hof, stieg auf sein Fahrrad und fuhr weiter zum Haus der Klassenlehrerin, wo das Abschlußfest bereits begann.

Im Garten auf dem Rasen war ein großes Zelt aufgebaut. Vom Grill her dufteten die Bratwürste und Bouletten. Der Mann der Klassenlehrerin drehte des öfteren das Angegrillte mit der Wurstzange, damit es nicht anbrannte. Ab und zu sprühte er etwas Bier darüber.

Stephan dachte darüber nach, warum Karsten nicht zu Hause war. Wahrscheinlich mußte er irgendwohin zu Besuch fahren. Er versuchte alle diese Gedanken zu verbannen, doch immer wieder brachen sie hervor.

Zum Essen verdrückte er eine Currywurst, kleine Bouletten und ein in Tee gekochtes Ei. Von Swen, Marcel und Ingo hielt sich Stephan den ganzen Nachmittag fern. Sie wetzten hinter dem Garten auf dem freien Platz um einen Fußball. Eine Weile spielten Stephan und Michaela Federball. Stück um Stück rückte der Abend heran.

Karsten ließ die Haustür hinter sich zufallen. Er zog seine Schuhe aus, stellte sie auf die Bodentreppe und hängte seine Windjacke an den Kleiderständer. Auf dem Weg in die Küche packte ihn seine Mutter plötzlich derb am Kragen. Sie öffnete die Luke zum Keller und drängte Karsten hinein. Er schrie sie an: „Warum denn nu schon wieder?"
„Halt die Klappe."
Die Mutter schlug die Kellerluke zu und verriegelte sie. Karsten hämmerte mit den Fäusten dagegen, bis seine Kräfte nachließen. So hatte es keinen Zweck. Er setzte sich auf die unterste Stufe und stützte die Hände auf die Treppenkante. Etwas später hörte er, wie seine Mutter die Haustür verschloß und den Hof verließ. Wie lange es wohl diesmal dauern würde, dachte er. Einige Stunden hatte er schon in dem finsteren Keller verbracht, als er auf die Idee kam, ob man nicht doch versuchen könnte, durch eines der beiden Kellerfenster sich hindurchzuzwängen. Er tastete an der Außenwand nach der Einfassung des ersten Fensters. An den Griff reichte er nicht heran. Aus einer anderen Ecke des Kellers holte er Kohlen heran und stapelte sie unter dem Fenster zu einer Säule auf, über einen halben Meter hoch. So konnte er den Griff drehen. Als er das Fenster öffnete, fiel trockenes Laub vom letzten Jahr in den Keller. Den Schacht vor dem Fenster deckte eine schwere Eisenplatte ab. Karsten versuchte sie beiseite zu schieben. Dabei rutschte er ab und stürzte auf den Kellerboden. Glücklicherweise verletzte er sich nicht. Er holte noch einige Kohlen, um den Sockel etwas stabiler und höher zu bauen. Nun würde sich die Eisenplatte leichter bewegen lassen. Auf einmal hörte er, wie jemand den Gehweg entlang ging. Karsten verharrte. Bestimmt war es die Mutter. Sollte er jetzt warten? Würde sie mich freilassen, dachte er. Nein, er wollte fort von hier. Soll sie mich suchen, bis sie schwarz wird. Er würde jetzt zu seinem Vater gehen. Als die Haustür zuklappte, schob er die Platte zur Seite. Das grelle Tageslicht blendete ihn. Mühsam preßte er sich durch die enge Fensteröffnung und kletterte aus dem Schacht. Dann schlich er sich in den Garten. Als er bemerkte, seine Mutter folgte ihm, flitzte er so schnell er konnte, sprang über den Zaun, rannte hinter den Grundstücken entlang, flüchtete in einen anderen Garten und legte sich flach auf den Boden zwischen zwei Spargelreihen.
Die Mutter lehnte sich über den Gartenzaun und suchte mit den Augen alle Richtungen ab.
„Wenn nicht jetzt, dann eben später", zischte sie vor sich hin. „Dein Vater wird dich jedenfalls nicht bekommen, dafür werde ich sorgen."
Eine Weile wartete sie noch, dann ging sie zurück zum Haus. Mit einem Küchenmesser schnitt sie die Wäscheleine auf dem Hof ab und legte sie in der Küche auf den Tisch. Aus dem Kühlschrank holte sie eine halbvolle Flasche Goldbrand. Der letzte Vorrat.
Nachdem sich Karsten vergewissert hatte, er blieb unbeobachtet, klaute er eine Handvoll Erdbeeren, lief zur Dorfstraße und wanderte in Richtung Kreisstadt. Er würde jetzt zu seinem Vater gehen und nicht mehr zurückkommen, schwor er

sich, und er würde den Vater so lange bitten, bis er einwilligt, er könne bleiben. Der Vater durfte ihn nicht einfach wieder nach Hause schicken.

Er war schon eine ganze Weile unterwegs, das Ortseingangsschild des Nachbardorfes rückte schon in Sichtweite, da hörte er hinter sich noch weit entfernt Pferdegetrapp. Er drehte sich um. Der alte Willi mit seinem Braunen war es. Karsten setzte sich auf einen Baumstubben am Straßenrand und wartete, bis der Pferdewagen näher kam.

Karsten rief dem alten Willi zu: „Kann ich ein Stück mitkommen, ich will in die Stadt."

Mit einem lauten „Brrh" und angezogenen Zügeln hielt er den Wagen an. „Na dann komm, Stromer."

Karsten stieg auf und setzte sich. Willi strich sich mit der klobigen Hand über seine kurzen grauen Stoppelhaare und fragte: „Was willst Du denn in der Stadt?"

„Ich will zu meinem Vater."

„Und da läufst du? Das sind doch mehr als 15 Kilometer."

„Fahrrad is kaputt", log Karsten.

„Du hättest doch mit dem Bus fahren können?"

„Hab aber kein Geld."

„Und deine Mutter gibt dir keins?"

Karsten schwieg.

Nach einer längeren Redepause fragte Willi: „Weiß deine Mutter überhaupt, daß du zu deinem Vater unterwegs bist?"

„Die ist gar nicht zu Hause", log Karsten wiederum.

„Dein Vater, weiß der, daß du kommst?"

Karsten schüttelte den Kopf.

„Willst du mal die Zügel halten?"

„Ja, gerne."

„Schön locker halten."

Wolfgang Egbert grübelte über die Gerüchte, die im Dorf über Karstens Mutter im Umlauf waren, nach. Meistens hatte er sie von seiner Frau erfahren, die diese irgendwo bei einer Plauderei aufgeschnappt hatte. Was konnte wahr sein und was erfunden? Er wagte nicht, Karsten weiter auszufragen.

In der Kreisstadt hinter der ersten Kreuzung sagte Karsten zu Willi: „Ich muß jetzt den Weg da vorne rein."

Willi bremste den Pferdewagen. „Warte mal, Karsten, ich will dir noch was geben." Er kramte unter dem Sitz in einem Beutel, holte sein Portemonnaie hervor und zog einen zerknitterten, lila Fünfmarkschein heraus. „Ist für nen Eis und die Rückfahrt mit dem Bus."

Karsten stammelte: „Danke" und wiederholte verwirrt: „Danke", stieg vom Wagen, rief Willi „Tschüß" zu. Dieser erwiderte es und fuhr weiter.

Karsten glättete den Schein, faltete ihn sorgfältig und steckte ihn in die Hosentasche. Bevor er in den Weg einbog, sah er dem Gespann Wolfgang Egberts nach, bis es hinter einer Kurve seinen Blicken entschwand. Im schnellen Schritt lief er dann zum Neubaugebiet. An der Eingangstür 6d angekommen, drückte er den dritten Klingelknopf von unten. Undeutlich lesbar stand daneben der Name H. Febarn. Karsten wartete, aber im Schloß surrte es nicht wie erwartet. Dann drückte er Dauerton und anschließend in kurzen Abständen hintereinander. Wird bestimmt noch auf Arbeit sein, dachte er. Sicher würde er bald kommen.

Karsten überlegte, wie er sich inzwischen die Zeit vertreiben konnte. Vielleicht ist die Kaufhalle noch offen. Er machte sich auf den Weg und hatte Glück. In der Halle packte er sich eine Rolle Schokodrops und eine Schachtel Hansa-Kekse in den Wagen und dazu noch zwei Schrippen. In der Gefriertruhe fand er kein Eis mehr vor. Das war ausverkauft. An der Kasse zog er den Schein aus der Tasche. Er gab ihn nur ungern weg. Es war eben Willis Schein.

Dann suchte er wieder die Eingangstür 6d auf mit demselben Ergebnis wie das erste mal. So schlenderte er mehrmals in der Stadt umher, um dann an der Eingangstür nach dem Drücken des dritten Knopfes von unten festzustellen, sein Vater war immer noch nicht zu Hause.

Die dunkelorangen Ränder aufgequollener Wolken verschwanden allmählich. Letztes Abendrot verblaßte. Der Himmel wurde immer dunkler. In manchen Zimmern der Neubaublocks wurde das Licht eingeschaltet. Karsten hatte keine Hoffnung mehr, der Vater würde noch kommen. Mit dem letzten Bus könnte er noch nach Hause fahren. Aber wohin dort? Vielleicht würde er in der Scheune vom Nachbarn ein Plätzchen finden. Hier in der Stadt irgendwo zu übernachten war ihm unheimlich. Also brach er auf zur Bushaltestelle. Es verging eine gute dreiviertel Stunde, bis der letzte Bus angebraust kam. Karsten klinkte die Tür auf. Der Busfahrer blickte ihn ernst an. „Um die Zeit kann ich dich aber nicht mehr mitnehmen, geh mal nach Hause."

„Ich will doch aber nach Hause, den vorigen Bus hab ick verpaßt."

„Na los, dann rein. Aber das nächste mal nehme ich dich nicht mehr mit um halb zwölf, daß wir uns da verstanden haben!"

Karsten nickte mit dem Kopf, bezahlte und setzte sich auf die hinterste Sitzbank. Aus seiner Hosentasche zerrte er den Rest der Dropsrolle und steckte sich einen Drops in den Mund. Dann drückte er die Rolle zurück in die Tasche.

Die Silhouette der Stadt verlor sich hinter dem Bus immer mehr im nächtlichen Schwarzgrau. Die Straßenbäume streiften am Bus wie dunkle Gespenster vorüber. Karsten überlegte, was morgen sein würde. Ohne Mappe konnte er nicht zur Schule gehen. Also schwänze ich die Schule, beschloß er kurzer Hand. Ob ich morgen wieder in die Stadt fahren sollte? Und wenn der Vater wieder nicht kommt? Was dann? Heute würde er aber erst mal in der Scheune des Nachbarn schlafen. Alles weitere wird sich schon finden. Doch er konnte seine innere Angst nicht verdrängen. Sie umwob ihn immer mehr.

Im zweiten Dorf nach der Stadt verließen auch die letzten beiden Fahrgäste den Bus. Zehn Minuten später stieg Karsten in seinem Heimatort aus. Der Linienbus drehte und fuhr zurück.

Als er nach Hause kam, sah er, in der Küche brannte noch Licht. Leise öffnete er die Hoftür, schlich in den Garten und schlüpfte durch eine Lücke im Zaun auf das Nachbargrundstück, öffnete die Scheunentür und legte sich auf einen Sack hinter einem großen Strohhaufen. Bald schlief er ein.

Kurz danach wurde er jäh aus dem Schlaf gerissen. Jemand hatte die Scheune betreten und fuchtelte wild mit einer Taschenlampe herum. Karsten schmiegte sich an den Strohhaufen und tarnte sich mit dem Sack. Immer wieder zerriß der Lampenstrahl die Dunkelheit ganz in seiner Nähe. Er hörte Schritte im Stroh. Der Sack wurde weggerissen. Er erkannte seine Mutter. Sie griff ihn am Oberarm, zerrte ihn rabiat aus der Scheune und brachte ihn in die Küche.

„So jetzt bleibst du auf dem Stuhl sitzen, ist das klar!"

Karsten senkte den Kopf. In seinen zerzausten blonden Haaren hingen Strohhalmreste. Die Hände hielt er zwischen den Oberschenkeln am Sitz festgeklammert.

Die Mutter goß Birnensaft aus einem Glas Eingewecktem in einen Becher. Sie schüttete noch etwas dazu, Karsten konnte nicht erkennen, was es war. Dann rührte sie den Saft mit dem Teelöffel um. „Hier trink aus!"

Karsten erwiderte leise: „Ich hab keinen Durst"

„Wirst du wohl bald trinken!" sprach die Mutter drohend.

„Ich will aber nich."

Sie packte ihn am Pullover im Nacken und schüttelte ihn hin und her.

„Du willst wohl wieder in den Keller, na dann ab die Post! Diesmal kommst du nicht mehr raus!" Ihre Stimme überschlug sich fast.

„Nein bitte nicht, ich trink ja schon." In zwei Zügen kippte er den Birnensaft die Kehle hinunter.

„So und jetzt gehst du schön brav ins Bett. Wird's bald!"

Karsten zog seinen Schlafanzug an und verkroch sich unter der Bettdecke. Er fror, obwohl es nicht kalt war. Bald versank er in tiefen Schlaf.

Veronika setzte sich in der Küche auf den Fußboden. Aus der Goldbrandflasche sog sie den letzten Rest heraus. Dann nahm sie die Wäscheleine vom Tisch und fertigte zwei Schlingen. Die eine knotete sie am Verschlußknauf der Oberlichter des Küchenfensters fest. Eine dreiviertel Stunde später ging Veronika in Karstens Zimmer. An den Füßen zerrte sie ihn aus dem Bett und schleifte ihn in die Küche. Die Überdosis Schlafmittel hatte gewirkt. Schwungvoll hievte sie ihren Sohn auf das Fensterbrett, steckte seinen Kopf durch die Schlinge, zog sie fest und ließ seine Knie vom Fensterbrett gleiten. Danach erhängte sie sich selbst am Wohnstubenfenster.

Vor dem Haus unter dem grellen Neonlicht der Straßenlampe tänzelte ein Schwarm Mücken. Irgendwo bellte ein Hund kurz auf und verstummte. Im Dorf war alles still. Wolken verdeckten den Mond. Noch war viel Zeit, bis die Schwalben wieder gen Süden ziehen würden. Die Schwalbenjungen lernten gerade fliegen.

Monika Jarju & Ali Amini

# Die Ostroute

Etwas lief unaufhörlich neben ihm wie eine unsichtbare Gegenwart, die ihn fühlbar begleitete, ihn beobachtete, nicht greifbar, ein Schatten, stumm und klagend wie ein Beben, das sich sehnte nach einem Schatten, nach einer Antwort, ein tief sitzender Schmerz, der ihn nicht verließ. Nader lief wortlos an seiner Schwester Afsoon vorbei, kopfschüttelnd lehnte er das Abendessen ab. Er stieg auf das Dach. Er wollte allein sein, schlafen, nur allein sein wollte er. Es war seine letzte Nacht vor der Flucht.

Dies hier war die Nacht und hier der letzte Ort vor dem Aufbruch. Alles wird anders werden nach der Grenze, grübelte er auf seiner Matratze und zog die Decke fester um sich. Der schmale Mond heute Nacht ist so blass wie eine Scherbe und irgendwie spitz, dachte er. Der Mond zitterte ein wenig: Pass auf, gib Acht, Nader! - schien er ihm zuzurufen und taumelte hinter eine dunkle Wolke, die unbeirrt über ihn hinweg zog und ihn dabei seltsam verbog. Was für einen Mond gibt es in der anderen Welt, flüsterte Nader und streckte einen Arm in den Himmel, strich mit der Hand sacht über den Mond. Warum war diese Nacht so still? Der Himmel war mit Sternen übersät. Nader wartete, lauschte. Welcher Stern gehört zu mir, fragte er sich ängstlich. Die Sterne funkelten kalt wie eine Nadel. Warum sprachen sie nicht, funkelten nur so boshaft? Was will diese Stille von mir? Nader lauschte in die Nacht, um keine Antwort zu versäumen. In der Ferne bellten streunende Hunde, die Dunkelheit war in Bewegung geraten, Schatten raschelten zwischen den Bäumen. Die Nacht weitete sich aus. Schatten befingerten sein Gesicht, als er das erste Mal erwachte.

Er erinnerte sich, von einem Mond geträumt zu haben, der über der Bergkette glühte in einem verräterischen Licht und ihn mit einem blassen Strahl jagte. Nader starrte in die Dunkelheit, der Himmel starrte zurück. Es war die tiefste Zeit der Nacht, und Nader konnte sehen, was ihm passieren würde. Ein kühler Wind, der sich kantig gestoßen hatte an den schroffen Felsen, blies rau über ihn hinweg und ritzte sich in seine Gedanken. Er zog sich die Decke über den Kopf. Setareh, seine Liebste, erschien ihm, ihr Lächeln, ihre liebliche Gestalt, fast konnte er sie berühren, so nah schien sie ihm. Er wollte seine Arme um sie schlingen, sie endlos festhalten, mit ihr durch diese Nacht treiben. Er glaubte, ihre Wärme zu spüren und starrte wie gebannt auf ihren hellen Fleck, der sich weiter und weiter entfernte. Sie schien ihm zu winken, doch plötzlich änderte sich etwas, ihr Blick wurde starr, sie ließ die Arme sinken, ließ von ihm ab. Er erschrak, eine kalte Furcht ergriff ihn. Da war er wieder, dieser quälende Schmerz neben ihm, der ihn nun ganz durchdrang und erschöpfte bis erneut der Schlaf über ihn fiel.

Fröstelnd erwachte er. Es war eine dieser Nächte am Anfang des Herbstes, in denen sich ein scharfer Wind verfing, der von den Bergen hernieder sauste und die trockene Wüstenlandschaft erzittern ließ. Ein junger Wind, scharf und übermütig in einer ersten Kraftprobe. Und doch war mit ihm nicht zu spaßen. Nader zitterte am ganzen Körper. Es war nicht nur der Kälte wegen. Ein trockenes Gestrüpp vom letzten Jahr schien seine Kehle aufzurauen. Sein Körper schlief noch, auf dem Rücken liegend, steif und schwer vor Kälte, mit geschlossenen Augen tastete er nach seinem Hals, fühlte nach dem schweren Stein, der ihm auf der Brust lag und fest an den Boden drückte. Doch da war nichts. Er wagte die Augen zu öffnen. Seine eiskalten Finger krochen ungelenkig zu seinem Gesicht. Er rieb sich die Augen. Tiefschwarz gähnte ihn der Himmel an. Auch das letzte Stück Mond hatte er verschluckt. Kein Stern war übrig geblieben vom Festmahl der Nacht. Nader stand auf, wickelte die Decke eng um sich und stieg im Dunkeln die Stufen hinab ins Zimmer. In einer Ecke ließ er sich auf dem Teppich nieder und lehnte sich an ein Rückenpolster. Sein Traum fiel ihm ein. Er wickelte sich fester in die Decke und starrte auf die gegenüberliegende Wand.

Er sah sich in einer großen Menge von Menschen mit einheitlich weißen Gewändern um die Kaaba kreisen. Es herrschte kein Gedränge, das Bild war friedlich. Wie in Trance glitten die Menschen nebeneinander her, Runde um Runde. Aber etwas war falsch, das fühlte er. Er schaute genauer hin. Der Mann neben ihm lief gleichförmig ganz ohne Anstrengung, die Augen halb geschlossen, versunken in seiner Andacht. Auf einmal wusste er es und erschrak. Sie liefen in der falschen Richtung.

Mit einem Ruck setzte sich Nader auf, er war hellwach und ein Gefühl von Trostlosigkeit überkam ihn. Dies hier war die Nacht und hier der letzte Ort vor seinem Aufbruch. Was würde aus ihm werden, wenn er am Morgen fort ging ins Ungewisse, fort ging, um einen neuen Mond zu suchen? Niemand wusste von seinem Plan außer seinem Freund Yaavar. Nicht einmal seinem Vater hatte er sich anvertraut. Sein Großvater fiel ihm ein. Nader sah das weise und gütige Gesicht des Alten dicht vor sich. Einmal hatte ihm der Großvater eine Geschichte von einem Sufi erzählt. Sie handelte von einem Anhänger des Sufis, er erinnerte sich genau, der von Khorasan aus seine weite Pilgerreise, die Hadj, nach Mekka antreten wollte. Der Sufi hatte ihm geraten, auf seiner langen Reise einen berühmten Sufimeister in Bagdad aufzusuchen und ihm Grüße auszurichten. Der Anhänger bereitete alles vor und machte sich auf den Weg. In Bagdad suchte er sogleich nach dem Haus des berühmten Sufimeisters und wurde freundlich empfangen und zum Abendessen eingeladen. Sie sprachen lange miteinander, die Nacht war über sie herein gebrochen, es war zu spät, um zu seiner Gruppe zurück zukehren, so lud ihn der große Sufimeister zum Übernachten in seinem Haus ein. In dieser Nacht hatte er einen schweren Alptraum und wachte zitternd und schreiend auf. Der Sufimeister war an sein Bett getreten und fragte ihn nach dem Grund. Da erzählte er ihm den Traum.

Er näherte sich Mekka, als ihm ein schwarzer schrecklicher Riese mit einem gewaltigen Schwert den Weg verwehrte. Der Sufimeister hatte aufmerksam zugehört und schwieg eine Weile. Dann fragte er ihn: „Sind dein Vater oder deine Mutter zuhause zurück geblieben?"

„Ja, meine alte Mutter", antwortete der Mann. Der Sufimeister riet ihm: „Kehre sofort um. Deine Mutter braucht dich dringend. Sie ist nicht einverstanden mit deiner Pilgerreise. Geh jetzt, sofort!" Der große Meister sprach weiter: „Das ist meine Botschaft für dich und deine Sufi-Botschaft an mich. Dein Sufi in Khorasan hatte es voraus gesehen. Er schickte mir seine Botschaft durch einen Traum. Hätte er es dir vorher gesagt, würdest du es ihm nicht geglaubt haben und wärst verärgert gewesen. So schickte er dich zu mir, damit ich dir in deinem schrecklichen Alptraum die Wahrheit enthülle. Deine alte Mutter braucht dich, sie braucht dringend deine Hilfe. Geh zurück, jetzt gleich!"

Der monotone Ruf Azaan, des Muezzins, zum Morgengebet riss Nader aus dem Schlaf, noch bevor das milde Morgenlicht anbrach. Nader stand auf und verrichtete die rituellen Waschungen. Sein Traum beunruhigte ihn. Was bedeutete er? Hatte Gott ihn verlassen? Oder schlimmer noch, hatte er Gott verlassen? Warum gönnte sein Gott ihm nicht sein Glück? Er rollte seinen Gebetsteppich aus und wendete sich gegen Mekka. Wohin wollte Allah ihn führen? War er vom Weg abgekommen, als er sich mit dem Drogenschmuggler Abdol Khan einließ? Noch mehr junge Leute wurden drogenabhängig, weil er mitgeholfen hatte, Drogen über die Grenze zu schmuggeln. Ganze Familien wurden zerstört. Er fühlte sich zutiefst schuldig, Allah Akbar, drang der Gesang zu ihm, Gott ist groß.

Gott ist groß! Würde Allah ihm vergeben? Er verbeugte sich leicht und sprach konzentriert die Al-Fatiha, die erste Sure des Korans. Während er betete, vergaß er sich selbst; seine Befürchtungen, Ängste verließen ihn. Er sprach zu seinem Gott, so vertraut. Er betete und sein Geist leerte sich. Eine sanfte Ruhe kehrte in ihn ein und erfüllte ihn mit neuer Gewissheit. Nun konnte er gehen, überall hingehen, wusste er genau. Eine innere Stimme sagte ihm: „Steh auf, geh nun, finde deinen Weg!" Über den Bergen schimmerte der Morgen in einem frischen Violett.

Der Platz, wo die Winde wohnen. Nader lebte bei seinem alten Vater im kleinen Dorf Karim Abad unweit der Berge. Die Berge waren Naders Welt. Er kannte die Sagen und Geschichte der majestätischen Riesen. Jahrtausende hatten sie Eroberungsfeldzügen anderer Völker, Kämpfen, Kriegen, Niederlagen getrotzt. Sie kündeten von unbesiegbarer Würde und Stolz. Sie schienen die wahren Herrscher über das Schicksal der Menschen im Tal und an ihrem Fuße zu sein. Sie versprachen Schutz, forderten Ehrerbietung und so manches Opfer, sie wachten über die Zeit und das Leben, ihre Gesetze prägten die Menschen, ihr Fühlen und Denken, wiesen sie ständig auf ihre Unvollkommenheit, Grenzen und ihre Bestimmung hin. Die Schönheit und Anmut der Berge forderte Unterwerfung wie vor einem Gott.

Er war noch keine achtzehn Jahre alt, als die Revolution im Iran begann. Nader war ein kluger junger Mann, die Schule hatte er abgeschlossen. Nicht vielen jungen Leuten gelang dies zu jener Zeit in den armen Dörfern im Nordosten vom Iran, nahe der Grenze zu Afghanistan. Die Region war unfruchtbar und trocken, es gab nicht genug Regen und Schnee während des Jahres. Naders Mutter Vajiheh war früh verstorben. Sie hinterließ ihrem Mann drei kleine Söhne. Nader war der jüngste, er besaß kaum noch Erinnerungen an seine Mutter. Der Vater gab den beiden älteren Söhnen ein großes Stück Land von seiner Weizenfarm. Doch der zweite Sohn hatte ein anderes Leben im Sinn. Er ging in die Stadt, träumte von Reichtum und einem leichteren Leben ohne die Mühe der harten Landarbeit. Vom ihm hörten und sahen sie nie wieder etwas. Manchmal drangen Gerüchte von ihm in das Dorf und beschämten den Vater. Drogenabhängig sollte er geworden sein und sich mit Betteln durchs Leben schlagen. Viele Jahre lebte der Vater allein, während Nader langsam heran wuchs. Eines Tages heiratete der Vater ein zweites Mal und Nader bekam eine kleine Schwester, die sie liebevoll Afsoon, Majestät, nannten. Doch wenige Jahre darauf starb auch seine zweite Frau. Sie waren nun eine kleine Familie und besaßen nur ihre Farm, die geradeso für ihren Lebensunterhalt ausreichte.

Nader arbeitete auf der kleinen Farm seines Vaters Mahboob, er besaß ein paar Ziegen. Er spielte leidenschaftlich gern Setar, das traditionelle Saiteninstrument und Violine, er sang dazu. Nader schien ein Außenseiter zu sein. Er träumte das Leben in seiner Musik. Sein Träumen war eingeschlossen in einem der nahen Berge, über den die Wolken und Vogelschwärme mühelos hinweg zogen, für Nader jedoch führte kein Weg heraus. Es gab niemanden, der den geheimen Pfad hinein kannte, um ihn zu erlösen. Nur er kannte seine Wünsche, die er sorgsam vor sich selbst versteckte voll Scham, denn er hatte früh gelernt in Demut das Schicksal anzunehmen und nicht herauszufordern. Setareh sollte diejenige werden, die den geheimen Pfad fand.

Seinen besten Freund Yaavar kannte er vom ersten Schultag an, sie waren Klassenkameraden gewesen. Die Schule lag im Nachbardorf, das eine Stunde Fußweg entfernt lag und bestand aus drei Räumen. Zwei Lehrer unterrichteten in den Grundklassen und der Oberstufe alle Jungen und Mädchen aus der Umgebung. Einige Eltern schickten ihre Kinder nicht zur Schule und viele der Kinder waren zu alt für die Grundstufe. Die Kinderhände wurden gebraucht auf den Farmen, ihre kleinen Hände ersetzten die fehlenden landwirtschaftlichen Maschinen. Viele Kinder packten mit an auf den Feldern, sicherten das Überleben der Familien. Die Kinder arbeiteten hart und blieben dennoch arm. Vernachlässigt lagen die Dörfer hinter der Entwicklung in den Städten zurück. Der Schah verfolgte einseitig die moderne Industrialisierung, die Bauern vergaß er. Es traf besonders die Mädchen, die ihren Müttern im Haushalt helfen mussten. Sie lernten früh Brot zu backen, halfen beim Kochen, fegten die Räume, den Hof, sie kümmerten sich um die jüngeren Geschwister. Die Revolution schien eine Erfindung der Städter zu sein - sie erreichte die Kinder und besonders die Mädchen erst zwanzig Jahre später - sie brachte die Rückbesinnung auf den Glauben. Die Religion wies den Mädchen und jungen Frauen ihren Platz im Haus zu. Sie wurden früh verheiratet, zu früh schwanger und brachten schwache Kinder zur Welt. Wozu sollte da eine Schulbildung von Nutzen sein? Nur wenige von ihnen schlossen die Schule ab. Haraam, verboten - wurde zum meist benutzten Wort und Gesetz. Die Eltern setzten das Alter ihrer Söhne herab, so konnten sie länger auf den Farmen arbeiten, bevor sie zum Armeedienst eingezogen wurden. Die Töchter dagegen wurden als älter ausgegeben, um sie noch früher zu verheiraten. Dann kam der Krieg, die Grenzen wurden geschlossen und damit auch Bildungswege ins Ausland. Die Zukunft schien vertagt auf eine ungewisse Zeit. Die Kinder wuchsen langsam heraus aus ihren Träumen, desillusioniert.

Setareh war zwei Klassenstufen unter Nader und seinem Freund Yaavar. Täglich gingen sie gemeinsam den Weg zur Schule. Nader wachte über Setareh, damit ihr niemand zu nahe kam. Manchmal half ihm auch Yaavar dabei, der hatte sofort begriffen, dass Nader in Setareh verliebt war, noch bevor Nader es sich selbst eingestand. Hätte Yaavar über seine Vermutung zu Nader gesprochen, nie hätte er es dem Freund verziehen und sich lange über dessen Vermutung geschämt. Als Kind träumte Nader davon, sich über alle Prinzipien hinwegzusetzen durch Wünsche, nicht durch Taten. Nader blieben die sehnsuchtsvollen Blicke seines Freundes Yaavar nicht verborgen, die ständig um Setareh kreisten, je älter sie wurden. Seine Eifersucht wuchs. Doch Yaavar ließ sich nichts anmerken aus Respekt vor dem Freund. Er begrub seine Liebe für immer im Herzen und verließ das Dorf, zog in die nahe Stadt zu seinem Onkel. Auch er war ein sehr guter Schüler, doch konnte er die Schule nicht beenden. Er begann bei seinem Onkel als Beifahrer zu arbeiten.

An den meisten Nachmittagen, wenn Nader frei hatte, saß er im Garten und spielte Setar. Die Klänge seiner Musik wehte der Wind über die Mauer in den Nachbargarten, wo Setareh mit ihren Eltern lebte und ergriffen seinen Melodien lauschte. Setareh bedeutet Stern. Sie war strahlend schön wie das Licht und sechzehn Jahre alt, als sie sich in Nader und seine Musik verliebte. Sie war erst ein Jahr, als sie ihre leiblichen Eltern bei einem Erdbeben in Tabas verlor, einer Stadt südwestlich von Khorasan, wo sie zuvor lebte. Der ältere Bruder ihres Vaters Yoseph und seine Ehefrau Rokh Saareh nahmen Setareh wie ein eigenes Kind auf. So wuchs sie bei ihrem Onkel auf ohne zu wissen, dass sie ihre leiblichen Eltern verloren hatte.

Setareh arbeitete wie viele andere junge Mädchen in der nahen Teppichweberei. Sie besaß einen eigenen kleinen Webrahmen und verdiente mit dem Weben von Teppichen etwas Geld, damit half sie ihren Eltern. Setareh setzte ihren Webrahmen dicht in die Nähe zur Mauer des Nachbargrundstücks. So fühlte sie sich Nader näher, wenn sie auf der Terrasse arbeitete und seiner Musik lauschte. Manchmal wünschte sie, das Muster des Teppichs in Naders Gesicht zu verwandeln, so deutlich sah sie ihn vor sich. Aber ihr blieben nur seine Worte, die er zu den Melodien sang, und die sie heimlich in ihr Tagebuch schrieb. Sie träumte über den Farben, die sie in die kleinen Teppiche webte, unentwegt von ihm. Orange war für sie der Sonnenuntergang, den sie liebte, und gleichzeitig wünschte sie, dass ihre Liebe nie untergehen würde. Das Grün frischen Grases, das so selten im Umland war, erschien ihr als Symbol lebendiger Liebe. Türkis verströmte die gleiche tiefe Stille, die sie erfasste, wenn Nader seine Musik spielte. Im Weiß sah sie Reinheit, Klarheit, die Unschuld, die sie selbst verkörperte. Rot wie das Rot der Äpfel, das Feuer der Liebe. Schwarze Fäden webte sie nie in die Teppiche. Manchmal schalt ihre Schwägerin sie, weil sie meinte, eine falsche Farbe verwendet zu haben. „Was tust du da? Braun musst du nehmen", mischte sich die Ehefrau ihres Bruders aufgeregt in ihre Arbeit ein, aber Setareh lächelte nur. Sie wusste genau, was sie tat.

Nader widmete ihr viele seiner Lieder. Ganz von selbst flogen ihm die Melodien und Worte zu, in ihnen sah er Setarehs feines Gesicht vor sich, ihre anmutigen Züge, wie sie mit halbgeschlossenen Augen selbstvergessen vor sich hin träumte. Er spürte sie anwesend in ihrer Abwesenheit. Setareh erfüllte den Klang seiner Musik und seine stille Einsamkeit. Sie war neben ihm, wenn er spielte, der Wind wehte Strähnen ihres Haares auf seine Schulter. Nur die braune Wand zwischen ihnen trennte sie. Manchmal träumte er davon, wenn alle schliefen mit Setareh zu flüchten, den Weg über die Ostroute zu nehmen, mit ihr davon zu laufen in ein Land seiner Träume. Oft vergingen Wochen der Blicke und des Sehnens nacheinander, bis sie Gelegenheit fanden miteinander zu sprechen. Sie begegneten sich zufällig auf den Wegen, wenn Setareh vom Wasserholen kam oder Nader ins Dorf ging. Unauffällig beobachteten sie sich, streiften sich wie der Wind ein Blatt berührt aus der Ferne, sie spürten sich in ihrer Abwesenheit.

Zwei Wege führten in das kleine Dorf Karim Abad. Der erste Weg in westlicher Richtung verband das Dorf mit der kleinen Stadt, in der alle Nachbarn ihre notwendigen Dinge einkauften. Der andere Weg führte nach Osten und dehnte sich bis zum staubigen Horizont ins Qaveer, dem trockenen Wüstenland. Schmuggler benutzten diese Route, transportierten Drogen und Opium auf Kamelen und Jeeps. Einer von ihnen war bekannt als Abdol Khan, der Drogenkönig, ein reicher junger Mann. Sein Revier hatte er fest im Griff. Er bewegte sich sicher über die Grenze nach Afghanistan. Jahrelang hatte er sich ein umfangreiches Kontaktnetz aufgebaut, viele Helfer standen ihm zur Seite. Er kannte die wenigen Gendarmen an der Grenze. Sie waren arm und ungebildet, einige von ihnen bereit zu jedem Nebenverdienst. Sie waren zu wenige, um die Schmuggler zu verfolgen und die Bedingungen an der Grenze hart. Sie rauchten selbst Opium, um zu überleben. Auf der afghanischen Seite der Grenze gab es keine Gendarmerie. Unbehelligt zogen die Schmuggler zu den Mohnfeldern und kauften den Bauern große Mengen Mohn ab, der zu Drogen verarbeitet wurde. Abdol Khan verstand das Leben zu nehmen, wie es kam und richtete sich hier wie dort häuslich ein. Eine seiner Ehefrauen lebte in Afghanistan, die andere im Iran. Sein einfältiger Bruder Khosro profitierte von seinen Geschäften, ohne sich die Hände schmutzig zu machen. Er lebte in den Tag hinein, so reich war er.

In der Zeit vor seinem achtzehnten Geburtstag wurden Naders Melodien immer schwermütiger. Setareh war die Einzige, die wusste, weshalb Naders Musik auf einmal so traurig klang. Mit Achtzehn sollte er an die Front eingezogen werden und achtundzwanzig Monate der Armee seines Landes dienen. Der Iran und sein Nachbarstaat Irak lagen im Krieg miteinander. Mit Grauen dachte Nader an den Krieg, er wollte keine so lange Zeit von Setareh getrennt sein. Es gab einen Ausweg, Nader musste heiraten. Die Regierung schickte nur unverheiratete Männer an die Front. Nader entschied sich Setareh zu heiraten. Das war nicht so einfach. Seine Familie war ärmer als Setarehs, er schämte sich. Wie sollte er darüber mit seinem Vater sprechen? Es betrübte ihn sehr und er versank in Tagträumereien, niemand sah ihn in diesen Tagen lächeln. Nur Setareh hörte seine Trauer und verstand ihn. Die Tage vergingen, doch Nader konnte nichts tun. Eines Tages rang er sich zu einer Entscheidung durch. Er wollte die Schmuggler begleiten als einfacher Transportarbeiter und erinnerte sich an Abdol. Er war stark und schaffte es mühelos, fünfundzwanzig Kilo schwere Säcke auf seinen Schultern zwanzig Kilometer lang zu schleppen. Der Lohn war höher als für seine Arbeit auf der kleinen Farm, wo es an Regen mangelte. Doch der Job war voller Gefahren. Die Regierung ließ gnadenlos jeden hinrichten, der mit mehr als einem Kilo Drogen erwischt wurde. Nader war voller Zuversicht. Ein paar Mal gelang ihm der Job, er verdiente soviel wie in fünf Jahren harter Arbeit auf der Farm einschließlich der Einnahmen von seinen paar Ziegen. Dennoch war es zu wenig, um eine Farm zu kaufen oder ein Haus zu bauen, um mit Setareh dort zu leben.

Alles ging gut bis zu dem Tag, als der Grenzposten sein Gepäck nach Drogen durchsuchte. Schnell warf Nader alles von sich in den Bergen. Zitternd rannte er um sein Leben. Er erreichte sein Dorf und versteckte sich im Haus seines Vaters. Dort blieb er die nächsten Tage. Ob die Gendarmen ihn kannten? Suchten sie ihn bereits? Er wusste es nicht. Die Ungewissheit quälte ihn. Unruhig verharrte er im Haus. Schließlich erreichte ihn eine Nachricht Abdol Khans. Der wartete seit Tagen auf Nader und wollte ihn außerhalb des Dorfes treffen.

„Was ist mit den Drogen?", fragte Abdol ungeduldig und sah ihn erwartungsvoll an. Nader setzte sich umständlich zu ihm, zog die Schultern hoch und breitete langsam die Arme aus. Er begann von der Kontrolle in den Bergen zu erzählen, wie er die Tasche von sich geworfen hatte, doch bevor er alles erzählen konnte, sprang Abdol wütend auf und unterbrach ihn.

„Ich gebe dir fünf Tage, Nader! Fünf Tage, hörst du!!", schrie er. Seine laute Stimme füllte den kleinen Raum. Er sah auf Nader herab, der den Kopf gesenkt hielt und angespannt auf den Boden starrte.

„Wenn du mir in fünf Tagen nicht die Drogen lieferst", er verstummte und machte eine warnende Geste. Nader sah ihm direkt in die Augen. „Dann werde ich dich hart bestrafen. Und nun geh!" Verzweifelt lief Nader zurück zur Farm seines Vaters und versank in schweren Tagträumen. Er saß auf der Erde, nahm den feuchten Boden um sich herum wahr. Herumliegende Samen erinnerten ihn an die Ernte, die nicht gut gewesen war in diesem Jahr. Es fehlte Regen. Wie sollte er an die Drogen herankommen, die der Berg längst verschluckt hatte? Wie konnte er Abdol Khan entgegen treten? Der würde nicht von ihm lassen, dafür war er bekannt. Er hatte kein Geld, um seine Schuld zu begleichen. Er war arm, sein Vater war arm, die Ernte war mager. Seine Gedanken drehten sich unaufhörlich im Kreis wie die Schwärme von Vögeln über der Farm, die unheimliche Schatten auf den Boden warfen. Abdols Drohung und die Armee rückten näher, Setareh dagegen entschwand in unerreichbare Ferne. Das Bild seines Freundes Yaavar tauchte plötzlich vor ihm auf. Yaavar! Wie lange hatte er ihn nicht gesehen? Er besuchte ihn selten in der Stadt. Und seit er entdeckte, dass auch sein Freund von Setareh träumte, hatte er sich von ihm zurückgezogen. Stillschweigend waren sie sich aus dem Weg gegangen. Eine Erinnerung an Yaavar tauchte vor ihm auf.

Sie kamen gemeinsam von der Schule, als Nader plötzlich etwas Blitzendes neben einem vertrockneten Baumstamm entdeckte. Er deutete mit der Hand auf den unklaren Gegenstand.

„Yaavar, sieh mal dort, was ist das?"

„Ach, das ist bloß eine leere Flasche", winkte Yaavar ab, „die hat sicher ein Spaziergänger fort geworfen."

„Aber wenn es nun ein versteckter Krug voller Gold wäre?", fragte Nader aufgeregt. Yaavar sah ihn an und lachte ihn aus. „Was bist du doch einfältig, Nader!"

Jahrhunderte lang wurde das Land von Nachbarstämmen angegriffen. Die Regierung war zu schwach, um die Menschen in den Regionen zu schützen. Die Mehrheit der Bevölkerung lebte in Elend. Wenn die Menschen zu etwas Reichtum kamen, legten sie es in Goldkäufen an. Vor allem Frauen besaßen ein Vermögen an Goldschmuck. Sie fürchteten sich vor Dieben und Überfällen und vergruben ihr Gold in Krügen, schütteten Asche darüber und markierten das Versteck mit einem Zeichen. War die Gefahr vorüber, gruben sie ihre Schätze wieder aus. Auch den Ahnen wurden Kostbarkeiten ins Grab mitgegeben.

Das Leuchten in Naders Augen nahm ihn gefangen und so überlegte er sich, Naders Phantasie weiter zu reizen.

„Wenn du willst, verrate ich dir eine wahre Geschichte von einem echten Goldschatz", versprach er. Nader riss ungläubig die Augen auf und blieb abrupt stehen. Yaavar schwieg bedeutungsvoll. Ungeduldig zog Nader seinen Freund zu einem großen Stein, auf dem sie beide Platz nahmen. Er bemerkte nicht das feine Lächeln, das Yaavar´s Mundwinkel umspielte, fast hatte er Yaavar neben sich vergessen, so sehr beschäftigte ihn die Vorstellung von einem echten Schatz, einem Goldschatz, der auf immer alle Probleme lösen würde. Ob Gott ihn eines Tages erhören würde, ja sicher würde ER ihm Hilfe schicken und ihn belohnen. Nader seufzte hörbar auf. „Oh, wenn ich doch einen Schatz finden könnte! Was kann ich bloß tun? Nun erzähl schon", forderte er Yaavar auf.

„Ich weiß, ich weiß, ich weiß", entgegnete Yaavar kühl und verstummte. Schlagartig stieg Nader die Schamesröte ins Gesicht, er wandte sich ab. Dann erinnerte er sich an eine wunderbare Rede seines Großvaters, der ihm von einem alten

Mann erzählte, der so arm war, dass er sich als einfacher Arbeiter zeitweise auf anderen Farmen verdingen musste. Geduldig nahm der alte Mann seine Misere hin und versuchte mit wenig auszukommen. Er hatte mehrere Kinder und manchmal half ihm sein ältester Sohn. In einem Jahr fiel kaum Regen. Das Gemüse auf den Feldern vertrocknete, eine Hungersnot überzog das Land, die Arbeit wurde noch rarer. In dieser Zeit kam der alte Mann eines Abends niedergedrückt nach Hause und sah seine Frau Erde zusammen kratzen und in den Brotteig mischen. Er ertrug den Anblick nicht und lief zurück in die trockene Wüste, starrte stundenlang zum Horizont und weinte herzzerreißend. Plötzlich tauchte ein Schatten neben ihm auf. Aus dem Schatten trat ein Derwisch.

„Salaam", grüßte er den alten Mann.

„Alaykomo salaam Derwisch".

„Warum bist du so traurig?" Er erhielt keine Antwort. Eine Flut von Tränen stürzte aus den Augen des alten Mannes.

„Verliere nicht deine Hoffnung, steh auf, meine Sonne, mein armer Sohn und suche die Spur der Zeichen." Als er fort war, dachte der alte Mann, er hätte alles nur geträumt. Es dunkelte bereits und wurde nun gänzlich dunkel. Er wusste nicht, wie viele Stunden er hier war. Er kehrte in sein Haus zurück, aß nichts und bedeckte sich mit einem verschlissenen Laken. Früh erwachte er und ging nach dem Morgengebet in die Wüste zu dem Platz, an dem er am Vortag gesessen hatte. Er starrte wieder den Horizont an. Die ersten Sonnenstrahlen erhoben sich. Ein seltsames Gefühl erfüllte ihn. In Richtung des Sonnenaufgangs leuchtete jäh etwas neben einem Stein auf. Er rannte darauf zu. Als er ankam, war da nichts. Das Leuchten war verschwunden. Er setzte sich und sann nach. Was für ein süßes Gefühl das gewesen war, aber warum verschwand es? Er schaute umher. Ein Spatzennest lag auf einem Stein. In der Umgebung war nur trockenes Gras. Er suchte nach einem Zeichen. Was hätte er sonst tun sollen? Ein Stock lag da. Erbittert ergriff er ihn und zeichnete ein Bild auf den Boden. Vor wie vielen Jahren hatte er das zuletzt getan? Waren es 20 Jahre, 30 oder gar 40 Jahre her? Ungeschickt zog er einen Kreis auf den Boden. Der Kreis war die Sonne, seine Sonne. Er zeichnete einen Stein. Wie unnötig, es lagen unzählige herum in der Wüste. Alles war Wüste, trockene Wüste. Zuletzt schraffierte er einen Schatten auf den Boden. Der fremde Derwisch. Was geschah dann? Geschah überhaupt etwas? Er wartete. Er war den Spuren gefolgt. Als er das letzte Zeichen malte, sank unerwartet die Erde unter seinem Bild ein, ein großes Loch entstand. Mit bloßen knöchernen Fingern grub und wühlte er in der Erde und zog endlich einen Krug heraus. Es war ein goldener Schatz.

Nader rieb sich mit beiden Händen über die Augen, wischte die Erinnerung fort. Sein Blick fiel durch die offene Tür hinaus auf die Farm. Er beobachtete, wie ein kleiner Spatz nach einem Samenkorn pickte. Ein leiser Wind strich durch sein Gefieder. An einem Ende der Farm zeigte sich ein blasser Schatten, der langsam in seine Richtung zog. Nader ließ ein paar Samenkörner durch seine Finger gleiten und warf sie mit einer einzigen Bewegung hinaus in den Hof. Er sollte in die Stadt gehen und Yaavar besuchen. Vielleicht wusste der Freund Rat. Da raschelte etwas an der Seite. Nader schaute genauer hin, wartete, lauschte, aber das Geräusch kehrte nicht wieder. Hatte nicht eben eine Schlange geraschelt? Es musste der Wind gewesen sein. Nader stöhnte laut auf, er schien verwirrt. Plötzlich musste er an den alten Qaader denken, dem er manchmal auf seiner Weizenfarm half. Qaader war Kurde, kein Schiit wie die meisten Dorfbewohner, er war Sunnit. Sein Vater war bereits vor langer Zeit ins Dorf gezogen, keiner erinnerte sich mehr so recht daran. Qaader musste schon weit über sechzig sein, er sprach nur wenig und erzählte kaum von sich. In sein Gesicht hatte sich die Landschaft der Salzwüste eingegraben. Er strahlte die Ruhe der ungeheuren Weite und Unbeugsamkeit der Felsen aus. Seine Augen waren schmal, hatten viel gesehen und sich oft vor dem verschlossen, was er beobachtete. Nie sah man ihn ohne seine helle Wollmütze gehen. Nader hatte den alten Qaader niemals so betrübt gesehen, wie an jenem Morgen, als er ihm auf dem Weg begegnete. Er war auf dem Weg in die Stadt, um Khatmi zu kaufen, ein Saft, der den hohen Blutdruck seiner Frau senken sollte. Auf dem ganzen Weg schwor er sich, im nächsten Jahr Khatmi zu säen. Das würde er tun, murmelte der alte Qaader vor sich hin, ohne Nader wahrzunehmen. Der Weg in die Stadt war weit, er hatte einen langen Fußmarsch vor sich und dieser besondere Saft war sehr teuer. Er schien fast ein wenig verwirrt, wie er so mit sich selbst sprach und nichts um sich herum wahrnahm. Der Gedanke, seine Frau könnte ihn verlassen, schmerzte ihn sehr. Er sah sich allein, verlassen ohne sie, die ihre ganze Liebe für ihn mit ins Grab nahm. Qaader wurde oft zum Gespött der jungen Leute, die ihn nicht ernst nahmen, nur einen kauzigen Alten in ihm sahen. Nader fühlte, was Qaader sagte. Er fragte sich oft, ob er so ein getreuer Ehemann für Setareh sein könnte, wie Qaader es war. Da tauchte plötzlich Setareh auf umgeben von Kindergeschrei. Sie kam von der Quelle und trug einen schweren Krug auf der Schulter. Einige Mädchen trugen wie sie große Krüge auf den schmalen Schultern, die sie fest umklammerten. Sie näherte sich langsam und mit ihr die Kinder, die eine lahmende Katze vor sich her jagten. Als Setareh in seine Nähe kam, sah sie ihn scheu mit bittendem Blick an.

„Warum hörte ich dich nicht spielen? Wo warst du?", fragte sie Nader. Ein zaghaftes Lächeln umspielte seinen Mund, als er aufstand und auf Setareh zuging.

„Salaam, Setareh!" Sie grüßte nickend zurück. Ihr schönes Lächeln verzauberte ihn für einen Moment. Er glaubte in ihren Augen die Gewissheit zu lesen, dass sie beide dasselbe füreinander empfanden, dasselbe Geheimnis stumm teilten. Er bot ihr an, den schweren Krug nach Hause zu tragen und ging noch einen Schritt auf sie zu. Setareh wich zurück und wendete ihr Gesicht zur Seite. Sie hielt den Krug fest, schaute zu Boden und sagte leise:

„Übermorgen heiratet mein Cousin. Mein Vater wünscht, dass du Setar spielst bei diesem Fest."

„Ich, … ich, …ich … werde dort sein, sicher!", versprach er. Setareh's Augen huschten flüchtig umher. Die Kinder waren in der Nähe, auch eine Nachbarin

stand da, die Fäuste in die Hüften gestemmt und blickte zu ihnen hinüber. Ihr kurzer Wortwechsel und ihr Blickspiel waren bereits bemerkt worden. Die Kinder näherten sich neugierig. Eine seltsame Spannung hatte von ihnen Besitz ergriffen, und zog auch die Kinder in ihren Bann. Setareh zog unruhig an ihrem Kopftuch und wandte sich zum Gehen. „Ich werde dort sein, warte auf mich!", rief Nader ihr nach. Naders Gedanken flogen wild wie Vögel im Kreis. Die Gedanken an Abdol und die kurze Frist verdrängten bereits den kurzen Glücksmoment. Aufgeschreckt suchte er nach einem Gedanken, der ihm erschienen war wie ein Licht, eine Hoffnung. Was hatte er nur gedacht? Nader lief auf und ab. Seine langen Arme schlenkerten in der Jacke mit dem offenen Saum. Seine Hosen waren ausgebeult und zu kurz, seine Schritte ausgreifend. Auf und ab, auf und ab. Eine Katze schlich argwöhnisch davon, Hühner rannten beiseite, er verbreitete zuviel Unruhe. Seine schwarzen Locken standen zerzaust und wirr vom Kopf ab. Aber jetzt war er aufgewacht. Setareh hatte ihn herausgerissen aus seinen Grübeleien. Ihre Einladung war eine Verheißung. Aber wenn nun Abdol Khan dort aufkreuzen würde? Der würde sich die Gelegenheit nicht nehmen lassen, um sich selbst darzustellen. Sonnenstrahlen strichen angenehm über seine Stirn. Und wenn schon. Er schob den Gedanken beiseite und hob den Kopf zum Himmel. Die Sonne war hervor gekommen und verbreitete eine zaghafte Wärme. Er hielt sein schmales Gesicht in die Sonne. Seine Hände steckten tief in den Taschen, in denen allerlei Dinge verborgen waren, Bindfäden, alte Brotkrümel, eine kleine Münze, ein alter Knopf. Er grub seine Schätze um, doch den Gedanken förderte er nicht ans Licht. Er war wichtig gewesen, erinnerte er sich. Da fühlte er eine warme Berührung am Knie und öffnete die Augen. Ein magerer Hund mit vorstehenden Rippen und einem zerfetztem Ohr, auf dem ganze Fliegenschwärme hausten, schaute mit feuchten großen, braunen Augen zu ihm auf und jaulte.
„Hau ab", schrie Nader. Der Hund sprang zur Seite, wartete ab, kam ein paar Schritte auf ihn zu und winselte. Nader hob einen Stein auf, noch bevor der Stein traf, war der Hund weg. Da fiel es ihm ein. Yaavar, dachte Nader. Er hatte in die Stadt gehen wollen, seinen Freund suchen. Vielleicht wusste der Rat. Das war es gewesen. Er zog an seiner Jacke, klopfte sich den Staub aus den Hosenbeinen und machte sich auf den Weg. Er nahm den kurzen Weg durch die Qaveer, der am Dorf vorbei direkt in die Stadt führte. Seinen Weg kreuzten streunende Hunde mit gesenkten Schnauzen über dem Boden, sie rannten weg, wenn er sich näherte. Die Erde war rissig, trocken wie aufgesprungene Haut im Winter. Sie gab nichts mehr her. Steine lagen auf dem Sandboden herum, vielleicht um ihn festzuhalten vor den kalten trockenen Winden, die über die Wüste hinwegfegten und Schicht um Schicht aufwirbelten. Vielleicht damit sie nicht wegflog, dachte Nader. Die Sandschollen könnten in die Risse rutschen und für immer verschwinden. Nader sah plötzlich einen blauen Himmel durch die Brüche scheinen. Was für ein verkehrtes Leben! Stand nicht alles auf dem Kopf? Er strich sich mit den Fingern durchs Haar, als ob er ein Feld umpflügen wollte. Trockene Sträucher, Disteln, ein paar Halme, an denen Schafe zupften, die Erde staubte unter seinen Schritten.

Jemand packte Nader an der Schulter und riss ihn herum. Sein Gesicht war dicht vor Nader. Er konnte den heftigen Atem des anderen auf der Haut spüren. Der hatte die Augen weit aufgerissen und grinste unverschämt. Erschrocken blickte Nader in eine hohle Fratze. Aus Naders Gesicht wich das Blut. Etwas Kaltes krallte sich in seinen Rücken, ließ ihn erstarren. Nader starrte Khosro an. Der hielt noch immer mit beiden Händen Naders Jacke fest. Nader trat ihm gegen das Bein. Sie rangen miteinander. Khosro wich zurück, keuchte und ließ los. Sein Grinsen verschwand. Nader atmete schwer, er taumelte kurz. Angespannt und stumm stand er vor Khosro. Der strich langsam seine feinen Sachen glatt. Dann stellte er sich vor Nader hin, die Schultern nach hinten gedrückt, ein Lächeln schlängelte sich über sein Gesicht, seine Augen funkelten hart und wild. Überlegenheit spiegelte sich in ihnen. „Du weißt, was du zu tun hast! Bring die Tasche mit den Drogen zu Abdol!", stieß er hervor. Er musterte ihn langsam von oben bis unten. Khosro heftete seine Blicke auf die durchgewetzten Stellen an Naders Jacke, seine flatternden kurzen Hosenbeine, die schäbigen Schuhe. Khosro grinste zufrieden. Nader war den Tränen nahe. Doch in seinen Augen saß nur Staub. Warum besaß Khosro alles, fragte sich Nader? Warum hatte er Schwierigkeiten? Khosro würde auch noch den Wind aus der Wüste verkaufen, den letzten Sonnenstrahl beim Abendgebet vor der Moschee mit einem Amen, dachte Nader voller Wut und spuckte vor Khosro aus. Naders Lippen waren weiß und zitterten. Sein Herz klopfte stark, er merkte es erst jetzt. Er hatte Angst vor Abdol. Die Angst war weiß. Sie hüllte ihn ein wie ein undurchdringlicher Nebel und zog ihn hinab. Hinter der Angst lag der Abgrund, der ihn von sich selbst trennte. Die Angst führte geradewegs in den Tod. Weitergehen, bewegen, eine Bewegung nur, wenn das gelang, konnte die Angst gebannt werden. Nader versuchte eine Hand zur Faust zu ballen. Ihm war schwindlig. Durch einen weißen Schleier hörte er Khosro schreien: „Oder du zahlst eine Menge Geld als Entschädigung!" Khosros Stimme war schrill, zu schrill. War es seine Stimme? Er erkannte sie nicht wieder. Sie erschien ihm fremd. Sie gehorchte ihm nicht. Seine Augen flatterten unruhig, er zupfte an seinen Fingern bis sie in den Knöcheln knackten. Er war durcheinander. Er verstand nicht weshalb. Nader hatte ihn verwirrt. Er hatte in Naders Blick etwas gesehen, dass ihn zu Boden blicken ließ. Auch er zitterte plötzlich, vor Scham. Er mochte diesen Job nicht, den Abdol ihn aufgetragen hatte. Unruhig trat er ein paar Schritte vor und zurück. In seinem Hals saß ein Kloß, der ihn drückte. Nader tat ihm leid. Er blickte zur Seite. Gleich darauf sah er Nader verstohlen an. Er beneidete ihn. Khosro wischte sich seine verschwitzten Hände an den Hosen ab. Er bewunderte Nader. Der wusste genau, was er wollte. Nader hatte eine Liebe, Setareh, und war bereit für sie die schwierigsten Dinge zu tun. Khosro war jämmerlich zumute. Er wünschte sich eine so starke Liebe wie Nader sie hatte. Warum stand er noch da? Er hätte längst gehen müssen, mit erhobenen Kopf an Nader vorbei. Er konnte es nicht. Fasziniert schaute er Nader an. Warum hatte Nader soviel Glück? Er fühlte sich auf einmal sehr einsam. Seine Eltern waren lange vor der Revolution gestorben. Er hatte nur noch Abdol, der sich um ihn kümmerte. Er sah das liebe Gesicht seiner Mutter vor sich. Wie sehr er sie vermisste. Sie war eine Sklavin gewesen zu Zeiten des Schahs. Der Schah hatte sich gegen die Unsitte vieler mächtiger Großgrundbesitzer durchgesetzt, die sich das Recht der ersten Nacht herausnahmen und die Bräute der armen Bauern einforderten. Die Töchter armer Bauern wurden als Sklaven in Zahlung genommen, wenn die Ernte schlecht ausfiel, die Bauern ihre Schulden und Steuern nicht zahlen konnten. Sein Vater war ein Verwalter, ein Mobaasher, der für einen reichen Großgrundbesitzer die Abgaben eintreiben musste. Er hatte Wächter, die ihm halfen. Sie überwachten die Bauern wie Spione und fielen wie Diebe in die Häuser der Armen ein, plünderten ihre wenige Habe und nahmen die jungen Frauen und Mädchen mit. Eine davon war seine Mutter gewesen. Sein Vater verliebte sich im ersten Moment in sie. Er versteckte sie eine Nacht in seinem Haus. Aber das Risiko war zu groß, er musste sie ausliefern. Der Großgrundbesitzer war alt. Die junge Frau schenkte ihm keinen Sohn, kein Kind. Er schickte sie fort. Sie konnte nicht mehr zurück zu ihren Eltern. Die hatten die Gegend verlassen wegen der Schande. Sein Vater nahm sie als zweite Frau auf. Khosro wurde geboren, Abdols Bruder. Der Vater schickte ihn in die Stadt zur Schule. Khosro erhielt eine gute Ausbildung. Er kam nur in den Ferien nach Hause.

Khosro war blass geworden, er stand da mit hängenden Schultern. Die Erinnerungen an seine Mutter schmerzten ihn. Er fühlte sich überwältigt von seiner Trauer und Sehnsucht. Stumm legte er Nader leicht die Hand auf den Arm und ging langsam mit gesenktem Kopf an ihm vorbei. Nader stand unbeweglich da. Er sah Khosro in einer Staubfahne verschwinden. Er sah ihm lange nach, bis auch sein Schatten sich auflöste. Nader war sich nicht mehr sicher, Khosro getroffen zu haben. Die Wüste war leer. Sie war leerer als zuvor. Er spähte in die Weite der Wüste nach einer Erklärung. Die Wüste atmete ein und langsam aus. Nichts lenkte seinen Blick von seinen quälenden Gedanken ab. Nur der scharfe kalte Wind hetzte den Staub über den Boden. Nader setzte sich auf den Eckstein zur Nachbarfarm. Etwas in Nader weigerte sich Khosros Drohung anzunehmen. Was hatte er denn getan? Drogen geschmuggelt, er war erwischt worden, hatte die Drogen von sich geworfen, war davon gelaufen. Er hatte Abdol Khan nicht verraten. Er konnte sie ihm nicht ersetzen. Alles war ein Risiko. War nur er schuld? Warum sollte er die Schuld auf sich nehmen? Wie hatte das alles angefangen? Nader saß da, stützte die Ellbogen auf die Knie, hielt den Kopf in den Händen. Er nahm nichts um sich herum wahr. Dumpf und wie blind saß er da, nach innen gekehrt, lauschte seiner eigenen Stimme. Einer Stimme? Es war nicht nur eine. Viele sprachen zu ihm, verwirrten ihn. Welcher sollte er folgen, welche konnte ihm den Weg heraus zeigen? Mit den Fußspitzen scharrte er unruhig über den trockenen Boden. Sand rieb auf Sand, verursachte ein kratzendes Geräusch. Die Antwort der Wüste, eine vertrocknete Antwort, unfruchtbar. Staubwölkchen stiegen auf, die Sonne wärmte Naders Rücken. Setareh, er liebte sie, bildete sich ein, sie zu lieben. Es war seine erste Liebe, die da im Verborgenen in ihm wuchs. Er war verliebt, er konnte sich nichts Größeres vorstellen, als Setareh zu heiraten und mit ihr glücklich zu leben, eine Familie zu haben, ihr bezauberndes Lachen jeden Tag zu sehen, sie immer an seiner Seite neben sich zu wissen. Ein leichtes Zittern ging durch seinen Körper. Was war daran verkehrt? Setareh liebte ihn auch, er wusste es genau. Warum sollte es ihnen verwehrt sein? Geld, nur Geld hinderte sie an einer gemeinsamen Zukunft. Irgendwann würde ein reicher junger Mann auftauchen und um Setarehs Hand bitten. Weil er Geld hatte, genug Geld für ein Haus und ein Stück Land, würde sie ihm versprochen werden. Sicher würde der gut für sie sorgen, es würde ihr an nichts fehlen. Aber wo blieb die Liebe? Seine, ihre Liebe zueinander? War Liebe nicht wichtiger als alles Geld? Er konnte noch so viel arbeiten, nie würde er das Geld für eine Hochzeit zusammen bekommen. Nader stöhnte auf. Wozu war die Arbeit dann gut? Etwas stimmte nicht, konnte nicht stimmen. Er hatte sich schuldig gemacht. Sein Herz presste sich zusammen. Nader atmete tief durch. Er hatte nicht schuldig werden wollen und war es doch geworden. Tiefe Hoffnungslosigkeit hatte ihn erfasst. Er fuhr sich durch die Haare. Wie lange saß er so, ohne sich zu bewegen? Er wusste es nicht. Die Zeit strich über ihn hinweg, sogar die Zeit vertrocknete in dieser Wüste. Da tauchte ein Gedanke auf und reifte in ihm heran. Er würde zur Gendarmerie gehen und alles erzählen. Sofort fiel eine Last von ihm ab. Aber eine andere Stimmte warnte ihn. Sie würden ihm kein Wort glauben, er konnte keine Papiere vorweisen, er konnte überhaupt nichts beweisen. Sie würden ihn ins Gefängnis sperren, schlimmer noch, Abdol Khan könnte seine Beziehungen spielen lassen zur Gendarmerie, sie würden ihn umbringen, ihn schauderte. Seine Verwirrung schlug in Wut um. Er würde sich eine Waffe beschaffen. Mit der Waffe würde er zu Abdol Khan gehen und ihm die Schulden zurückzahlen. Er bebte vor Genugtuung. Er würde ihn kaltblütig erschießen. Nader atmete auf und hob den Kopf aus den Händen. Einen Revolver zu finden war keine schwierige Sache. Er würde sich eine geschmuggelte Waffe besorgen. Er sprang auf, erregt und angespannt. Das Blut schoss ihn in den Kopf. Vor seinen Augen drehte sich alles. Er lief ein paar Schritte. Er wusste nicht, wohin er gehen sollte. Er wusste nicht, dass er lief. Er lief Zickzack. Plötzlich stand er vor seinem Haus.

Afsoon kam ihm vom Webrahmen entgegen und redete auf ihn ein. Er verstand kein Wort. In seinem Kopf sauste der Wind und verursachte ein großes Getöse, er wirbelte trockene Äste, lose Blätter und sogar kleine Steine herum. Spitz stießen die Kanten der Steine gegen seine Schädeldecke und schmerzten ihn. „Nader, was ist mit dir los? Warum bist du so wütend? Dein Gesicht ist ganz rot. Warte, ich hole dir ein Glas Khatmi." Eilig lief sie davon. Das Zimmer drehte sich um Nader. Schnell setzte er sich in eine Ecke, lehnte sich an ein Polster und trank in einem Zug das Glas leer, das Afsoon ihm reichte. Seine Hände zitterten. Er trank ein zweites Glas. Die scharfen Konturen aus Angst und Wut verschwanden im Halbdunkel des Zimmers, sie wurden so undeutlich bis sie ganz verschwanden. Nader stellte das Glas auf das Tablett neben sich. Auf einmal erschien ihm alles absurd. Eine Waffe besorgen, Abdol erschießen, wie war er nur darauf gekommen? Abdol hatte Beschützer, eher würden sie ihn töten. Sie würden sich an seinem Vater und Afsoon rächen. Er würde sie alle mit hinein ziehen. Er lehnte sich zurück und schloss die Augen. Er wünschte sich fort in ein anderes Leben, in eine andere Person hinein. Er wollte die Augen erst wieder öffnen, wenn er sicher sein konnte, im anderen Leben angekommen zu sein. Als Kind war es ihm leicht gefallen, sich eine Geschichte auszudenken und sich langsam in diese andere Person zu verwandeln. Er hatte viele Leben erfunden, die er voll Leidenschaft lebte. Dort, an diesen Orten, war alles, was er wirklich besaß. Das machte ihn glücklich für eine Weile. Immer wieder kehrte er an diese Orte zurück. Sie waren der Weg, auf dem er ging, und reichten bis in seinen Tag und seine Musik hinein.

Hatte er geträumt? Afsoon kniete neben ihm auf dem Teppich und strich ihm über das staubige Haar. Sie sah ihn mit großen Augen an. Nader bewegte sich nicht, er blickte ruhig seine Schwester an. Keiner sprach ein Wort. Sie saßen so eine ganze Weile. Die Zeit stand still. Aus dem Halbdunkel zeichnete sich die Öffnung zum Zimmer seines Vaters wie ein dunkler Fleck ab. Dahinter lag ein Raum mit vielen Erinnerungen. Nader folgte einem Impuls und stand auf. Langsam näherte er sich dem Zimmer seines Vaters. Er wusste nicht, was er suchte. Er ahnte auch nicht, was er finden könnte. Er stand an der Schwelle, lehnte den Kopf gegen den Türrahmen und sah in das kleine Zimmer hinein. Durch die verschlossenen Vorhänge fiel mattes Licht. Von den Lehmwänden blätterte alte Tünche, der Boden war mit einem schäbigen Teppich bedeckt. An der Wand lehnte ein Polster, die alte Holztruhe des Großvaters stand in der Ecke, die Laken waren glatt gezogen über der Wolldecke. Alles war ihm vertraut, aber er schaute auf alles mit neuem Blick. Er suchte nach einer Hoffnung. Er prüfte die Dinge, er fragte sie statt seinen Vater. Afsoon stand neben ihn und beobachtete ihn schweigend. Sein Blick schweifte erneut durch das müde halbdunkle Zimmer und blieb am Boden hängen. Er hatte es vergessen. Der Teppich, der kostbare Teppich fehlte schon seit einiger Zeit. Es war ihm, als ob sein Leben Schicht um Schicht ärmer wurde wegen des fehlenden kostbaren Teppichs, der den alten schäbigen einst mit seiner Pracht bedeckt hatte und dem Leben eine Sicherheit verlieh. Die Dinge schienen sich von ihnen zurückzuziehen und nicht nur die Dinge. Der Boden selbst entschwand immer mehr mit seinen Gewissheiten. Dann erinnerte er sich.

Nach der Geburt seines zweiten Bruders starb seine Mutter Vajiheh. Sein Vater heiratete eine junge Witwe, Naar Khaanum. Sie liebte Nader wie ein eigenes Kind. Jedes Jahr wurde sie schwanger und verlor ein Kind nach dem anderen. Verzweiflung und tiefe Trauer erfasste beide nach dem Tod des dritten Kindes. Mahboob und seine Frau beschlossen ein Nazri, eine Opfergabe, zu bringen. Sie beteten zu Gott und baten ihn um ein Kind. Sie schworen, sollte Gott ihnen ein Mädchen schenken, würden sie es mit einem Seyyed, einem Nachfolger aus der direkten Herkunft des Heiligen Propheten Mohammed, Friede sei mit ihm, verheiraten. In ihrem Dorf lebte ein alter Mann, ein Sahm e Seyyed, Mir Jalil war sein Name. Er hatte einen zweiundzwanzigjährigen Sohn Mir Habib, sie riefen ihn Miri. Ihm versprachen sie ihre zukünftige Tochter. Gott war großzügig und schenkte ihnen ein Mädchen. Sie nannten sie Afsoon, Zauber, und waren überglücklich. Die Jahre vergingen, Afsoons Mutter starb. Sie war gerade zwölf Jahre alt und in die Trauer über den Tod der Mutter mischte sich ihre Trauer um ihre Zukunft, wenn sie am Hause von Mir Habib vorbei ging. Miri war zu alt für sie und bereits verheiratet. Er hatte drei Töchter. Was für ein schreckliches Schicksal stand ihr bevor. In ihren Gebeten bat sie Gott innig um Schutz. Nader erinnerte sich an die letzten Worte von Naar Khaanum, die sie mit kaum hörbarer Stimme von ihrem Sterbebett sprach. Mahboob hatte sich zu ihr gebeugt, um sie besser verstehen zu können. Nader kniete auf der anderen Seite neben ihrem Bett. Afsoon lehnte sich an Nader, sie hielten die Hand ihrer Mutter in ihren Händen und streichelten sie. Eine deutliche Qual zeichnete sich auf dem Gesicht von Naar Khaanum ab. Mehr noch als den Tod fürchtete sie um die Zukunft ihrer Tochter. Sie hatten sich so sehr ein eigenes Kind gewünscht. Sie waren bereit gewesen jeden Preis zu zahlen. Erst kurz vor ihrem Tod hatte sie begriffen, dass nicht sie und ihr Mann den Preis zahlen mussten, sondern ganz allein ihr Kind. Ihre kleine Tochter sollte für ihren Herzenswunsch bezahlen. Sie sah mit letzter Kraft Afsoon an, dieses kleine Mädchen mit dem schmalen Körper, so zartgliedrig, mit dem weichen runden Gesicht eines Kindes, den großen dunklen Augen, die sie von ganzem Herzen liebte, sollte einen so viel älteren Mann heiraten müssen. Sie flehte Mahboob an, den Schwur rückgängig zu machen. Ihr Blick ruhte lange auf ihm, bis er stumm nickte und ihre Hand drückte. Ihr Gesicht wurde weicher, mit einem sanften Lächeln schlief sie ein. Auch in Mahboob hatte sich die Sorge eingeschlichen, als er seine Tochter heranwachsen sah. Auch er bedauerte seine Entscheidung.

Nach der Trauerzeit gingen er und Nader eines Tages gemeinsam zum Haus des Mir Habib. Der alte Mir Jalil war inzwischen verstorben. An den Sitten hatte sich einiges geändert. Das Nazri konnte inzwischen auch mit Geld, Kleidern, Weizen oder ähnlichem bezahlt werden. Sie baten den Sohn des alten Seyyed um Vergebung. Sie wünschten, er möge ihnen das Nazri erlassen. Ein langes Schweigen folgte. Mabhoob und Nader hielten respektvoll die Augen gesenkt und wagten nicht den Blick zu heben. Miri verweigerte ihre Bitte und schickte sie fort.
Einige Monate später klopfte Miris Frau an Mahboos Tür. Sie war ganz in ihren Tschador eingehüllt und sprach leise und stockend auf Mahboob ein. Afsoon hatte sich halb hinter dem Vorhang versteckt, als sie Miris Frau kommen sah. Während Miris Frau sprach, huschten ihre Augen unruhig umher und entdeckten Afsoon, die sich noch tiefer hinter dem Vorhang verbarg. Mit unverhohlener Neugier und Abscheu musterte sie Afsoon. Ihre Stimme zitterte beim Sprechen und verriet ihre Wut. Sie hatte nicht kommen wollen, aber ihr Mann schickte sie, um den Hochzeitstermin zu überbringen. Ihre Augen bohrten sich in Afsoons, wie um ihr die doppelte Demütigung jetzt schon heimzuzahlen. Drei Töchter hatte sie ihrem Mann geboren. Die Mädchen waren ein Nichts in seinen Augen. Sie waren ihr Makel, sie nahmen ihr die Zukunft. In die Stadt hatte er sie gezerrt

zu einem Arzt, wie eine Aussätzige behandelte er sie. Nichts hatte er begriffen. Nicht einmal als ihm der Arzt erklärte, dass es nicht an ihr, sondern an ihm lag. Generationen von Männern vor ihm hatten diese Sätze gedacht und gesprochen. Ungebrochen lebten diese Generationen von Männern in ihm fort. Mit Verwunderung hatte sie ihm zugehört. Sie ahnte, dass eine tiefere Wahrheit dahinter steckte, die sie nicht begriff. Was lebte in ihr fort? Sie fühlte sich leer. Wo waren ihre Ahnen? Gott hatte ihr keinen Sohn gegönnt und diesen Mann dazu. Vor Mabhoob senkte sie ergeben den Blick. Er schaute schweigend zu Boden, suchte im Sand nach einer verlorenen Antwort.

Kurz darauf gingen Mahboob und Nader erneut zum Haus des Mir Habib. Er empfing sie und bat sie herein. Eine Frau im Tschador trat ein, in den Händen ein Tablett mit Tee. Sie erhoben sich und begrüßten sie. Es war Miris Frau, sie stellte das Tablett auf dem Teppich ab und kniete sich ein Stück weit entfernt hin. Wieder redeten sie auf ihn ein. Sprachen davon, wie sehr sie Gott gebeten hatten ihnen den Wunsch nach einem Kind zu erfüllen. Baten ihn bei seiner Frau und seinen Kindern um Vergebung, wünschten ihm ein langes Leben, Gesundheit und Wohlergehen. Gott würde ihn belohnen für sein großes Herz. Gott ist groß! Er wird uns vergeben, beteuerten sie. Er wird Miri alles zurückzahlen, versicherten sie ihm. Miri hörte kaum zu, nippte am Tee und sah in Gedanken die kleine Afsoon vor sich, die zu einem hübschen Mädchen herangewachsen war. Er war ihr begegnet, als sie mit den anderen Kindern lachend und scherzend vom Wasserholen kam. Sie würde einmal eine schöne Ehefrau abgeben. Ihr heiteres Lachen klang ihm noch im Ohr. Er sah ihre hellen zarten Wangen vor sich und die leuchtend dunklen Augen, ihren kleinen sinnlichen Mund. Ein Schatten fiel über sein Gesicht. Er hatte sich über sie geärgert. Auf dem Weg beobachtete er, wie sie mit einem Jungen sprach, der nicht ihr Bruder war und auch nicht zu ihrer Familie gehörte. Er hatte sie scharf angeblickt und nach dem Namen des Jungen gefragt. „Yaavar", antwortete sie leise und schuldbewusst. Yaavar hatte sie nur nach ihrem Bruder gefragt, aber das konnte Miri nicht sehen und hören. Er wies sie zurecht, mit einem fremden Jungen zu sprechen, das ist HARAAM, schrie er. Mit ihrem Vater wollte er diese Sache besprechen, drohte er ihr. Afsoon war blass geworden. Sie ging mit klopfenden Herzen nach Hause. Sie klammerte sich an den Wasserkrug auf ihrer schmalen Schulter. In Miri stieg die Wut wieder auf bei diesem Bild. Mahboob und Nader verharrten immer noch schweigend und geduldig auf dem Teppich vor ihm. Der Tee war inzwischen kalt geworden. Sie starrten auf das Tablett. Die Frau bot an, frischen Tee zuzubereiten, doch Mahboob lehnte ab, er wollte ihr keine Umstände bereiten. Er griff nach einem Glas mit Untersetzer, der Tee war dunkel und lauwarm, er schmeckte trotz des Zuckerwürfels bitter, der auf seiner Zunge schmolz.

„Nein", sagte er entschieden, „nein!" Mit einer brüsken Handbewegung scheuchte Miri sie aus dem Raum.

Es vergingen noch ein paar Monate. Der Hochzeitstermin war nicht mehr fern. Afsoon trug dunkle Schatten unter den Augen und aß kaum noch etwas. Sie wurde dünner und dünner. Ihre mageren Arme konnten kaum den Wasserkrug halten, wenn sie von der Quelle kam. Sie saß oft da und starrte vor sich hin in eine ungewisse gefürchtete Zukunft und schwieg. Ihr heiteres Lachen war verklungen. Ihre Bewegungen wurden langsam. Wenn sie nach ihr riefen, dauerte es eine Weile bis Afsoon erkannte, das sie gemeint war. Sie schien jeden Tag ein Stückchen mehr zu verschwinden. Wohin, wussten sie nicht.

Etwas musste geschehen. Mahboob machte sich mit seinem Sohn Nader ein drittes Mal auf dem Weg. Vorsorglich hatte er den kostbarsten Teppich eingerollt, das einzige wertvolle Stück, das er noch besaß. Sie trugen ihn beide auf der Schulter zum Haus des Mir Habib. Er empfing sie und beäugte argwöhnisch den gerollten Teppich, den sie neben sich absetzten. Sie baten ihn viele Male um Vergebung, sprachen ihren Respekt aus, sie baten um die Gnade Gottes und überhäuften ihn und seine Familie mit Lobpreisungen. Miri heftete seinen Blick auf den Teppich, den der Vater ein Stück ausgerollt hatte. Sein Interesse war geweckt. Dieser Teppich war ein sehr schönes Stück und sehr kostbar dazu. Das erkannte sein geübtes Auge sofort. Als sie weiter auf ihn einredeten und unaufhörlich baten, gebot er ihnen zu schweigen. Er ließ sie den Teppich ganz ausrollen und verzog dabei keine Miene. Er ging auf und ab, hin und her. Sein Entschluss stand bereits fest, doch er ließ sich Zeit und trat ans Fenster. Nader und sein Vater saßen auf den Knien neben den Teppich. Im Muster des Teppichs schien ihr ganzes Leben eingezeichnet zu sein, jede Freude in einer leuchtenden Farbe, jedes Ereignis in einem dekorativen Muster. Die Linien hielten sie als Familie zusammen, vermittelten ihnen die Sicherheiten ihres Lebens. Aber in diesem Haus, unter diesem Licht, verblassten die Farben wie erloschen. Ohne sich umzudrehen, noch mit dem Rücken zu ihnen, sagte Miri: „Also gut, einverstanden, lasst den Teppich da!" Miri wandte sich vom Fenster ab und kam auf Mahboob zu. Er blieb dicht vor ihm stehen und schaute mit einem listigen Ausdruck auf ihn herunter.

„Und noch etwas! Du weißt, Mahboob, sechs Siebentel vom Weizen gehören dem Großgrundbesitzer. So war es üblich, ein Siebentel für den Bauern. Du denkst wohl, du bist jetzt der Großgrundbesitzer und erlässt die Regeln? Zahle meiner Familie ein Siebentel der Ernte. Versprich, dass du mir ein Siebentel deiner Weizenernte abgeben wirst in den nächsten sieben Jahren. Schwöre bei Gott, Mahboob, dann nehme ich Abstand von der Heirat." Ohne ein weiteres Wort des Abschieds verließ Miri das Zimmer.

So verschwand der letzte kostbare Gegenstand aus ihrem Haus. Seitdem bedeckte allein dieser abgetretene Teppich teilweise den Boden, und Afsoon besaß die Freiheit, einen Mann zu heiraten, den sie liebte. Beide sahen sich an und erblickten in ihren Gesichtern die Spiegelung ihrer gemeinsamen Erinnerung. Nader drückte leicht Afsoons Hand und löste sich von der Schwelle des Zimmers. Sie schaute erstaunt zu ihm auf. Sie fühlte die Bedrängnis ihres Bruders wie ihre eigene, ohne sie benennen zu können. Sie ahnte nicht einmal, was ihn bedrückte. Nader drehte sich um und ging ein paar Schritte ins Zimmer. Er hatte die Gewissheit gefunden, dass sein Vater ihm nicht helfen konnte. Niemand in diesem Haus konnte ihm noch helfen. Er schaute sich flüchtig um zu Afsoon und lächelte ihr zu. Etwas Tröstendes lag in seinem Lächeln und auch eine gewisse Hilflosigkeit. Entschlossen verließ Nader das Haus. Afsoon blickte ihm ratlos nach. Sie war noch so jung, aber sie spürte genau, dass etwas Entscheidendes geschehen war. Etwas, das Folgen nach sich zog, die nicht mehr umkehrbar waren, die ihr ganzes Leben verändern würden. Im Zimmer hing noch ein Rest von Naders Unruhe, verzweifelter Wut und Hilflosigkeit wie ein schlechter Geruch. In jeder Ecke hockten dunkle Erinnerungen, jeder Schatten verbarg ein Geheimnis, die Luft war angefüllt mit purer Bedrängnis. Afsoon setzte sich langsam an ihren Webstuhl. Sie ergriff den Wollfaden und führte das Schiffchen, doch mitten in der Bewegung hielt sie inne. Der Teppich! Nader und sie hatten den Teppich wieder gesehen, diesen kostbaren Teppich, mit dem ihr Vater ihr die Freiheit zurück erkauft hatte. Er hatte ihr ein neues Leben geschenkt. Naders Kummer musste mit dem Teppich zusammenhängen, grübelte Afsoon. Wie Nader sie angesehen hatte an der Tür. Sein Blick rief ihre Erinnerungen zurück, die sie sorgsam versteckt hatte, an die sie nie mehr denken wollte.

Afsoon sah sich an der Quelle mit den anderen Kindern beim Wasserholen. Da tauchte plötzlich Miris Frau auf. Afsoon scherzte weiter mit den anderen. Miris Frau blieb dicht vor ihr stehen und musterte sie von Kopf bis Fuß. Afsoon schaute fort, mit hastigen Bewegungen setzte sie ihren vollen Krug auf die Schulter, und versuchte ihre Unruhe und Angst zu verbergen. Ihr Herzklopfen konnte sie nicht unterdrücken. Es ging mit jedem Schritt mit. Die Neugier war stärker. Aus den Augenwinkeln sah sie zu Miris Frau auf. Ihre Augen standen etwas hervor und blickten starr und wild. Ihre Wangen waren eingefallen, sie presste die Lippen aufeinander. Das Schweigen zwischen ihnen war drückend geworden. Die anderen Kinder hatten sich entfernt und liefen vor ihnen, sie alberten herum. Miris Frau und sie liefen nebeneinander. Sie sprachen kein Wort. Was hätten sie einander sagen sollen? Afsoon war verwirrt. Was wollte diese Frau von ihr? Ihre Gegenwart brachte sie durcheinander, erinnerte sie an das Nazri ihrer Eltern. Sie schluckte. Sie wollte diesen Mann nicht heiraten. Sie wollte auch nicht ihre Nebenfrau werden. Afsoon lief jetzt schneller. Sie verstand den Blick dieser Frau nicht, der sich in sie bohrte, geradewegs in ihr Herz. Miris Frau lief nun auch schneller. Sie sah nicht weg. Beide atmeten schwer. Afsoon blickte stur geradeaus, fixierte einen Punkt weit vorn, wo sich ihr Haus befand. Sie wollte es vor sich sehen, an nichts anderes wollte sie mehr denken. Sie bogen in die erste Gasse ein. Nachbarn kamen ihnen entgegen, sie grüßten einander. Afsoons Stimme war ganz klein. Sie drückte sich an der Mauer entlang. Das Minarett der Moschee war schon zu sehen. Miris Frau atmete heftig und berührte leicht ihren Arm. Ein kalter Schauder durchfuhr Afsoon, ihr rechter Arm, der den Krug umklammerte, streifte die Mauer. Weiter konnte sie nicht ausweichen. Plötzlich spürte sie eine unbändige Wut. Mit großen Schritten rannte sie davon.

Afsoon hielt das Schiffchen umklammert wie damals den Krug, sie atmete schwer. Es war vorbei, vorbei, redete sie sich selbst zu. Sie saß im Haus vor ihrem Webstuhl. Alles war in Ordnung. Nein, nichts war in Ordnung. Naders letzter Blick. Wohin ging er? Er hatte nichts gesagt. Was bedrückte ihn nur so schwer? Der Teppich! Nader brauchte Hilfe. Vielleicht brauchte er Geld, viel Geld? Der Teppich war das Letzte gewesen, was sie besaßen. Sicher brauchte er Geld. Afsoon sah auf die Kettfäden vor sich. Wieder sah sie sich in der Nähe der Quelle mit den anderen. Yaavar kam auf sie zu, fragte sie nach Nader. Sie wusste nicht, wo Nader war. Hinter ihm stand plötzlich Miri. Miri mit wutverzerrtem Gesicht, Miri, der sie anschrie. Sie verstand nur HARAAM, so erschrocken war sie. Was hatte sie denn getan? Yaavar war Naders bester Freund. Wie alt und hässlich dieser Mann war, dachte Afsoon. Was für kalte, böse Augen er hatte. Miri drohte ihr. Unter der Drohung lag noch etwas anderes. Das ist nicht richtig, dachte sie verstört. Ihr war heiß, ihr Kleid klebte wie Schmutz auf der Haut. Der Schmutz brannte. Überall wohin Miri sah, brannte der Schmutz auf ihrem Kleid. Das Kleid war schmutzig. Sie war schmutzig. Schmutz, überall Schmutz. Der Krug rutschte ihr von der Schulter, erschrocken hielt sie ihn fest. Miri sagte etwas, sie hörte nichts, so laut rauschte ihr Blut. Sie sah, wie er seinen Mund auf und zu klappte wie ein Frosch, wie eine hungrige gierige Katze, die sich den Bauch voll schlug, der schon bis zum Boden hing und doch nicht aufhören konnte. Sie rannte davon.
Wohin war Nader nur gegangen? Afsoon stand auf und lief zum Fenster. Er hatte sie so seltsam angeblickt. Warum hatte er nichts zu ihr gesagt? Sie sprachen doch sonst über alles miteinander. Sie glaubte, Naders Geheimnisse zu kennen. Verstört blickte sie ihm nach, doch von ihrem Bruder war keine Spur mehr zu sehen. Sie wagte es kaum zu denken. Er war gegangen, als würde er nie wieder kommen. Er war für immer gegangen. Lautlos liefen Tränen über ihre Wangen. Es gab keine Erlösung für Nader an diesem Ort, verstand sie mit einem mal. Ihr Weinen war ein Weinen wie für immer.

Setareh stand vor dem Spiegel im Flur und kämmte langsam ihr dunkles glänzendes Haar, das ihr schwer über die Schultern fiel. Gleich würde sie zum Haus ihrer Cousine gehen, um die Jahizieh, die Mitgift, zu bewundern. Die Mutter der Braut hatte stolz alle Frauen des Dorfes eingeladen, die schönen Möbel anzuschauen, die sie ihrer Tochter mit in die Ehe gaben, in das neue Haus des zukünftigen Ehemannes. Ihr Spiegelbild lächelte ihr zu. Setareh betrachtete ihre ebenmäßigen Gesichtszüge, das wilde Funkeln ihrer dunklen Augen, den anmutigen Schwung ihrer Augenbrauen. Kühnheit, Klugheit und eine zarte Sanftheit lagen in ihrem Blick. Ihre Wangen waren so hell wie der Mond und ihren Mund umspielte ein sinnliches Lächeln.

Um Nader herum hatten sich die Hochzeitsgäste versammelt, die aus den umliegenden Dörfern gekommen waren. Es war noch früher Nachmittag. Festlich gekleidet saßen die Männer im Kreis in der Halle und lauschten versunken den Klängen seiner Setar. Im Nachbarhaus hatten sich die Frauen versammelt und hörten von dort seine Lieder. Keiner von ihnen vernahm hinter den Melodien Naders Anspannung. Von Zeit zu Zeit rannten die Kinder durch den Garten, die Frauen folgten ihnen und warfen einen kurzen Blick auf Nader. Setareh war verzaubert von seinem Spiel und schlich sich häufiger in den Garten, um ihn spielen zu sehen. Was für eine zauberhafte Stimme er doch hatte, dachte sie bewegt. Nader spielte und sang für die Gäste, doch seine Gedanken waren unruhig. Er versuchte seine Angst zu bezwingen, die wie ein kalter Wind nach seinen Fingern griff und sein Spiel lähmte. Unentwegt dachte er an Abdol Khan. Wenn dieser plötzlich auftauchen würde auf der Zeremonie, Setareh wusste nichts über seine Zusammenarbeit mit den Schmugglern, wenn Abdol es ihr nun verraten würde? Setareh vertraute ihm. Manchmal brachte er ihr kleine Geschenke, Kämme, Spiegel, Plastikarmreifen. Wenn Setareh ihn länger nicht sah, glaubte sie, er würde mit seinem Freund Yaavar in der Stadt arbeiten. Nader sah Setareh's liebliches Gesicht vor sich. Er sehnte sich danach zu ihr zu gehen, und sie seine Braut zu nennen. Sein Schmerz verschmolz mit der Angst in einem neuen Lied und entzückte die Männer so, dass sie in sein Lied einstimmten. Der traurige Klang seiner Setar flog in die Luft wie ein Parfüm und erweckte vergessene und versteckte Gefühle. Seine Melodien füllten ihre Augen mit Tränen und erweckten eine Sehnsucht, die höher reichte als die Berge. Als es Zeit für das Abendessen wurde, unterbrach Nader sein Spiel. Er ging in den Garten und wusch sich die Hände. Eine flüsternde Stimme neben ihn rief:
„Komm zu mir, Nader, unter den Baum!"
„Oh, Setareh! Meine Liebste, was tust du hier?" Unruhig schaute er sich um und ging auf Setareh zu. „Sie können uns sehen", sagte er leise.
„Hier, das ist für dich, Nader. Das ist der schönste Apfel von allen im Korb, den ich für dich vorbereitet habe", sagte sie und strahlte vor Glück. Zu gern hätte er sie nur kurz berührt, aber etwas hinderte ihn daran. Setareh reichte ihm den roten Apfel.
„Du wirst ihn für unsere Zukunft brauchen", sagte sie mit einem sanften Lächeln und verschwand so schnell, wie sie gekommen war. Nader schaute ihr erstaunt nach, er war sprachlos.
Vorsichtig drehte er den roten Apfel, das Symbol der Liebe. Der Brauch verlangte, dass die Männer den roten Apfel in Scheiben schnitten und Stücke vom Dach hinunter zu ihrer Braut warfen. Die Jungen und Mädchen versuchten Stücke aufzufangen, denn der Apfel war ein heiliges Geschenk Gottes, tabbarok, und brachte Glück und das Versprechen, bald mit dem Liebsten zusammen zu sein. Würde Gott ihm helfen, fragte sich Nader erregt. Die Lichter des Fests erhellten die Dunkelheit bis in die letzte Ecke des Gartens, überall hingen Papierlaternen. Zarter Rosenduft lag in der Luft, Töpfe mit weißen Jasmin und roten Geranien

schmückten die Veranda. Große Teppiche lagen auf dem gekiesten Weg. Eine alte Frau murmelte Gebete und verbrannte Raute im kleinen Kohlebecken. Sie trug es auf einem Silbertablett umher, ein betäubender Duft stieg auf, sie blies in den Rauch, um böse Geister zu vertreiben. Eine heitere Stimmung breitete sich aus nach dem köstlichen Festessen. In kleinen Grüppchen verteilten sich die Gäste, aufgeregte Stimmen summten durch die Luft, und die Kinder tollten ausgelassen zwischen den Grundstücken umher. Ihr Lachen vermischte sich mit den harmonischen Klängen von Naders Setar, von dem alle Anspannung abgefallen war. Er hatte Setarehs Apfel in seine Tasche gesteckt. Ein schwacher Duft entströmte aus dem Versteck und verlieh ihm eine ungeahnte Sicherheit. Er spielte sein Instrument und sang voller Leidenschaft als ihn ein Ruf aufschreckte: „Abdol Khan kommt!", rief jemand vom Eingang des Gartens. Alle verstummten und Naders Gesicht wurde weiß wie der Mond in einer Winternacht, die Angst schnürte ihm die Kehle zu und sein Magen verkrampfte sich vor Trauer. Drei Männer traten ein, langsam und würdevoll näherten sie sich. Die Gäste erhoben sich respektvoll. Keiner von ihnen war Abdol Khan. Es waren zwei seiner Freunde mit seinem jüngeren Bruder Khosro. Sie schüttelten den Neuankömmlingen die Hände. „Salaam", sagten die einen, „Salaam oon Alaykom", antworteten die anderen und lächelten sich bedeutungsvoll zu, einige tauschten Küsse aus. Als Nader an der Reihe war, zog Khosro Naders Gesicht zu sich heran, um ihn zu küssen. Er nutzte die Gelegenheit, ihm schnell eine Nachricht ins Ohr zu flüstern: „Du hast noch drei Tage, um die Sachen zurück zu bringen, lässt dir Abdol ausrichten." Khosro stieß ihn hart zurück und lächelte unverschämt. Sofort wandte er sich ab und ging zu den anderen zurück. Stolz überreichte er der Braut die kostbaren Geschenke, einen wertvollen Kelim und ein goldenes Armband von seinem Bruder Abdol Khan. Das Fest ging unbeschwert weiter, die neuen Gäste gesellten sich dazu. Nader spielte wie im Fieber. Die Erschöpfung trieb ihn an. Phantasiebilder mischten sich ein, sprachlose Gebilde, die miteinander im Kampf lagen. Trugbilder erschienen ihm, lösten sich auf. Wenn er doch fliehen könnte, weit, weit fort mit Setareh. Seine Phantasien waren eine grenzenlose Einöde, kannten weder Weg noch Ziel, weder Himmel noch Erde, sie drehten sich in ihm wie Strudel und zogen ihn in eine endlose Schwärze, die bodenlos wie ein Brunnen zu sein schien. Nicht Nader spielte Setar, Nader hatte sich ins Nichts aufgelöst, sein Geist trieb über den Silhouetten der Berge dahin, nur seine Finger gehorchten ihm noch. Im Sog des Spiels erschienen ihm die Töne vor Augen, bunt und hastig aus seiner Setar hervor gebracht. Sie drehten sich um seinen Kopf, stiegen auf in die Luft bis ihm schwindelte. Den Farben des Regenbogens gleich suchten sie sich ihren Weg über die Köpfe hinweg bis zum Eingang des richtigen Ohrs, des richtigen Zuhörers, der sich ergriffen im Rhythmus wiegte. Sie trieben durch die Halle nach draußen in den Garten, über die Mauern des Nachbargrundstücks. Eine grüne Note flog vor Nader auf, er hob den Blick und schaute ihr nach. Sie umrundete die Braut, die mit einer Tante ins Gespräch vertieft war, kehrte um zu Qaader. Nader sah wie Qaader schmerzlich zusammen zuckte. Vielleicht erinnerte ihn der

Klang an die Stimme seiner Frau? Das Grün der Note verblasste ein wenig. Wie gebannt starrte Nader der Note nach, die nun um Khosro kreiste und keinen Eingang vor seinem verschlossenen Herz fand. Ein Zittern lief durch den Klang und verwandelte sich in ein mattes Gelb, das weiter zu Mahboob flog, der zusammen gesunken da saß und seinen beiden Lieben nachtrauerte. Plötzlich hob Mahboob suchend den Blick in den dunklen Nachthimmel. Mahboobs Lippen bewegten sich lautlos, ein feines Lächeln huschte über seine Züge, welches Nader oft an ihm gesehen hatte, wenn der Vater mit seiner Frau sprach. Mahboob seufzte tief und verscheuchte damit die kleine Note. Sie wechselte ihre Farbe und flog hinaus in den Garten wie magisch angezogen vom matten Schein einer Laterne, um die wie hypnotisiert ein Nachtfalter kreiste. Setareh und Afsoon standen unter der Laterne zusammen, reglos und schweigend seiner Musik lauschend. Der Falter flatterte ins Licht, während die Note ihm folgte und in ein tiefes Orange wechselte. Er verbrannte sich die Flügel, erfüllte sein Schicksal, nun war er im weißen Land. Setareh fühlte einen Hauch auf ihrer Wange wie einen zarten Kuss. Verwundert schaute sie hoch ins Licht. Der verirrte Ton traf direkt ihr Herz. Nader schloss die Augen. Jemand rüttelte ihn unsanft an der Schulter.

„Spiel endlich etwas Heiteres! Wir sind hier auf einer Hochzeit und nicht auf einer Trauerfeier."

Johannes Bettisch

## Die Alte aus Mittelasien

Nicht jede Geschichte, die das Leben schreibt, glänzt in Gold, Pink und Himmelblau und nicht jedes happy end ist unbedingt auch fröhlich. Das Zeugnis dafür bringt die unglaubliche aber wahre Geschichte dieser in Mittelasien verschleppten Frau und ihrer Kinder, die nach 1941 und auch lange nach dem Ende des Krieges Unvorstellbares erdulden mussten um zu überleben.
Die Frau war verzweifelt. Sie hat in den Jahren des „großen Vaterländischen Krieges" eine ganze Menge mitgemacht und noch mehr danach, weil sie zufällig als Deutsche in einem Land geboren wurde, welches vom Dritten Reich angegriffen worden war. Und jetzt ...
Sie begann langsam und zögernd zu erzählen. Sie weinte nicht bei der Erinnerung an den Verlauf der Tragödie, aber ihre Stimme verriet eine unermesslich tiefe Trauer, die sich jahrzehntelang in ihr Bewusstsein eingeprägt hatte. Sie war mager und schon zu früh gealtert, machte oft Pausen, als wollte sie sich unwillkürlich und widerstrebend Teile dessen, was sie erzählte, innerlich veranschaulichen, um es dann mit Worten beschreiben zu können.
„Morgen muss ich fort", sagte der Mann besorgt. „Ich weiß nicht wohin. Man hat uns nur gesagt, wir müssen mit Proviant für drei Tage im Rucksack beim Gemeindehaus sein, um sechs Uhr in der Früh. Sie sagen für zwei Monate. Selig, wer es glaubt, jetzt in der Kriegszeit. Aber was machst du mit den Kindern und mit der Ernte, alle deutsche Männer müssen weg, die nicht an der Front sind, nur die Alten und Behinderte bleiben daheim, so kannst du auch nicht jemanden anheuern oder um Hilfe zu bitten ... Die anderen werden ja auch weg müssen ..."
„Ich stand mit dem Rücken zu ihm, hantierte etwas am Herd, nicht weil ich es machen musste, sondern weil ich nicht wollte, dass er mich weinen sah. Dann würde auf ihn alles noch bedrückender wirken. Ich und die Kinder bleiben immerhin zu Hause, er aber wird fortgetrieben, wer weiß wohin und wofür. Dieser verfluchte Krieg! Von der Arbeitsarmee wussten wir damals noch nichts. Ich glaube, die wurde erst später organisiert."
„Wir haben auch früher schwere Zeiten gehabt und wir haben überlebt, auf Gott vertrauend ..."
„Der hilft auch nur denen, die eine Pistole haben, oder eine Uniform tragen ...", antwortete er.
Zwei Tage danach nahm man die Kinder ab vierzehn fort, um Schützengräben auszuheben. Man rechnete mit massivem Rückzug und das reizte die Behörden wie auch die Bevölkerung noch mehr. Ende September hat man zum ersten Mal den Krieg direkt zu spüren bekommen. Zwei Flugzeuge warfen einige Bomben auf den Bahnhof und trafen. Es gab einen Toten, erdrückt vom herunterstürzen-

den Dach und mehrere Verletzte unter denen, die auf den Zug warteten, der aber nie mehr ankam, weil er unterwegs wie auch die Gleise zerstört wurde.

Die Feindseligkeit der mehrheitlichen Bevölkerung wuchs von Tag zu Tag der deutschen Minderheit gegenüber, obwohl sie auch einheimisch, dort geboren war, und genau so an allen Unbilden des Krieges litt wie die anderen auch. „Im Monat Oktober, ich weiß nicht mehr an welchem Tag", fuhr sie fort, „kam ein Russe und sagte mir, dass ich die Kinder nehmen und mich zum Bahnhof begeben solle. Sofort. Mitnehmen durfte ich nur einen Koffer und nichts anderes. Wir hatten damals noch nicht arm gelebt, im Gegenteil, aber mitnehmen ließ man mich nichts. Die Nachbarin war auch eine Russin, und die überredete den Mann, dass wir bis zum Morgen bleiben durften, das heißt bis früh morgens. Glauben Sie, ich konnte etwa in der Nacht schlafen? Gar nichts! Dann, in der Früh, wikkelte ich den Kleinsten ein, er war erst vier Monate alt, der Älteste wurde in zweiunddreißig, der Mittlere in sechsunddreißig geboren. So gingen wir, es war noch gar nicht richtig hell, ich mit dem Kleinen im Arm, daneben die zwei, sie trugen was sie konnten. Natürlich zu Fuß. Dann gab es schon kein Auto, keinen Pferdewagen oder Ochsenkarren mehr für uns, alles war gegen die deutsche Bevölkerung, weil das „Reich" den Krieg begonnen hatte."

Sie machte eine längere Pause. Schüttelte langsam ihren Kopf, als würde es ihr nicht mehr glaubhaft erscheinen, das, woran sie sich eben erinnerte.

„Ja", meinte sie, „man brachte uns nicht am selben Tag fort, erst am nächsten. Aber nach Hause ließ man uns zwischendurch nicht. Der Transport ging so vor sich: Ich erzähle es Ihnen, aber ich weiß nicht, ob Sie mir glauben. Ich tue es trotzdem, weil es eben so war. Als die Waggons kamen, lud man Pferde aus, drinnen wurde nichts gereinigt. Dann pferchten sie sogleich in jeden Waggon die Leute gedrängt hinein. Es gab kein Wasser, keine Heizung, kein Abort. Und das alles auf einmal. Sie sagten uns: „Wer es überlebt, der bleibt am Leben." Tiefirrsinnige Philosophie, nicht wahr? Reiner Spott! Niemand wusste, wohin es gehen sollte, ich glaube, nicht einmal die, die uns bewachten. Die Reise war unbeschreiblich schwer."

Die Frau schwieg.

„Wie lange sind Sie gefahren?", fragte ich, um ihr wieder aus ihrem momentanen Tief herauszuhelfen.

„Wie lange? Genau wie die Sintflut! Vierzig Tage und vierzig Nächte waren wir auf der Bahn, manchmal standen die Waggons auch auf irgendeinem toten Gleis. Nach vierzig Tagen kamen wir in Kasachstan an, in der Region Kustanaj, Rayon Karasu. Dass wir dort waren, erfuhren wir erst später. Ich vermute, mit einem Ochsenkarren hätte man auch nicht mehr Zeit gebraucht, um bis dorthin zu kommen."

„In Kojbagar war es sehr kalt, fünfunddreißig, vierzig Grad minus, wir waren das nicht gerade gewöhnt. Mich setzte man mit den Kindern auf einen Schlitten, spannte ein Paar Ochsen davor und fuhr uns zirka einhundert Kilometer weit, zwei Tage lang, auf dem offenen Schlitten, ohne warme Kleidung, warmes

Schuhwerk. Das kleine Kind hat sich erkältet. Man lud uns dann aus, mich und die Kinder und auch eine Frau mit ihrem zehnjährigen Sohn. Die hieß Tengler. Wir wohnten auch zusammen, wenn man dieses Hausen als Wohnen verstehen will. Im ersten Winter heizten und kochten wir nur mit trockenem Kuhmist. In der Nähe war ein See und wir gingen hin um Schilf zu ernten, zu schneiden will ich sagen, mit der Hand. Danach musste ich Pferde pflegen. Ich verstand aber nichts von dieser Arbeit."

„Haben Sie Arbeitskleidung, ich meine Schutzkleidung bekommen? Im Winter ist es ja dort fürchterlich kalt ..."

„Den Teufel haben wir bekommen! Von wem denn? Kleidung und Schuhe konnten wir uns nicht kaufen, denn wir hatten nichts womit wir zahlen konnten. Den ganzen Winter verbrachten wir Heu schleppend, Wasser zum Tränken tragend, den gefrorenen Mist wegputzend. Man ließ mich dreimal am Tag für je fünfzehn Minuten nach Hause, um das Kleinkind zu stillen. Das erkältete Kind war sehr oft krank, aber Ärzte und Medikamente gab es keine. Dorthin, wo Ärzte waren, ungefähr fünfzig Kilometer weit weg, durften wir nicht, denn wir waren ja die Faschisten. Fast von jeder Familie war jemand an der Front. Sie können sich vorstellen wie schwer es war, wenn die Mitteilungen über die an der Front Gefallenen eintrafen. Dann ließen uns die Einheimischen ihre Wut fühlen, als hätten wir ihre Familienangehörige persönlich umgebracht ..."

Nun schwiegen wir beide. Langsam begann sie weiter zu sprechen.

„Im Frühjahr holte man mich zu der Feldarbeit. Ich arbeitete mit einer Egge von frühmorgens bis die Sonne unterging. Und als die Sonne aufging, mussten wir schon auf dem Feld sein, mit eingespannten Ochsen. Und so ging das Tag für Tag, bis die Saatkampagne beendet war. Dann begann das Heumachen. Wir transportierten das Heu von morgens bis abends mit einem dafür vorbereiteten Ochsenwagen - die Pferde waren ja, die meisten, auch an der Front. Für die Mittagspause hatten wir fünfzehn zwanzig Minuten. Wir bekamen im Teller, oder besser sage ich, in einem Gefäß, Suppe, die aus einer Kartoffel in Salzwasser bestand; dazu ein Stück Brot. Ohne Fett, Öl oder Fleisch.

Nach dem Heumachen begann das Einbringen der Getreideernte. Wir schnitten das Getreide mit der Sichel und banden die Garben, die wir gleich in Getreidefeimen aufbauten, bevor alles eingefahren wurde. Alles machten Frauen, Männer gab es keine.

Nach der Ernte, das war schon im Herbst 1942, mussten ich und ein Knabe namens Emil das Vieh weiden. Wenn es regnete, wurden auch wir beide nass. Wir vereinbarten einmal, dass ich kurz nachschaue, was die Kinder zu Hause machen, während der Junge bei dem Vieh blieb. Es gab Probleme und ich konnte nicht schnell genug dorthin zurückkommen, wo ich Emil gelassen hatte. Er stand dort und weinte. Das Vieh war in die Siedlung entlaufen. Fünf Wölfe hatten drei Stück Vieh gerissen. Wegen diesen drei Stück Vieh kamen schlimmere Dinge auf uns zu. Emil wurde am Morgen verhaftet und eingesperrt, obwohl er nicht älter als vierzehn, fünfzehn Jahre war. Mich wollte man auch einsperren, aber dann sahen sie die drei Kinder, und der Kleine war ganz mager und krank, so beschlossen sie mich anders zu bestrafen. Sie brachten uns in die Zentrale und gaben uns keine Wohnung. Für die Nacht setzte man uns hinaus auf die Straße. Niemand durfte an uns herantreten. Der Kommandant beobachtete uns durch das Fenster: Wir erfroren fast auf der Straße, er saß in der warmen Stube und trank. Ich fragte mich, ob das noch Menschen sind, aber ich wusste auch, wie viele an der Front umgekommen waren, und sie rächten sich einfach an uns, denn wir befanden uns in ihrer Macht. Wir weinten alle, jeder auf seine Art und versuchten uns gegenseitig zu stützen und zu wärmen, wie wir es eben konnten. In der Früh kam eine Frau bei uns vorbei, eine Russin, die Plimova hieß. Mit sehr großer Mühe überredeten wir sie, dass sie uns bei sich zu Hause aufwärmen lasse. Sie ließ uns am Ende hinein, aber froh war sie dann nicht darüber, denn sie hatte auch drei Kinder, und wir waren zu viert, und sie hatte nur einen einzigen Raum. Der Raum wurde mit einem Kreidestrich durch zwei geteilt, und die Kinder hatten nicht das Recht diesen Strich zu übertreten. Was ich noch an Kleidung hatte, gab ich der Frau für das Wohnen hin.

Man gab uns keine Arbeit, da wir für unsere Schuld büßen sollten, und damit andere Deutsche sehen konnten, wie die Dinge lagen. Da wir keine Arbeit hatten, gab es auch keine Nahrung. Die Kinder begannen in der Gemeinde betteln zu gehen. Sie wollten das in keiner Weise tun, aber ich bat sie, redete auf sie ein, überzeugte sie, dass, wenn sie nicht gingen, wir alle vier vor Hunger sterben werden. Noch jetzt schäme ich mich dafür, aber es war damals die einzige Lösung um zu überleben.

Das kleine Kind kam nicht mehr auf die Beine. Es röchelte und hustete Blut, seine Lungen verfaulten. Im März ist es gestorben. Dann ging ich ins Büro und bat um ein Fuhrwerk um es zu beerdigen.

„Verschwinde von da, Weib, für solche wie euch, gibt es da nichts. Gar nichts! Verstehst du? Nichts, gar nichts! Und jetzt raus von hier! Raus, habe ich gesagt!"

Ich wickelte den Kleinen in eine Decke und mit meinem Ältesten trugen wir ihn durch das Dorf, so zirka einen Kilometer, wobei wir schnell ermüdeten, denn wir waren selbst schwach und ausgemergelt.

Dann trafen wir eine uns bekannte deutsche Frau, die bei den Stieren arbeitete, sie half uns. „Auch wenn man mich aus der Wirtschaft fortjagt ...", sagte sie.

„So legten wir das tote Kind auf den Schlitten und fuhren zum Friedhof, der in einer Entfernung von drei Kilometern vom Dorf lag. Wir haben es hingetragen, aber wir hatten keine Schaufel, keine Hacke, kein Brecheisen, nicht einmal eine Konservendose. Zum Glück, wenn man noch unter diesen Umständen von Glück reden konnte, so war noch ein frisches Grab da. Wir gruben ein Loch mit den Händen, wie wir konnten und bedeckten das Kind. Danach fürchteten wir sehr, dass im Frühjahr, wenn die Erde auftaut, man entdecken würde, dass wir zu ihrem Toten ein Kind dazugelegt haben. Aber es passierte nichts, alles blieb ruhig.

Nach dem Tod des Kleinen gelang es mir mit unglaublichen Schwierigkeiten im Nachbarsdorf eine Arbeit als Pferdepflegerin zu bekommen. Für die vier Pferde gab man ganz wenig Hafer. Wenn der Brigadenleiter nicht anwesend war, nahm ich mit schrecklicher Angst Hafer in die Taschen meiner Kleidung. So sind wir in diesem Winter nicht verhungert. Hafer! Können Sie sich das vorstellen? Und glauben? Es war aber so, ich schwöre es bei Gott.

Im Sommer 1943 schickte man mich wieder in die Brigade. Wir ackerten und eggten mit den Ochsen. Alles geschah nach der bekannten Reihenfolge. Heumachen, ernten, bis im späten Herbst. Im Winter brachten wir das Getreide ein und droschen es. Mit einer anderen Frau warfen wir die Garben in die Dreschmaschinen hinein, fast den ganzen Winter lang. Dann mussten wir das Heu vom Feld, von zehn, zwölf Kilometer Entfernung, hereinbringen. Die Kälte war groß. Von Hunger gequält kamen wir mit den Ochsen an, entfernten den Schnee, rieben die Ochsen mit den Decken ab, luden das Heu auf. Jeden Tag von neuem und von neuem.

Die Kinder habe ich fast nicht gesehen. Oft hatten sie Frostverletzungen, Hände und Gesicht wie Steine, das war schon zur Gewohnheit geworden. Im Jahr 1944 gab man uns eine kleine, in die Erde gegrabene Behausung, wo wir auf Laub wohnten. In der Nacht schlich sich mein älterer Sohn dorthin, wohin die toten Rinder gebracht wurden, schnitt ein Stück Fleisch heraus, zusammen mit dem Fell. Das haben wir gekocht und gegessen. Im Sommer aßen wir wilde Kräuter, wilde Erbsen, Wurzeln, wilden Sauerampfer, und wir aßen alles ohne Salz, denn Salz gab es keines. So überlebten wir bis zum Jahre 1948. Im Winter 1948-1949 haben wir stark gehungert. Ich lag, ich konnte nicht mehr aufstehen und war vom Hunger ganz aufgeschwollen. Dann warf eine Kuh vorzeitig ein Kälbchen. Es war eine Fehlgeburt. Wir kochten es, haben es im Geheimen gegessen, danach kam ich wieder auf die Beine. Dann ist ein Pferd krepiert. Einen Teil davon haben wir auch insgeheim aufgeteilt, gekocht, und überlebten auch den Winter von 1949. Im Sommer desselben Jahres bekamen wir mit den Kindern den Auftrag Vieh zu weiden. Da hatte zu unserm Glück eine Kuh eine Fehlgeburt. Wir aßen das Kalb. Ich begann zu melken. Etwas Milch und Kräuter, das war unsere Nahrung, und das, bitte schön, vier, fünf Jahre nach dem Ende des Krieges! Die Kinder weideten das Vieh am Tag, ich hütete es in der Nacht, damit sich die Rinder nicht entfernen sollten, denn das Vieh weidete in der offenen, weiten und breiten Steppe von Kasachstan. Ich weiß nicht, ob Sie sich das vorstellen können, wenn Sie sie nicht gesehen haben ... So weit das Auge sehen kann, gab es kein Ende. Tage lang konnte man gehen, ohne einen Menschen anzutreffen.

Unsere Behausung war in die Erde gegraben und mit Erde abgedeckt, damit der Regen sich nicht hineinziehen konnte. Wir schliefen auf Heu, kaum bedeckt.

Im Winter 1949-1950 pflegten wir das Vieh, schleppten Heu heran, oder pumpten Wasser aus achtzehn Meter Tiefe, so dass ich, wenn fertig getränkt war, ich meine Hände nicht mehr fühlen konnte. Das Vieh war nicht angebunden. Es gab keine Streu, weil man in jener Zeit nicht viel Getreide anbaute. Mit Ochsen kann man ja nicht besonders viel ackern. Das Ausmisten war schwer, weil der Mist gleich anfror. Das ging so von frühmorgens bis spät am Abend, bis in den Sommer, wenn das Vieh auf das Feld zurückgetrieben wurde.

Der Herbst 1950 brachte eine kleine Änderung. Die Ernte war sehr gut, und zum ersten Mal seit 1941 bekamen wir Getreide für die abgeleisteten Arbeitseinheiten. Nun konnten wir uns mit Brot sättigen. Später im Herbst gab man uns für die gute Arbeit ein trächtiges Jungvieh. Wir arbeiteten mit dem Vieh bis 1952 und lebten etwas besser. Im Frühjahr 1953 nahm man meinen großen Sohn in die Brigade auf, wo er eine Heumähmaschine führte, und im Herbst desselben Jahres gab man mir eine Schafzuchtfarm, ich war dort die Chefin. Für die tausend Schafe brachten wir mit zwei Mädchen alles Heu herbei.

Im Jahr 1954 begann die Urbarmachung des Neulandes. Man begann uns nicht mehr so scharf zu bewachen und im Jahr 1956, elf Jahre nach dem Krieg, hat man uns von der Kommandantur befreit. Und 1957 zogen wir in das rayonale Zentrum. Nach Hause, von wo man uns verschleppt hatte, durften wir nicht, dort wohnten schon andere in unseren Häusern."

„Was haben Ihre Kinder später gemacht?"

„Meine zwei Söhne hatten die Traktorfahrerschule abgeschlossen, der Ältere hat dann geheiratet. Er arbeitete in einer Station für Maschinen und Traktoren. Der Zweite wurde im Oktober 1956 zum Militär einberufen. Ich habe dann eine Stelle als technische Reinigungsfachfrau gefunden. Verstehen Sie den Ausdruck „technische Reinigungsfachfrau? In der normalen Sprache ist das die Putzfrau."

„Sie haben Ihren Mann nie erwähnt, Sagen Sie bitte, haben Sie etwas vom ihm erfahren können? Ist er nach Hause gekommen?"

„Mein Mann? Ja, mein Mann! Bis damals noch nichts. Aber da muss ich einiges über mein anderes Leben erzählen. Wir haben 1930 geheiratet. Nach dem Abschluss der Schule in Petersburg, damals noch Leningrad, kam er zu uns an die Wolga als junger Lehrer, so haben wir uns kennen gelernt. Er arbeitete als Lehrer bis zum Jahr 1939, dann zogen wir in die Ukraine, es gab keine Lehrerstellen mehr. So trat er in die Kolchose ein und arbeitete dort bis zu seiner Verschleppung."

„Das war in 1941?"

„Ja. Ende August 1941 hat der Oberste Sowjet einen Beschluss gefasst, wonach fast alle Deutsche angeblich Spione waren, und darum wurden sie überraschend schnell aus ihrem bekannten Umfeld gerissen und „umgesiedelt". So hieß das: „Umsiedlung". Ich wusste nicht, wo er war, aber ihm ist es gelungen, uns ausfindig zu machen, und nach drei oder vier Monaten bekam ich einen Brief. Mit ihm zusammen war ein Mann aus unserem Dorf, mit dem wir im Rayon Karasu wohnten. Wir korrespondierten, wie es eben ging, bis ins Jahr 1945. Dann schrieb er uns, dass er uns zu sich in den Ural, in die Region Perm rufen will, im Rahmen der Familienzusammenführung. Aber als man sie nach Solikamsk in den Ural brachte, landeten sie in einem Lager mit fünfzehntausend Internierten. Davon blieben dreitausend übrig. Nachdem er den Rufbrief an unsere Kommandantur geschickt hatte, kam ein halbes Jahr kein Brief mehr. Ich schrieb und schrieb, aber die Antwort blieb aus.

Wir fragten oft die von der Kommandantur, aber die sagten, sie wüssten nichts. Wir baten sie, dorthin eine Anfrage zu schicken, aber alles war vergeblich. So war mein Mann für die Familie eigentlich schon verloren.

Im Jahr 1953 wandte sich mein ältester Sohn mit einem Antrag an den Kommandanten, dass dieser eine Fahndung ausschreiben solle. Nach ungefähr sechs, sieben Monaten rief man meinen Sohn und sagte ihm, dass sein Vater in der Region Perm, in der Stadt Aleksandrowsk lebe, eine Frau und einen einjährigen Sohn habe. Also noch einmal ein Schock, den aber nicht er verschuldet hatte! Als er uns die Einladung schickte, um uns zu sich zu holen, sagte man ihm, er solle her zu uns in die Kolchose kommen. Aber das wollte er nicht. Er wusste, dass in jener Zeit die Kolchose nur Arbeit, Arbeit und wieder Arbeit bedeutete und weiter nichts.

Im Jahr 1954 entschloss sich mein Sohn hinzufahren, nachdem er sich mit großen Schwierigkeiten eine Erlaubnis erwirken konnte, um aus dem Rayon hinauszufahren. Als mein Sohn seinen Vater gefunden hatte, stellte es sich heraus, dass unser Kommandant ihm geschrieben hat, dass die Familie ihn besuchen wird. Darum sind auch keine Briefe mehr ausgehändigt worden, damit die Leute nicht beginnen sollten, aus den Kolchosen wegzuziehen, denn fast die ganze Arbeitsarmee kam aus den Kolchosen, weg von Frauen und Kindern. Und das Lagerregime erlaubte keinem, sich aus den Dörfern zu entfernen. Ohne Erlaubnis konnte man nicht hinaus. Entweder wurde man verprügelt oder eingesperrt. Es gab Fälle, dass man Leute zwischen den Dörfern einfach erschossen hat.

Mein Mann sagte meinem Sohn, er würde diese neue Familie verlassen und zu uns zurückkehren, mein Sohn sagte ihm aber: „Wir sind schon groß, dieses Kind da ist noch klein, wenigstens soll es mit seinem Vater aufwachsen ..." Im Jahr 1959 bekam mein zweiter Sohn Urlaub vom Militär und fuhr auch zu seinem Vater hin. Dieser hatte dann schon drei Söhne. Er war zweimal bei uns als Gast, und sein großer Sohn kam auch zu uns auf Besuch. Als wir die Vorbereitungen begannen um nach Deutschland zu kommen, war er schon tot. Er starb im Jahr 1972. Ja, nicht einmal ganze neun Jahre konnten wir zusammen sein ...

Hier habe ich Papiere gebraucht, dass er bei der Arbeitsarmee war, dass er verstorben ist, aber es zeigte sich als sehr kompliziert, etwas über einen verstorbenen Mann ausstellen zu lassen. Zwei von seinen neuen Söhnen wollten gar nichts mit der Sache zu tun haben, denn dort wird man noch immer zum Verräter gestempelt, wenn es bekannt wird, dass man nach Deutschland ausgereist ist. Besonders im Ural ist diese Einstellung verbreitet ... Deutsch sollte man in vielen Orten auch lieber nicht sprechen, wenn man sich keine Probleme schaffen will, auch wenn der Staatschef selbst gut deutsch sprechen kann."

„Wissen Sie, ich dachte ich käme hierher nach Hause, um diesen Jahrhundertenausflug zu beenden. Denn meine Ahnen stammen aus dieser Zone, und sie zogen nach Osten bestimmt nicht, weil sie damals da zu gut lebten. Jetzt bin ich da, aber wie? Das Land hat uns schön empfangen und wir sind auch dankbar, wie es sich gehört, aber die Leute mögen uns nicht, das fühlen wir bei jeder Gelegenheit. Nun werde ich in Kürze neunzig, meine Gesundheit und meine Kraft sind dahin, ich kann mich schon lange nicht mehr selbst so richtig pflegen, meine Schwiegertochter möchte mich auch nicht betreuen. Um die verlorenen Jahre tut es mir sehr, sehr leid, aber was könnte ich tun? Alles ist vergeblich, zurück bringe ich sie nicht. Wenn es mir selten so blass in Erinnerung kommt, was für ein fröhliches Mädchen und eine glückliche Frau ich vor dem Krieg gewesen war, kaum glaube ich es selbst! Ein halbes Jahrhundert meines Lebens verbrachte ich wie ein gejagtes Wild ... Warum? Können Sie es mir sagen? Sie waren doch immer hier ... Oder nur weil einige gut geschützte Unmenschen der Meinung waren, dass der Krieg so eine Art vaterländischer Sport für das dumme Volk sei, um es bei der Stange zu halten? Wo ein jeder ein um so größerer Held ist, je mehr Menschen, auch Kinder, Frauen und Alte oder auch Männer tötet oder quält?"

„Ich habe eine kleine Rente, denn ich hatte zu wenige Papiere, man hat uns ja damals alle Urkunden weggenommen, und sie jetzt ausfertigen zu lassen ist für viele fast unmöglich und sehr teuer. Man müsste schmieren ... Dieser Staat hier ist gut zu uns, den Vertriebenen, aber die Leute ... Wir wurden dort nach 1941 gehasst, weil wir Deutsche waren, hier werden wir nicht gerne gesehen, weil wir als Opfer nach Hause gekommen sind ... Dort waren wir die Faschisten, hier sind wir die „Russen", die Kommunisten, die Primitiven. Gott verdamme die rücksichtslosen Monster, die Kriege anzetteln, und möge ihnen niemand je verzeihen."

Sie schwieg. Ihr trauriger, nebliger Blick irrte durchs Fenster, hinaus zu den grauen Wolken des regnerischen Himmels. Ich war nicht überzeugt, dass sie sie sah. Der Film ihrer leidvollen Vergangenheit lief noch vor den Augen ihres Geistes. Auch wenn jetzt die Sonne vom Himmel golden heruntergebrannt hätte, glaube ich kaum, dass sie sie hätte wahrnehmen können ...

* * *

Ich muss oft über den Lebenslauf dieser Frau nachdenken. Eine der nicht allzu Vielen, die die Folgen des Krieges, die für sie viel schlimmer waren als der Krieg selbst, überlebt haben. Mit Schwierigkeiten und Opfern, die wir uns ganz gewiss nicht vorstellen können, und manchmal auch nicht gelten lassen wollen, aber sie haben es geschafft. Ich muss mich an einen russischen Schriftsteller, der für Kinder schrieb, der auch im Zweiten Weltkrieg an der Front gefallen ist, erinnern, weil er in den Jahren der russischen Revolution mit sechzehn Jahren den Dienstgrad eines Obersten hatte und ein Regiment kommandierte. Gefragt, wieso dieser außergewöhnliche Lebenslauf möglich war, antwortete er: „Mein Leben war nicht außergewöhnlich, es war ein gewöhnliches Leben in außergewöhnlichen Zeiten."

Das Leben dieser Neunzigjährigen war das auch. Leider oder hoffentlich. Die Menschheit lernt zwar nicht leicht und auch nicht schnell, aber vielleicht haben einige doch begriffen, dass solche Zeiten keinesfalls als „gewöhnlich" angesehen werden dürfen, und alles, was damit verbunden war, nie zur Gewohnheit werden darf ...

*Ich bin im Besitz der Kopie jenes Briefes der alten Frau, in dem sie über diese Periode ihres Lebens erzählt. Ihr Name ist mir bekannt, ich bin aber nicht befugt ihn zu veröffentlichen. Der Autor.*

Tengis Khachapuridse

## Der letzte Flug

Die Stewardess muss ihre Frage auf Englisch und etwas lauter wiederholen, weil ich die Frage nicht beachtet habe. Sie will wissen, ob ich Tee oder Kaffee trinken möchte. Meine Antwort ist nur ein Kopfschütteln und gezwungenes Lächeln. Ich will nichts. Gar nichts. Mein einziger Wunsch ist, dass die Maschine so schnell wie möglich in Berlin-Tegel landet. Der Monitor vor mir zeigt die Fluggeschwindigkeit an: neunhundertfünfzig Stundenkilometer, aber man kann es gar nicht merken und ich habe das Gefühl, als wären wir irgendwo zwischen dem von unzähligen Sternen übersäten Himmel und einem namenlosen Kontinent hängen geblieben. Eine neue Info: bis Berlin noch zwei Stunden, also eine Ewigkeit... Bitte, bitte, schnell, schneller! Denke ich verzweifelt und rede mir ein auf diese Weise der Crew stumme Signale senden zu können. Bitte, schneller!
In drei Tagen wirst du operiert. Brustkrebs, hast du am Telefon gesagt.
Ich wäre am liebsten vor dreißig Jahren nach Berlin gekommen, aber damals war eine Reise nach Westen einfach undenkbar. Ich lebte in einem Land, in dem fast alles verboten war.
„Keine Privatkontakte mit Touristen! Kein Adressenaustausch! Geschenke ablehnen und erst im Notfall annehmen, aber dann sofort bei uns vorlegen! Sie wissen ja, wo - sechster Stock, Zimmer..." Das war ein Befehl für uns, zehn künftige Reiseleiter, nach der Abschlussprüfung des Dolmetscherkurses. Die bedrohlich leise Stimme eines untersetzten Mannes mit erstaunlich großen und abstehenden Ohren, der während der Prüfung nur geschwiegen und uns unentwegt angestarrt hatte, war trotz der Maihitze irgendwie unangenehm kalt. Dieser Mann war das gefährlichste Mitglied des Prüfungsausschusses. Wir nickten stumm. Ich weiß nicht, was die anderen dabei gedacht haben, aber für mich, einen Germanistikstudenten, war diese Arbeit eine einzige Chance mich endlich mal mit den Menschen unterhalten zu können, deren Muttersprache ich noch drei Semester lang studieren musste. Anders war jeder Kontakt zu den Ausländern unmöglich und gefährlich. Verboten. Strafbar. Sogar Briefwechsel war ein Problem, aber ich habe dir geschrieben.
„Komm wenigstens nach Ostberlin, da dürft ihr doch hin, oder?" Hast du mich vor dreißig Jahren gefragt. Du hast in einem anderen Berlin gelebt. In einer anderen Welt.
„Ja, sicher. Ich komme spätestens im Mai." Glaubte ich, denn als den Besten an unserer Fakultät wollte mein Institut mich zum Weiterstudium nach Leipzig schicken.
„Ja? Schön!", sagtest du erfreut und gabst mir zum Abschied die Hand, wobei du mir einen kleinen Zettel heimlich in die Hand drücktest.

„Wenn du dort bist, schreib mir sofort. Dann komme ich rüber", fügtest du leise hinzu. Es waren deine Eltern und die ganze Reisegruppe in der Nähe und beobachteten lächelnd unseren unschuldigen Abschied. Kein Kuss. Keine Umarmung. Nur ein kurzes „Wiedersehen!" Du - erst siebzehn und ich dreiundzwanzig, als du zusammen mit deinen Eltern nach Georgien kamst. Eine Reisegruppe aus Westberlin, die ich betreuen musste, hatte nur zwei Tage Aufenthalt in Tbilissi. Miteinander haben wir kaum gesprochen. Nur verstohlene Blicke, schüchternes Lächeln und ein paar Phrasen. Immer unter der heimlichen Beobachtung zahlreicher KGB-Spitzel im Hotel: Portiers, Kellner, Gepäckträger, Busfahrer, Souvenirverkäufer... Doch unsere kurzen Blicke sprachen mehr als alle Worte der Welt. Und das hat auch gereicht. Auf dem Zettel stand deine Adresse. Gleich nach deiner Abreise habe ich dir einen kurzen Brief geschrieben und deine Antwort kam ungefähr nach einem Monat. Schneller ging es nicht. Zwei Wochen hin, zwei Wochen zurück. Im besten Fall. Deine Freude über meinen Brief konnte ich fast körperlich fühlen. Natürlich habe ich sofort die Antwort geschrieben und so hat es angefangen - ein dreißigjahrelanges Kapitel in unserem Leben. Nach ein paar Briefen waren wir ineinander restlos verliebt.

Etwas später habe ich in der DDR-Zeitschrift NBI unter einem Foto gelesen: Berlin Alexanderplatz, die Weltzeituhr - der beliebte Treffpunkt der verliebten Berlinerinnen und Berliner. In den langen Wintertagen traf ich mich in meinen Gedanken mit dir am Alexanderplatz und starrte dabei auf die große Weltkarte, die an vielen Stellen abblätternde Tapeten in meiner tristen und schlecht geheizten Wohnung decken musste, die - wie meine Freunde meinten - nur aus einem Allzweckzimmer bestand. Bis Mai zählte ich die Tage und las immer wieder deine Briefe. Jedes Mal, wenn dein Brief kam, wollte ich ihn nicht sofort öffnen, sondern meine Freude endlos verlängern und ergötzte mich zuerst eine Zeitlang am ungeöffneten Briefumschlag, auf dem mit deiner kindlichen Handschrift geschrieben meine Adresse stand. In diesen Minuten war ich endlos froh und auch traurig zugleich, denn ich wusste, dein nächster Brief würde im besten Fall erst in einem Monat kommen. Dabei hoffte ich auch, mit jedem Brief käme unser Wiedersehen immer näher, aber im Mai brach die Welt für mich zusammen: Absage ohne jegliche Grundangabe. Nur Achselzucken eines Bildungsministeriumskleinbeamten mit Rattengesicht.

An das Gespräch in seinem Büro kann ich mich bis in kleinste Details erinnern: „Tut mir Leid. Da kann ich gar nichts machen... Ich bin nur ein kleiner Mann. Sie kommen zu spät, junger Mann, tut mir leid, ich kann gar nichts tun..."

Schock und Entsetzen. In einer Sekunde war alles zerbrochen, alles spurlos verschwunden. Ich wusste nicht, ob ich das riesengroße Büro, in dem ich mir wie ein Insekt vorkam, gleich verlassen sollte und zögerte noch eine Weile. Aber der kleine, korpulente Mann mit Hornbrille und großer Glatze schien bald die Geduld zu verlieren: „Ich sehe leider keinen Grund zu einem weiteren Gespräch, junger Mann! Die Lage ist ja sonnenklar: Sie haben Ihre Unterlagen bei uns vor einem Jahr eingereicht und sicherlich gedacht, damit wäre alles erledigt! Sie haben sich bis heute bei uns nicht blicken lassen, und jetzt wollen Sie, dass wir uns gefälligst um Ihre Angelegenheit kümmern und Ihnen so, ohne weiteres, einen Studienplatz im Ausland zum Geburtstag schenken! Also, bitte! Stehen Sie hier nicht herum, ich habe zu tun und andere Besucher warten ja auch noch!" Der Beamte des Bildungsministeriums stand auf und sah mich zu meinem großen Erstaunen, fast bemitleidend an: „Tut mir echt leid, aber ich kann wirklich nichts tun. Zu spät, einfach zu spät. Wir haben..."

Mir war nun auf einmal alles egal und ich unterbrach ihn ziemlich grob: „Können Sie mir bitte wenigstens sagen, warum ich nach der Einreichung der Dokumente hier nochmals zu erscheinen hatte? Waren die Unterlagen nicht in Ordnung?"

Der Mann sah mich diesmal fast amüsiert an: „Natürlich waren sie in bester Ordnung, aber seien Sie bitte nicht so naiv! Die Deutsche Demokratische Republik ist selbstverständlich unser Bruderland, aber Ausland ist eben Ausland und Sie müssen eigentlich schon gut wissen, was das bedeutet..."

„Das bedeutet, dass mir die Ausreise verweigert wird. Darf ich auch mal wissen, warum?"

Er lachte kurz auf: „Das kann ich Ihnen nicht sagen. Leider. Und mein bescheidener Rat wäre, nach dem Grund der Absage nicht zu suchen, hat keinen Sinn. Ist es jetzt klar? Die Entscheidung ist", er senkte die Stimme und sah sich ängstlich um, obwohl wir allein in seinem Büro standen, „woanders getroffen worden." Er sprach die letzten zwei Wörter fast flüsternd aus und spreizte hilflos die Hände. Ich hätte nie gedacht, dass Rattenaugen etwas Mitleid ausdrücken können.

Der Mann sah demonstrativ auf seine Uhr. Das Gespräch war also beendet und ich ging hinaus.

...Wir schrieben uns weiter.

Ein Jahr später wurde unsere studentische Popgruppe in die DDR eingeladen. Riesig erfreut, habe ich dir darüber geschrieben. Nach drei Tagen wurde ich zuerst ins Dekanat gerufen und dann von der Sekretärin wortlos zu einem kleinen Zimmer am Ende des halbdunklen Korridors im Erdgeschoss unseres Instituts geleitet. Ich hatte dieses Zimmer früher nie beachtet. Es stand weder eine Nummer noch irgendein Schild an der Tür und die Glühbirne am Ende des Korridors war immer durchgebrannt. Die Sekretärin bedeutete mir mit kurzem Kopfnicken zur Tür und ging zurück. Mein zweiter Schock erwartete mich in diesem Zimmer: Ich durfte nicht mitfahren. Diesmal wurde mir der Absagegrund ohne Umschweife genannt: Unerlaubte Westkontakte.

„Haben Sie etwa geglaubt, Ihre Briefe nach Westberlin werden von Brieftauben getragen? Wir haben Sie doch gewarnt! Und warnen noch einmal. Wir wissen alles!"

Dieser Mann hatte kein Gesicht, nur ein Paar Schlangenaugen und die zischende Schlangenstimme. Trotz dieser Warnung schreiben wir uns weiter.

Der dritte Mann - kurz nach meinem Studiumsabschluss - hatte ein intelligentes Gesicht und eine sanfte Stimme.

„Wenn Sie mit uns zusammenarbeiten, können Sie immer problemlos ins Ausland fahren. Ihre einzige Gegenleistung wäre nur gewisse Infos…"

Nach meinem harten „Nein" konnte ich lange Zeit keine Arbeit finden und musste Privatstunden geben, um wenigstens die Miete bezahlen zu können. Eine Auslandsreise war nunmehr ausgeschlossen.

„Entschuldige bitte, aber ich komme nie nach Deutschland. Nicht mal ins „Bruderland" DDR. Ist unmöglich. Vergiss mich…", schrieb ich völlig hoffnungslos in meinem letzten Brief, den ich einem freundlichen älteren Herrn - einem Touristen aus Stuttgart - für dich mitgegeben habe. Auf die Post konnte ich mich nicht mehr verlassen. Mir war es schon lange egal, dass man meine Briefe regelmäßig öffnete, aber ich war mir nicht sicher, ob mein letzter Brief dich auf dem normalen Postweg erreichen würde. Du hast mich aber nicht vergessen. Ich habe dich nicht vergessen. Wir haben uns nur nicht mehr geschrieben.

Dann kam die Wende. Später - ein unerwartetes Angebot: Es war eine Stellung des Vertreters einer georgischen Handelsfirma in Bremen. Vertrag für vier Jahre. Natürlich habe ich es sofort angenommen und kurz nach meiner Ankunft in Deutschland dich gefunden. Über deine Mutter. Zum Glück wohnten deine Eltern unter der alten Adresse.

Komischerweise haben wir uns aber nicht gleich, sondern erst nach zwei Wochen getroffen. Es ging nicht alles so, wie wir es uns wünschten. Es kam immer was dazwischen und wir waren nur auf E-mail oder Telefon angewiesen, wobei du dauernd aufpassen musstest. Die Kinder sind nicht mehr klein und dein Mann konnte auch jederzeit auftauchen…

Berlin, Alexanderplatz. Die Weltzeituhr wirkt jetzt irgendwie einsam. Keine Liebespaare mehr ringsum. Nur wenige Touristen mit Kameras. Ich stehe und starre auf das Zifferblatt. Ich habe keine Ahnung, aus welcher Richtung du kommst und drehe mich dauernd um. Trotzdem habe ich verpasst, wie du gekommen bist. Eine leichte Berührung am Arm. Ich drehe mich blitzschnell um.

„Warten Sie auf jemand, junger Mann?" Mein Herz macht einen wilden Sprung, dann erstarre ich. Du! Deine Stimme. Dein Gesicht. Dein Lächeln. Du siehst praktisch so aus, wie ich dich in meinem Gedächtnis zwanzig Jahre lang getragen habe. Nur wenige Falten um die Augen. „Ich hab dich sofort wieder erkannt…", sagst du und wir umarmen uns, sind auf einmal zwanzig Jahre jünger. „Ich liebe dich, ich liebe dich… Ich hab dich immer geliebt…", wiederhole ich endlos zwischen deinem Ohr und deinen Haaren. Ich weiß nicht mehr, wann ich dich endlich mal geküsst habe. „Ich dich auch… ich liebe dich auch", höre ich dich flüstern und dann, irgendwann bin ich wieder in der Gegenwart: Du befreist dich aus meinen Armen und machst einen Schritt zurück.

„Du siehst gut aus", meinst du lächelnd und umarmst mich wieder. Ich lache.

„Was bin ich für ein Trottel! Das hätte ich dir sagen sollen! Entschuldige bitte. Ich…"

Erst nach deinem heißen Kuss komme ich weiter. „Du bist noch schöner geworden. Echt. Gib zu, dass du eine Zeitmaschine hast!"

„Du Spinner", erwiderst du lachend, „du wirst nie erwachsen", du umarmst mich wieder und gibst mir einen langen Kuss.
„Verrücktes Mädchen", meine Stimme klingt heiser. „Du wirst nie vernünftig…"
Wir sitzen über zwei Stunden im Restaurant meines Hotels. Wir erzählen alles, was uns gerade einfällt.
„Du warst irgendwie immer da", du lächelst und streichelst meine Hand. „Dein Foto lag immer in meinem Lieblingsroman auf dem Regal. Mein Mann wusste das, ignorierte es aber hartnäckig. Jahrelang. Kannst du dir das vorstellen? Er wusste von dir, sprach aber nie was. Nach dem Umzug in unsere neue Wohnung war das Foto verschwunden. Ich ließ mir nichts anmerken und schwieg. Er auch. Ein lächerliches Versteckspiel der Erwachsenen." Du lächelst wieder, drückst meine Hand und schweigst. Auf einmal bist du irgendwo weit in deinen Gedanken. Ich schweige auch. Ich will dich nicht stören, will dich nicht fragen, wo du bist. Ich wage es nicht. Dann blickst du kurz auf die Uhr und lächelst traurig: „Entschuldige bitte… so viel Zeit habe ich leider nicht…"
Ich blicke mich nach dem Ober um. Wir sind wieder in der Gegenwart. Ja, so hat es angefangen und vier glückliche Jahre lang gedauert. Das Glück haben wir immer bedenkenlos gestohlen und es nie bereut. Wir trafen uns meistens in Berlin, aber auch in Bremen, München, Köln, Frankfurt… Du warst dienstlich öfters unterwegs und ich war fast immer bei dir.
Nach vier Jahren war mein Vertrag ausgelaufen und trotz Versprechungen wurde er nicht verlängert. Eine neue, unsichtbare, aber zu schmerzhaft spürbare Mauer richtete sich zwischen uns sofort auf: Als ein Nicht-EU-Bürger musste ich Deutschland verlassen. Danach kam ich jedes Jahr zweimal nach Berlin. Mehr konnte ich mir leider nicht leisten. Zu teuer. Sonst nur Telefongespräche und Mails.
Dein unerwarteter Anruf aufs Handy. Das machst du sonst sehr selten. Sekunden später weiß ich, dass du Krebs hast und bald operiert werden musst. Schock! Wie gelähmt und eine Zeitlang ohne Denkvermögen sitze ich im Sessel. Deine Stimme spricht etwas, das ich nur hören, aber gar nicht verstehen kann. Am Ende höre ich mich sagen: „Ja… ich komme. Ich komme sofort, meine Liebe…" Ich weiß, ich klammre mich an einen Strohhalm, aber was anderes fällt mir nicht ein und sage es dir: „Bitte, keine Angst, meine Liebe… sicherlich ein Irrtum… So was kommt ja manchmal auch vor… Natürlich komme ich sofort, ich ruf' gleich das Flugbüro an…"
Einen Direktflug gibt es nicht und ich muss über Athen fliegen. Gott! Krebs! Aber wieso? Wir haben uns doch ungefähr vor einem Monat gesehen! Ist so was überhaupt möglich?
Ich rufe meinen Freund an. Er ist Professor und arbeitet in der Zentralklinik der Republik.
„So was kommt nicht selten vor", er macht eine kurze Pause, „ja, ohne irgendwelche ernsthafte Symptome und dann ist es meistens zu spät…"

Endlich mal landet die Maschine in Berlin und ich rufe dich sofort an. Am nächsten Tag treffen wir uns in Charlottenburg. Fasanenstraße. Wir sitzen in meinem Hotelzimmer. Ich weiß nicht, was ich sagen soll. Du knöpfst deine Bluse auf.

„Hier, fühl mal. Aber vorsichtig. Es tut sehr weh: „Dein Busen sieht genauso aus, wie er immer ausgesehen hat - mittelgroß, stramm, weiß und sehr schön. Aber nicht mehr reizend. Zum ersten Mal berühre ich deine Brust mit Angst. Unterhalb der Brustwarze fühle ich etwas Hartes. Etwa so klein wie ein Vogelei. Ich drücke es mit zwei Fingern Du schreist auf und ich sehe die Tränen in deinen Augen.

„Wenn ich sterbe…", deine von Tränen erstickte Stimme bricht ab. „… sterbe ich auch vor meinem Tod", denke ich mir, sage aber was ganz anderes und Dummes: „Eine uralte Weisheit, meine Liebe - hoffe nie ohne Zweifel und zweifle nie ohne Hoffnung." Mein Scherzversuch ist zu plump. Dein Gesicht bleibt ausdruckslos. Du starrst an mir vorbei auf einen billigen Druck von Monet an der Wand. „…dann sollst du für uns beide leben. Verstehst du? Für dich und für mich. Versprich mir das!" Meine Antwort ist eine Umarmung und stumm verspreche ich dir.

Acht Monate später komme ich wieder nach Berlin. Du stehst am Fenster in meinem Hotelzimmer. Es ist Juli und du hast eine dünne blaue Bluse an. Ich umarme dich und drücke dich an mich fest. Unter deiner Bluse fühlt sich etwas Steinhartes an und ich zucke unwillkürlich. Das entgeht dir nicht und du befreist dich schnell aus meinen Armen. Wir schweigen beide. Deine Augen füllen sich mit Tränen. Du senkst den Blick und ich bin sprachlos. Ich versuche dich zu umarmen, aber du weichst zurück. „Nein… Bitte, lass das… Bitte… nicht." Aber ich will nichts hören. Ich will es unbedingt sehen.

Lieber hätte ich es nicht gesehen, aber es ist zu spät. Eigentlich habe ich was noch Schlimmeres erwartet und war auch darauf gefasst, aber gerade deswegen bin ich entsetzt, weil ich jetzt anstatt eines operierten Busens einen schrecklichen Ersatz sehe.

Du weinst. Auch ich kämpfe verzweifelt gegen einen stachligen Klumpen in meiner Kehle.

„Ich liebe dich…" Es kommt gewürgt und ich umarme dich. Jetzt weinst du laut und zitterst am ganzen Körper.

„Ich liebe dich", wiederhole ich, „Hauptsache, du bist jetzt wieder gesund…" Du vergräbst dein Gesicht in meine Brust und schüttelst den Kopf. „Nein… ich bin gar nicht gesund. Ich…, ich bin keine… keine Frau mehr…"

Ich umarme dich fest und weiß nicht, was ich sagen soll. Du zitterst und weinst. Ich küsse dich auf die Wangen. Sie sind tränennass und schmecken salzig. Und ich wiederhole endlos „meine Liebe, meine einzige Liebe… mein schönes Mädchen… bitte… bitte… du weißt doch, wie ich dich liebe…"

Nein, es hilft nichts, du weinst weiter, aber plötzlich umarmst du mich auch fest und lässt mich nicht los.

„Ja… ich weiß es doch… ja…"

Du blickst kurz auf und versuchst dich zu einem Lächeln zu zwingen.

„Ja", stoße ich hervor und vergrabe mein Gesicht in deine Haare um dir meine Tränen nicht zu zeigen, „ja, meine Liebste... ja... mein schönes Mädchen... ich liebe dich..."

Mehr kann ich nicht sagen. Ist auch nichts mehr nötig. Du weinst. Vor Glück und Unglück zugleich.

Nach einem Jahr musste auch der zweite Busen amputiert werden. Fünf Monate später kam ein kurzer Anruf von deiner Mutter. Ausgerechnet an deinem Geburtstag bist du gestorben. Ein paar Stunden davor hatte ich dir eine Gruß-karte per E-mail geschickt. Ich hatte keine Ahnung, dass es dir so schlecht ging. Du sprachst nie darüber, obwohl ich dich immer danach fragte.

„Sie starb langsam. Hat sehr gelitten." Deine Mutter und ich sitzen in einem kleinen Café am Hermannplatz, nicht weit von deinem Büro. Sie ist der einzige Mensch, der alles von uns weiß. Sogar etwas mehr, als sie eigentlich hätte wissen sollen, aber du hast ihr in den letzten Wochen alles erzählt, wie ich jetzt von deiner Mutter höre. Sie kämpft gegen die Tränen. Ihr Kaffee ist schon lange kalt und mein Bier lauwarm.

„Ich weiß alles... Sie hat mir alles erzählt...", sie sieht mich kurz an und ich muss meinen Blick senken, „...sie rief Sie immer an, wenn es ihr etwas besser ging", sie spricht leise und ihrer Stimme kann ich viel mehr entnehmen als ihrer Rede, „sprach so viel über Sie mit mir..." Ihr Kinn zittert. Dann beginnt sie leise zu weinen. Ich weiß nicht, was ich sagen soll, und nehme vorsichtig, wenn auch etwas ungeschickt, ihre Hand in die Meine und erstarre - es ist deine Hand! Richtiger - so würden deine Hände in etwa zwanzig Jahren aussehen. Die Ähnlichkeit ist erschütternd. Trotz Kummer und Weinen entgeht ihr meine Reaktion nicht. Ihr Gesicht erhellt sich eine Bruchteilsekunde lang. Sie blickt auf ihre Hände und sagt dann mit weinerlicher Stimme: „Ja... das sind ihre Hände... sie hatte meine Hände..."

Zum Friedhof will ich allein gehen. Deine Mutter möchte mitkommen, aber ich bitte sie mich allein gehen zu lassen und entschuldige mich dafür bei ihr, dann bestelle ich für sie ein Taxi. Ich will mit dir allein sein. Zum letzten Mal.

Ich sitze noch eine Weile im Café. Es war vier Jahre lang unser Café. Ich denke an dich und an sehr viele Dinge, die ich nie wieder finden werde, weil sie alle zusammen mit dir verschwunden sind. Ein kalter Abend in Bremen vor dem Theater am Goetheplatz und ein sonniger Abend in Koblenz, dein Name an meinem linken Oberarm - tätowiert durch deine Küsse und mit deinem Lippenstift im Hotel „Prisma" in Neumünster an einem schönen Mainachmittag und die Spreefahrt mit dir durch Berlin, der Bodensee im Oktoberwind mit seinen grünlichen Wellen vor unserem Hotel und der kalte Sturmwind in Bremerhaven, der an deinem Mantel zerrte und meine Augen dauernd mit Tränen und Sand erfüllte, als du unbedingt die wütende Nordsee beobachten wolltest. Ja, diese und viele andere Dinge werden mir immer fehlen, aber am meisten - dein glückliches und schallendes Lachen, das an jenem Januarvormittag in Bremerhaven den bitterkalten Sturmwind und das Toben der wütenden Nordsee übertönte...

Ich stehe vor deinem Grab. Unglaublich, aber ich empfinde keinen Schmerz. Dazu bin ich nicht mehr fähig. Mir scheint, mein Schmerz sei mit dir gestorben. Er kann mir nicht mehr wehtun. Er hat mir nur in den letzten zwei Jahren wehgetan. Jetzt ist es nur die kalte Leere, die ich fühlen kann. Mehr nicht. Oder doch - die Friedhofstille. Sie wird immer unausstehlicher und irgendwie bedrohlich. Auf einmal scheint es mir, als stählen wir auch jetzt diese wenigen Minuten unseres letzten Zusammenseins und ich sehe mich unwillkürlich um. Natürlich ist keine Seele in der Sichtweite. Nur ein Rabenschwarm zieht krähend über den Friedhof. Dann wird es wieder still. Ich neige mich nach vorn, lege fünf weiße Nelken auf dein Grab und berühre dann vorsichtig deinen Grabstein. Er ist kalt. Mir fällt plötzlich ein anderer kalter Stein ein, der auf meinem Schreibtisch neben deinem Foto liegt. Du hast mir vor Jahren einen kleinen Mauerbrocken geschenkt. Übermorgen, wenn ich wieder zu Hause bin, werde ich den Stein rausschmeißen.

Dimil Stoilov

## Genervtes Anstehen für Liebe

Als ich meine eigene Stimme erkannte, die vom Ende der Schlange in der Bäckerei ertönte, hielt ich sie gerührt für eine Sendung im staatlichen Radio, die mein altes Radiogerät empfangen hatte. Bald machte die Rührung der Überraschung Platz: Die Stimme erhob sich bis zur Decke - wie ein zorniger, wütender Geist aus einer vor Jahren verschlossenen Flasche. Die Vitrinen vibrierten und feiner Staub schimmerte golden in der Mittagssonne.
„Es reicht! Legen Sie den Hörer weg! Beenden Sie dieses endlose Gespräch endlich!"
„Aber der Neffe…"
„Und der arme Kunde?!"
„Er ruft aus Varna an…"
„Von mir aus kann er auch aus Neuseeland anrufen - legen Sie auf! Wir warten schon so lange! Ich verbringe mein Leben in Warteschlangen. In Warteschlangen, meine Güte…"
Der verstummte menschliche Tausendfüßler wurde munter und rührte sich. Einige in der Schlange pflichteten mir bei, andere entrüsteten sich. Die Verkäuferin knallte den Hörer auf die Gabel und begann mit grimmigem Gesichtsausdruck, französische Baguettes zu verteilen. Plastiktüten, Nylonnetze und Stoffbeutel blähten ihre gierigen Bäuche auf und eilten nach Hause.
Ich brach die Brotstange in zwei Hälften und schleifte mich in meine Wohnung: ein schludriges Zimmer im zehnten Stock - eine Einzimmerwohnung. Für mindestens drei Fahrten versammelt, verfolgten geduldige Gesichter im Foyer die Bewegung des Fahrstuhls an den aufleuchtenden Ziffern. Ich nahm die Treppe - trostvoll, weil ich die fällige Antiinfarkttablette genommen hatte.
Bevor ich mich auf mein Bett schmiss, legte ich die Schallplatte mit Vivaldis „Vier Jahreszeiten" auf den vorsintflutlichen Plattenspieler auf - eines der wenigen Dinge, für die ich mir die Mühe gemacht und sie aus meiner alten Wohnung mitgenommen hatte.
Die Versuche, den dummen Ausbruch in der Bäckerei zu analysieren, hielten mich über stille Abgründe voller Verzweiflung, zerrissen mich zwischen objektiven Polen einzig vergangener Zeiten, schütteten vor mir haufenweise Menschen aus, die sich in einer Reihe aufstellten. Ja. Mein Leben war von Warteschlangen zernagt. Ein trauriger Fakt - wie der Felsblock des Sisyphos, der den steilen Hang meines Selbstbewusstseins hinauf gestemmt wird. Ja, mein Leben verfügte nicht über vier Jahreszeiten. Nur über eine - die Vergangenheit. In Warteschlangen. Verrückter Schweiß brach auf meiner Stirn aus. Glänzende Scheren eines Flusskrebses zwickten links meinen Brustkorb und suchten nach dem vor Angst erblassten Herzmuskel.

Ich konnte gerade noch die Pferde des Wunsches nach Kontakt mit dem Notarzt zügeln. Jede Viertelstunde schaltete ich die Nachttischlampe an, und der Daumen der einen Hand tastete instinktiv nach der Arteria radialis - mein Gott, was für Kenntnisse - der anderen Hand. Der Puls wollte verdammt noch mal nicht die sechzig Schläge übersteigen. Der Schlaf überging mich die ganze abgründige Nacht lang, und ich konnte nicht begreifen, ob er der Teufel, ob ich der Weihrauch war.

Ich blieb bis zum Morgengrauen wach und war Champion - der unbestritten erste Patient vor dem kardiologischen Sprechzimmer der Sechzehnten Poliklinik. Auf den Kästchen des Millimeterpapiers zeichnete die verrückte Schreibfeder eine ganz normale Herzlinie auf. Man schob mich ins neurologische Kabinett ab - ich hatte geahnt, dass mein Herz mir einen Streich spielen würde. Ein kleiner Doktor zielte nicht nur mit einem Metallhammer auf meine Knie, sondern bestand auch darauf, dass ich demonstrierte, wie mein Zeigefinger die Spitze meiner Adlernase berührte. Offensichtlich war auch das nicht genug, denn er kletterte auf einen Stuhl und starrte eindringlich in meine hervorstehenden Augäpfel, als vermisste er einen Knopf an seinem Hemd, das seine Brust entblößte.

Dann ging die Neugier auf die Geschichte der Herzschmerzen über, auf die Arbeit, die Lebensweise, sogar auf den Sinn des Lebens selbst. Meine Antworten passten zu einem Schüler, der soeben beim Rauchen auf der Toilette erwischt worden war, bis ich mich provoziert fühlte. Ob ich ehrgeizig sei. Ich konnte die verräterische Gesichtsröte nicht zurückhalten. Die Diagnose erklang grausam, ohne Einspruch, ohne Berufungsrecht.

„Natürlich schmerzt Ihr Herz, wie sollte es nicht?! Die Idioten haben sich in letzter Zeit vermehrt. Überall. Man kann sich unmöglich vor ihnen retten. Machen Sie sich dennoch nicht unnötig Gedanken, wenn Ihnen das überhaupt möglich ist. Ruhen Sie sich vollwertig aus. Treiben Sie Sport. Und gehen Sie öfter an die frische Luft."

Das habe ich mir gemerkt. Der Rest war verwirrter und unverständlicher. Es gab irgendeine Kardioneurose, für die ich sowieso kein alltäglicheres Äquivalent mehr gesucht habe.

Noch am selben Tag reichte ich einen einwöchigen Urlaub ein, und wenige Stunden später deutete ich die Geheimschrift, die die Jahre in den Falten meiner alten Eltern hinterlassen hatten. Ihr verlegenes Lächeln irritierte mich. Sie hatten von der Scheidung erfahren. Die Gründe kannten sie nicht. Mit kindlicher Naivität warteten sie darauf, dass die Zeit reif würde, um sie zu erfahren. Ihre Augen verfolgten mich delikat und scheu, und der feuchte Glanz darin beunruhigte mich, denn ich hatte weder die Kraft, noch den Antrieb, ihn zu trocknen.

Wie sinnlos gekreuzigt lag ich auf den gemähten Weiden oberhalb des Dorfes. Ich versuchte, das Aroma von Minze, Oregano und Thymian zu erkennen; lauschte, wie Grillen klangvoll ihre Beinchen aneinander rieben; sah, wie Schmetterlinge, hingerissen von zufälligen Routen, mit farbigen Deltagleitern meinen Blick kreuzten. Aus den Schatten des Fichtenwaldes quoll nicht nur Frische, sondern auch der Duft von Himbeeren und Farn. Ich war bloß ein liegender Grashalm und irgendjemand hatte Ohr, Auge und Nase auf mir vergessen.

Am dritten Tag beugte sich mein Vater über das Ohr. Er sprach leise, zögerlich, mehr zu sich selbst - als wäre er in eine Höhle geraten ohne zu wissen, ob die Dunkelheit mit einem Echo antworten würde. Schon lange habe er zwei Tresterfässer herumstehen, und er könne es zwar allein machen, und er wolle mich auch nicht stören, aber er habe mich kopflos herumtrödeln gesehen. Er sei es nicht gewohnt, mich so entnervt zu erleben, und nur, wenn ich Lust hätte, dann könnte ich ihm helfen. Ansonsten würde er seine Arbeit auch selbst erledigen, es sei ja nicht viel und schließlich hätte ich mich ja auch schon früher angeboten, nur nie den richtigen Moment erwischt, also wenn…

Ich legte das ab, was auf dem Grashalm liegengelassen worden war, und richtete mich auf.

„Das geht. Es wird mir eine Freude sein, es zu tun."

Kaum merklich lächelte der Greis - es war bloß ein zaghaftes Zucken am linken Mundwinkel, doch ich war sicher, dass die stille Freude über die Kommunizierenden Röhren[1] selbst auf meine Mutter übertragen würde.

Mit blauen Plastikeimern leerten wir die Fässer solange, bis es uns möglich war, sie in den Pferdewagen von Vanyo der Mirabelle, meinem Cousin dritten oder vierten Grades, den ich zyklisch alle neun Jahre zu immer wichtigen Anlässen neu kennenlernte, zu laden. Die abgeschütteten Trester gaben wir zurück in die Fässer und luden auch das Feuerholz ein - Äste und Wurzeln, wie schwarze, abgehackte Hände, übersät mit Ekzemen aus Flechten. Auch ohne die Chance, einen Blick von der Seite auf uns zu werfen, kam mir der Zug durch die Dorfstraßen komisch vor: ein Pferd mit kurzen Ohren und hervorstehenden Rippen, Vanyo die Mirabelle auf dem Pferdewagen mit den Fässern, und ich schleppe mich hinterher, die Hand auf dem hölzernen Karrenaufsatz. Jedem, dem wir begegneten, erklärte der Cousin ungefragt, umständlich und begeistert, dass ich ganz aus Sofia angereist sei, und da könne er doch nicht anders als helfen, schließlich seien wir ja verwandt, blutsverwandt, und bräuchten einander.

Die Schnapsbrennerei - ich kenne sie seit einhundert Jahren - liegt wie auf der Hüfte am Ufer des Dorfbächleins, umringt von Holunder und Brennnesseln. Das Gebäude ist morsch, die türkischen Dachziegel auf dem schiefen Dach sind schon lange bemoost, die Fenster - wie trüb gewordene Augen - störten wohl kaum noch jemanden mit ihren schmutzigen Scheiben. Drinnen, im alchimistischen Zwielicht, brodelte der schmale Raum mit drei Kesseln.

Wir luden die Fässer und das Brennholz aus dem Pferdewagen. Die Verhandlung mit dem Kesselschmied überließ ich der Mirabelle - er hätte es auch ohne meine Vollmacht getan. Längst schon hatte er meine intelligente Hilflosigkeit, die nach Schutz lechzte, enttarnt. Keine fünf Minuten später stand er vor mir, um mir zu versichern, dass alles geklärt sei; ich sollte warten, bis ich an die Reihe kam, und mir keine Sorgen wegen seiner Abwesenheit machen, denn er würde in der Zwischenzeit ein paar Dinge erledigen.

Nachdem die Leute auf der Bank vor der Schnapsbrennerei meine familiäre Zugehörigkeit geklärt hatten, schwelgten sie weiter in süßlichen Erinnerungen an Geschichten vor dem Tertiär, an Nachbarn, Schnäpse, Ernten, Erbschaften und Geld. Es stellte sich heraus, dass ich nach dem Oberst a. D. an der Reihe war, der äußerst männlich an verschiedenen Flaschen nippte. Auch mir reichten sie Flaschen, doch die Schlucke blieben irgendwo vor dem Rachen stecken. Weder im Gespräch konnte ich mich so öffnen wie die anderen, noch konnten meine Trinksprüche mit denen der ehemals militärischen Hoheit mithalten. Hier war ich ein fremder Mensch, so sehr ich mich auch anpassen wollte. Ich war ein zufälliger Mensch in der Schlange vor den Kesseln.

Ich fühlte mich einsam auf der Sitzbank. Meine eigene Dummheit rief eine Rührseligkeit herbei, die mich in die Vergangenheit zurückversetzte. Ich habe mein Leben in Warteschlangen verbracht, doch früher waren sie anders - menschlicher, mehr Intimität war in ihnen und Geduld.
Die Schlangen für Oliven waren schon ein ergreifendes Ritual. Kamen mal irgendwo etwas mehr Menschen zusammen, dann sagten wir: Sie stehen ja an, als warteten sie auf Oliven.
Der Krämerladen besaß eine wellenartige Blechrolltür, die sich nach Ladenschluss wie ein Lid senkte und auf der wir Kinder mit Stöcken erschütternde Symphonien darboten. Ein Funktelegraf verkündete: Die Oliven sind da - und das Geschäft wurde über Nacht friedlich belagert. Die Warteschlange ging um die Rolltür herum und bog sich am Zaun des Nachbarhofes entlang, wo Dahlienblüten hinauslugten, die größer waren als Sonnen. Gewöhnlich standen Oma und ich an - wir waren die einzigen, die zu Hause blieben und diese Chance hatten. Man bekam ein Kilo. Wer mehr haben wollte, musste sich erneut anstellen. Tante Mitsa kam, langsam wie ein weißes Schiff, vom Ende der Straße näher und wurde größer und größer. Als sie den Laden erreichte, bückte sie sich ächzend, um das Vorhängeschloss aufzuschließen, und wir Kinder drängelten uns vor, um die Rolltür nach oben zu schieben.
Drinnen duftete es nach Minze, Bohnenkraut und Lorbeerblättern. Das Öl ruhte im Fass; die Bohnen, das Mehl und der rote Pfeffer füllten ganze Säcke, und der Joghurt lag in Aluminiumschüsseln und wurde mit einem riesigen Löffel geschöpft. In der Schlange tauschte man sich über die gesamte Stadtviertel- und Weltchronik aus: wer wo studiert oder arbeitet und wie viel er verdient, wer geboren wurde oder geheiratet hat, wer nach Sofia oder ins Ausland gegangen ist - diejenigen, die es schafften und Erfolg im Leben hatten, waren ein begehrenswerteres Gesprächsobjekt als die Gescheiterten... Oma verließ das Geschäft aufgerichtet und zufrieden, mich an der einen Hand, und in der anderen das heilige Kilo Oliven in einer Papiertüte umklammert.
Abends versammelten wir uns alle am Tisch, schwarze Kugeln umrahmten den weißen Schafskäse im Teller, ungeduldige Gabeln spießten diese beweglichen

Äugelchen auf und es ging uns so gut, dass man sich wunderte, worüber wir uns so sehr gefreut hatten…

Die Warteschlangen waren anders. Früher waren wir Gefährten, jetzt sind wir Rivalen, früher - Freunde, jetzt - Feinde, früher waren wir eine warme, vertraute Einheit, jetzt - eine knurrende Mehrheit einsamer Inseln. Die Veränderung in mir hatte ich nicht bemerkt, ich konnte mich nicht davor bewahren und eine Ausnahme sein. Nur für die Hand meiner Frau musste ich nicht in der Schlange stehen - wir kannten uns seit dem Kindergarten. Ich musste für Arbeit anstehen. Fünf Mal ging ich zum Wettbewerb, bis es ihnen zu peinlich wurde, sich vor mich zu drängen. Ich stand in der Warteschlange für eine Wohnung, ein Auto, einen Reisepass, eine Spezialausbildung, für Benzin oder gewöhnliches Essen… Ich wartete in der Schlange für eine Dozentenstelle am Lehrstuhl für Frühpädagogik. Wir waren zwei Kandidaten. Beide waren wir an der Reihe. Und dann stellte sich heraus, dass ich mich in eine zärtliche Warteschlange für glühende Liebe eingereiht hatte. Frina tauchte auf. Sie tauchte nicht einfach auf - sie brach herein. Ein Orkan. Nein! Drei Taifune zusammen. Meine Exfrau behauptete, dass einzig und allein die Fantasie mir den Pfauenschwanz eines banalen, universitären Vaudevilles verlieh. Sie verstand nichts von Warteschlangen…

„Jetzt lass mich mal von deinen Zigaretten probieren!" Eine Narbe hatte das Kinn scheinbar nach links verschoben, das Gesicht - unrasiert seit mindestens vier Tagen, im verfilzten Haar - Stroh und Gefieder, und das Drillichhemd - seit Monaten nicht gewaschen. Muntscho[2]. Das dachte ich, doch ich reichte ihm unbewusst die Zigarettenschachtel „Victory". Er zog zwei Zigaretten heraus, stammelte ein „Dankeschön" und entfernte sich mit seinen abgenutzten Badeschlappen, zusammengehalten von rostigem Draht. Weil er meine Verwirrung bemerkt hatte, klärte mich der Oberst a. D. zügig auf: Das sei nicht Muntscho, sondern Strati, und ich sollte nicht so anspruchsvoll mit ihm sein, weil er nicht ganz dicht sei. Vor Jahren habe seine Geliebte in der Stadt geheiratet, und er habe sich vor Trauer in den Blauen Weiher oberhalb des Dorfes gestürzt. Er wäre beinahe ertrunken, wenn nicht irgendein Bengel seine hilflos ausgebreiteten Arme gesehen hätte. Er wurde gerettet, doch seitdem sei ihm die Narbe am Kinn geblieben. Er half dem Schnapsbrenner, um sich wenigstens die Getränke zu sichern.

Eine erschütternde Geschichte, doch auf den polierten Brettern der Bank regten mich weder Muntscho, noch Strati, und auch nicht seine Geliebte auf. Zum Trost ging der Oberst a. D. weg, um den Kessel aufzufüllen, und ich blieb allein mit der Dunkelheit, die sich zuerst über die Brennnesseln und den Holunder ergoss, und danach die Straße und die Häuser umarmte. Ich kehrte zurück zu den drei Taifunen und den Warteschlangen, die sich in meinem Leben niedergelassen hatten.

Als die Wissenschaft meine Studenten hatte ermüden lassen, fragte ich sie, ob sie die These annehmen würden, dass der Ehebruch das Familienglück dauerhafter mache. Einige waren dafür, andere dagegen. Frina war kein Seitensprung. Als ich begriff, in was für eine lange Schlange ich mich eingereiht hatte, bis ich endlich an der Reihe war, mich an ihr zu erfreuen, tat es nicht weh. Wenn es einen Schmerz gab, dann rührte er vom perversen Wunsch her, derjenige zu sein, der ich immer sein wollte, es aber nie geschafft hatte.

Was büßte Frina schon von ihren Reizen ein, nur weil sie sich einen vorläufigen Plan erstellt hatte? Ist es nicht eher Geschicklichkeit? Erfordert es keine Fähigkeiten? Die Fähigkeiten einer Prostituierten, hatte meine Frau bei der letzten Gerichtsverhandlung unseres Scheidungsprozesses verkündet. Sie verstand das nicht...

Frina stand winkend vor meinem Auto an einem äußerst düsteren und ausgiebig regnerischen Tag. Alles war perfekt kalkuliert. Ich musste einfach anhalten. Ich musste sie hineinbitten. Ich konnte nicht schweigen. Ich bin kein mürrischer Mensch, schon gar nicht, wenn die Scheibenwischer rhythmisch und eintönig die Wasserstrahlen von der Windschutzscheibe vertreiben und über das Gesicht des Mädchens Regentropfen statt Tränen rinnen. Ganz zufällig stellte sie sich als Studentin heraus. Ganz erstaunlich - Frühpädagogik. Ich war nicht überrascht - ich war schockiert, als wir uns nach einem einstündigen Gespräch bereits im Auto liebten und der Absatz ihres Schuhs gegen die Autoscheibe klopfte. Ich bildete mir ein, dass ich mit Heldentaten den konkurrierenden Kandidat-Dozenten überholte, für den die studentische Folklore keine Don Juan-Geschichten schonte. Im Auto kam meine sexuelle Stärke Tarzan gleich. Frina war fähig sogar Zeus aus mir zu kreieren. Wir schlüpften in ihr Studentenzimmer, um uns zu lieben - ihre Mitbewohnerin war natürlich abwesend.

Einen Monat später teilte ich meiner Frau mit, dass ich ausziehen würde. Für immer. Ein für allemal. Das Haus und die Kinder würde ich ihr überlassen. Ich war grandioser als King Kong. Großartig war ich. Wie Strati.

Ich erkannte sofort, dass meine Frau mich immer daran gehindert hatte, meine wahren Fähigkeiten zu entfalten - nicht nur mit ihren Ambitionen, sondern auch mit ihrer Unterdrückung. Sie hatte tagelang meine Träume kastriert.

Am nächsten Tag, als ich in die Einzimmerwohnung im zehnten Stock eingezogen war, begann ich, ein Lehrbuch über Methodik zu verfassen. Eine Sache, für die ich lange Zeit Materialien gesammelt und Pläne skizziert hatte, um mit der Arbeit anzufangen. Frina las die noch warmen Seiten mit Interesse. Sie erfasste die Nuancen, förderte die erschaffenen Texte, vergötterte mich. Ich stand nicht mehr nächtelang zur Strafe in der Ecke der Einsamkeit. Unser Kampf im Bett oder auf dem Fußboden - stürmisch, erregend und wonnig - endete stets ohne einen Sieger. Ich erinnere mich an ihre Hand - übermütig, sie ergründete den Kitzel in den Ohrwindungen, spazierte durch den Dschungel der Brust und sank immer ungeduldiger und verspielter zur erhitzten Oberfläche des Äquators. Wegen dieser Schlangenhand würde ich mich sogar opfern und Akademiker werden.

Meine Frau verhielt sich erstaunlich ruhig und würdevoll beim Scheidungsprozess. Sie verlor nur einige nicht besonders zärtliche Worte über Frina. Nach der letzten Gerichtsverhandlung gingen wir ins Café am Theater „Träne und Lachen", um, wie alte Freunde, zusammen einen Kaffee zu trinken.

Eine Woche später verließ mich Frina. Banal. Ich würde weniger leiden, wenn sie es nicht getan hätte, um ein Familiennest mit meinem Kollegen zu bauen. Zwischenzeitlich war es ihm gelungen, mich in der Schlange für eine Dozentenstelle zu überholen.

Ohne eine sichtbar logische Verbindung, wahrscheinlich noch immer gerührt auf der Sitzbank vor der Schnapsbrennerei sitzend, erinnerte ich mich an längst gelesene Verse: „... wie unberittene Pferde galoppieren Gestalten und Gedanken... weiße und schwarze..." Es würde mich nicht wundern, wenn ich sie laut ausgesprochen hatte, da ich nicht bemerkt hatte, dass Strati nähergekommen war.

„Was sagste? Aber deine Zigarettchen sind gut." Sofort hielt ich ihm die Schachtel „Victory" hin. „Danke. Als wir heimlich Waffen über das Mittelmeer verschifft haben, habe ich auch längere geraucht, aber deine schmecken auch gut." Offensichtlich hatte er vor, mein Interesse mit einem gediegenen Bestseller zu wecken, der dem Schmuggelhandel gewidmet war - nicht ahnend, dass ich Bescheid wusste: Seine längste Route reichte bis zur Stadt mit der ehemaligen Geliebten. Der Mangel an Neugierde ärgerte ihn und er fragte mich überraschend: „Was hast du da eigentlich gemurmelt?"

Er sagte es so natürlich, wie er auch Zigaretten aus der Schachtel nahm, seinen vor Dreck verfilzten Kopf kratzte oder mit seinen instand gesetzten Badeschlappen über den Tonboden patschte.

„Über das Leben."

Strati hielt eine Limonadenflasche in der Hand, hob sie an seinen Mund, trank einen Schluck und bot sie mir großherzig an: „Was ist das Leben?"

Ich musste husten, als hätte ich mich an einem Bissen verschluckt. Es war nicht vom Schnaps. Ich klopfte mir selbst auf den Rücken, damit der Husten verging und ich einige Sekunden schinden konnte. Dass die Welt wie eine sich bewegende Materie in Raum und Zeit existierte, würde Strati wohl kaum beeindrucken. Er brauchte etwas ganz einfaches als Erklärung.

„Es ist das, was wir leben; das, was in uns und um uns herum ist..."

Ob er sich solche Fragen gestellt hatte, als sein Kopf auf dem Weg zum Grund des Blauen Weihers war? Warum er eine Antwort wollte, fragte ich bösartig und konnte ihm nicht verzeihen, dass er meine Vereinsamung gestört hatte.

„Lebe ich denn? Ist das ein Leben?" Die Worte zwangen mich dazu, ihn anzuhören. „Du kannst das Haus auf den Kopf stellen und wirst keinen Krümel finden. Aber ich habe Mäuse. Große Mäuse, ellenlang, und sie halten mich für den Krümel, denn vorgestern, während ich schlief, hat eine mir in den Finger gebissen. Da, man sieht die Narbe noch! Wahrscheinlich wollen sie mich auffressen. Für sie bin ich das Leben, deren Leben. Was sagste?"

Er hatte mich festgenagelt. Ich verstummte. Muntscho, pardon, Strati, dieser verrückte Mensch mit schiefem Kinn und dreckiger Kleidung, dieser hoffnungslose Dorfsäufer stellte die gleichen Fragen, die mir in letzter Zeit keine Ruhe ließen. Lebte ich? Lebten wir? An welcher Schlange gesellschaftlicher Entwicklung standen wir an, dass uns die Verzweigungen und Windungen so müde machten?

Warum fehlt uns die Kraft, uns die ganze Wahrheit einzugestehen? Ist es notwendig, stärkende Heilkräuter zu pflücken oder in der Schlange auf einen Bruchteil Wahrheit zu warten? Es ist elementar: Um zu leben, muss ich mich bewegen. Bewegte ich mich? Die Bewegung verlangt nach einem Ziel und nach der Hoffnung, dass du es erreichen wirst. Und Liebe, menschliche Nähe und Illusionen. Frinas Verschwinden ist kein Verlust, sondern eine Bereicherung, und ich werde weder den Grund des Blauen Weihers erkunden, noch werde ich den Mäusen der Verzweiflung erlauben, an mir zu nagen. Zunächst werde ich das Lehrbuch beenden, dann werde ich eine Studie über die aktive interdisziplinäre Lehre vorbereiten - ich habe schon eine Absprache mit einem Verlag getroffen. Es würde mich nicht wundern, wenn sich auch eine neue Dozentenstelle ergeben würde, und außerdem gibt es nicht nur in Sofia Universitäten.

Damals, auf der Sitzbank, hatte ich mich fast mit Strati identifiziert, als ich zu sprechen begann. Mir war bewusst, dass ich lauter Unsinn schwatzte, doch ich musste mich mit Zuversicht vollpumpen, um fortzufahren. Ich musste mir zuflüstern, dass ich nicht nur für mich selbst und für die Einzimmerwohnung im zehnten Stock unerlässlich war, sondern ich wünschte mir, dass das eine oder andere Wort auch zu Strati übersprang, denn er war ich.

„Weißt du, was du brauchst? Ein weißes Pferd."

„Ein weißes Pferd?"

„Ja, ein weißes Pferd brauchst du, und zwei Schichten neue Kleidung. Die eine für Feiertage, die andere für Werktage. Das, was du anhast, musst du verbrennen, um dich von der Vergangenheit zu trennen. Die festlichen Kleider müssen weiß sein, und einen weißen Sombrero besorgst du dir, wie in den argentinischen Filmen. Wo du auch hingehst, werden dich alle kennen und sich an dich erinnern. Wenn du das Dorf am einen Ende betrittst, wird sich schon am anderen Ende herumsprechen, dass jener mit dem weißen Pferd und dem weißen Sombrero gekommen ist... Die Leute werden sich über dich freuen..."

„Ein weißes Pferd sagst du?"

„Ganz genau - weiß."

Einige Male ging Strati von mir weg und kam erneut zurück. Warum, fragte er, sei gerade ein weißes Pferd nötig? Gehe nicht auch ein anderes?

Jetzt sei es ohnehin schwer, an ein Pferd heranzukommen - das kostet viel Geld! Und die Kleidung? Die auch. Und das Pferd braucht noch Heu, also noch mehr Geld. Es stimmte schon: Wenn er das Pferd einmal hätte, dann könnte er hier und da was transportieren, mal einen Hof umpflügen oder etwas anderes erledigen - und dann würde das Geld von allein fließen. Selbst wenn er es sich geliehen hätte, würde er es schnell zurückzahlen können. Die Leute würden ihn kennen und nach ihm verlangen. Ich hätte recht, aber dennoch müsste diese tolle Sache gut durchdacht sein: Welches Sattelzeug sollte es sein, wo sollte das Heu lagern, und wie sollte er die Mäuse vertreiben... Ich war ganz und gar Strati - ich hatte sogar Gift: orangefarbene Reiskörner gegen Mäuse vom Gesundheitsamt...

In diesem Moment erbebte die Schnapsbrennerei. Ein Knall erschallte, als sei in Baikonur³ das nächste Raumschiff gestartet. Strati schoss durch die klaffende Tür, ich folge ihm instinktiv trotz des Schreckens. In drei heldenhaften Schritten erreichte er den Kessel, wo der Oberst a. D. verwirrt hockte, und durchmengte mit hastigen Bewegungen das Holz darunter. Dann langte er ebenso schnell und abrupt in den Spalt seiner Drillichhose, und ein dicker Druckstrahl ließ die Holzscheite aufzischen. Eine Dampfwolke stieg auf und es roch nach Ammoniak. Strati schüttelte die letzten Tropfen ab, dann zog er sein Drillichhemd aus, hob den Kupferdeckel auf, der seitlich herum rollte, und setzte ihn auf den Kessel. Dann warf er noch irgendeinen Lappen darauf und setzte sich - zu meiner allergrößten Überraschung, aber auch unerwartet für den Oberst a. D., der langsam nüchtern wurde, und für die anderen Männer darin - obendrauf. Niemand wagte es, auch nur ein Wort zu sprechen, denn der Deckel konnte jeden Augenblick wieder an die Decke fliegen. Strati hatte sich wie auf einem Pferd niedergelassen und lächelte erst dann, als durch den Hahn wieder einige Schnapstropfen tränten...

Wenige Minuten später mussten wir diesen seltsamen Reiter auf den Händen zum Feldscher⁴ tragen. Sein Hintern war verbrannt und seine Beine angesengt. Obwohl er Schmerzen hatte, strahlte er übers ganze Gesicht, seine Pupillen weiteten sich, als galoppierte jemand darin...

Schon seit drei Monaten gehen meine Exfrau und ich gemeinsam ins Theater und ins Kino; zwei Mal haben wir sogar im ungarischen Restaurant zu Mittag gegessen. Vermutlich kommen wir wieder zusammen - für die Kinder ist das besser so. Ich beende gerade das Lehrbuch; nebenberuflich werde ich auch in der Plovdiver Universität unterrichten. In letzter Zeit nerven mich die Warteschlangen nicht mehr, als würden sie immer kürzer und ich käme immer schneller an die Reihe, aber ich mache mir nicht die Mühe herauszufinden, ob das tatsächlich so ist oder nur Einbildung. Ob ich es wohl versäumt habe, mich bei jemandem zu bedanken?

*Aus: Empörend charmant, raubgierig schön Verlag: Hermes, Plovdiv, 1998*
*Übersetzerin: Dessislava Georgieva*

1 Oben offene, aber unten miteinander verbundene Gefäße (A. d. Ü.)
2 Verweis auf Muntscho, Schwachkopf und Symbol für Irrsinn in Ivan Vazovs „Unter dem Joch" (A. d. Ü.)
3 Stadt im südlichen Kasachstan (A. d. Ü.)
4 Sogenannter Handwerksarzt beim Heer; auch ungelernte Landärzte (A. d. Ü.)

Norbert Klatt

## Nachruf auf Wildeshain

An einem sonnigen Herbsttag saß Klaas Hinrichs vor dem riedbedeckten Haus und schrieb mit einer Tuschefeder in die altersschwere Dorfchronik: „Es gibt Erzählungen, die vertraut anmuten, weil sie von Dingen berichten, die überall auf der Welt zu allen Zeiten geschehen können und geschehen. Wie oft die Menschen von solchen Ereignissen und Vorgängen schon erfahren haben, weiß niemand. Wird der Handlung gefolgt und nur die Namen von Personen und Orten ausgetauscht, dann könnte eine solche Geschichte sogar Kunde von dem geben, was in jüngerer Zeit in unserem Dorf und der Region sich ereignet hat."
Mit diesen Worten spielte der Chronist Klaas Hinrichs auf eine Reportage an, die vor zwei Jahren über mehrere Tage hinweg im örtlichen Tageblatt erschienen war. Es waren Enthüllungen, die die ganze Region aufschreckten. Klaas Hinrichs, der die Geschichte seines Dorfes wie kein Zweiter kannte, fand die Vorgänge so unerhört, daß er sich entschloß, nicht nur mit wenigen Worten in der Dorfchronik auf die Ereignisse hinzuweisen, sondern zur Erinnerung und Mahnung für Enkel und Urenkel auch eine Erzählung darüber zu schreiben. Dabei sollten die Ereignisse aus den Umständen verstehbar, nicht jedoch entschuldbar sein. Demnächst sollte sie im Heimatblatt erscheinen.
Klaas Hinrichs blickte auf, sah sinnend über eine Wiese hinweg, die im mildem Licht der Herbstsonne nach wenigen Metern hinter einer leichten Anhöhe sich im Unendlichen zu verlieren schien, legte Feder und Dorfchronik beiseite, griff nach einem kleinen Notizblock und einem Stift - so etwas trug er immer bei sich - und begann zu schreiben:
„Im nahenden Morgen trat Wildeshain aus dem Dunkel der Nacht schemenhaft hervor. Über den Weiden, auf denen sich der Tau der Nacht zur Ruhe gelegt hatte, zogen im sanften Wind milchiggraue Nebelschleier dahin. Rötlichgelb begann die Sonne soeben den Erdkreis zu ersteigen und ihre Strahlen wie eine Welle nach einem Steinwurf im nahen Dorfteich kreisrund über Wiesen und Felder kraftvoll auszugießen. Noch rupften die weiß-schwarz gefleckten Kühe gemächlich das saftige Gras. Hin und wieder schauten sie mit ihren großen gutmütigen Augen zu jener Stelle im Zaun, die sich bald öffnen wird, um sie zum morgendlichem Melken in den Stall zu führen. Kaum mehr als eine halbe Stunde wird vergehen, bis sich das Leben im Dorf zu regen begann."
Klaas Hinrichs hielt inne, überflog die wenigen Zeilen und überlegte, ob diese Schilderung seiner Frau gefallen könnte. Gertrude Hinrichs entstammte einer alten Familie im Dorf, an dem sie mit ganzem Herzen hing. Sie liebte Stimmungsbilder, die das Dorfleben in ein romantisches Licht tauchen. Wird sie, so dachte Klaas Hinrichs, an seiner Erzählung Gefallen finden? Das blieb abzuwar-

ten. Klaas Hinrichs setzte wiederum den Stift an, führte ihn in kräftigen Zügen über das Papier und schrieb:

„Einige Höfe des Dorfes schmiegten sich mit den Stallungen einem Bachlauf an, dessen klares Wasser in leichten Windungen murmelnd durch die weiten Wiesen floß. Seit alters her wurde er Ronnebach genannt. Warum dem so war, wußte niemand. Am Oberlauf, wo der Bach das größte Gefälle hatte, lag die alte Mühle. Viele Jahre ist es her, daß in ihr Korn gemahlen wurde. Obgleich der Ronnebach nach starkem Regen durch aufgewühltes Erdreich braun eingefärbt ungestüm die ihm gesetzten Grenzen überschreiten konnte, schätzten die Bewohner des Dorfes seine Nähe. Der alte Dorfteich, zur Löschung von Feuerbränden angelegt, die in alten Tagen so manchem Bauern Haus und Hof genommen hatten, zeigte auch bei sturzartigem Regen seinen wohltätigen Nutzen, indem er dem Wasser, das schwere Schäden an Haus und Hof anrichten konnte, durch Auffüllung viel von der verheerenden Wut entzog. Im Winter tummelten sich hier die Kinder des Dorfes auf dem Eis und in so mancher Nacht, wenn der Himmel klar war, sah man groß das Spiegelbild des Mondes auf dem Wasser ruhen. Entlang des windenden Baches standen Weiden, Schwarzerlen, Eschen und anderes Strauchgehölz, in denen im Frühjahr zahlreiche Vögel ihre Nester bauten. Durch die feuchten Wiesen pflegten dann Frösche zu hüpfen und mit viel Glück wurde sogar ein Salamander entdeckt, der kaum gesichtet die vorwitzige Neugierde der Kinder auf sich zog. Im hohen Sommer, wenn die Sonne heiß und unerbittlich auf das fruchtbare Land nieder brannte, zog es Bäuerinnen, Mägde und Kinder an diesen Ort, um unter den Bäumen in der Kühle des Wasserlaufes Erfrischung und Belebung zu finden."

Das, dachte Klaas Hinrichs, müßte seiner Frau gefallen, denn sie selbst hatte einst in einem poetischen Augenblick, obgleich in kargen Worten, wie sie Menschen zu eigen sind, die in mühsamer Arbeit dem Boden die Früchte des Lebens abtrotzen, Andeutungen dieser Szenerie gegeben. Gertrude wird sie sicher wieder erkennen und ihn dann aus ihren graublauen Augen anstrahlen und sich als seine Muse fühlen. Solche Augenblicke waren die Höhepunkte ihrer nun fast dreißigjährigen Ehe. Es waren Augenblicke, wo ihre Seelen im Gleichklang waren und das fühlen ließ, was man Glück nennt. Dieses Gefühl mußte Klaas Hinrichs in Worte bannen und vertiefen. So fuhr er denn in seinen Notizen fort:

„Auf einer leichten Anhöhe standen die beiden ältesten Höfe mit Stallung und Scheune. Von hier aus hatte sich Wildeshain vor vielen Jahren nach Westen und Süden hin ausgedehnt und sogar den Sprung über den Ronnebach nach Osten getan. Neue Höfe waren hinzugekommen und neue Wege gebahnt worden. Im westlichen Teil des Dorfes, in gerader Linie mit einer massiven, den Bachlauf überspannenden Holzbrücke, befand sich ein kleiner überschaubarer Platz, in dessen Mitte, wie in vielen Dörfern zu dieser Zeit noch üblich, die Gerichts- oder Dorflinde stand. Der westliche Blickfang des Platzes bildete eine gedrungene, keineswegs üppige barocke Kirche, die den bescheidenen religiösen Ansprüchen der ländlichen Bevölkerung vollkommen genügte. Um sie herum zog sich gepflegt der Kirchhof, dessen Grabkreuze nicht nur die Verwandtschafts-, sondern auch die Besitzverhältnisse des Dorfes dem kundigen Betrachter wie die Seiten eines Buches offen vor Augen legten. Durch das Gotteshaus erhielt die dörfliche Ordnung Weihe und Heiligkeit."

Nun, so ging es Klaas Hinrichs durch den Kopf, diesen Schwenk zur Beschreibung des Dorfes könnte für seine Frau zu prosaisch sein. Mit leichtem Spott könnte sie anmerken, daß sie eher in einen Reiseführer passe. Vielleicht wird sie das sagen, doch könnte sie, was wahrscheinlicher ist, auch schlicht dazu schweigen und keine Miene verziehen. Gertrude liebte ihren Mann, war sogar stolz auf ihn, ein Gefühl, das seit jener Zeit intensiver wurde, als er das Amt des Dorfchronisten übernommen hatte. Doch das Abdriften von der Natur in die bürgerliche Gesellschaft war nicht ihre Sache. Klaas Hinrichs hingegen hatte die Geschichte im Blick, schließlich war er vor 14 Jahren nicht ohne Grund zum Dorfchronisten bestimmt worden. Er hatte an Enkel und Urenkel zu denken und ihnen Schilderungen zu hinterlassen, die die Ereignisse und Gegebenheiten im Dorf getreu widerspiegeln. Nur so, dachte Klaas Hinrichs, kann seine Erzählung zur Mahnung werden. Er setzte wiederum den Bleistift an und fuhr in der Schilderung fort:

„Am Rande des Platzes, rechts von der Kirche, stand ein zweistöckiges Wohnhaus, das dem Bürgermeister als Amtsstätte diente. Mitunter zeigte man dort Besuchern eine Arrestkammer, die aus jener Zeit stammte, als der Bürgermeister noch Dorfschulze hieß. Der zivilen Amtsstätte gegenüber lag das Haus des Pfarrers. Den östlichen Abschluß des Platzes bildete der Dorfkrug. In der großen Wirtsstube feierten die Bauern Geburten, Eheschließungen und Begräbnisse. Hier besiegelten sie Abmachungen und Verträge. Mit einbrechender Dämmerung wurde hier das Tagewerk bei einem kühlen Bier beendet und hier stärkten sie sonntags nach dem Kirchgang ihren Gemeinsinn. Eindrucksvoller hätte das, was dem dörflichen Leben Halt und Sinn gab, nicht dargestellt werden können als mit diesem Arrangement der Gebäude, die den kleinen Platz umstanden."

Soweit war Klaas Hinrichs mit seiner Schilderung gekommen, als ein Wagen heranfuhr und vor dem Hause stehen blieb. Sein Freund Hein Petersen holte ihn ab. Sie wollten in die nahe Stadt. Der dortige Baumarkt bot manches an, was die Bauern im Dorf zur Modernisierung ihrer alten Häuser brauchen konnten. Man half sich gegenseitig und so dauerte es nur eine kurze Weile, bis Klaas Hinrichs und Hein Petersen in Richtung Stadt davon fuhren.

Es war später Nachmittag, als Klaas Hinrichs wieder Notizblock und Stift in die Hand nahm, den am Morgen geschriebenen Text überflog und dann wieder zu schreiben begann:

„Wie jeden Morgen, so schien auch zu dieser frühen Stunde die Welt des Dorfes noch in Ordnung. Nichts deutete im Heraufdämmern des Tages darauf hin, daß von Wildeshain Bestrebungen ausgingen, die die ganze Region erschütterten. Gut hundert Einwohner mochte das Dorf inzwischen zählen, wohl dreimal so viele Kühe und Schweine, ein paar Pferde, auch Gänse, die sich im nahen Dorfteich tummelten. Die Zahl der Hühner war nur zu schätzen. Unter ihnen waren einige

Hähne, die stolz der aufgehenden Sonne entgegenkrähten. Zu jedem Hof gehörten mehrere Katzen und ein bis zwei Hunde, deren Gebell nachts die Stille des Dorfes hin und wider durchbrachen und kund taten, daß es hier zumindest an tierischer Wachsamkeit nicht fehlte."

Das, dachte Klaas Hinrichs, wird Gertrude wieder gefallen. Das war ihre Welt, ihr Zuhause, Dinge, die sie täglich sah, mit denen sie aufgewachsen war. Auch andere Bewohner im Dorf werden in dieser Szene eigene Erfahrungen und Stimmungen wiederfinden. Das war gut so. Ist das Interesse geweckt, die Aufmerksamkeit gefesselt, dann sind die Umstände günstig, daß der Leser nicht unwillig das eigentliche Anliegen des Autors zur Kenntnis nimmt. Nun galt es also, den Kern der Erzählung zu gestalten. Nachdem Klaas Hinrichs sich gesammelt hatte, fuhr er in den Notizen fort:

„Sobald die Sonne erschien, regte sich Leben im Dorf. Auch Bürgermeister Jan Johannson entstieg zu dieser Zeit seiner Schlafstatt und stellte sich den Pflichten, die der Tag ihm bringen wird. Jan Johannson war ein schlauer Kopf. Er wußte seine Bauern zu nehmen. Seit fast zehn Jahren war er nun Bürgermeister. Doch sein Ehrgeiz ging weiter. Als die oberen Landesbehörden vor etwa dreißig Jahren den folgenschweren Fehler begangen hatten, die Dorfschule im Hause des Pfarrers zu schließen und den Besuch der Schule in der nahen Kreisstadt anzuordnen, hatte sich so manches geändert, was der durch Sitte und Herkommen geheiligten Ordnung des Dorfes zuwiderlief.

In alter Zeit hatte der Pfarrer und ein Lehrer aus der Stadt in der großen Stube des Pfarrhauses den Kindern alles das beigebracht, was sie wissen mußten. Es waren Kenntnisse und Regeln, die dem Leben der dörflichen Gemeinschaft vollkommen entsprachen. Deshalb stießen die Neuerungen bei den Bauern auch auf viel Unverständnis und Unmut. Ihr Widerstand gegen die oberen Landesbehörden war jedoch vergeblich. Sie mußten sich, obgleich unter Murren, dem neuen Geist fügen. Elektrische Leitungen wurden verlegt, die Straßen gepflastert und das Dorf durch einen Linienbus, der am Tag dreimal den Ort passierte, in die Region eingebunden. Schnell verschwanden die Pferdefuhrwerke. An ihre Stelle traten Traktoren. Neue Acker- und Erntegeräte kamen zum Einsatz und in den Stallungen übernahmen Melkmaschinen die mühsame Handarbeit von Bäuerinnen und Mägden. Vermehrt kamen jetzt Bewohner der Stadt ins Dorf, zumal an den Samstagen, an denen man begonnen hatte, um die Dorflinde einen Wochenmarkt abzuhalten. Straßen und Wege erhielten Namen. Die gepflasterten Wege um den Wochenmarkt, wie der Platz nun hieß, wurden nach den Wochentagen benannt. Sie sollten eine Erinnerung an das sein, was dieser Platz einst der dörflichen Ordnung gewesen ist. Vor der Kirche verlief der Sonntagweg, vor dem Amtssitz des Bürgermeisters der Dienstagweg, vor dem Pfarrhaus der Donnerstagweg und vor dem Dorfkrug der Freitagweg."

Nach der Darstellung der äußeren Umstände des Dorfes war nun der Punkt erreicht, an dem Klaas Hinrichs auf jene Ereignisse eingehen mußte, über die das örtliche Tageblatt vor zwei Jahren berichtet hatte. Manches davon hätte er gern überprüft, anhand von Dokumenten die Geschichte selbst rekonstruiert, doch noch waren die Akten der öffentlichen Nutzung entzogen. Das Tageblatt war somit seine einzige Quelle. Dennoch konnte er vieles davon mit Erzählungen in Verbindung setzen, die im Dorf herumliefen. An der Wahrheit dessen, was berichtet wurde, gab es für ihn keinen Zweifel. Bericht und mündliche Überlieferungen waren ihm die beiden Zeugen, die, wie das Sprichwort sagt, allemal die Wahrheit kund tun. Gleichwohl plagten ihn Zweifel, wie er mit der Nennung von Personen umgehen soll. Würde er alte Wunden aufreißen, sie sogar vertiefen? Es war ein ehernes Gesetz der bäuerlichen Gesellschaft, unangenehme Dinge ins Schweigen zu verbannen. Würde man ihm seine Geschichte übel nehmen, ihn beschimpfen oder gar bedrohen? Könnte er Freunde verlieren, könnten alte Freundschaften zerbrechen? Wie wird man ihm im Dorfkrug begegnen? Wird man ihn schneiden, mit ihm sprechen? Ob „viel Feind" immer „viel Ehr" sei, daran mochte Klaas Hinrichs nicht so recht glauben. Was geschehen wird, wußte er nicht, doch es nicht zu bedenken, wäre ein Ausdruck mangelnder Lebenserfahrung. Aber da war ja noch sein Amt, seine Aufgabe als Dorfchronist. Ohne Ansehen der Person mußte er die Dinge schildern. Nicht nur seine, sondern die Glaubwürdigkeit der Dorfchronik stand auf dem Spiel. Klaas Hinrichs mußte sich entscheiden und er entschied sich für das, was man gemeinhin Wahrheit nennt.

Klaas Hinrichs zeichnete etwas besonderes aus. Es hatte psychologisches Gespür. Er gab sich nicht mit der äußeren Beschreibung von Ereignissen zufrieden. Vielmehr versuchte er ihnen bis zum Ursprung in den Tiefen des menschlichen Herzens nachzuspüren. Das verlieh seinen Schilderungen jene Glaubwürdigkeit und Überzeugungskraft, die sie als historische Wahrheit akzeptabel machten. Klaas Hinrichs war sich dieser Gabe durchaus bewußt. Doch die Verantwortung drückte schwer auf sein Gewissen. Er hatte sich aber nunmal entschieden, sich dieser Aufgabe zu stellen und war willens, sie zu meistern. So wandte er sich denn jenen Akteuren zu, deren Namen noch immer in aller Munde sind. Dabei sparte er nicht mit Kritik an den Verhältnissen. Das Wort, daß Gelegenheit Diebe mache, hatte ihn darauf aufmerksam gemacht, daß die Umstände der Freveltat günstig sein müssen, wenn sie ihren Zweck erreichen soll. Die Schuld, an dieser Einsicht kam Klaas Hinrichs nicht vorbei, lastete deshalb nicht nur auf dem Täter. Wie viel Wahrheit und Lebenserfahrung lag nicht im simplen Sprichwort vom Dieb und der Gelegenheit?

„Bei den Neuerungen", so begann Klaas Hinrichs wieder zu schreiben, „hatten die oberen Landesbehörden nicht die Folgen bedacht, die der Umsturz der bäuerlichen Ordnung nach sich ziehen würde. Schon bald nahm der Widerstand der Bauern ungeahnte Formen an. Der stille Protest wandelte sich zum Hang, die modernen Verwaltungsstrukturen zum eigenen Vorteil auszureizen. Verwerflich schien den Bauern die optimale Ausschöpfung der neuen Möglichkeiten in keiner Weise, denn die oberen Landesbehörden hatten nur die Verwaltungsstruktur, keineswegs aber die ethischen Regeln geändert, die das dörfliche Leben seit Jahrhunderten prägten. Diese orientierten sich am Erhalt und Wohlstand der Familie und der Dorfgemeinschaft. Auf die Bauern des Nachbardorfes oder gar die Bewohner der Kreisstadt bezogen sich diese Regeln nicht. In diesem problematischen bäuerlichen Umfeld wuchs Jan Johannson auf, verlebte seine Kindheit und Jugend und verinnerlichte teils die traditionellen Werte des Dorfes, teils jene Erfahrungen, die er in der Stadt gemacht hatte und machte."

Für einen Moment hielt Klaas Hinrichs inne, so als müsse er überlegen, wie er ein Hindernis umgehen könne, oder war es doch der Zweifel, der hemmte, oder gar der Skrupel, der zum Sieg drängte? Kämpfte er mit widerstrebenden Regungen? Es war nicht eindeutig zu erkennen, was in ihm vorging, doch dann setzte er mutig die Schilderung fort: „Jan Johannson, Sohn eines angesehenen Bauern, der vor allem durch die Schweinezucht wohlhabend geworden war, gehörte zu jenen Dorfkindern, die bereits von der ersten Klasse an die Schule in der Stadt besuchten. Da der Stoff, der den Kindern dort beigebracht wurde, der Kontrolle des Dorfes entzogen war, lernten die Kinder nun Dinge, die für das Dorfleben nutzlos waren. In ihnen wurden sogar Ideen und Vorstellungen geweckt, die dem Verständnis der bäuerlichen Ordnung völlig entgegenliefen. Jan Johannson, ein aufgeweckter Kopf, sog das neue Wissen begierig auf. Durch die Schule fand er Freunde in der Stadt und kam hier mit Menschen zusammen, deren Lebensinhalt nicht Kühe und Schweine, sondern das Gemeinwohl war. Von ihnen lernte er, daß die Arbeit für das Gemeinwohl, stellte man sich nicht allzu dumm an, effizient mit dem Eigenwohl verbunden werden konnte. Das reizte ihn. Deshalb bewarb er sich später im Dorf um das Amt des Bürgermeisters. Die Bauern wählten ihn, weil sie der Auffassung waren, daß ein kluger Kopf in diesem Amte ihnen von Vorteil sein könne. Er galt weithin als einer von ihnen, weniger als Repräsentant des politischen Amtes. Seine Aufgabe war es, Anträge nicht abzulehnen, sondern ihre Bewilligung zu erreichen. Ja, Jan Johannson hatte etwas von einem Volkstribun, wobei er, dies darf nicht verschwiegen werden, durchaus seinen Vorteil zu wahren wußte. Die materiell-wirtschaftlichen Aspekte, die zu dieser Zeit die traditionelle Ordnung des Dorfes weitgehend abgelöst hatten, bildeten unter dem Diktat des Marktes seit einigen Jahren die dünne Basis, die der Dorfgemeinschaft im Auf und Ab der Konjunktur allein noch Halt und innere Legitimation gaben. Unter diesen Umständen war es für Jan Johannson nicht schwer, im Dorf Mitstreiter zu finden, wenn es galt, Strategien umzusetzen, die den materiellen Wohlstand der Bauern, so eine seiner oft gebrauchten Formulierungen, heben konnten."

Diese Zeilen, so dachte Klaas Hinrichs müßten reichen, um Jan Johannsons zu charakterisieren. Sie erklärten hinreichend, davon war er überzeugt, weshalb Jan Johannsons den Weg einschlug, den er gegangen ist. Jetzt galt es, seine Karriere nachzuzeichnen und anschaulich zu machen, welche Strukturen ihm die Umsetzung so mancher Pläne nicht nur erlaubten, sondern außerordentlich erleichterten. Klaas Hinrichs kannte sie gut. Sie waren im Dorfkrug oft der Anlaß für hitzige Debatten. Man ahnte dabei, wer sich einen Vorteil erhoffte, wer nicht. Die

Fronten waren immer eindeutig. Das materielle Interesse war die Grenzlinie, über die die Argumente hin und hersprangen, an der sich Zustimmung und Ablehnung kundtaten.

„Schon auf der Schule", so begann Klaas Hinrichs wieder zu schreiben, „und im Umgang mit Freunden in der Stadt hatte Jan Johannson beobachtet, daß es eine Organisation gab, die seinem Ehrgeiz sehr entgegen kam, und das war die Partei. Da er, wie man sagte, auch nicht auf den Mund gefallen war, so konnte er überall mitreden und zu jedem etwas sagen. Er hatte auch erkannt, daß er die Sprache der Bauern sprechen mußte, um im Lande etwas bewirken zu können. Sein hervorragendes Talent war das, was gewöhnlich ‚Bauernschläue' genannt wurde. Davon besaß er genug, um die persönlichen Motive geschickt hinter allgemeinen Werten verbergen zu können. Das Bekenntnis zu den Werten, die in der Region vorherrschten, brachte ihm viel Zustimmung. Dabei kam ihm entgegen, daß kaum einer im Lande den Unterschied von ‚Wert' und ‚Gut' kannte oder beachtete. Es waren alltägliche Worthülsen und es war allgemein geworden, im ‚Wert' den ‚Preis' einer Sache zu sehen. Das war eine kalkulierbare Größe, mit der man rechnen konnte. Gerechnet wurde viel, auch mit diesem und jenem, und man zählte auf so manches und manchen. Die Zahl beherrschte das Leben, doch was ist die Zahl, was sind Zahlen? Sie geben Gewinn und Verlust, auch den Schaden an, aber können sie auch das Böse erfassen?"

Gertrude rief Klaas Hinrichs zum Abendbrot herein, das sie, wie immer um diese Zeit, in der Stille des Hauses zubereitete. Das war das Zeichen, daß für den heutigen Tag die Arbeit beendet war. Morgen oder übermorgen, wenn nichts dazwischen kam, wird er die Erzählung fortsetzen. Vielleicht war es gar nicht so schlecht, eine Pause einzulegen. So konnte er das eine oder andere überdenken, vielleicht nach einem besseren, einem treffenderen Ausdruck suchen, auch überlegen, wie die Geschichte in ihrer Gewichtung weitergehen und vor allem wie sie enden soll. Nun aber war erst einmal Abendbrot angesagt. Und dann? Gertrude hatte unmißverständliche Signale ausgesandt. Ihr Wunsch ging nach Liebe, nach sehr viel Liebe. Diese Pflicht drängte alles andere in den Hintergrund. Klaas und Gertrude Hinrichs hatten zu einer Zeit geheiratet, in der die Ehe noch als Erfüllung ehelicher Pflichten definiert wurde. Daran haben sie sich gehalten. Drei Söhnen hatte Gertrude das Leben geschenkt. Sie sind inzwischen selbst verheiratet und haben ihr Glück in der Welt gesucht und vielleicht auch gefunden. Gertrude konnte sie nicht halten. Die gebetsmühlenartige Wiederholung des Spruchs „bleib im Lande und nähre dich redlich" hatte bei ihnen keinen Sinneswandel bewirken können. Sie fühlten sich der heimatlichen Scholle nicht verbunden. Die Schule hatte auch sie dem Dorf entfremdet, ihnen Ideen eingeimpft, für die das Dorf zu klein war. In der Stadt glaubten sie, sich besser verwirklichen zu können. Sie verstanden noch nicht, daß ihre Mobilität geplant und erwünscht war. Freilich, wenn sie dabei glücklich werden, dann mögen sie, so hatte Klaas Hinrichs zu Gertrude gesagt, in Gottes Namen ziehen.

Als Klaas Hinrichs am Küchentisch saß und Stift, Notizblock und die vergilbten Ausgaben des örtlichen Tageblatts mit den enthüllenden Reportagen vor sich liegen hatte, waren seit dem letzten Eintrag ganze sieben Tage vergangen. Plötzlich gab es viel zu tun, viel zu erledigen. Hein Petersen hatte ihn in Anspruch genommen. Das Material vom Baumarkt war geliefert worden. Die Küche und die alte Wohnstube in seinem Haus sollten ein neues Aussehen erhalten, auch ein Teil des alten Schweinestalls, der seit einigen Jahren seine Funktion verloren hatte, würde in den Wohnbereich einbezogen werden. Der Rest sollte in naher Zukunft in ein eigenes Wohnhaus umgebaut werden, das man zu vermieten hoffte. Aus der Stadt hatten sich schon eine ganze Reihe von Bürgern erkundigt, ob im Dorf nicht etwas zu mieten sei. Die Nachfrage war also da. Nun galt es nur noch das Angebot zu schaffen. Überall im Dorf standen Stallungen leer oder wurden nur noch im geringen Umfang genutzt. Was tun mit den alten Gebäuden? Das Dorf schien jeden Tag ein bißchen zu sterben, und das hatte auch mit Jan Johannson zu tun. Nun hatte Klaas Hinrichs wieder den Erzählfaden. Er nahm Stift und Notizblock in die Hand und begann zu schreiben: „Jan Johannson schloß sich der im Lande verbreiteten Christlich-Konservativen Partei an. Freunde, die in der Partei waren, hatten ihn dazu ermuntert und in diesem Schritt bestärkt. Hier herrschte Einmütigkeit über den schönen Gedanken, mit Freunden für das Gemeinwohl zu wirken. Das Netzwerk der Freunde stellte sicher, daß politisch und ökonomisch in der Region nichts ohne sie ging. Gerade dieser Umstand machte die Partei für Jan Johannson so reizvoll.

Mit dem Eintritt in die Partei öffneten sich für Jan Johannson viele Türen. Es vergingen kaum drei Monate, da saß er im Vorstand des örtlichen Fußballklubs, des Gesangsvereins, des Kulturvereins, der Wirtschaftskammer, des Bauernverbandes und, obgleich er vom Dorf kam, im Vorstand des Vereins für Stadtgeschichte. Dies geschah freilich erst vor vier Jahren, als Wildeshain durch die Gemeindereform ein Vorort der Kreisstadt wurde. Einige Bauern des Dorfes hatten dagegen aufbegehrt, freilich als Ewiggestrige hatten sie keine Chance, dem Dorf die Eigenständigkeit zu erhalten. Jan Johannson hätte es vielleicht verhindern können, doch er hatte andere Pläne und Ziele. In der kurz darauf abgehaltenen Wahl erlangte er einen Sitz im erweiterten Stadtparlament. Sein Streben ging jedoch weiter. Er wollte in den Vorstand der örtlichen Stadtwerke und der örtlichen Genossenschaftsbank. Vor allem wollte er in den Bauausschuß der Stadt. Schon früh hatte er die Regel gelernt, daß ein Politiker um so einflußreicher und mächtiger ist, je mehr Vereinen und Vorständen er angehört. Dabei war es gar nicht nötig, den Verein oder den Vorstand zu repräsentieren. Dies überließ man in kluger Abwägung denen, die Vertrauen wecken konnten. Die wirklich Mächtigen scheuen das Licht des Tages. Wichtig war ihnen nur, dabei zu sein, zu kontrollieren, zu wissen, was vorging, um gegebenenfalls einwirken zu können. Der alte Spruch, daß Wissen Macht ist, zeigte dem Politiker jeden Tag, wie richtig und zutreffend er war. Noch wirkungsvoller war es jedoch, Herr des Gerüchts zu sein. Gefahrlos anwendbar war es freilich nur dann, wenn man zugleich die Macht hatte, feindliche Attacken im Keim zu ersticken."

Hier unterbrach Klaas Hinrichs die Notizen und griff nach den alten Ausgaben des Tageblatts mit der Reportage. Er mußte sich vergewissern, daß die Daten und die Zitate, die er nun benutzen wollte, richtig waren. Er überflog den Text, legte das Blatt nach wenigen Augenblicken wieder zur Seite und fuhr fort zu schreiben:

„Am späten Nachmittag, das Kalenderblatt zeigte den 25. Juli 1990, trafen sich Jan Johannson und Willem Husemann in der kleinen Gaststätte am Markt, nicht weit vom Rathaus, wo sie ungestört miteinander reden konnten. Man kannte sich seit der Schulzeit. Jan Johannson war oft in Husemanns Elternhaus gewesen. Sein Vater hatte die größte Metzgerei der Stadt besessen und sein Fleisch aus der ländlichen Umgebung bezogen. Die meisten Bauern der Umgebung kannte er von den Hausschlachtungen her. Nach dem Tode des Vaters vor sieben Jahren hatte Willem Husemann die Metzgerei übernommen. Er galt weithin als wohlhabend. Seine Bekanntheit hatte ihm schon früh den Weg in die Politik geebnet. Seit der letzten Wahl war er im Stadtparlament Fraktionsvorsitzender der Christlich-Konservativen Partei.

Jan Johannson und Willem Husemann hockten viel zusammen. Wenn er im Wahlkreis war, kam Ole Börnsen, Sohn des ehemaligen Stadtdirektors, als dritter Schulfreund hinzu. Er hatte Jura studiert und war seit acht Jahren der örtliche Bundestagsabgeordnete. In Bonn hatte er es sogar in den einflußreichen Verteidigungsausschuß geschafft. Seine Kanzlei in der kleinen Stadt wurde zudem bei städtischen Streitigkeiten in der Regel mit der Rechtsvertretung beauftragt. Die drei bildeten das politische Herzstück der Region. Ohne sie ging nichts. Ole Börnsen unterzog ihre Pläne stets einer eingehenden juristischen Prüfung und pflegte zweifelhafte Aktionen mit den Worten zu kommentieren, daß man juristisch alles dürfe, wenn man bereit sei, die Strafe auf sich zu nehmen. Man wußte also, daß manche Aktion Unrecht war, zumindest, daß man sich bisweilen am Rande der Legalität bewegte.

Diese für einen demokratischen Rechtsstaat gefährliche Haltung war gepaart mit einer eigenartigen Sicht auf die deutsche Geschichte. Bereits in der Schulzeit glaubten die drei Freunde erkannt zu haben, daß Deutschland eine wabernde Masse sei, die alle paar Jahre ihre Gestalt ändere. Sie gingen deshalb von der für Uneingeweihte überraschenden Annahme aus, daß auch die Bundesrepublik in wenigen Jahren von der Landkarte verschwunden sein werde. Bestärkt wurden sie durch Gemeindereformen. Erst vor wenigen Jahren hatten sie selbst erlebt, wie sich die Gemeindegrenzen in ihrer Region verschoben und die Gebilde einen neuen Namen und eine neue Struktur erhielten. Beweiskräftiger für ihre Annahme konnte es jedoch nicht sein, als innerhalb weniger Tagen die DDR von der Landkarte verschwand. Vom Dreißigjährigen Krieg bis zur Gegenwart zählten sie mehr als ein Dutzend solcher staatlichen Veränderungen. Aus diesem Faktum meinten die drei Freunde, für sich die richtige und notwendige Schlußfolgerung ziehen zu müssen. Da politische Veränderungen in der Regel mit dem Austausch des politischen Personals einhergehen, sahen sich die drei Freunde genötigt, schon jetzt ihre Schäfchen ins Trockene zu bringen. Ihnen blieben dazu nur wenige Jahre. Sie mußten schließlich an ihre Kinder und Enkel denken."

Klaas Hinrichs hatte nun die Hauptakteure und ihre Motive benannt. Zumindest waren es die Motive, die sie bei den Vernehmungen angegeben hatten. Als sorgende Väter stellten sie sich dar, denen das Wohl ihrer Familien am Herzen lag. Doch kaum einer im Lande nahm ihnen das ab, denn dazu gingen ihre Aktionen doch zu sehr ins Maßlose, ganz zu schweigen von dem Schaden, den sie den Gemeinden und vielen Menschen und ihren Familien in der Region zugefügt hatten. Mancher Vater konnte nur im Zorn an sie denken, zumal dann, wenn er erst die Arbeit und dann auch Ehe und Familie verloren hatte. Die Folgen des sozialen Mißbrauchs der Amtsgewalt werden im Lande gewöhnlich nicht geahndet. Das galt als unabwendbares Schicksal, als Los, das der Himmel oder sonst eine undefinierbare Macht den Menschen zuteile. Selbst im Falle von Jan Johannson und seinen Freunden war die Wahrscheinlichkeit hoch, daß die Staatsanwaltschaft das Ermittlungsverfahren wegen mangelndem öffentlichen Interesses eingestellt hätte, wären da nicht die Veröffentlichungen im örtlichen Tageblatt gewesen. An eine juristische Aufarbeitung des Gesamtschadens war dennoch nicht zu denken. Dies wird Aufgabe der Geschichtsschreibung sein. Die Anklage wird auf Betrug zu Lasten der öffentlichen Hand lauten und sich auf den Schaden beschränken, der den Gemeinden entstanden war. Das hatten Jan Johannson und seine Freunde ins Kalkül gezogen und befunden, daß sie dabei immer noch gewinnen würden. Wie wird der Richter befinden? Eine Verurteilung war sicher. Wird der Richter nach der Urteilsverkündung aufstehen und die Angeklagten per Handschlag ins Gefängnis verabschieden? Auszuschließen war das keineswegs. Es gab historische Präzedenzfälle. Doch werden sie das Gefängnis überhaupt von Innen sehen? Sie sahen es, denn der öffentliche Druck hatte sich als übermächtig erwiesen.

„Am 25. Juli 1990", so fuhr Klaas Hinrichs fort, „ging es um die Kläranlage und die Müllverbrennung. Ihr Volumen mußte festgelegt und eine Begründung dafür gefunden werden, weshalb sie größer als notwendig ausfallen sollen. Zu diesem Zeitpunkt durfte noch niemand wissen, daß Jan Johannson einen riesigen Mastbetrieb für Schweine plante, die Willem Husemann in einem neuen Schlachthof verarbeiten und vermarkten wollte. Die Genehmigung hing von der Kapazität der Kläranlage ab. Ihre Größe mußte daher so begründet werden, daß kein Verdacht geschöpft wurde. Die Kosten würde die Stadt zu tragen haben. Der betonte Hinweis einer Entwicklungsperspektive für die örtliche Wirtschaft wird jeden Widerstand im Stadtparlament brechen. Ein Industriegebiet war auszuweisen. Weideland sollte in Bauland umgewandelt werden. Danach richtete sich die Größe der geplanten Bauten. Auch Wildeshain sollte an die Kläranlage angeschlossen werden. Bis auf den Kern sollte zudem das alte Dorf zu Bauland erklärt werden. Der Bau eines Zubringers, mit dem das Industriegebiet an das 10 km entfernte Autobahnnetz anzuschließen ist, war dann nur noch eine Formsache."

Hier unterbrach Klaas Hinrichs seine Notizen, denn er war sich bewußt, daß er soeben den Beginn der letzten Lebensphase von Wildeshain angesprochen hatte. Wildeshain wird sich verändern. Es wird seinen dörflichen Charakter verlieren. Die Pläne waren seit vier Jahren bekannt und entsprechende Baumaßnahmen eingeleitet. Land und Bund förderten den Ausbau der dörflichen Region, wie es hieß, um eine Angleichung der Lebensverhältnisse zu erreichen. Das war Vorschrift des Grundgesetzes. Zudem war es nicht mehr akzeptabel, daß Wildeshain keinen Arzt hatte. Die bessere medizinische Versorgung war ein gewichtiges Argument, denn die Leute im Dorf waren alt, die jungen meist in Städte des Landes verzogen. Man mußte also etwas tun und vor allem die Infrastruktur verbessern. Der Ronnebach sollte begradigt und teils unterirdisch geführt werden. Mit dem Ausweis von Bauland konnten die Bauern ihren Boden zu einem guten Preis verkaufen und es war absehbar, daß sie von dieser Möglichkeit zahlreich Gebrauch machen würden, denn was sollte man mit Stallungen und Scheunen, die nicht mehr gebraucht wurden? Die idyllische Lage wird bald schon Investoren nach Wildeshain locken. Daran war kein Zweifel. Freizeitanlagen mit Golfplatz und Erlebnispark waren bereits im Gespräch. Das alles war nicht mehr aufzuhalten. Jan Johannson und seine Freunde hatten den Weg dorthin zementiert. Verträge waren geschlossen, denen nur gegen Zahlung einer hohen Vertragsstrafe zu entkommen war. Dieses Risiko wird die Stadt nicht eingehen.

Klaas Hinrichs war den Ereignissen vorausgeeilt, nun kehrte er zu seinen Notizen zurück und begann wieder zu schreiben: „Schwieriger war es, den Stadtkämmerer auf Linie zu bringen. Er war in dieses Amt berufen worden, weil er der einzige Promovierte war, der sich um diese Aufgabe beworben hatte. Doch stellte sich heraus, daß er den Titel bei der Ökonomischen Fakultät der Universidad Nacional de México gekauft hatte. Niemand durfte das wissen, aber die drei Freunde wußten es. Es reichte, dem Kämmerer gegenüber das Wort ‚Mexiko' fallen zu lassen, dann war auch dieses Problem im Griff.

Nachdem die Kläranlage genehmigt und in Jahresfrist errichtet worden war, reichten Jan Johannson und Willem Husemann ihre Pläne für Mastbetrieb und Schlachthof mit der Begründung ein, daß die Kläranlage Überkapazitäten besitze, die betriebswirtschaftlich genutzt werden müßten. Nur so könnten die Kosten der Anlage für den Bürger niedrig gehalten werden. Die laufenden Kosten der zu groß geratenen Kläranlage wurden nämlich mit den Abwassergebühren auf die Hauseigentümer der Gemeinde umgelegt. Hier konnten Jan Johannson und Willem Husemann sich als Anwalt der kleinen Leute präsentieren und auf soziale Ausgewogenheit der städtischen Abgaben dringen. Beide versäumten zudem nicht, auf die Gewerbesteuer für Mastbetrieb und Schlachthof hinzuweisen, die der Stadt höhere Einnahmen bringen werde. Ole Börnsen spielte den arbeitsmarktpolitischen Part und wies vehement auf die Arbeitsplätze hin, die durch die neuen Betriebe geschaffen würden. Die Stadt kam unter Druck, doch die günstige Perspektive, wie der ungewisse Blick in die Zukunft oft genannt wird, ließen ihr keine Wahl. Die Baugenehmigungen wurden erteilt."

Klaas Hinrichs kam ins Grübeln. Was ist gut für das Land? Was ist gut für die Region? Eigentlich wußte das niemand, denn dazu hätte man mit Gewißheit in die Zukunft blicken müssen. So aber glichen die politischen Entscheidungen eher einem Pokerspiel, bei dem jeder Spieler hofft, die besseren Karten zu besitzen. Wenn nicht, mußte man bluffen. Diese Taktik beherrschten Jan Johannson und Willem Husemann meisterhaft. Aber nicht immer war diese Methode anwendbar. Wo sie nicht hinreichte, kamen andere Mittel zum Einsatz. Dies war ein ganz wunder Punkt. Klaas Hinrichs mußte sich diesem zuwenden, diesen zumindest an einem Beispiel anschaulich machen. Also begann er wieder zu schreiben: „Widerstand war freilich vom Stadtpfarrer zu erwarten, der immer wieder Diskussionsrunden zur Bewahrung der Schöpfung abhielt und in der Stadt zu den Hauptagitatoren der grünen Bewegung gehörte. Da die Schöpfung ihn mit einer Neigung ausgestattet hatte, die in der Gemeinde nicht bekannt werden durfte, hatten die drei Freunde auch ihn fest im Griff. Wenn er ihren Plänen gefährlich würde, würden sie sich nicht scheuen, ihr Wissen rechtzeitig auszustreuen. Sie hatten schließlich an das Wohl ihrer Kinder und Enkel zu denken."

Merkwürdig, dachte Klaas Hinrichs, über Jahrhunderte hinweg beherrschte dieses Argument die bäuerliche Lebenssphäre. Wie der Adel so hatte auch der Bauer in der Vergangenheit die Aufgabe, den geliehenen Besitz an die nächste Generation weiterzugeben. In der Region und in Wildeshain verstand man das Prinzip durchaus, nur warf die Presse Jan Johannson, Willem Husemann und Ole Börnsen vor, daß sie bei der Sorge um ihre Familien so handelten, als ob der Zweck die Mittel heilige. In einem traditionell protestantischen Umfeld stieß die Anwendung einer jesuitischen Devise freilich auf keine Gegenliebe. Vielleicht war es dieser Funken von Moral, der den Dreien letztlich zum Verhängnis wurde, zumal die bäuerliche Tradition, auf die sie sich beriefen, selbst in Wildeshain inzwischen für viele Bauern ihre Gültigkeit verloren hatte. Mit dem Verkauf von Weideland, Stallungen und Scheunen an Investoren hatten sie aufgehört, Bauern zu sein. Sie waren nur noch Hausbesitzer im Vorort einer kleinen Stadt. Doch Klaas Hinrichs eilte den Ereignissen wieder einmal voraus.

„Als der Widerstand gegen Mastbetrieb und Schlachthof jedoch die Straße erreichte", so begann Klaas Hinrichs wieder zu schreiben, „blieb es nicht bei der stillen Drohung. Eines Tages erhielt der Pfarrer mit der Post eine Photographie, die kompromittierender nicht hätte sein können. Daraufhin beschränkte der Pfarrer seinen Diskussionskreis auf den Kirchenraum.

Kläranlage und Müllverbrennungsanlage wurden gebaut, Mastbetrieb und Schlachthof folgten später nach. Im Stadtparlament gingen die Anträge ohne Widerstand durch. Kläranlage und Müllverbrennungsanlage galten als Standortvorteile für Unternehmen und daher als eine Perspektive für die Stadt und ihre Einnahmen. Was damals kaum einer ahnte, war der Umstand, daß die drei

Freunde auch stille Teilhaber der Baufirma waren, die den Zuschlag für die Errichtung der Anlagen erhielt. Günstig wirkte sich auch die Vergabe von Aufträgen an Subunternehmen aus. Nach dem Stimmengewirr auf den Baustellen hätte man glauben können, sich in Polen zu befinden. Arbeiter aus der Region waren hier, trotz der gepriesenen Perspektive für den örtlichen Arbeitsmarkt, kaum zu finden. Betriebswirtschaftliche Gründe wurden dafür geltend gemacht. Daß die Perspektive einmal anders gelautet hatte, das war Schnee von gestern, der schon lange dahingeschmolzen war.

Ähnlich ging es bei der Errichtung von Mastbetrieb und Schlachthof zu. Durch die vorhandene Kläranlage fielen die Kosten für Mastbetrieb und Schlachthof erheblich niedriger aus als man hätte erwarten müssen. Zudem hatte die örtliche Genossenschaftsbank Jan Johannson und Willem Husemann das notwendige Kapital zum symbolischen Zinssatz von einem Prozent zur Verfügung gestellt. Man war den Politikern eben verpflichtet. Jan Johannson und Willem Husemann rechneten sich aus, daß mit Betriebsaufnahme der break even innerhalb eines Jahres erreicht werden könnte. Kapital und Zinsen seien dann zurückgezahlt und es könne ans Gewinnen gehen. Die Erwartung wurde mehr als erfüllt. Zwar wunderte sich mancher Bürger der kleinen Stadt, daß mit einem Mal fast täglich riesige Kühltransporter mit Schweinehälften gen Osten rollten, doch es war völlig legal, für die Ausfuhr von Überproduktionen Gelder von der Europäischen Union zu erhalten. Es rechnete sich eben, es war einfach ein gutes Geschäft. Daß die Schweinehälften wenige Tage danach mit neuem Etiket wieder nach Deutschland zurückkehrten, ergaben erst die späteren Ermittlungen. Auf Subventionsbetrug lautete daher auch einer der Anklagepunkte, die der Staatsanwalt zu verlesen hatte."

Klaas Hinrichs mußte aufpassen, daß er nicht in eine ökonomische Abhandlung abglitt. Ihm ging es vor allem darum, zu zeigen, wie unter Vorgabe ehrenwerter Absichten nicht nur den Menschen Schaden zugefügt, sondern eine ganze Region umgekrempelt wurde. Innerhalb von 40 Jahren war Wildeshain nicht wieder zu erkennen. Was werden Enkel und Urenkel daraus lernen? Werden sie überhaupt daraus lernen wollen? Veränderung ist nicht nur das Prinzip, Einkommen und Reichtum neu zu verteilen, sondern auch gewachsene Strukturen verschwinden zu lassen. Daß dabei viel Liebes- und Lebenswertes verloren ging, war wohl kaum zu vermeiden. Daß Menschen ihrer Verwurzelung und einen Teil ihrer Identität entsagen mußten, wog da schon schwerer. Bei Wildesheim wird ein Freizeitpark entstehen. Die Leute, die dort arbeiten werden, dürften in den wenigsten Fällen aus Wildeshain kommen. Hier werden sich in Zukunft Fremde zuhause fühlen.

Gegen Ostern erschien das neueste Heft des Heimatblattes mit der Erzählung von Klaas Hinrichs. Sie weckte noch einmal Interesse an dem, was in den letzten Jahren in der Region und in Wildeshain vorgegangen war. Doch der Zug war, wie man sagt, abgefahren. Es war nur noch ein Blick zurück. Wildeshain war nicht mehr Wildeshain. Die alte Holzbrücke über den Ronnebach war im Zuge der Begradigung und Übertunnelung durch eine nicht sichtbare breite Betonbrücke ersetzt worden. Für die schweren Baufahrzeuge war das unerläßlich gewesen. Der Bach war begradigt, die Mühle abgerissen. Das ehemalige Haus des Bürgermeisters war nun ein Café. Einen Pfarrer gab es nicht mehr. Die Kirche wurde nur noch zu bestimmten Anlässen genutzt. Der Friedhof war verlegt. Allein im Dorfkrug sah man bisweilen vereinzelt ältere Männer, die der Vergangenheit nachtrauerten. Man war nicht gut auf Jan Johannson zu sprechen. Ihm gab man die Schuld, daß das Dorf kein Dorf mehr war. In seiner Gier, so die einhellige Meinung, hatte Jan Johannson sie verraten. Als Klaas Hinrichs seine Erzählung im Heimatblatt las, bemerkte er, daß er einen Nachruf auf sein Dorf verfaßt hatte! Er erkannte, daß damit auch seine Aufgabe als Dorfchronist ihr Ende gefunden hatte. In den nächsten Tagen wird er die Dorfchronik ins Stadtarchiv bringen, damit von Wildeshain doch etwas der Nachwelt überliefert wird. Mehr kann ein Chronist ohnehin nicht tun.

Günter Wirtz

## Das gestohlene Christkind

Mein Großvater war ein wunderbarer Mensch mit vielen Talenten, aber zwei Dinge konnte er besonders gut: schreinern und Geschichten erzählen. Unzählige Stunden verbrachte ich bei ihm in der Werkstatt. Ich sah und hörte ihm zu, ohne ein Wort zu sagen. Er hatte eine tiefe angenehme Stimme und es duftete dort herrlich nach Leim und Sägespänen.
 Weihnachten war es besonders schön in der Werkstatt, denn dann bullerte der Salamanderofen und zu dem Leim- und Holzgeruch gesellte sich der Duft und Geschmack von Plätzchen und Tee.
 Großvater kannte unglaublich viele Geschichten. Dabei sah ich ihn nie ein Buch lesen. Etliche hatte er von seiner Mutter und anderen Verwandten in den langen und düsteren Wintern des Krieges und der Nachkriegszeit gesammelt. Und etliche hatte er bestimmt selbst erfunden. Ich liebte sie alle, doch gab es eine, die mochte ich am allerliebsten. Und das war die Weihnachtsgeschichte vom gestohlenen Christkind, die er mir stets am 23. Dezember erzählte.
 Sie handelte von David, einem achtjährigen Jungen, der mit seinen Eltern in einer Hütte am Rande einer großen Stadt lebte. Die Familie war bettelarm. Das Geld, das der Vater mit dem Sammeln von Feuerholz verdiente, reichte gerade zum Überleben. Aber eines Tages, kurz vor Weihnachten, wurde er schwer krank. Für einen Arzt reichte das Geld nicht, und ihre Not war so groß, dass David die Arbeit des Vaters übernehmen musste. Früh morgens ging er nun bei klirrender Kälte in den Wald, um dort nach Holz zu suchen, und am Nachmittag verkaufte er es auf dem Markt.
 Der Heiligabend kam. Da der Vater immer noch krank war, ging die Familie ohne ihn in die Christmette. David staunte wie jedes Jahr über die Krippe, die man in der Kirche aufgebaut hatte. Ein richtiger Stall mit Stroh und einer roten Laterne, mit einem Ochsen, einem Esel und Schafen, mit Hirten und natürlich mit Maria, Josef und dem Christkind, alle aus Holz geschnitzt und in voller Lebensgröße.
 Als die Messe zu Ende war, ging David zu dem Stall und betete zu dem Christkind. Er wünschte sich etwas Warmes zu essen für seine Familie, ein Weihnachtsgeschenk für sich selbst und sei es auch noch so winzig klein und unscheinbar, vor allem jedoch Gesundheit für seinen kranken Vater. Plötzlich aber schämte er sich. Wie konnte er es wagen, dieses Kind um etwas zu bitten, das ja noch weniger hatte als er! Er schlief wenigstens in einer warmen Hütte mit vier Wänden, hatte eine Hose, ein Hemd, eine zerschlissene Jacke, aber das Jesuskind hatte nur die Windeln am Leib. Wie jämmerlich musste es frieren! Während er so in Gedanken versunken war, hatte sich die Kirche geleert. David sah sich um. Noch ehe

er recht wusste, was er tat, hatte er das Kind aus der Krippe genommen und unter seine Jacke gesteckt. Dann eilte er nach draußen, wo seine Mutter und seine Geschwister schon ungeduldig auf ihn warteten. Es schneite in dichten Flocken und ein kräftiger Wind blies. Alle hatten sich die Kapuzen weit über ihre Köpfe gezogen und so achtete niemand auf die ausgebeulte Jacke des Jungen.

Zuhause in der Hütte war es so kalt, dass alle sofort zu Bett gingen. David legte einige der letzten Holzscheite ins Herdfeuer, nahm das Jesuskind heimlich mit unter seine Decke und wärmte es an seiner Brust. Im Nu war er eingeschlafen.

Als er erwachte, war das Christkind verschwunden. Stattdessen lag neben ihm unter der Decke ein großer Klumpen Gold. David zeigte das Gold seinen Eltern und alle freuten sich. Und das umso mehr, da sein Vater über Nacht gesund geworden war und in dem Topf über dem Herdfeuer eine herrlich duftende Suppe köchelte. Nachdem sie ihren Hunger gestillt hatten, gingen sie in die Kirche, um Gott zu danken. Und, o Wunder, da lag das Christkind in seiner Krippe, als wäre es nie weg gewesen.

Als die Weihnachtstage vorüber waren, verkauften sie das Gold und bekamen dafür so viel Geld, dass Davids Eltern sich eine Schusterwerkstatt kaufen konnten. Und dort lebten und arbeiteten sie fortan und mussten nie wieder hungern noch frieren.

Ja, ich liebte diese Geschichte, weil sie so wunderbar war. Ein kleiner Junge wie ich, der seine Familie aus der Armut befreite, weil er so gut war und dafür so reich belohnt wurde.

Es war in dem Jahr, als ich meinen neunten Geburtstag feierte, zur Kommunion ging und zum eifrigen Ministranten wurde. Weihnachten rückte näher und somit auch der Tag, an dem mir mein Großvater die Geschichte erneut erzählte. Diesmal aber war ich so von ihr beseelt, dass ich beschloss, es David gleich zu tun.

Krank war mein Vater zwar nicht und arm konnte man uns auch nicht nennen, aber so ein Goldklumpen war eine feine Sache und überhaupt klang das doch nach einem richtigen Abenteuer. Kurz: Ich beschloss, die hölzerne Jesusfigur aus der Krippe unserer Kirche heimlich mit nach Hause zu nehmen.

Das allerdings war nicht so einfach, wie es Geschichten gerne darstellen. Oft lassen sie bestimmte Details einfach weg, z.B. dass nach der Christmette noch alle lange die Krippe umlagerten, dass es einen Küster gab, der mit Argusaugen die Leute beobachtete, dass einen die Familie nach Hause trieb.

Am Heiligabend jedenfalls ergab sich keine Gelegenheit. Auch nicht am ersten oder zweiten Weihnachtstag. Dann aber kehrte die Kirche zurück in ihren Dornröschenschlaf und ich hatte leichtes Spiel.

Es war der Samstag nach Weihnachten, als ich vormittags in die Kirche schlich und mich umschaute. Kein Ömchen, kein Küster, kein Pastor war zu sehen. Schnell ging ich zur Krippe, steckte das Christkind in meine Sporttasche und eilte nach draußen.

Zu Hause versteckte ich die Tasche unter meinem Bett und konnte gar nicht die Acht-Uhr-Nachrichten erwarten, denn das war die Zeit, in der ich immer schlafen gehen musste. Endlich war es soweit. Nachdem alle ihren Gutenachtkuss erhalten hatten, ging ich auf mein Zimmer, packte die Jesusfigur aus und legte sie in mein Bett.

Regen prasselte auf das Dachfenster. So richtig kalt war es ja nicht gerade, aber ein Bett war immerhin bequemer als eine Krippe mit Stroh und dafür sollte sich das Christkind doch auch dankbar zeigen, dachte ich. Aber die Figur blickte mich überhaupt nicht freundlich, sondern vorwurfsvoll, fast gequält an. Jesus machte ein Gesicht, als hätte er Zahnschmerzen. Dabei hatte er noch gar keine Zähne.

Vor Aufregung konnte ich lange Zeit nicht einschlafen. Außerdem war es unbequem, mit einer sperrigen Holzpuppe das Bett zu teilen. Als ob Jesus sauer auf mich wäre, piekste er mir immer wieder seinen spitzen Zeh in die Seite. Schließlich fiel ich in einen unruhigen und traumreichen Schlaf.

Ich war in der Stadt und hielt ein dickes Bündel Geldnoten in meiner Hand. Mit den Geldscheinen winkte ich die Verkäufer aus den Geschäften herbei und sie brachten mir die tollsten Sachen: Spielzeugautos, Bücher, Berge von Schokolade, einen Fußball, ein Skateboard ... Alles in Tüten verpackt, die ich mit beiden Armen an mich presste. Ich kam mir vor wie ein vollgehängter Weihnachtsbaum. Mit so vielen Dingen am Leib konnte ich mich kaum noch bewegen und sie waren schrecklich schwer, aber ich wollte mich von keinem der Pakete trennen und so geriet ich gefährlich ins Schwanken. Zu meinem Entsetzen tauchte plötzlich auch noch ein wilder Stier auf, mitten in der Fußgängerzone, und er hielt mit gesenktem Kopf genau auf mich zu. Im letzten Moment ließ ich die Tüten fallen und sprang beiseite, doch eines der Hörner streifte mich an den Rippen. Es machte „Krrrks" und ich erwachte von meinem eigenen Schrei.

Schwer atmend saß ich aufrecht im Bett und hielt mir die Seite vor Schmerzen. Etwas hatte mich tatsächlich dort geschrammt. Vermutlich der Goldklumpen, dachte ich aufgeregt, machte Licht und schlug die Bettdecke zurück. Aber da lag kein Goldklumpen, sondern das Christkind mit abgebrochenem Fuß. Ich hatte den Eindruck, dass es mich noch wütender anschaute als zuvor. Auf meinen Rippen zeichnete sich ein Bluterguss ab. Es dauerte einige Zeit, bis ich begriff, was geschehen war. Ich hatte mich im Schlaf wohl auf die Holzfigur gewälzt, sodass sie unter meinem Gewicht zerbrochen war. Ich schluckte: „Und jetzt?"

Der kleine Heiland, der leider alles andere als heil war, wanderte erst einmal zurück in die Sporttasche. Als ich ihn so daliegen sah, erwachte in mir nicht nur die Angst, erwischt zu werden, sondern auch das schlechte Gewissen. Statt Jesus vor dem Frost zu bewahren, hatte ich ihn zum Invaliden gemacht. Außerdem war es mir, um ehrlich zu sein, nur um das Gold gegangen. Nicht wie meinem Vorbild David, der dem Baby in der Krippe wirklich helfen wollte. Und das war wohl auch der Grund, warum es nicht funktioniert hatte. Jesus hatte mich nicht belohnt, sondern bestraft.

Beim Sonntagsfrühstück bekam ich keinen Bissen runter. Mir war hundeelend zumute, aber als mich meine Mutter auf mein blasses Gesicht ansprach, log ich tapfer, dass alles in Ordnung sei und ja, ich würde in der Messe wie vorgesehen dienen. Dabei dachte ich mit Horror daran. Hoffentlich stand ich das durch! Aber ich musste einfach in die Kirche. Ich musste wissen, ob der Diebstahl schon entdeckt worden war und welche Wellen er geschlagen hatte. Und erst jetzt wurde mir bewusst, dass es tatsächlich ein Diebstahl war, den ich begangen hatte, denn die Krippenfigur war nicht wie in der Geschichte von David alleine zurückgekehrt. Sie lag ja in zwei Teilen nach wie vor in meiner Tasche und das hatte ich nicht eingeplant.

Schon in der Sakristei spürte ich die Spannung, die zwischen Küster und Pastor herrschte. Ihre zornigen Gesichter sprachen Bände. Noch bevor Pastor Helmbrecht das Kreuzzeichen schlug, um den Gottesdienst zu eröffnen, wandte er sich mit einem Räuspern an die Gemeinde und dann brach der Sturm los: „Siebtes Gebot, Du sollst nicht stehlen!" So begann er seine Ansprache, in der er allen mitteilte, dass die Jesusfigur spurlos verschwunden war. Er verdammte den „gottlosen Sünder" und seine „schändliche Tat", sein „Teufelswerk" und mahnte den Dieb zur „Buße", sonst würde er den „Zorn" des „Allmächtigen" auf sich ziehen, „der alles sieht". Die Polizei sei schon eingeschaltet worden, die Ermittlungen liefen auf Hochtouren und sollte es jemand aus „unserer Mitte" sein, so würde er aus der Gemeinschaft verstoßen werden. „Für ein schwarzes Schaf ist kein Platz in unserer Gemeinde!"

Damit endete seine Rede, bei der mein Herz von Satz zu Satz tiefer gerutscht war, bis es mir schließlich in den Fußsohlen klebte. Und dann begann die wahrscheinlich schlimmste Stunde in meinem Leben. Der Gottesdienst kroch unendlich langsam dahin. Ich konnte nur noch daran denken, dass ich verloren, ein von Gott verdammter Sünder war, dass ich in der Hölle schmoren würde. Mir wurde heiß und ich begann zu schwitzen. Das Atmen fiel mir schwer. Ein schwarzer Ring zog seinen Kreis immer enger um mein Gesichtsfeld. Ich schwankte. „Gottes Zorn!", dachte ich entsetzt und im selben Moment wurde ich von einem schwarzen Mann gepackt und weggeschleift. „Der Teufel, der Teufel kommt mich holen!", schrie ich in Gedanken, bevor es ganz schwarz vor meinen Augen wurde.

Kurze Zeit später wachte ich in der Sakristei auf. Ich lag auf dem Rücken, die Füße hoch auf einem Stuhl und starrte auf das geöffnete Fenster. Die frische Luft tat gut. Ich rappelte mich auf. Der Küster half mir und schaute mich besorgt an. Da begriff ich, dass er „der Teufel" gewesen war.

Zum Glück schoben alle meinen Schwächeanfall auf die warme Luft, den Weihrauch und das lange Stehen zurück. Ich war nicht der erste Ministrant, der bei einer Messe zusammenklappte, aber wohl der erste, der bedauerte, wieder zum Leben erwacht zu sein. Zu Hause verkroch ich mich in mein Bett und trotz jeder Menge Tee und Zwieback fühlte ich mich immer elender.

„Was hatte ich nur getan! Ich hatte nicht einfach nur eine Holzfigur gestohlen, nein, ich hatte, so Pastor Helmbrecht, „das Christkind selbst, hatte Weihnachten gestohlen!"

Mir tat der Bauch schrecklich weh und ich hatte Schüttelfrost vor Angst. Der Arzt kam, verschrieb etwas und ging wieder. Meine Mutter, mein Vater, meine Geschwister und Großeltern, alle machten sich Sorgen, brachten mir dies, brachten mir das, doch nichts half und ich wäre am liebsten auf der Stelle gestorben. Das also war die Strafe. Ich hatte nicht, wie David einen kranken Menschen gesund, sondern mich selbst krank gemacht.

Am Nachmittag kam mein Großvater alleine zu mir. Er sagte nichts, setzte sich nur an mein Bett und nahm meine Hand. Neugierig schaute er mich an.

Und plötzlich sprudelte es aus mir heraus. Ich gestand ihm alles, meinen Plan, meinen Diebstahl am hellichten Tage, die Nacht mit der Figur im Bett, den abgebrochenen Fuß, meine Ängste. Mein Großvater unterbrach mich nicht. Geduldig hörte er mich an, und als ich damit endete, dass die kaputte Holzpuppe noch immer in der Sporttasche sei, nahm er sie unter dem Bett hervor, holte das Christkind heraus und musterte die gebrochene Stelle. Anschließend blickte er wieder zu mir und dann, dann geschah etwas, was ich nie und nimmer erwartet hätte. Mein Großvater begann zu lachen. Erst leise, wie ein fernes Donnergrollen, das immer stärker und lauter wurde, und schließlich brachen die Lachsalven aus ihm heraus wie aus einem Vulkan. Er lachte, bis sich die Tränen lavagleich über seine Wangen wälzten. Noch nie hatte ich ihn so lachen gehört. Schritte näherten sich und sofort versteckte Großvater die Holzfigur in der Sporttasche. Meine Mutter stürmte herein und schaute uns fragend an. „Ich hab ihm nur einen Witz erzählt und musste selbst darüber lachen!", log er.

„Alles wird gut", meinte Großvater, als wir wieder alleine waren. „Und jetzt schlaf!"

Ich schlief tatsächlich, verschlief den gesamten Sonntag. Abends wachte ich auf, aß eine Kleinigkeit und dann ging ich wieder ins Bett. Am nächsten Morgen war mir immer noch schlecht. Großvater hatte es ja gut gemeint, aber wie sollte alles gut werden? Es gab nur einen Weg. Ich, das schwarze Schaf, musste die Figur nehmen und sie zu Pastor Helmbrecht bringen. Und dann würde ich alles gestehen, und er, er würde mich verfluchen, mich verbannen. Nie wieder würde ich Ministrant sein. Vermutlich durfte ich sogar nie wieder in die Kirche. Und die Polizei würde mich verhaften und einsperren und hach, mein Leben war zu Ende.

Die gesamte Woche verbrachte ich im Bett mit Fieber, Kopf- und Gliederschmerzen. Und fast freute ich mich über die körperlichen Beschwerden, da durch sie die seelischen Qualen leichter zu ertragen waren.

Am folgenden Sonntag hatte ich die Grippe überstanden. Nach dem Frühstück brachen wir alle zur Messe auf. Zum Glück musste ich diesmal nicht dienen, aber ich war fest entschlossen, nach der Messe zu Pastor Helmbrecht zu gehen und ihm alles zu beichten. Doch dazu sollte es nicht kommen.

Diesmal begann unser Pastor die Messe mit einer anderen Ansprache. Sein Gesicht war verklärt, seine Stimme sanft, seine Gesten leicht. Jesus habe vorgestern den Weg in die Krippe zurückgefunden. Ein Wunder sei geschehen! Der

Dieb habe seine Schandtat offenbar bereut und dies habe das Christkind so gefreut, dass die Figur auf wundersame Weise nun lächle. Ja, ein Wunder sei geschehen.

Ich traute meinen Ohren nicht und später nicht meinen Augen, als ich wie alle anderen nach der Messe zur Krippe eilte, um das Wunder zu bestaunen. Tatsächlich, da lag das Christkind. Sein Fuß war wieder da, wo er sein sollte, und der griesgrämige Ausdruck in seinem Gesicht war verschwunden. An seine Stelle war ein breites verschmitztes Lächeln getreten, das gleiche Lächeln, mit dem mir mein Großvater im selben Augenblick zuzwinkerte.

Wie hatte er das nur gemacht? Leim und ein paar Zwingen für den Fuß, ein Stecheisen für das Lächeln und dann die Figur heimlich in die Kirche geschmuggelt? Die Wahrheit habe ich nie von ihm erfahren und wollte es auch nicht. Ein Wunder war geschehen.

Karin Heinrich

## Omas neue Kinder

Oh, wie hasse ich den Tag des Kofferpackens. Dieses ewige Hin und Her vom Schrank zum Koffer, vom Koffer zum Schrank. Aber die Reise ist gebucht und nun muss ich fahren, ob ich will oder nicht. Irgendwann sitze ich im Bus und schlafe hoffentlich schnell ein. Irgendwann werde ich ankommen, nach 10 Stunden vielleicht oder später, je nachdem...
Warum tue ich mir das an? Einfach, weil ich manchmal auf andere Leute höre. Da ist zum Beispiel meine HNO-Ärztin, dieses gemeine Aas, dieses junge Ding! Sie ließ mich jämmerlich leiden. Während meiner vierten Angina in einem der vorigen Winter, mir ging es wirklich echt dreckig, verschrieb sie mir keine Antibiotika mehr.
„Ihr Immunsystem steht auf Null! Sie müssen es jetzt allein schaffen und es wieder ankurbeln!"
Sie tat fast so, als wäre ich an der Krankheit schuld. Das regte mich schrecklich auf.
„Ja, wie denn ankurbeln, wie?" - „Fahren Sie zweimal im Jahr an die See, am besten im November und im Februar! Sie haben als Rentnerin alle Zeit der Welt. Also tun sie was!"
Sie fragte mich nicht, ob mein Taschengeld dafür reichte... Und alle Zeit der Welt haben, das war glatt gelogen. Was weiß sie schon, was ich am Hals habe außer einer Angina? Wer sollte in dieser Zeit meine Enkel hüten, wenn die Mutter in Schichten arbeitet und der Vater täglich etliche Kilometer zur Arbeit fahren muss. Hoch lebe die hilfreiche Oma, sag ich da nur! Na gut, vielleicht kann man es organisieren, dass ich zweimal im Jahr für zwei Wochen als Oma entbehrlich bin... Und siehe da, es klappte.
Nach zwölf Stunden Fahrt endlich am Ziel: Kolberg, polnische Ostseeküste. Nun schon zum dritten Mal und tatsächlich, seit ich das mache, keine Angina mehr, keine Grippe, kein Hüstchen und nicht das kleinste Schnüpflein. Ja, wenn man auf die 70 zugeht und einen die Zipperlein nicht vorzeitig aus der Welt schaffen sollen, dann muss man sich aufraffen, sich was gönnen, das Immunsystem ankurbeln. Schließlich hängt jeder an seinem kleinen bisschen Leben. Ich bin meiner HNO-Ärztin, dieser jungen, gescheiten Frau, unendlich dankbar, dass sie mich auf den Weg geschubst hat...
Erholung pur beim Kururlaub. Täglich zwei Kuranwendungen und ansonsten laufen, laufen, laufen, immer am Meer entlang.
Gierig sauge ich die herrliche, kalte Luft ein, lasse den Blick ins Weite schweifen, fühle mich unendlich gut und unbeschwert. Kein Wölkchen am Himmel. An den Ufersäumen räkeln sich die Schwäne, ihre weißen Federkleider leuchten in der späten Novembersonne, die ihr Letztes hergibt. Abends sitze ich in der

Hafenkneipe bei einem Glas Rotwein, kritzele Verse aufs Papier, will die Bilder des Tages festhalten, bevor ich ins Bett falle und in einen traumlosen Schlaf versinke.

Unbedingt will ich Tanja und Sergej wieder sehen. Ich suche sie an der Promenade vergeblich. Wen ich auch frage, keiner hat sie gesehen…

„Aber sie wissen doch, dass ich hier bin! Warum verstecken sie sich?", frage ich mich. „Warum finde ich sie nicht an den Plätzen, an denen sie sonst immer spielten?" Schon drei Tage lang schleppe ich die Geschenke für sie mit mir herum und nehme sie am Abend unverrichteter Dinge wieder mit ins Hotel…

Im Vorjahr lernte ich Tanja und Sergej kennen. Meinem schmerzenden Rücken eine Verschnaufpause gönnend, saß ich am belebten Strandboulevard in einem Straßencafé und schlürfte meinen heißen Tee. Ach wie schön, dass ich, warm eingemummt, hier noch im Freien sitzen konnte.

Ich sah, dass drei Meter weiter am Wegesrand ein junges Pärchen ein Klavier aufbaute und schon begann ein Konzert allererster Güte. Sie spielte Klavier und er Geige. Ich trank noch einen Tee und einen dritten und konnte mich nicht von meinem Platz erheben.

Ganz versunken lauschte ich diesen Melodien, die so meisterhaft dargeboten wurden. Das war die Krönung des Tages! Das war für mich eine Sensation! Das Geigenspiel bis in die höchsten Lagen, jeder Ton sauber und rein getroffen. Die Geige tanzte, die Geige weinte, sie frohlockte und vibrierte… Was für ein Tag! Ich fragte die Musikanten, wo und wann sie ihr nächstes Konzert geben, denn gern wollte ich das ein zweites Mal genießen.

„Wir spielen jeden Nachmittag hier an dieser Stelle."

Oh, was für eine Freude! Beschwingt trat ich den Heimweg an.

Und so war es fortan an jedem Nachmittag. Ich gönnte mir ein Konzert der Extraklasse mitten auf der Straße! Schon am zweiten Tag sprach ich die beiden wieder an: „Ich möchte wissen, wo Sie Ihre Ausbildung erhalten haben?" - „Wir studierten Musik am Konservatorium in Lwow. Wir kommen aus der Ukraine." Ich hatte mich also nicht verhört… Hohe Kunst der besten Schule!

„Und warum spielen Sie dann hier auf der Straße?", wollte ich wissen.

Das ist eine lange und eigentlich traurige Geschichte. Nach der Wende allerorten im Osten Kulturabbau, Auflösung von Orchestern, Schließung von Theatern, Reduzierungen des Personals, Streichen von Geldern. Es war Tanja und Sergej, den bisher noch „Namenlosen", nicht möglich, ein festes Engagement zu bekommen, mit dem sie ihren Lebensunterhalt verdienen konnten. Sie verließen ihre Familie für die Dauer einiger Monate und versuchten im größten Kurort Polens ihr Glück auf der Straße, solange es das Wetter zuließ.

Ein hartes, mühsames Unterfangen, das könnt ihr mir glauben! Unterdessen kümmert sich die Oma, Tanjas Mutter, um die Fortbildung der dreizehnjährigen begabten Tochter, die noch die Schule besucht, aber auch schon als Geigerin in Konzerten auftritt und täglich sehr fleißig übt, ihren Eltern nacheifernd…

Während ich den Klängen der Musik lauschte, kamen mir die absonderlichsten

Gedanken. Die beiden spielten sich in mein Herz und ich dachte: „Mein Gott, das könnten deine Kinder sein!" Aber die haben zum Glück eine Arbeit und müssen nicht um ihre nackte Existenz bangen wie diese beiden. Und sie sind ungefähr im gleichen Alter. Tanja, so schlank und blond wie meine Tochter und einer meiner Söhne spielt ebenfalls Geige, natürlich nicht so vollendet gut wie Sergej.

Ich erklärte Tanja und Sergej kurzerhand zu meinen Kindern. Aber das sagte ich niemandem. Ist doch egal, ob ich drei oder fünf Kinder habe und zu meinen vier Enkelsöhnen kam eben noch eine Enkeltochter hinzu. Und ich, die selbsternannte Mutter und Oma, überlegte, als ich wieder in Deutschland war, wie ich meinen Kindern helfen könnte und fragte nicht danach, ob es ihnen recht ist. Ja, das war im Vorjahr. Und jetzt suchte ich Tanja und Sergej und fand sie nicht…

Endlich! Am vierten Urlaubstag, als ich mich der Uferpromenade näherte, vernahm ich Geigenklänge, die mir der Wind in Fetzen zutrug. Unzweifelhaft! So konnte nur Sergej spielen. Meine Schritte wurden immer schneller und leichter… Ich wartete, bis das Ave Maria von Bach verklungen war und dann lagen wir uns in den Armen. „Wo wart ihr bloß in den vergangenen Tagen?", fragte ich.

Tanja sagte leise: „Meine Mutter und Anastasia waren zu Besuch, wir haben sie gestern zum Bahnhof gebracht." - Oh wie schade, ich habe es verpasst, Anastasia und die Mutter kennen zu lernen… Ab jetzt würde ich „meine Kinder" nicht mehr aus den Augen verlieren und jeden Tag spielen hören. Mein Urlaub war gerettet. Auf diese Konzerte wollte ich nicht mehr verzichten. Natürlich ärgerte ich mich, wenn Urlauber vorübergingen, ein dickes Eis in der Hand oder heiße Waffeln mit einem Riesenberg Schlagsahne darauf und die lässig wohlwollend eine Zwei-Cent-Münze oder einen Groschen in den Geigenkasten warfen… Tanja und Sergej, unerschütterlich lächelnd, verbeugten sich dankend.

Sie müssen den ganzen Winter über hart gearbeitet haben, denn sie hatten ein völlig neues Repertoire und zudem eine CD produziert. Ich bekam eine geschenkt und kaufte noch eine hinzu und ging mit der Musik hausieren bei meinem Hoteldirektor: „Sie haben so ein tolles Cafè und es steht ein Flügel darin. Ich wäre ihr glücklichster Gast, wenn Tanja und Sergej bei Ihnen spielen dürfen. Ihr Cafè wird voll besetzt sein, das kann ich Ihnen prophezeien."

Dem Hoteldirektor schien mein Einsatz zu imponieren, aber er sagte mir, dass er leider keinen Einfluss auf die Kulturangebote seines Hauses hätte, das würde durch die zentrale Kulturbehörde gemanagt. Noch am selben Tag verschaffte er mir jedoch einen Termin bei der Chefmanagerin Violetta D., der ich ebenfalls die CD übergab. Mit ihr vereinbarte ich einen Vorstellungstermin für Tanja und Sergej am Abend. Ich war dabei, verstand aber kein Wort Polnisch. Mein Herz pochte wie verrückt, ich schwitzte Blut und Wasser… Hinterher die bange Frage: „Wie war es?" Sergej nickte zufrieden: „Es war ein sehr gutes Gespräch. Wir kommen vielleicht ab 2006 in die Programme." - „Freut euch bitte erst, wenn ihr einen Vertrag in den Händen haltet!", dämpfte ich ihren Überschwang der Glücksgefühle.

Die Zeit in Kolberg verging wie im Fluge. Ich lud Tanja und Sergej in meine Heimatstadt ein. Welch eine Freude, als sie zusagten.

„Ich werde euch ein neues Cover fertigen. Eure CD ist wirklich sehr gut, aber euer Cover taugt nichts!", rutschte es mir plötzlich heraus.

Oje, was hatte ich da gesagt! Das war taktlos von mir den beiden gegenüber und außerdem, warum gab ich so an? Ich hatte doch noch nie im Leben eine CD-Hülle gefertigt…

Und dann saß ich zu Hause mit dickem Kopf am PC und kriegte es nicht hin. Schließlich erkundigte ich mich bei den Fachleuten, ob sie mir das bearbeiten können. „Ja, klar, kein Problem!" Aber als ich den Preis hörte, sagte ich zu mir: „Altes Mädchen, streng dich an, das musst du allein schaffen! Du hast die Suppe eingerührt, also löffle sie auch aus!"

Ich friemelte stundenlang herum, vergaß, Pausen zu machen oder zu essen. Der Papierkorb quoll vom Ausschuss über… Ich erinnerte mich, dass ich eine Menge Freunde habe, die ich befragen konnte. Ich rief alle auf den Plan: Inge, Edda, Ilse, Frank, Boris, Bärbel und Maria. Jeder konnte mir ein Stückchen weiterhelfen. Schließlich war alles fertig, bestens und perfekt, passte millimetergenau und sah wunderschön aus. So produzierte ich einige CDs mit Vita in drei Sprachen, Fotos der Künstler, dem vollständigen Repertoire und einem sehr ansprechenden Coverbild. Ich hatte eine Menge dazugelernt und freute mich riesig über das Ergebnis.

Jetzt noch das Konzert vorbereiten. Kurzerhand mietete ich das Schlösschen unserer Stadt und war sehr angetan vom großen Entgegenkommen der Kurdirektorin. Schnell unterschrieb ich den Nutzungsvertrag für den Schlosskeller, einem uralten Gewölbe im rustikalen Ambiente. Die weiß getünchten Steinwände sind mit alten Musikinstrumenten dekoriert, Wandleuchten verbreiten gedämpftes, warmes Licht…

Ob ich es schaffe, in ganz kurzer Zeit meine Freunde auf die Beine zu bringen? Eine Woche lang telefonierte ich, dann war jeder Stuhl theoretisch besetzt… Hunderte Kleinigkeiten gab es vorzubereiten. Ich druckte die Programme und noch die persönlichen Einladungen, bastelte für jeden Gast ein edles Geschenk, erstellte die Sitzordnung, organisierte Getränkeversorgung und Bedienung, den Raumschmuck … und schrieb ellenlange Listen, damit ich bloß nichts vergesse. Ich hatte für Tage einen Vollzeitjob und beileibe keinen Achtstundentag! Meine Kinder konnten nicht verstehen, warum ich mir solch einen Berg Arbeit aufhalste. „Oma flippt aus!" - „Oma gibt ein Konzert!", das waren ihre Bemerkungen und der etwas spöttische Unterton war nicht zu überhören. Es machte mir alles solch einen unbändigen Spaß! Ist das so schwer zu verstehen? Und außerdem war es ein Test, ob ich auf meine alten Tage noch was zustande bringe… Jawoll! Das wollte ich wissen. Ich war ganz schön am Rotieren…

Und dann passierten Dinge, die ich nie im Leben für möglich gehalten hätte: Die Kulturchefin der Stadt rief mich an und fragte, ob sie mich in irgendeiner Weise unterstützen könnte, damit dieses private Konzert gelingt. Ja, sie konnte und beförderte die Briefe mit den schriftlichen Einladungen. Und stellt euch das vor: Ein Nachbar, der es sehr bedauerte, nicht zum Konzert kommen zu können, weil er gerade zu diesem Termin eine Reise machte, stellte mir für meine Gäste kurzerhand von sich aus sein ganzes neues Eigenheim zur unentgeltlichen Nutzung zur Verfügung. Er wusste, dass meine Wohnung sehr klein ist und dass Tanja und Sergej nicht ins Hotel wollten, um mir Kosten zu ersparen.

„Ja, aber Sie kennen doch Tanja und Sergej gar nicht!", gab ich zu bedenken. „Das macht nichts! Wir kennen doch Sie. Das genügt uns." Ich war sprachlos über so viel Vertrauen, Hilfsbereitschaft, Entgegenkommen und Herzlichkeit. Es macht mich sehr glücklich, dass es solche Menschen gibt.

Schließlich traf mein Besuch ein. Ich wollte die beiden sogleich bewirten. Aber nein, zuerst wollten sie den Ort des Konzertes kennen lernen und die Probe hinter sich bringen. Mit Sack und Pack zogen wir ins Kellergewölbe des Schlösschens. Hörprobe, Beleuchtungsprobe, Sitzprobe, die Vasen mit Rosen bestükken, Programme und Geschenke auf jeden Platz legen, die Kerzenleuchter im Raum aufstellen usw. Das alles brauchte seine Zeit.

Am Abend letzte genaue Absprachen zum Konzert und danach Einzug ins Haus des Gastgebers. Es war so liebevoll vorbereitet worden, alles weihnachtlich geschmückt, einfach prachtvoll, himmlisch, heimelig, kuschelig, wie es schöner nicht hätte sein können. Wir waren tief beeindruckt.

Am nächsten Tag Abendessen bei mir, schon im Konzertoutfit. Die Anspannung wuchs von Minute zu Minute… Wir waren furchtbar aufgeregt. Menschenskind, ich hatte doch keine Ahnung, wie alles läuft, wie meine Freunde und ehemaligen Kollegen das ganze aufnehmen, ob überhaupt alle kommen usw. Schließlich war es mein erstes Konzert! Aber meine zwei treuesten Freundinnen Gitti und Petra halfen mir, die Gäste zu empfangen, ihnen aus der Garderobe zu helfen, sie an die Tische einzuweisen, alle Kerzen anzuzünden usw.

Tanja und Sergej hatte ich in die Künstlergarderobe „verfrachtet", damit sie nicht dem Trubel der Begrüßungen und Umarmungen ausgesetzt waren, denn manche meiner Freunde hatte ich einige Jahre nicht gesehen.

Alles verlief wie am Schnürchen, kein Gedränge, kein Warten. Kaum am Tisch, wurden schon alle bedient, so dass wir auf die Sekunde pünktlich mit dem Konzert begannen.

Sergej spielte wie der liebe Gott und Tanja lächelte wie die liebe Sonne. Mehr brauchte es nicht. Sie eroberten alle Herzen im Sturm. Meine Freunde habe ich fast nicht wiedererkannt: Am Ende sehr viel Beifall, Bravorufe, Umarmungen, kleine Reden (so nach dem Motto: Die Politiker reden vom vereinten Europa, von Völkerfreundschaft, Solidarität und Integration, sie reden und reden. Aber hier wird das einfach praktiziert.) Danksworte, Händeschütteln, Rosensträuße, kleine Geschenke… Ich war total baff. Drei Stunden waren wie nichts dahin… und ein ansehnlicher Betrag im Spendentopf. Wir waren total glücklich.

Tanja erlitt einen leichten Schock (im positiven Sinne), als wir zu Hause das Geld zählten… Sie konnte es nicht glauben…

Typisch für die beiden: Die Spenden wollten sie durch 3 teilen, was natürlich nicht infrage kam. Sie meinten, Künstler sind ehrliche Leute, die ihre Gage gerecht teilen... und ich hätte doch Ausgaben gehabt... Ich musste richtig mit ihnen schimpfen, bis sie das Geld endlich annahmen. Natürlich wollte ich wissen, was sie mit dem Geld machen.

Es wird eisern gespart. Die Tochter, die sehr gewachsen ist, braucht statt der Dreiviertelgeige nun eine ganze Geige. Das Spendengeld des Abends ist also die erste Rate für die neue Geige der Tochter.

Tanja und Sergej waren nach dem Konzert fix und fertig und so beschlossen wir den Abend mit einem Glas Sekt noch vor Mitternacht. Schließlich mussten wir auf diesen Erfolg anstoßen. Am nächsten Tag sollten sie schlafen, solange sie wollten. Es stand nur noch Erholung auf dem Plan.

Es regnete den ganzen Vormittag, gegen Mittag lichtete es sich auf und die Regenwolken verzogen sich. Wir fuhren in den Hainich, ein Naturschutzgebiet ganz in unserer Nähe. Der Waldboden duftete wunderbar nach dem Regen. Der Baumkronenpfad war unser Ziel. Wir lustwandelten durch die Wipfel, stiegen auf die Aussichtsplattform des Turmes und hatten eine gute Sicht ringsum ins Land.

Abends besuchten wir das Thermalbad unserer Kurstadt. Tanjas große Sorge vorher, ob es auch warm genug sei. Ich sagte ihr, dass wir im Freien schwimmen werden. Ungläubig sah sie mich an...

Ach, was hatten wir für ein Glück! Ausnahmsweise waren nur ganz wenige Badegäste da und wir konnten uns richtig auf dem Wasser aalen. Im Außenbecken war es besonders schön: Das kahle Geäst der alten hohen Bäume wirkte gespenstisch im milchigen Licht der Laternen und im Dunst des aufsteigenden Wasserdampfes...

Am nächsten Tag wurde die Stadt am Tage und bei hereinbrechender Dunkelheit erkundet und unter anderem der Japanische Garten besucht. Und da mein Enkel Fabian an diesem Tag seinen neunten Geburtstag hatte, traf sich die ganze Familie zum Abendessen. Ganz klar, dass Sergej die Geige mitbrachte, das Geburtstagsständchen spielte und noch einen feurigen CSÁRDÁS dazu... Und ich entdeckte das Leuchten der Freudenfünkchen in Fabians Augen...

Nach ein paar unvergesslichen Tagen sagten mir meine Gäste zum Abschied: „Hier verbrachten wir die schönsten Tage unseres Lebens."

Gibt es ein größeres Lob?

Jetzt könnt ihr euch sicher denken, was in diesem Jahr passiert?

Es folgt am Jahresende unser zweites Konzert, das haben sich all meine Freunde gewünscht. Dieses Konzert wird größer und noch schöner werden, vielleicht wird Anastasia dabei sein und mit dem Vater im Duett spielen. Vielleicht kann ich den festlichen Hochzeitssaal mieten, der doppelt so vielen Gästen Platz bietet im Gegensatz zum kleineren Musikkeller des Schlösschens... Und es steht ein sehr guter Flügel darin...

Es wird ein märchenhaftes Konzert, ein konzertantes Märchen, ein klingendes, warmes Wintermärchen der Freundschaft und Nächstenliebe. Wer helfen will, dem wächst die Kraft dafür.

Lore Tomalla

## Ostseesturm

Wir hatten eine Segelyacht geliehen und eine Woche lang guten Wind gehabt. Er wehte genau in die Richtung, wo wir gerne hinwollten. Er ließ uns nie im Stich und überforderte nie unsere seglerischen Fähigkeiten. Dennoch gab es Probleme. Am ersten Tag, als wir uns noch nicht so gut mit dem Boot auskannten, beratschlagten wir: Bei Windstärke sechs nehmen wir besser nicht die Genua, sondern das kleinere Focksegel. Ich schlug daher das Segel, aus dem Sack an dem Fock stand, mit den Stagreitern am Vorstag an, zog es dann hoch und ließ es ausflattern. In dem Moment gab es einen Ruck, der das Boot beinahe kentern ließ. Ich zog, was ich konnte, aber der Wind wurde stärker. Es gelang mir zunächst nicht, das soeben gesetzte Segel wieder einzuholen. Die Vormieter hatten die Segelsäcke vertauscht und das größere Segel in den kleineren Sack getan. Ich zog und zog, aber der Winddruck auf dem großen Genua-Segel war zu stark. Ich versuchte vergeblich, das Segel einzuholen, es rutschte immer wieder das Vorstag hinauf, wenn ich es bis zur Hälfte herunter geholt hatte. Der Skipper hatte alle Hände voll zu tun, das Schiff vor dem Kentern zu bewahren, weil es jedesmal wieder diesen harten Ruck gab, wenn die Genua ausflatterte. Endlich warf ich mich mit meinem ganzen Körper auf die Genua und schob immer wieder ein kleines Stück des Segels unter meinen Körper, bis ich auf allem Segeltuch drauf saß. Auf diese Weise hatte ich die Genua wieder unten. Die Stagreiter waren dicht am Boden, wo ich saß. Es gelang mir, sie alle loszumachen ohne aufstehen zu müssen. Dann nahm ich das Segel mit einem Griff in die Arme und warf es lose unter Deck. Mit großem Unbehagen ergriff ich den anderen Sack, an dem Genua stand. Hoffentlich ist dieses Vorsegel nicht noch größer, befürchtete ich insgeheim.

Aber es war schon richtig. Dies war die Fock und wir atmeten auf. Wir hatten einen wunderschönen sonnigen Tag auf See. Wir konnten vor dem Wind einen guten Kurs segeln und erreichten die Einfahrt des Hafens Faaborg bereits um 5 Uhr. Wir fühlten einen harten Schlag am Schiffsrumpf. Wahrscheinlich waren wir gegen einen großen Stein, der in der Fahrrinne lag, gestoßen. Es war noch früh, als wir anlegten. Der Skipper kaufte mir zum Dank, daß es mir gelungen war, bei dem Starkwind die Genua zu bergen, ein Eis, das ich allein essen mußte.

Am nächsten Tag ging es nach Svendborg. Es ist immer wieder ein Erlebnis, durch den Svendborgsund und unter der Svendborg-Brücke hindurch zu fahren. Auch am dritten Tag hatten wir bestes Segelwetter. Den kleinen Hafen auf der Insel Omö erreichten wir erst, als er schon fast voll war. Die Boote lagen dicht gedrängt aneinander, im Päckchen, wie Skipper das nennen. Die Boote werden längsseits eines am anderen vertäut. Spät kommen hat den Nachteil, daß man zum Landgang über viele Boote hinweg steigen muß, um den Steg zu erreichen.

Am anderen Morgen hatten wir den Vorteil, früh wegsegeln zu können ohne auf Langschläfer warten zu müssen, die den Hafen erst spät verlassen wollen. Wir hatten einen weiten Weg vor uns. Bei Windstärke sieben und Rückenwind stellten wir die Segel auf Schmetterling, das Großsegel zur einen, die Fock zur anderen Seite. Es war schon sieben Uhr, als wir in dem kleinen Hafen auf der Südspitze der Insel Mön anlegten. Wir konnten noch Wasser bunkern und einen Rundgang machen. Am nächsten Tag, nun schon dem fünften, wollten wir bis Rödbyhavn kommen, aber der Wind stand genau entgegen. Wir mußten kreuzen. Um nicht so oft Wende fahren zu müssen, legten wir große Schläge über das Wasser und freuten uns an Wind und Wellen. Dabei hatten wir nicht bedacht, daß es besser gewesen wäre dichter unter Land zu bleiben. Als wir zum Hafen um die Insel herumfahren wollten, war dort unter Wasser ein langes Vorgebirge, wie unser Echolot anzeigte. Wir mußten es umfahren, wir hatten keine andere Wahl. Wir beschlossen, in Gedser zu bleiben. Es war spät geworden, es war schon dunkel. Meer und Wind machen müde, durstig und hungrig.

Am anderen Morgen, nun dem sechsten Tag, legten wir mit dem Morgengrauen ab. Wir ließen uns auf eine Wettfahrt mit einem kleineren Boot ein, hatten sehr viel Spaß mit den Leuten durch Zuruf und Segelmanöver. Zu spät merkten wir, daß wir besser getan hätten, den Motor einzusetzen, um unser Ziel, Bagenkop, zu erreichen. Der Wind stand so ungünstig, daß wir erst bei tiefer Dunkelheit die Lichter des Hafens Rödby erkennen konnten. Mir wurde dabei so unheimlich, daß wir den Plan, in der Nacht weiter zu segeln, aufgaben und in Rödby blieben, wo wir ja eigentlich schon am Vortage sein wollten. Wir waren darüber so verärgert, daß wir nicht mal einen Rundgang machten und auch keine Kneipe aufsuchten. Wortlos kroch jeder in seine Koje. Uns war klar, daß wir das Boot nicht rechtzeitig in Flensburg abgeben konnten.

Am anderen Morgen war es dann wie verhext. Ich schimpfte: „Mach nicht so langsam, beeile dich, wir kommen sowieso bloß bis Bagenkop."

„Wenn du das man einsiehst", war die Antwort und dann hieß es: „Geh und rufe den Vermieter an." Ich tat wir mir aufgetragen und bot dem Vermieter an, am nächsten Tage das Boot in Fehmarn zur Verfügung zu stellen. Ich argumentierte: „Sie können mit den neuen Mietern mit dem Auto nach Fehmarn fahren, nehmen uns dann im Auto mit nach Flensburg, wo unser Auto steht." Doch der Vermieter ließ sich auf nichts ein. „Ich habe das Boot ab Flensburg vermietet und Sie bringen es morgen nach hier", blieb er stur.

„Aber wir haben schlechtes Wetter, das schaffen wir nicht", beschwor ich ihn.

„Nein, das versuchen die Mieter immer wieder, noch ein paar Tage herauszuschinden. Nein - nicht Fehmarn. Sie bringen das Boot hierher."

Als wir aus dem Hafen hinausfuhren, war ich entsetzt. So etwas hatte ich noch nicht gesehen. Das Meer kochte. Lauter Vertiefungen hatte es und dazwischen steile Spitzen. Es gab keine langen Wellen, nur diese tiefen Löcher mit vier Spitzen drum herum.

„Bei solchem Wetter bleibt man im Hafen", sagte ich erschrocken.
„Sag das mal dem Vermieter", war die Antwort.
„Als ich telefonierte, hatte ich das da noch nicht gesehen", gab ich zurück.
„Nun ist es zu spät".
Darin waren wir uns einig. Es war ein hartes Stück Arbeit. Ausgerechnet die Ostsee zwischen Rödby und Bagenkop, der Bereich, vor dem man wegen der gefährlichen Kreuzseen beim Segellehrgang gewarnt wird, hatten wir vor uns.
Segeln war unmöglich. Wir hatten Windstärke acht genau gegen an. Also Motor an. Bei jeder Welle flog ich 30 cm hoch und dann wieder auf die Bank zurück. Ich mußte mich festhalten, um nicht vom Boot geschleudert zu werden. So ging das acht Stunden lang. Als vier davon vorbei waren, kam eine schwarze Wetterfront auf uns zu.
„Auch das noch", stöhnten wir, „uns bleibt auch nichts erspart."
„Ooch", meinte ich, „ich bin vom Spritzwasser sowieso auch unter der Öljacke klatschnaß".
„Ich auch, aber das da möchte ich doch lieber nicht über den Hals kriegen."
Wir hatten Glück. Es tropfte nur etwas, die Wetterwand zog an uns vorüber. Dann kam ein Flugzeug und umkreiste uns. Wir winkten. Alles ok, schließlich waren wir nicht in Seenot. „Die suchen uns."
„Möglich."
„Aber was soll´s, wir brauchen keine Hilfe, wir sind ok."
Das Flugzeug entfernte sich wieder. Am Horizont sahen wir einen Frachter.
„Die machen das beruflich. Sie werden denken, daß wir verrückt sind."
„Sind wir ja auch."
„Wenn dies nicht ein Leihboot wäre, würde ich das nie machen."
„Sturer Geselle von Bootsverleiher."
„Es ist doch sein Boot, wenn wir nun auf Grund setzen."
„Rede keinen Quatsch, ich will nicht ersaufen."
„Eine Welle falsch angeschnitten und wir kentern."
„Du mußt jetzt das Ruder nehmen, ich muß mal aufs Klo."
„Ich hole Dir 'ne Urinflasche."
„Kommt nicht in Frage, wenn ich das hier acht Stunden mache, kannst Du das wohl mal zehn Minuten machen."
Ich atmete erleichtert auf, als die zehn Minuten um waren.
„Das Klo bei diesem Boot ist in der Spitze vorne. So hart wie das Boot bei diesem Seegang stampft, wenn das nun kaputt geht, dann saufen wir über das Klo ab."
„Kann gar nicht passieren, du bist dumm."
„Naja - ist ja gut."
Aber dann kam die Einfahrt in den Hafen von Bagenkop. Die vergesse ich nie. Große, lange Wellenberge trieben durch die schmale Einfahrt. Wir ließen uns von so einer hohen Welle da durch heben.
Dann atmeten wir auf. Im Hafen hinter der Mole war das Wasser ruhig. Das

Anlegemanöver war ein Kinderspiel. Als wir beim Aufräumen waren, sah ich eine Frau, die sich mit der Bootsleine mühte, weil sie anlegen wollten. Sofort sprang ich zu und legte die Leine um den Poller. „Ach, tak", sagte sie erleichtert. „Guten Tag", sagte ich, merkte aber sofort meinen Irrtum. Das waren Schweden, sie hatte auf schwedisch danke gesagt. Ich sagte: „Nein, heute hat es mir keinen Spaß gemacht." Sie hatte strahlende Augen, als sie auf deutsch antwortete: „ Ja, wir hatten es auch hart an den Wind." Die hatten von Schweden aus einen anderen Kurs und hatten das gesegelt, da liegt das Boot etwas ruhiger!

Ich ging telefonieren. Ich rief den Bootsverleiher an. Inzwischen hatte sich der Vermieter besser erkundigt und war nicht mehr so schlechter Laune wie am Vormittag. Er war froh, daß sein Boot noch heil war. Er hatte Verbindung zur Küstenwache aufgenommen. Das Flugzeug sollte uns beobachten. Auch als ich berichtete, daß bei dem Wetter alle Gläser zu Bruch gegangen waren, schluckte er, ohne sich aufzuregen. Ich kehrte das Glas zusammen, kroch in die hintersten Winkel des Bootes. Als ich vom Müllcontainer zurückkam, lag neben uns noch ein Boot. Der Mann sagte: „Ihr Großfall schlägt. Stellen Sie das bitte ab, sonst kann ich nicht schlafen." Ich versprach es ihm. Eine halbe Stunde nestelte ich an dem Fall herum und versuchte es fest zu bändseln. Es gelang mir nicht. Es schlug immer noch. Schließlich war ich so müde, daß ich das Fall klappern ließ. Hundemüde kroch ich in meine Koje und fiel sofort in tiefen Schlaf. Den strafenden Blick des Bootsnachbarn am anderen Morgen werde ich nie vergessen: „Aber ich hatte Sie doch gebeten, das Fall festzubändseln", sagte er aufgebracht. „Ich habe es nicht vergessen, es ist mir nicht gelungen", entschuldigte ich mich. Kopfschüttelnd ging er an seine Arbeit.

Erstaunlich war der Anblick des Meeres, als wir aus der Hafeneinfahrt von Bagenkop heraus kamen: Es war total windstill. Das Meer lag wie ein glatter Spiegel vor uns. Segel setzen hatte gar keinen Zweck. So motorten wir nach Damp 2000, wo wir gegen Mittag das Boot zurückgaben.

Carmen Mayer

## East meets West

Das an der Grenze war bereits seltsam. Ich ging mutterseelenallein durch diese riesige Halle mit den Kofferscannern, und niemand nahm Notiz von mir. War nämlich keiner da. Also schleppte ich mein Gepäck zum Ausgang und staunte nicht schlecht: Da stand ein richtig dicker Mercedes, und davor mein Geschäftspartner aus Hong Kong mit irgend- einem Uniformierten. Der lud Koffer und Tasche in seinen Wüstensandfarbenen und zeigte auf das Nummernschild: ein rotes A stand hinter irgendwelchen Ziffern und Buchstaben. Ein Auto der Roten Armee. Sauber! Ich verkniff mir zu fragen, warum ich unter militärischer Aufsicht stand, weil mir sowieso keiner was dazu gesagt hätte. War halt so. Wie auch der Mercedes, der so gar nicht recht in mein Bild chinesischer Militärpräsenz passen wollte.
Sind Fahrten in China durchaus auch recht abenteuerlich, so machte mich diese hier ziemlich fertig: Der Typ in Uniform hatte einen nervösen Finger, der ständig auf der Hupe lag. Ich glaube nicht, dass ich jemals in meinem Leben davor und danach so viele Male die Hupe eines Mercedes gehört habe wie auf dieser Fahrt vom Flugplatz Dalian in Nordchina zu meinem Hotel. Eine Stunde Fahrt pro zehn Kilometer. Dreihundert Hupsignale pro Stunde. Drei Stunden Fahrtzeit.
Vor dem Hotel wurden wir von einer wahren Delegation blaukostümierter Damen mit dekorativer Schleife an der weißen Bluse empfangen, die offensichtlich auf uns gewartet hatten. Dazwischen fielen zwei Herren in Anzug und weißem Hemd auf, die ich für meine künftigen Geschäftspartner hielt, da sie so distinguiert herumstanden. Ein kurzes Hochziehen der Augenbrauen, als ich aus dem Mercedes stieg. Das kannte ich. Frauen arbeiten, Frauen sind keine gleichgestellten Geschäftspartner. Ich würde sie vom Gegenteil überzeugen müssen wie die übrigen auch, mit denen ich bislang zu tun gehabt hatte.
Ich hoffte, dass ich mich noch eben umziehen konnte, bevor der offizielle Teil losgehen sollte, damit ich wenigstens äußerlich zu ihnen passte. Immerhin trug ich noch Schlabberhose und Schlabbershirt, weil das auf Langstreckenflügen einfach bequemer ist. Aber nein. Nichts war's mit umziehen und gutem Eindruck machen. Es sollte ohne Pause gleich zum Dinner gehen.
Auf dem runden Tisch stand eine Lazy Daisy, ein Drehtablett, auf das der übereifrige Kellner zur Begrüßung eine Riesenplatte platzierte. Ich staunte nicht schlecht: Fleißige Hände hatten aus verschiedenen Gemüsesorten mein chinesisches Sternzeichen gelegt, von dem ich mich als Ehrengast zuerst bedienen sollte, wie sich das gehört.
Da haben dann meine Gastgeber gestaunt: ich kann perfekt mit Stäbchen essen und sogar glitschige Karottenstückchen vom Teller zwicken. Und ich kann geröstete Erdnüsse damit in den Mund befördern, ohne sie fallen zu lassen.

Woher die mein Sternzeichen kannten? Sie kriegten die Daten aus meinem Pass vermutlich schon übermittelt, als ich ihn bei meinem Eintreffen am Flugplatz in Hong Kong vorzeigte.

Es saßen fünfzehn Leute um den Tisch, und so viele Gerichte gab es auch. Erneut chinesische Höflichkeit: Jeder kann sich bei der Bestellung etwas für sich aussuchen, das dann so oft serviert wird, wie Leute am Tisch sitzen. Damit alle von allem probieren können. Fertig vorbereitete Menüteller, wie wir sie kennen, sind für Chinesen unvorstellbar. Wie kann man so wissen, wie das schmeckt, was die anderen vor sich haben?

Mir gegenüber saß ein General der Roten Armee in Uniform, der mich fixierte, dass ich langsam verlegen wurde. Ich! Dabei hatte ich bislang geglaubt, mit den Gepflogenheiten hierzulande einigermaßen klar zu kommen, ein gesundes Selbstbewusstsein zu haben und mich nicht so schnell irritieren zu lassen. Aber davon bleibt kaum was übrig, wenn man von Staats wegen im Auge behalten wird.

Nach dem (bis auf die Schildkröte und die Hühnerfüße in ihrer grauen Suppe) köstlichen Mahl erhob sich mein Gegenüber. Gan bei! Gan bei. Prost. (Ich weiß, wie man sich um die schnell ausufernde Sauferei mogelt, ohne das Gesicht zu verlieren, und erntete dafür amüsiertes Verständnis.) Mein Geschäftspartner aus Hong Kong raunte mir schließlich die Übersetzung der relativ kurzen Ansprache zu, die der General auf Mandarin hielt, und ich wurde am Ende derselben ziemlich blass. Abgesehen davon, dass ich immer noch nicht so recht wusste, warum ein offenbar so hoher Militär mich eingeladen hatte, wo ich geschäftlich und keinesfalls in militärischer Absicht hier war, verblüffte mich sein Ansinnen dann doch: er wolle bitteschön, wenn es der Dame mit den hellen Augen und Haaren, die von jenseits der Großen Mauer komme, so genehm sei, im Nachbarraum - mit ihr tanzen.

Tanzen! Meine Güte! Wie wichtig war der Typ für meine geschäftlichen Interessen? Wichtig. Bestimmt. Warum sollte er sonst als Gastgeber hier sitzen? Nun, später erfuhr ich: Er befehligte sozusagen ein riesiges Heer fleißiger Hände, die in allen nur erdenklichen Fabriken Artikel für den Westen herstellten. Das Militär ist in China überall präsent.

Im Nachbarraum lief eine Karaoke-Party, die sofort zu Ende war, als wir eintraten. Die jungen Leute, die dort ihren Spaß gehabt hatten, setzten sich artig auf ihre Plätze, die Tanzfläche war frei. Himmel! Ich hatte vor Jahren zum letzten Mal getanzt, und mein damaliger Partner ließ mich anschließend wissen, dass ich keineswegs leicht wie eine Feder gewesen sei. Jetzt hingen meine Geschäfte womöglich davon ab, wie ich mit diesem Mann hier tanzte! Auch noch vor einem sehr interessiert dreinschauenden Publikum. Bitte nix Exotisches aus der Musicbox, heiliger Konfuzius!

Konfuzius zeigte Einsehen für die Langnase aus dem Westen: Zu den Klängen eines Wiener Walzers (!) nahm mich der General auf die Tanzfläche, legte galant seine Hand auf meinen Rücken, ergriff meine Rechte und tanzte mit mir in eine unglaublich erfolgreiche Geschäftsbeziehung hinein. Er in Uniform, ich in

Schlabberhose und Schlabbershirt. Wir müssen göttlich ausgesehen haben alle beide, wenn ich so in die Gesichter unseres Publikums schaute! Um uns herum saßen wenigstens dreihundert junge Leute, die nach dem mir schier endlos scheinenden ‚Donauwalzer' begeistert Beifall klatschten.

Da hörte ich es ihn sagen, in astreinem Oxford-English und direkt an meinem Ohr: „East meets West. Here and now." Er lachte, als er die Überraschung in meinem Gesicht sah. „Lassen Sie uns beweisen, dass so etwas möglich ist. Dass sich Ost und West annähern können, dass alles möglich ist, wenn man es nur will."

Ich verstand.

„Ich werde Ihnen ein Geschenk machen, das Sie immer an meine Worte erinnern wird." Er lächelte mir augenzwinkernd zu. „Tanzen ist übrigens die charmanteste Art, herauszufinden, was für ein Mensch der zukünftige Geschäftspartner sein mag. In Ihrem Fall kann ich nur sagen: beeindruckend."

Beeindruckend, auch für mich. Nicht nur, dass dieser Mann perfekt Englisch sprach, nachdem er zuvor stundenlang so getan hatte, als verstünde er nur Mandarin. Auch beeindruckend, dass ich plötzlich tanzen konnte wie eine Feder. Ich frage mich allerdings bis heute: Wie macht er das mit seinen männlichen Geschäftspartnern?

Drei Monate später traf eine Riesenkiste auf dem Hof unserer Firma ein, die ein Kran ablud und ins Entrée stellte. Darin befand sich die originalgetreue Nachbildung eines lebensgroßen Generals der berühmten Terracotta-Armee in X'ian. Ein beeindruckendes Geschenk, das gebe ich zu.

Er steht heute noch dort und wird von allen Kunden bestaunt. Der Gipsgeneral soll nach dem Willen seines Versenders den Eingang bewachen und unseren Betrieb vor allen möglichen negativen Eindrücken von außen schützen. Aber nur ich weiß, was auf dem Zettel steht, der unter seinen Gipsfüßen klebt, und was es zu bedeuten hat: East meets West.

Marko Ferst

# Das Speziallager

Eva hatte heute einen der seltenen Arbeitsaufträge bekommen. Sie reinigte den Waschraum der russischen Offiziere. Zurück über den Hof, traf sie mit Baranow zusammen. Er gehörte zum führenden Personal des Lagers. Sie blieb, wie es gefordert war, stehen und wollte ihren Weg sogleich fortsetzen. Doch er hielt sie an der Schulter zurück.
Väterlich fragte er auf deutsch: „Weshalb bist du hier?"
„Das weiß ich nicht, das hat man mir nicht gesagt."
„Und wie lange musst du hier bleiben?"
„Das weiß ich auch nicht."
Er blickte sie staunend mit großen Augen an: „Du musst doch wissen, zu wie viel Jahren du verurteilt bist!"
Eva darauf: „Ich bin nicht verurteilt, ich bin hier nur eingesperrt. Ich weiß nichts."
Er zückte einen Stift und kramte ein zerledertes Notizbuch hervor.
„Hier schreibe mal deinen Namen und deinen Geburtstag auf."
Dann konnte sie zurück in ihre Baracke. Sie machte sich noch einige Zeit Gedanken über diese Begegnung, aber Hoffnung, nein Hoffnung hatte sie nicht.
Kurz nach dem sie 17 geworden war, hatte man sie in die örtliche Kommandantur bestellt. Per Pferdewagen, Soldaten begleiteten, wurden sie zusammen mit anderen zur Polizeistation in die Kreisstadt gebracht und in einem Verschlag eingesperrt. Es folgten lange Verhöre. Ausgefragt wurde sie über Bannführer Riesel. Ihn wollten sie unbedingt fassen. Der österreichische Offizier, der in der roten Armee diente, meinte: „Sie sind hier auf eine Liste von Ihren Landsleuten gesetzt worden, daß Sie uns gefährlich werden könnten. Wir kennen sie nicht, also müssen wir den Hinweis ernst nehmen." Zuletzt sollte sie ein Papier in russischer Schrift, unlesbar für sie, unterschreiben. Ihre Weigerung brachte Eva eine deftige Schelle ein und beim nächsten Verhör gab sie nach.
Wenige Tage später transportierte man Eva und andere in das Lager Hohenschönhausen. Dort filzte man sie bis auf die Knochen, Schnürsenkel, Ohrringe, Uhren, Gürtel und jegliche andere Wertsachen kassierten die Bewacher ein. Eine leere Zementtüte diente Eva, um die Nachtkälte etwas abzuhalten. Flöhe und Wanzen forderten in den Baracken ihren Blutzoll. Sie schlief auf blankem Holz und teilte sich die Bettstatt mit einer anderen Frau. Gut einen Monat später marschierten sie unter Bewachung in 15 Stunden nach Sachsenhausen.
Über eine lange Zeit blieben sie zum Nichtstun im Lager verurteilt. Die dünne Wassersuppe mit wenigen Graupen und ein limitiertes Brotstück reichten kaum zum Überleben. Als die Rationen im Winter 46/47 halbiert wurden, begann das

große Sterben. Vor allen Dingen im Männerlager forderten Unterernährung und Krankheiten hohen Tribut. Nacht um Nacht wurden Leichenwagen in angrenzende Waldstücke gezogen. Auch in ihrer Baracke hatten zwei Frauen nicht überlebt.

Ein kleiner Kassiber, den Eva wie andere aus dem Lager schmuggeln lassen wollte, um ihre Familie über ihren Aufenthalt zu informieren, führte zu 20 Tagen Karzer. Ein Spitzel unter ihnen hatte geplaudert. Verbotene Stricknadeln aus Fahrradspeichen, versteckt zwischen hölzerner Nut und Feder an der Barackendecke sowie Stoffstücken aus der Kleidung Verstorbener waren das Grundmaterial für die erste selbstgefertigte Lagermode, eine Kunstfertigkeit, die die Frauen im Laufe der Lagerzeit immer weiter perfektionierten und irgendwann auch legal ausüben duften.

Einige Monate waren vergangen, seit Evas kurzem Gespräch mit Baranow. Sie traten früh auf dem Appellplatz an. Alle Bataillone waren durchgezählt worden und sie warteten darauf wieder abtreten zu dürfen. Plötzlich wurde Evas Name aufgerufen, sie wurde zur Kommandantur des Frauenlagers befohlen. Ein Kurier begleitete sie in die Schreibstube.

„Frau Schuster, ich habe mir Ihre Akten kommen lassen, sie mir angesehen und festgestellt, Sie haben keinerlei Schuld auf sich geladen."

Zögerlich fragte Eva: „Was heißt das jetzt für mich?"

„Es kommen bald einige Umstellungen, ein wenig wird es noch dauern. Aber wenn es soweit ist, dann werden Sie gewiß zu den ersten gehören, die aus dem Lager entlassen werden. Verhalten Sie sich ruhig."

Schon beendete er das Gespräch. Er kann mir viel erzählen, wenn der Tag lang ist! Eva glaubte nach diesen mehr als zweieinhalb Jahren Lagerleben keinem Russen mehr. In ihrer Baracke kamen mehrere Frauen auf sie zu.

„Was war denn los?" fragte Herta.

Eva entgegnete: „Leute, laßt mich zufrieden. Das, was sie mir dort gesagt haben, ich kann es euch nicht erzählen und ich glaube es auch nicht. Sie lügen sowieso."

Dem Winter folgte nun ein Frühling, noch aber war es unangenehm frostig bei den morgendlichen Appellen. Vier Wochen mochten vergangen sein seit jenem Gespräch in der Kommandantur. Etliche Frauen wurden plötzlich aufgerufen.

„Packen Sie Ihre Sachen und finden sich unverzüglich wieder auf dem Appellplatz ein", erläuterte der Offizier. Auch Eva war unter den Aufgerufenen.

Sie dachte: Geht es jetzt ab nach Rußland oder werden wir in ein Gefängnis überführt? Was mögen sie jetzt mit uns vorhaben? Eva verabschiedete sich von den Frauen aus ihrem Bataillon, die ihr in den letzten Jahren nah gewesen waren. Auch Renate mußte in der hiesigen Baracke bleiben. Sie umarmten sich. Dann war der Moment gekommen, wo sich das Tor zum bisherigen Lager für eine ganze Reihe Frauen für immer hinter ihnen verschloß. Doch sie wurden nirgendwohin transportiert. Sie kamen nur in neue Baracken mit neuen Betten, sogar Strohsäcke gab es hier. Sie befanden sich nach wie vor innerhalb des Lagerkomplexes Sachsenhausen. Aus allen Kompanien waren Frauen in diesem neuen

Lager im Lager bunt zusammengewürfelt. Auch hier mußte am Morgen und am Abend zum Appell angetreten werden. Auch in diesem kleinen Lager reihte sich Woche an Woche. Doch eines Abends kamen sie von der Kommandantur mit einer Liste. Acht Frauen mußten sich am nächsten Morgen mit ihren wenigen Habseligkeiten zur Verlegung bereit halten. Wohin wird die Reise für die Frauen nun gehen?, dachte Eva. Zwei Tage später wurden zwölf Frauen abgeholt, später wieder eine kleine Gruppe.

Jeden Tag brachten die Männer einen Kübel mit Essen. Die Suppe im neuen Lager war erheblich dicker. Gelegentlich gab es auch mal Pellkartoffeln.

An einem Tag meinte einer der beiden Männer, die das Essen brachten: „Paßt mal auf, von den Männern schicken sie wie bei euch alle paar Tage eine große Gruppe raus. Das sieht fast so aus, als ob immer zu den Männern prozentual eine kleine Gruppe Frauen dazugeordnet wird. Die werden bestimmt entlassen."

Herta entgegnete: „Was erzählst du denn für einen Unsinn. Die füttern uns hier fett, damit wir die Reise nach Russland durchstehen." Eva ergänzte: „Dann hätten sie uns doch etwas gesagt!"

„Nein, nein", erwiderte der Mann, „die Russen sind verschwiegen, die sagen nichts. Das könnte ja Unruhe ins Lager bringen."

Immer wieder wurden alle paar Tage neue Frauen aufgerufen. Zug um Zug wurde das kleine Lager leerer. Mehrere Baracken waren schon leer und am Schluß blieb nur eine Baracke mit acht Frauen belegt, Herta und Eva darunter. Noch einmal warteten sie drei lange Tage. Die letzten Frauen wurden aus ihren Unterkünften gerufen und mußten antreten.

Sie wurden in einen geräumigen Lagerraum neben der Bäckerei geführt. Es wurde geprüft, ob alle ordentliche Kleidung hatten, eine der Frauen erhielt eine Jacke, gefertigt in der eigenen Lager-Schneiderei. Jede von ihnen bekam ein Brot und eine Tüte Zucker ausgereicht. Dazu erhielt jeder einen unscheinbaren Entlassungsschein. Alles auf ihm stand in russischer Schrift, ein bläulicher Stempel dazu. Wie sie sagten, galt er als Fahrkarte für den Heimweg. Einer der Offiziere machte ihnen unmißverständlich deutlich: „Alles, was Sie im Lager gesehen haben und was sich hier ereignet hat und die Existenz des Lagers selbst, sie haben darüber zu schweigen. Wenn Sie dies mißachten, müssen sie mit Konsequenzen rechnen!"

Ein klappriger alter russischer Bus hielt im Vorhof des Lagers. Die acht Frauen stiegen ein und augenblicklich fuhren sie durch das äußere Lagertor. Nach einer kurzen Wegstrecke durch Oranienburg hielt der schwarze Kleinbus in der Nähe des Bahnhofs. Mucksmäuschenstill blieben die Frauen auf ihren Plätzen. Einer der beiden mitfahrenden Offiziere signalisierte zunächst mit der Hand, daß sie aussteigen sollen. Eva dachte, ob sie uns jetzt noch etwas antun? Lassen sie uns wirklich frei? Niemand rührte sich. „Dawei! Dawei!", tönte der russische Offizier. Wie auf Kommando stürzten die Frauen zur Tür und verließen fluchtartig den Bus. So schnell sie konnten, strebten sie dem Bahnhof entgegen, liefen die

Treppe zum Bahnsteig hinauf und setzen sich in die wartende S-Bahn. Unendlich schienen die Minuten bis zur Abfahrt des Zuges.

Dann ruckte die Bahn, setzte sich in Bewegung, grüne freie Landschaften öffneten sich. Wie oft hatten wir gehofft, daß die ganze Pein irgendwann ein Ende haben würde. Wer hatte noch an diesen Tag geglaubt?, schoß es Eva durch den Kopf. Die Bahn fuhr und nichts konnte sie mehr aufhalten. Die acht Frauen kauerten auf ihren Holzbänken und jetzt liefen nur noch die Tränen.

Eva fragte sich, wie wird es sein zu Hause, nachdem man so lange Jahre im Nirgendwo verschollen war? Je mehr sie in die Stadt hineinfuhren, nahte auch die Abschiedsstunde der Frauen untereinander. Eva nahm dann einen Zug, der sie in die Nähe ihres Dorfes brachte. Doch von der Kreisstadt bis nach Hause waren es noch mal etliche Kilometer. Ein freundlicher LKW-Fahrer nahm sie mit, nur die letzten Kilometer mußte sie zu Fuß zurücklegen.

Der Bäckermeister aus dem Ort überholte sie mit dem Fahrrad. Er drehte sich um und fuhr weiter und drehte sich noch mal um. Dann stoppte er, stieg vom Rad und wartete auf Eva.

„Bist du das?"

„Ja, ich bin es."

„Daß es dich noch gibt", hob er mit überraschter Stimme an. „Daß du noch mal zurückkommst!"

„Wie du siehst, ich lebe noch."

„Na, ich hoffe, du kannst wieder Fuß fassen. Jedenfalls wünsche ich dir viel Glück. Es sind eine ganze Menge von Leuten im Ort von den Russen abgeholt worden, die bisher nicht wieder zurückgekommen sind."

Eva meinte: „Die Leute merken schon, wenn ich wieder da bin. Sagen Sie mal nichts, dass ich wieder da bin."

Als Eva zum Elternhaus kam, saß neben der Haustür ihr Vater auf der Bank. Vor sich das Fahrrad auf Sattel und Lenker gestellt, flickte er den defekten Schlauch.

„Das gibt's ja nicht!" rief er überrascht.

Seit seinem letzten Fronturlaub im Krieg hatte er Eva nicht mehr gesehen. Er ging auf seine Tochter zu, umschloß mit seinen beiden Händen ihre Hände. Wenige Augenblicke später nahm er sie innigst in den Arm, drückte sie minutenlang an sich und war völlig sprachlos.

War nicht bei ihm Bürgermeister Theodor Krawke aufgetaucht und gab ihm zu verstehen: „Die Kleider deiner Tochter benötigst du doch nicht mehr, gib sie den Flüchtlingen aus Ostpreußen und Schlesien. Die brauchen Sie nötiger!"

Erst am Abend fragte Eva, wo denn die Mutter und die Schwester sei.

„Es war auch für uns eine schwere Zeit. Was soll ich sagen? Zwei Monate nach dem du verschwunden warst, kam ich zurück aus Tschechien. Deine Mutter und deine Schwester sind tot. Sie bekamen die Rachenbräune. Ich versuchte alles, aber das nötige Serum ließ sich einfach nicht auftreiben."

Eva sackte in sich zusammen. Hatte sie sich so ihre Heimkehr vorgestellt? Ihr Vater schloß sie in seine Arme. Sie weinte leise.

**Johannes Bettisch**

## Klauser Peters Heimkehr

„Hörst du, Anna, geht morgen für den Elf-Uhr-Zug zum Bahnhof, der Kleebauer Matz ist in der Nacht nach Hause gekommen und sagt, dass dein Peter morgen auch kommen wird. Nehmt auch einen Wagen mit, denn er ist krank und sehr schwach, so hat der Matz gesagt, und dass man dich benachrichtigen soll."
„Danke, Anemi, danke, wo ist Peter jetzt, kann man ihn nicht von dort abholen, hat er nichts gesagt?"
„Hat er nicht, in irgendeinem Zentrum oder Lazarett, da im Land, aber er hat nicht gesagt wo, die setzen ihn morgen in den Zug."
„Gott segne dich Anemi, das war die beste Nachricht, die ich kriegen konnte, danke dir ..." Die Frau wollte mehr sagen, aber ihre Stimme versagte ihr vor Aufregung. Endlich kam er zurück, wenn auch krank, er war am Leben! Sie eilte ins Haus, um es den Kindern zu sagen. Eines war noch in der Schule ... Wie sie sich freuen werden ...

Es waren fast fünf Monate vergangen, seitdem Rumänien aus dem antisowjetischen Krieg ausgeschieden war und die Waffen gegen die Achse, den vorherigen Verbündeten, umkehrte. Aber da es vorher gegen die Sowjetunion gekämpft hatte, musste es, als vorheriges Feindesland, etwas tun, um zum Wiederaufbau des in der UdSSR Zerstörten einen Beitrag zu leisten. Die Regierung musste zustimmen, sie war ja prosowjetisch und das Land von der Roten Armee besetzt. Einige Politiker meinten, weil das Deutsche Reich die UdSSR angegriffen hatte, sollen die Deutschen, die im Land leben, auch für den Wiederaufbau in die UdSSR geschickt werden. Und am 15. Januar 1945 begann man, alle Deutschstämmigen zwischen sechzehn und fünfundvierzig Jahren aus dem Land in Kinosälen, Schulen und anderen großen Räumlichkeiten zu versammeln. In zirka einer Woche, als man sicher war, dass keiner vergessen wurde oder entkommen war, wurden sie in so genannte Viehwaggons überaus platzsparend verfrachtet und los ging die zweite große Reise der Deutschen nach Osten, nur in der Regel nicht jener, die beim ersten Mal dabei waren. Es fand die Reise der Sündenböcke statt. Und wo in dem Land, in dem die Sonne niemals untergeht, diese Züge ausgeladen wurden, das können nur jene sagen, die auch zurückgekommen sind, und das waren nicht alle, die fortgenommen wurden. Klauser Peter hatte Glück im Unglück. Er hätte auch nicht gehen müssen, weil er vorher als Fachmann den örtlichen Behörden Dienste erwiesen hat, und die wären jetzt bereit gewesen ihn zu übersehen, sie rieten ihm sogar sich zu verstecken.
„Packen Sie einen Rucksack und verschwinden Sie für einige Wochen irgendwohin, wo man Sie nicht kennt."

Klauser Peter war mit solchem Vorgehen jedoch gar nicht einverstanden, denn er meinte: „Wenn meine Nachbarn, Bekannten, Freunde, ehemalige Schulkollegen gehen müssen, ist es doch nicht möglich, dass ich mich vorm gemeinsamen Schicksal drücke!" Später, als man ihn enteignete, seine Dreschmaschinen, Traktoren, Schrotmühle, Werkstatteinrichtung einfach und unentgeltlich wegnahm, meinte er, zu den Dreschmaschinen soll man auch neue Säcke geben, nicht die alten, denn mit den zerrissenen kann man doch nicht richtig arbeiten. Ja, das war damals ein Profil des deutschen Geistes, noch in der Mitte des vorigen Jahrhunderts, der an manchen Stellen, wie bei den Volksdeutschen, noch aufrecht erhalten wurde.

Irgendwo in der großen Sowjetunion angekommen, stellte man an dem Ort der Deportation fest, dass Klauser Mechaniker war und so wurde er einer Werkstatt zugeteilt, in der man landwirtschaftliche Maschinen zu reparieren hatte. Nur der Begriff Werkstatt war maßlos übertrieben. Er musste zuerst Werkzeuge machen, Feuerzangen, um das geschmiedete Teil zu halten und so manches andere, was man für ordentliche Arbeit unbedingt brauchte.
Mit den russischen „Kollegen", die auch nicht viel besser lebten als die Gefangenen, und in den meisten Familien um irgendeinen im Krieg mit Hitlerdeutschland Gefallenen trauerten und deshalb eine unsägliche Wut auf Deutschland hatten, kam er trotzdem nicht schlecht aus, obwohl er lernen musste wie „job tvoju matj" und „idji na huj" und einiges mehr zu verstehen sind. Besonders einer, dem Namen nach Viktor, hatte mehr Verständnis für die Lage Klausers, der nie an der Front war. Er wollte von Peter etwas mehr Handwerk lernen. Dieser Viktor brachte ihm auch mal eine Kartoffel, eine saure Gurke oder eine Zwiebel, was er eben hatte. Anscheinend bemerkten das andere auch und leiteten es an die zuständige Stelle weiter, denn eines Tages war Viktor weg und als er nachgefragt hat, wo er sei, riet man ihm: „Lieber halt's Maul, sonst kommst du auch dorthin." Dass er nicht „dorthin" kam, erklärte er sich nur so, dass er der einzige in der Werkstatt war, der korrekt die Durchführung der Reparaturen sichern konnte.
Nach Viktors Verschwinden verblieb ihm nur die Verköstigung für die Gefangenen, die berüchtigte Krautsuppe, wobei nicht im Napf eines jeden Gefangenen ein weich gekochtes Krautblatt schwamm. Dazu gab es ab und an ein betonähnliches Brotstück. Man musste arbeiten solange es Tageslicht gab.
Es dauerte nicht lange, da wurde er krank, abgemagert war er schon vorher. Monat für Monat ging es ihm immer schlechter und irgendwann ging die Arbeit gar nicht mehr, weil er sich nicht auf den Beinen halten konnte. Nach einigen Tagen, verbracht in einem improvisierten Krankenzimmer, ohne Arzt, nur mit einem fast immer besoffenen Sanitäter, dessen Lieblingsdevise lautete: „Keine Panik, Freunde, irgendwann müssen wir alle zum Teufel!", beschlossen die Chefs ihn nach Hause zu schicken, denn sie hatten schon zu viele Fälle eingegangener „Wiederaufbau-Gäste".

Und nun war Annemarie am Tor und sagte, Peter würde heimkehren. Eine Botschaft wie geradewegs aus dem Himmel! Am nächsten Tag gingen die Kinder nicht zur Schule, was ein jeder verstehen konnte, sie wollten zum Bahnhof. Eine Nachbarin half mit ihrem Pferdewagen Klauser Peter abzuholen. Die Dampflok pfiff schon von weitem, und nach einer Minute lief der Zug ein. Man konzentrierte sich auf jene, die ausstiegen. Am Bahnhof einer Gemeinde waren es nicht viele. Ein paar junge Leute, einige Alte, zwei-drei Kranke oder Verstümmelte, gestützt von anderen, aber vom Klauser Peter, über einsachtzig groß und hundert Kilo schwer - keine Spur. Plötzlich sprang der Hund auf, den man zu Hause lassen wollte, doch in keiner Weise überzeugen konnte das Haus zu hüten, wie sonst. Während alle fortgingen, lief er dem Wagen nach. Also unerwartet sprang der große Hund auf und rannte zu einem der Kranken, dem jemand eben von der letzten hohen Stufe des Waggons auf die Erde zu treten half. Der Hund sprang ihn an, die Pfoten auf die Brust, leckte ihm übers Gesicht, wedelte freudig mit dem Schwanz. Er winselte und führte sich vor Freude wie verrückt auf. Die Leute erschraken zuerst, aber dann verstanden sie. Das treue Tier hatte ihn erkannt und war schneller als die Menschen. Schlagartig erkannte ihn auch die Familie, den abgemagerten, seit Wochen unrasierten Mann, ein Schatten dessen, was er einmal war, aber er lebte. Er war da, zu Hause. Keine fünfzig Kilo wog er, der einst an hundert heranreichte. Sie stürmten hin, aber er streckte ihnen die gespreizten Hände entgegen, als er sie sah und sagte mit fast erloschener Stimme: „Haltet euch fern von mir, ich bin voller Läuse ..."

Tränen der Freude liefen bei allen, als sie den mit Schlacke bestreuten Perron des Bahnhofs entlanggingen.

Elisabeth Hackel

# Lina

Vieles nehmen wir wahr, manches nehmen wir auf, nur wenig nehmen wir für immer mit. Sie aber hatte ich mitgenommen, und nun tauchte sie aus langem Vergessen wieder vor mir auf, als ich die sechzehn Geburtstagskerzen für meinen Sohn anzündete: die „Ostarbeiterin" Lina, die ich 1943 kennenlernte. Sie war der erste Mensch aus der Sowjetunion, der mir begegnete.

Bilder sind plötzlich da: der warme Frühling im vierten Kriegsjahr, mein neunzehnter Geburtstag. Ich trug Zöpfe damals. Kurze, gedrehte. Ich gehe wieder durch das große Werktor, sitze vor meiner Schreibmaschine, sehe meine Mitarbeiter: Fräulein Weinberg, sie hat mit Zahlen zu tun und sucht meistens einen Rechenfehler, auch an jenem Tag, als sie in Schwarz kommt - ihr Bruder ist gefallen. Da sind der magenkranke Vierziger, der sich mit seiner Betreuungsstelle für einberufene Werksangehörige so schrecklich wichtig nimmt, die dienstverpflichtete Hausfrau, der das Berufsleben anfängt Spaß zu machen. Ich sehe den Chef, klein, über sechzig, Glatze, Brille, er bangt um seinen Sohn im Osten - und ich sehe Lina, die „Ostarbeiterin", das Mädchen für alles, das von jedem geduzt wird.

Sie war groß, vollschlank, hatte kurzes blondes Haar und blaue Augen und lachte gern und oft wie alle Sechzehnjährigen. Täglich trug sie den gleichen zu kurzen Rock mit der verwaschenen Bluse. Sie sprach fast fließend deutsch, aber manchmal kauderwelschten wir heimlich englisch, nur so, aus Spaß. Am liebsten hörte ich sie russisch sprechen, obwohl ich natürlich kein Wort verstand, aber ihre Stimme klang dann voller, dunkler.

Linas Lieblingsbeschäftigung war das Maschineschreiben. Fast im Vorbeigehen hatte sie sich von mir das Zehnfingersystem abgeguckt, und nun brachte sie es fertig, auf einem Schreibmaschinenwrack Geschäftsbriefe fast ohne Tippfehler zu schreiben. Sie hatte überhaupt geschickte Hände, die alles probierten, auch das Nähen, jeden heimlich geschenkten Stoffrest konnte sie gebrauchen.

Als wir sie fragten, wo sie Deutsch und Englisch gelernt hätte, erzählte sie von der Mittelschule und daß sie Lehrerin werden wollte. „Und nähen?" Sie lachte. „Mama näht." Und nun holte sie zwei Fotos hervor: ein Haus und ein Baum. Sie zeigte auf ein Fenster. „Das ist mein Zimmer." Am Haus stand eine Frau. „Meine Mama. Sehen Sie, ich bin wie Mama, genauso dick." Und dann ein Kinderbild. Ein blonder Junge von ungefähr fünf Jahren. „Das ist mein Bruder, Pjotr. Er hat geweint, als wir fortfuhren."

Ich stolpere über das Wir, sehe einen langen Zug tagelang, nächtelang von Osten nach Westen kriechen, in den klapprigen Wagen mit den harten Holzbänken sitzen, stehen, liegen, schlafen, singen, weinen viele Mädchen, alle noch halbe Kinder wie Lina.

Ich sehe wieder die weißen Schilder: „Zutritt für Deutsche verboten!" Täglich ging ich daran vorbei. Sie standen ein paar Meter von unserem Büro entfernt, dort, wo das freie Feld begann. Hinter den Schildern führte ein schmaler Pfad zu drei eilig aufgestellten Holzbaracken mit ausgedienten Feldbetten und ein paar dünnen Decken. Das war die Unterkunft für fünfzig „Ostarbeiterinnen", von denen ich nur Lina kannte. Die anderen sah ich nur von fern, im Maschinenraum oder in der Küche. Ein paar Namen waren mir bekannt, denn manchmal mußte ich Verwarnungen schreiben. Der Text war fast immer gleich: „Sie haben sich unerlaubt während der Arbeitszeit vom Arbeitsplatz entfernt ...", „Sie sind während der Arbeitszeit in der Toilette angetroffen worden ...", „Sie sind drei Minuten zu spät zur Arbeit gekommen ...", „... daher wird Ihre Brotration für einen Tag gestrichen!", „... wird Ihre Arbeitszeit für eine Woche um eine Stunde verlängert!", „... müssen wir im Wiederholungsfall andere Maßnahmen ergreifen!"

Die Mädchen aus der Sowjetunion blieben auch bei Fliegeralarm, wenn alle Deutschen in die Splittergräben außerhalb des Werkes flüchteten, im Werkgelände. Ganz selten hatten sie sonntags zwei Stunden Ausgang. Einmal fragte ich Lina, ob wirklich immer alle Mädchen aus der Stadt zurückkämen, und ich höre noch heute ihre verwunderte Gegenfrage: „Wo sollen wir denn hin?"

Ein Strauß auf meinem Schreibtisch: Margariten, Glockenblumen, Mohn. Lina hatte ihn gepflückt. Sie liebte Blumen, fand immer etwas Blühendes, Farbiges. Sie brachte uns die ersten Gänseblumen und die letzten roten Beeren. Manchmal sagte sie uns den russischen Namen einer Pflanze und wollte von uns den deutschen wissen. Zufällig hatte ich ihren Geburtstag erfahren. Im Juni wurde sie siebzehn. Den Heckenrosenstrauch vor unserem Büro machten die siebzehn Knospen nicht ärmer, die ich morgens in die Nähe der alten Schreibmaschine stellte.

Geschenke zwischen „Ostarbeiterinnen" und Deutschen waren verboten, aber die Knospen blühten trotzdem auf, und manchmal zählte Lina die Rosen auf ihrem Tisch, wenn sie sich unbeobachtet glaubte. Eines Tages kam sie weinend ins Büro. Männer vom Betriebsschutz hatten bei Tagesanbruch die Decken und Strohsäcke der Mädchen verbrannt. Sie sollten andere bekommen. Alles ging so schnell, daß Lina die zwei versteckten Fotos von zu Hause nicht retten konnte.

Kurz vor Weihnachten bat sie mich, einmal zu ihr in die Baracke zu kommen. Es war verboten, aber im Dunkeln sah uns niemand, als wir so schnell wie möglich über das Feld rannten. Und dann war ich fünf Minuten bei Lina zu Besuch. Ein Kerzenstummel brannte. Die kahle Holzbaracke war durch Kleinigkeiten ein bißchen wohnlich geworden: ein Hocker aus Birkenästen, eine Zeichnung an der Wand, Kiefernzweige im Konservenglas. Holzkästen dienten als Schrank, und an den winzigen Fenstern hingen bunte Stoffreste.

Vom Rückweg weiß ich nichts mehr. Ich weiß auch nicht, was aus Lina geworden ist. Nicht einmal an den Abschied von ihr, als ich Ende 1944 mein Arbeitsverhältnis löste, kann ich mich erinnern. Wer dachte damals nach über Trennung, Verlust oder über eine „Ostarbeiterin"?

# Andreas Erdmann

## Eiszeit

*(Berlin, 27. 2. 1933)*

Sie nippte vom Cognac... senkte die Lider, während sie schluckte, dann spähte sie über den Glasrand hinweg und ließ ihren Blick vom Tresen zur Eingangstür schweifen: Es waren erst wenige Gäste im Saal, darunter Studenten, einige Damen aus gutem Hause und solche des leichten Gewerbes. Noch vor ein paar Wochen um diese Uhrzeit wäre das Künstler- und Literatenlokal voller Menschen gewesen...
Die junge Frau stellte das Glas zurück auf den Tisch und sah auf die Armbanduhr: Wo der Herr nur blieb? In knapp zwanzig Minuten würde der politische Dichter, wie angekündigt, mit seiner Lesung beginnen - doch er war noch gar nicht hier eingetroffen... - „Entschuldigen Sie!" - „Ja, bitte?!" Sie drehte sich um, blickte auf: Ein Junge, vielleicht um die zwanzig, in einer alten, ärmlichen Kleidung, wies auf den Stuhl zu ihrer Linken und fragte sie freundlich: „Ist der Platz noch frei?"
„Nur solange, bis Sie sich setzen", sagte sie lächelnd.
„Danke!" Er setzte sich, winkte den Kellner heran und bestellte Berliner Weiße.
-
Der Kellner servierte.
„Zum Wohl!", sprach die Frau, hob den Cognacschwenker und nickte dem jungen Tischnachbarn zu.
„Ja, zum Wohl!"
Ohne zu trinken, setzte sie das Glas wieder ab, sah erneut auf die Uhr - und zum Eingang hinüber. Der Junge betrachtete sie von der Seite: „Darf ich Sie mal etwas fragen?"
„Das tun Sie bereits..."
„Sagen Sie, sind Sie nicht - Mascha Kalenko?"
„Kaléko", verbesserte sie, „mein Name ist Mascha Kaléko."
„Ach, Verzeihung!" Er errötete leicht. „Wissen Sie, ich habe Ihr Bild in der Zeitung gesehen, und dort war zu lesen, Sie seien Berlins neue Hoffnung für Lyrik."
„Arg übertrieben...", murmelte Mascha, dann ließ sie verlauten: „Ich tue eine schlecht bezahlte Pflicht.
Am Abend schreib ich manchmal ein Gedicht."
Der Junge schmunzelte.
„Nun", erklärte sie ihm, „ich schreibe schon länger für Tante Voss."
„Sie meinen, für die Vossische Zeitung?"
„Ja, und für dieses und jene andere Blatt. Grad eben ist auch mein ‚Lyrisches

Stenogrammheft' erschienen... Darin widme ich mich den Dingen des Alltags: Laufmaschen, Halsweh und Eifersucht - un, wissen Se", meinte sie mädchenhaft keck, „ick kann ooch berlinern!"
Da lachte er auf.
„Und was ist mit Ihnen, junger Mann? Ich seh's Ihnen an, Sie sind auch Literat!"
„Na ja, ich versuch's", entgegnete er, neigte sich über den Tisch, „ich heiße Joel und habe begonnen, kleine Geschichten zu schreiben. Veröffentlicht hab ich noch keine."
„Sie sind zum ersten Mal im ‚Romantischen'?"
„Ja, ich hörte, in diesem Lokal sei mächtig was los. Heute soll's hier einen Vortrag geben. Aber wenn ich mich umschaue, scheint mir der Laden recht leer."
Sie seufzte. „Tja, leider. Früher war's anders. Vor einigen Jahren noch saß ich hier inmitten von meinen Freunden und Gleichgesinnten. Der Erich, der Kästner, kam her... auch Joachim Ringelnatz und all die andern."
„Wo sind sie heute?"
„Einer von uns, Klabund, ist gestorben...", sagte sie, hielt kurz inne - wirkte auf einmal sehr ernst und bedrückt: „Und Elschen, ich meine, die Lasker-Schüler, der Kurt Tucholsky und Herwarth Walden sind aus Deutschland geflohen."
„Ach!"
„Sie leben jetzt irgendwo im Exil."
Er schluckte, neigte sich über den Tisch: „Die Tage sind hart..."
„Und wir müssen befürchten, dass sie noch härter werden", sprach sie, blickte ihn unverwandt an, und ihre Stimme färbte sich mit einem bitteren Ton: „Ich möchte in dieser Zeit nicht der Herrgott sein."
-
Eine Weile lang saßen sie schweigend an dem kleinen Tisch am Rande des Saals. Dann hörten sie ein Geräusch von der Tür, fuhren herum und bemerkten, wie einige Männer mit stampfenden Stiefelschritten eintraten.
„Polizisten...", flüsterte Mascha.
„Ja, und sie tragen die neue Hakenkreuz-Uniform."
Abrupt kamen die Männer zum Stehen. Dreie von ihnen schauten sich um, als suchten sie jemanden unter den Gästen. Ein anderer wandt sich dem Wirt hinterm Tresen zu, schlug die Hacken zusammen, hob zackig den Arm: „Heil Hitler!"
„Worum geht es?", fragte wispernd der Junge.
„Weiß auch nicht..." Mascha spitzte die Ohren und horchte zum Schanktisch, von wo sie jetzt einige Worte aufschnappte: „Was führt Sie her?", fragte der Wirt.
- „Wir kommen im Auftrag der Staatssicherheit... halten Ausschau nach einem gewissen Herrn Walter Mehring." - „Mehring?" - „Ja, ich habe hier einen Haftbefehl gegen diese Person."
„Was reden Sie da?"
„Sie fahnden nach irgendwem..." Mascha wirkte mit einem Mal blass und

nervös: Die Polizisten waren beauftragt, den Herrn festzunehmen, der heute Abend zur Lesung einlud! Und Herr Mehring würde jeden Moment zur Tür hereinkommen - sie musste ihn warnen! - Die Frau erhob sich vom Stuhl, nahm ihre Handtasche, lächelte etwas verkniffen: „Herr Joel, ich - ich besorge mir eben mal Zigaretten."

„Wenn Sie eine rauchen möchten...", er griff in die Seitentasche der Jacke und zog ein zerbeultes Päckchen hervor, „ich hab welche dabei!"

„Äh, vielen Dank, gut gemeint... Stecken Sie sie nur wieder zurück! Ich habe da so meine eigene Sorte..." Sie löste sich langsam vom Tisch: „Also bis nachher!" Sodann kehrte die zierliche Frau sich herum und durchquerte den Raum. Sie gelangte zum Tresen, senkte die Augen vor dem Polizisten und rief dem Wirt zu: „Ich geh kurz nach draußen und hol Zigaretten. Bin gleich wieder da!"

Mit wiegenden Schritten bewegte sie sich auf die Tür zu und spürte im Rücken: Der Uniformierte blickte ihr nach.

-

Kaum kam sie nach draußen, fuhr ihr von der Straße ein eisiger Luftzug entgegen. Ein Flockengewirbel... Brrr! Es war verdammt kalt heute Abend! Sie würde noch mal zurückgehen müssen, sich Schal und Mantel zu holen... Oder nein! Es galt, keine Zeit zu verlieren!

Sie nahm zwei Stufen auf einmal und setzte den Schuh auf den knisternden Harsch. Sogleich sah sie: Vor dem Gebäude, zu beiden Seiten des Eingangs, hatten sich S. A.- Leute positioniert. Die trugen schwere Gewehre... - Nur keine Furcht zeigen! Mascha schirmte die Hand vor, kniff die Augen zusammen und sah durch die wirbelnden Flocken die Budapester Straße hinauf: Wo der Herr nur blieb...? Dann ging sie in anderer Richtung, trat vor bis zur Ecke und kaufte sich ein Päckchen Zigaretten am Kiosk.

Was jetzt? - Die Frau verharrte. Sie vernahm Schritte: Jemand kam um den Verkaufsstand... jemand von einer schlanken Gestalt, in Hut und Mantel - mit einem bekannten Gesicht: Walter Mehring!

„N' Abend, da sind Sie ja endlich!", sprach sie ihn hinter der vorgehaltenen Hand an.

„Ja, ich bin etwas spät dran für die Lesung."

„Pst! Nicht so laut!"

Er wollte rasch weiter.

„Nein, warten Sie!" Mascha griff ihm in den Arm. „Gehen Sie nicht ins Lokal!"

„Warum nicht?"

Mit einer Bewegung des Kopfes wies sie zum Eingang: „Sehen Sie dort: Die S. A. hat das Gebäude umstellt. Man will Sie verhaften."

„Ach! Ist es soweit...?" Er senkte den Blick. „Ich hatte ja schon mit Brecht und Ossietzky gesprochen. Sie rieten mir dringend zur Flucht. Ich zögerte noch - und nun ist es zu spät!"

„Noch nicht. Sie müssen sofort verschwinden von hier!"

„Ich kehre um..."

„Nein, das ist zu auffällig. Gehen Sie weiter, als wär nichts."
„An der S. A. vorbei?"
„Ja, und stehen wir hier nicht länger herum! Kommen Sie, folgen Sie mir in einigem Abstand!", sagte Mascha und setzte sich schon in Bewegung.

Mehring stellte den Kragen des Mantels auf, zog sich den Hut in die Stirn und folgte ihr langsam. Was hatte sie vor? - Er sah, wie sie jetzt schnurstracks auf die beiden bewaffneten Männer zusteuerte - hörte, wie sie ihnen zurief: „Ach, bitte! Ist einer der Herren vielleicht so freundlich, mir eine Flamme zu geben?"
„Sie wollen Feuer?"
„Ja, ich habe mir grad Zigaretten gekauft", sagte die Frau und zeigte die Packung. „Nun finde ich meine Streichhölzer nicht."

In dem Moment kam Mehring heran. Einer der Polizisten bemerkte ihn und tönte plötzlich: „Halt, der Herr! Bleiben Sie stehen!"
„Ja. Was ist?"
„Wohin wollen Sie?", wurde er scharf gefragt, „etwa in das ‚Romatische Café' zu dem Vortrag?"
„Äh nein", gab Mehring zurück, „zu… zu welchem Vortrag?"
„Wohin dann?"
„Ich bin… bin auf dem Heimweg. Komm von der Arbeit."

Jetzt! Jetzt musste etwas geschehen! Wenn Mascha nicht einschritt oder nicht sonst irgendetwas passierte, würde der Polizist Mehrings Papiere verlangen, und dann… Nicht auszudenken… „Also, wenn Sie kein Feuer haben…", sagte die Frau mit einem Mal, warf ihr lockiges Haar auf und setzte den Fuß auf die Treppe.

„Nein, warten Sie, meine Liebe!", meinte da der Beamte zu ihr - und zu Mehring: „Guter Mann, gehen Sie weiter!"
Im Nu zückte der Uniformierte sein Sturmfeuerzeug.
„Wunderbar!" - Mascha, mit einem Augenzwinkern.
„Nur ausnahmsweise", zwinkerte er ihr zurück. „Eigentlich geziemt es sich ja nicht für eine junge Dame, zu rauchen."
„Da haben Sie Recht. Ach ja, das Laster…"
„Hier, hübsches Fräulein!", hielt er ihr die Flamme hin.
„Danke, das ist wirklich sehr freundlich von Ihnen!"
„Oh keine Ursache!"
„Nun muss ich aber rasch wieder rein. Es ist ja so furchtbar frostig hier draußen!"
„Ja, geh'n Sie nur! Nicht, dass Sie sich noch erkälten!"

Sie schüttelte sich, warf dabei einen Blick die Straße hinauf: Mehring war längst in den Flocken verschwunden. Seine Spur verlor sich im Schnee… - „Brrr, ist das ein Wetter!" Eilends nahm sie die Stufen.
-

„Da sind Sie ja wieder!", empfing sie der Junge am Tisch. „Sie haben Glück, die Lesung hat noch nicht begonnen."

„Glück?", sagte Mascha mit einem seltsamen Ton in der Stimme. Sie rückte den Stuhl zurecht, setzte sich nieder.

„Ich glaube, der Herr, der den Vortrag hält, ist noch gar nicht hier eingetroffen."

„Ach!? Ist er nicht?", meinte sie, schaute sich um: „Die Polizisten sind immer noch da…"

„Ja, wen die wohl suchen?"

Sie nahm einen Zug von der Zigarette - verspürte auf einmal ein Zittern.

„Frieren Sie?"

„Es geht schon wieder. Ich hätte mir besser Mantel und Schal angezogen, bevor ich hinausging."

„Ist es arg kalt draußen?"

„Ja, dieser Februar ist verdammt frostig!", sagte die Frau. Dann langte sie nach ihrem Cognacglas, schloss die Augen und nahm einen kräftigen Schluck.

Christine Koch

## Die Hochzeit zu Kana

*"Unsere Krise ist eine Krise der Einfühlung. Das Herz kann nur hoffen, den Verstand wach zu halten. Selbst die Erinnerung füllt nicht das ganze Schweigen, und die Fehler der Alten werden immer die Schrecken der Jungen sein."*
*(Colum McCann, in: In uns allen brennt es noch. DIE ZEIT vom 10.08.2006, S. 32. Aus dem Englischen von Matthias Fienbork)*

Hör zu, Kind, ich möchte Dir eine Geschichte erzählen. Ich weiß nicht, wo ich anfangen soll. Es ist eine lange, eine schwierige Geschichte. Hör zu, Kind, ich weiß nicht, ob ich Dir diese Geschichte erzählen kann. Aber ich will es versuchen. Wem soll ich sie sonst erzählen, wenn nicht Dir? Du bist noch klein, nicht einmal sechs Jahre alt. Du wirst mich nicht verstehen. Aber wem soll ich erzählen? Es ist wichtig, dass Du die Geschichte hörst. Wer wird sie sonst in seinem Herzen tragen, wenn ich tot bin?
Wo soll ich anfangen, sag es mir? Ach ja, ich glaube, ich fange damit an, wie ich Deine Großmutter kennen gelernt habe. Damals, in dem kleinen Dorf in den Bergen. Es war Sommer. Wir waren im Dorf droben, das näher am Himmel ist. Man kann den Schnee auf den Gipfeln sehen, selbst im Sommer, und die Frische zieht abends herab und kühlt die Gemüter. Das Wasser in den Brunnen ist rein und klar. So waren unsere Seelen. So war mein Herz, als ich sie das erste Mal erblickte, am Brunnen, wo sie Wasser schöpfte.
Sie war umringt von blökenden Schafen, die kleinen Böckchen stießen sich und drängelten, um an das Wasser zu kommen. Sie kamen von den Bergweiden, sie waren durstig. Sie sah mich an, in der einen Hand das Seil, in der anderen Hand den Eimer. Ihr Gesicht war geteilt durch das Seil, ihre Augen hatten das unergründliche Schwarz der Nächte in den Zedernzweigen. Ich wusste es, als ich sie sah, dass sie meine Frau werden würde, ich wusste es gleich, und ich beugte mein Knie vor ihr am Brunnenrand und bat: „Gib mir auch ein wenig Wasser, dem durstigen Böckchen."
Lach nicht, ich war jung, ich war sehr ansehnlich, so sagten zumindest die Alten im Dorf. Sie lachte jedenfalls nicht, nahm den halbvollen Eimer und hielt ihn mir an die Lippen. Das Nass floss über mein Kinn, ein Hauch ihres Kopftuches streifte mich. Da wusste ich, dass sie meine Frau werden würde.
Deine Großmutter war nicht dumm. Sie ließ mich warten. Zwei Sommer lang lief ich hinter ihr her. Sie zeigte mir ihr stolzes Rückgrat. Sie ließ mich hinauskommen bis zu den Bergweiden, eineinhalb Stunden Fußweg durch Gestrüpp und über Gestein. Und wenn ich dann schwer atmend mich neben sie niederfallen ließ, stand sie plötzlich auf, sah hinauf zur Sonne und sagte: „Es ist schon spät, es ist

Zeit, die Tiere heim zu treiben." Dann schlenderte sie gemächlich vor mir her, und ich hinterdrein. Oh, wie oft verfluchte ich sie, trug ihr das Holzbündel, hasste mich und hasste ihre Starrsinnigkeit.

Am Ende des zweiten Sommers lachte sie. Das Tuch war von ihren Haaren nach hinten gerutscht. Ihre Zähne glänzten wie reine Perlen. Oh Kind, warum erzähle ich Dir das? Du gleichst ihr ja, hast ihre dunklen Augen, ihr glänzendes schwarzes Haar. Sogar die Lippen, ja, sind ganz wie ihre geschnitten. Zwei lange Sommer warb ich um sie, bis zu dem Tag, wo sie lachte. Und da flogen die Vögel zum Himmel auf, ich warf die Arme hoch in die Richtung der Berge und bejubelte mein Glück.

Ihr Vater war ein geachteter Mann. Im Dorf besaß er nicht nur viel Vieh, sondern auch eine Stimme, die Streithähne zum Schweigen brachte. Er wies die Hitzköpfe zurecht, die Schüchternen ermutigte er, den Begabten lieh er Geld, die Frauen behandelte er mit Respekt. Leila hatte vier Geschwister, ein Bruder war fortgegangen nach Amerika, in das große Land jenseits des Wassers, von dem wir alle immer mal wieder träumten. Manchmal kam Geld von einer Bank in Toronto. Viel wusste man nicht von ihm. Ehrlich gesagt, ich habe ihn als kleiner Knabe gesehen, dann habe ich ihn vergessen. Ihr zweitältester Bruder war ein Hitzkopf und Streithammel. Er meinte, er habe etwas Besseres verdient, als in diesem Dorf zu sitzen. Er machte seinem Vater viel Kopfzerbrechen, diesem ausgeglichenen, sanftmütigen alten Mann. Schließlich verließ auch er mit seiner hübschen, aber fast immer unzufriedenen jungen Frau das Dorf. Er ging nach Beirut und wurde dort Taxifahrer. Dann waren da noch die Kleinen: Tolan und Kashim. Leila sorgte für die Kleinen, wenn die Mutter mal wieder krank auf ihrer Matte lag. Ich besuchte sie oft zuhause, nachdem mein förmlicher Antrag wohlwollend von ihrem Vater aufgenommen worden war. Bedächtig hatte er den Kopf gewiegt und dann zu mir und meinem Vater gesagt: „Der Junge kommt aus einer guten Familie. Nie habe ich etwas Böses, Streit oder Gewalttätigkeiten von Euch gehört. Er wird meiner Leila ein schönes Haus und ein gutes Auskommen schaffen. Und wenn er nicht nur ihre Schönheit, sondern auch ihre reine Seele liebt: Umso besser. So sei es."

Ich besuchte sie, so oft ich konnte, half ihr beim Buttern, half ihr beim Binden des Holzes, beim Anfeuern des Ofens. So etwas macht man, wenn man verliebt ist. Ja, schau nicht so, bald wird es auch für Dich einer tun, ich hoffe, dass er ein rechtschaffenes Herz haben wird. Kein Herz nur aus Feuer. Das Feuer zerstört, es setzt die Hütte in Flammen, in der die Liebe wohnt. Das kühle Wasser aus den Bergen allein kann den Frieden bewahren.

Kind, Du warst nicht dabei, Du hast sie nicht gesehen, Deine Großmutter, wie sie einem schlanken Reh gleich zwischen den Obstbäumen wanderte, wie sie mitten in der Herde die Ruhe selbst war, ein Mutterschaf mit vielen Jungen - ich heiratete sie, es war ein rauschendes Fest, wie die Berge es lange nicht gesehen hatten. Alle aßen, lachten und tanzten drei Nächte lang. Die meisten jungen Burschen waren ja weggegangen in die Städte, aber zur Hochzeit kamen sie wieder herauf.

Sie kam auf einem weißen Esel geritten, geschmückt mit den Blumen des Tales, duftend nach den feinen Kräutern der Berge. Der Schleier war dicht, doch ihre Augen sandten Blitze zu mir herüber, so stark war ihre Leidenschaft und Entschlossenheit. Ihr Vater hob sie vom Esel, der Imam sprach die uralten Worte. Und dann, ja dann war sie mein, und ich, ich war ihr ohnehin verfallen für alle Ewigkeit.

Während die anderen feierten und sangen, während der Duft vom gebratenen Hammel das Tal erfüllte, während die Frauen laut ihre Jubeltriller in die Berggipfel hinausstießen, hob ich erstmals, schnell und heimlich, den Schleier, ich fasste ihr Haar - diese Locke, diese eine hinter dem Ohr, die mich schon so oft schelmisch ausgelacht hatte - ich fasste die Locke, ich dachte, ich halte das Paradies in Händen. Es gibt nur ein Paradies, für jeden Menschen ein einziges.

In der Nacht, als die Sterne ihre Bahn zogen und der schmale Mond sich müde auf die Berggipfel senkte, sah ich sie einfach im Schein des Feuers nur unverwandt an. Ich konnte sie nicht berühren in dieser Nacht, so heilig schien mir ihr Wesen. Erst als der Tag schon anbrach, als die Hähne bereits schrieen, als das Glucksen der Frauen draußen schon wieder anhub, nahm sie meine Hand und zog mich an sich heran, und ich vergaß mich, vergaß alles, wurde Sturm und Erdbeben und Mann. - Das verstehst Du noch nicht. Du wirst es erfahren, wenn Du eines Tages das Tor zu Deinem Brunnen öffnest. Möge Allah gut zu Dir sein, wie er es zu Leila und mir war.

Neun Monate später gebar sie Mahmood. Dann zwei Jahre später Hadijja, Deine Mutter. Als Jila kam, war sie 32 Jahre alt. Da waren wir bereits 15 Jahre verheiratet. Der Arzt hatte gesagt, sie dürfe keine weiteren Kinder mehr bekommen. Es sei gefährlich, sagte er. Ich versuchte, sie davon zu überzeugen, aber sie sagte: „Samir, soll das sein, dass Allah uns nur drei Kinder gegeben hat? Kinder sind ein Segen des Himmels."

Wir lebten noch zwei Jahre beieinander. Wir hatten niemals Streit, ich meine, nicht wirklich. Sie hatte sowieso immer ihre Meinung, ihre Vorstellung, und ich ließ sie. Ihre Wärme war mir genug, und um den Haushalt brauchte ich mich nicht zu kümmern. Wir hätten noch viele Jahre so glücklich sein können. Aber dann verließen wir das Dorf. Wir gingen in die Nähe der Stadt, in einen Vorort von Tyrus. Ich dachte, ich könnte besser dort arbeiten und Geld verdienen am Hafen. Die Kinder konnten eine Schule besuchen, und es waren viele Verwandte aus unserem Dorf in unserer Nachbarschaft. Aber Deine Großmutter machte das alles nicht glücklich. Ihr fehlte der Wind von den Bergen und die Kühle des Wassers. In den stickigen kleinen Häusern, wo die Hitze des Mittags nicht abziehen kann, verwelkte ihr Wesen. Ich sah es, und das Herz krampfte sich mir zusammen. Aber das Geld, das ich verdiente, war gut. Die Kinder lernten, was ich nie hatte lernen können. Ich wusste nicht ein und aus. Da sagte sie eines abends zu mir: „Samir, morgen möchte ich hinaufgehen, ins Dorf. Es ist Sommer, die Brise von den Bergen ist warm. Samir, und ich möchte Dir noch einen Sohn schenken. Aber er soll nicht hier gezeugt sein. Nicht hier in diesen stickigen Häusern, wo man die Sonne nur durch einen Schleier sieht. Sondern in der Freiheit unter dem Himmel." Ich erschrak, ich schimpfte mit ihr, erinnerte sie an das, was der Doktor gesagt hatte, aber sie lächelte. Es war das Lächeln des Brunnens, das erste Mal seit langem wieder. Da dachte ich, dass Allah zu entscheiden hat, was Menschen nicht entscheiden können. Und am nächsten Tag fuhren wir hinauf in die Berge, wir zwei ganz allein, und ließen die Kinder bei einer Nachbarin.

Er wurde gezeugt unter dem Olivenbaum, mein jüngster Sohn, mein Schmerzenskind. Es war Vollmond in dieser Nacht, ich weiß es noch. Sie stöhnte, und sie weinte ein bisschen. Aber es waren Tränen der Freude, und ich trocknete ihre Tränen und küsste ihren Leib.

In der Nacht, als die Flugzeuge kamen und hinauf nach Beirut flogen unter furchtbarem Dröhnen - in dieser Nacht wurde er geboren. Deine Großmutter krampfte sich, sie starrte mich an, und die Flugzeuge durchbrachen die Festen des Himmels, in der Ferne sahen wir den Lichtschein großer Feuer - sie umklammerte meine Hand, drückte sie fest und fest, und ich schrie und flehte sie an, aber sie hörte mich nicht. Die Hebamme kam nicht, die Straße war zerbombt, es war Krieg, und die Israelis flogen auf Beirut, aber das interessierte mich nicht. Ich hielt Leilas Hand, immer nur Leilas Hand, und böse Gedanken hatte ich: „Lass das Kind tot sein, nur Leila lass leben! Nimm mir nicht mein Augenlicht!" Aber Allah hörte mich nicht. Und am Morgen gellte das Trauergeschrei durch die Gasse.

Ich verkroch mich. Ging nicht mehr zur Arbeit. Weinte tagelang. Wochenlang. Man brachte mir Brot, und einer sogar Wein, um mich zu stärken, aber ich stieß den Krug um. Das Rot floss über die Schwelle. Ich verklagte Gott, ich verklagte den Mond. Ich schlug mir aufs Haupt. Ich riss an meiner Männlichkeit, wollte sie abhauen, allein, mir fehlte der Mut. Mein Körper wurde wie ein Gerippe, meine Augen dunkle Höhlen. Bis eines Tages Deine Mutter, Hadiija, zu mir hereinkam, und Deiner Großmutter Vater. Er war alt geworden, stützte sich auf einen Stock. Den weiten Weg war er hergekommen, nun saß er bei mir. Er schwieg lange. Dann sagte er: „Der Mond kreist einmal um die Erde, wird voll und wird leer. Die Sonne kreist einmal um die Erde, versengt die Wiesen und bringt dann den Schnee. Die Blume blüht auf, duftet und schenkt Nektar den Schmetterlingen. Dann welkt sie und fällt ab. Wer kann diesen Kreislauf aufhalten? Weine einen Tag, aber weine nicht Dein ganzes Leben. Gott schenkt Dir das Leben nicht, damit Du in der Höhle Deine Knochen vermodern siehst. Sie liebte Dich und Du warst ein guter Mann. Denk an die Kinder, die sie Dir geschenkt hat, denk an das Kind, das unter ihrem Herzen lag. Eine fremde Frau stillt es. Hole es heim zu Dir. Ich werde eine Frau für Dich besorgen."

Ich heiratete ein zweites Mal, nicht aus Liebe, sondern aus Verstand. Nassija war eine gute Frau, und sie gebar mir Ahmed und Yahya. Aber wenn ich sie ansah, füllten sich meine Augen oft mit Tränen. Ich sah Leila, aber wie hinter einer Wand. Ich konnte verstehen, dass Nassija von mir fort ging, als die Kinder groß genug geworden waren, um allein zurecht zu kommen. Ich konnte es verstehen. Ich bin ihr nicht böse. Ich schicke ihr jeden Monat Geld. Aber sie fragt nie nach mir.

[1]*Briefe an die Welt - 1 -*

*„Ich bin gefangen. Kein Weg führt herein, und keiner heraus. Die Trümmer der Brücke nach Norden liegen im Flussbett verteilt. Als Student bin ich oft über diese Brücke aufgebrochen, habe mein kleines Dorf verlassen und bin in die Stadt gefahren. Ich wollte mehr begreifen, mehr lernen, wollte mehr verstehen, mehr wissen. Und jetzt: Ich begreife nichts mehr. Doch, ich begreife den Sand, den festgebackenen Sand vor dem Haus meiner Eltern. Ich halte mich am Sand fest. Ich küsse den Sand. Der Sand ist meine Heimat. Der Sand ist der Boden, auf dem ich stehe. Er immerhin bleibt mir. Und das Dröhnen der Geschütze, keinen Kilometer von hier. Könnte ich doch einen Zettel an den Flugkörper der Rakete binden: „Hilfe, ich bin hier! Ich lebe noch. Holt mich hier raus!" Aber der Zettel verbrennt bei der Detonation. Und wenn nicht: Wer würde im Chaos nach dem Raketeneinschlag einen kleinen Zettel finden und lesen?"*

Ich habe seine Hand gehalten, als er starb. Er sagte, bevor er starb: „Wir kommen alle ins Paradies!" Er war sich so sicher! Mein Mäuschen, hörst Du mir zu? Deine Augen fallen Dir ja schon zu. Ich kann das verstehen, Dein Großvater redet zu viel. Aber Du bist die einzige, die gerade bei mir ist. Und ich möchte reden. Deine Mutter ist im Dorf, sie kauft ein. Morgen ist Bayram. Morgen werden wir feiern, endlich einmal wieder feiern. Du wirst süße Zuckerplätzchen bekommen, und Dein neues Kleid anziehen, das rosafarbene. Wie hübsch wirst Du aussehen, meine Kleine! Siehst Du, nun lächelst Du doch. Dein Onkel Ahmed wird kommen. Er bringt einen Fotoapparat mit, so einen neumodischen. Ich freue mich auf dieses Fest. So lange gab es in diesem Dorf nichts mehr zu feiern. Aber bevor Du fortgehst, Du und Deine Mutter, vorher möchte ich Dir alles erzählen, alles, was passiert ist, damit Du verstehst, warum wir erst heute wieder feiern. Die Traurigkeit und das Lachen, sie liegen so dicht beieinander. Sie können gar nicht ohne einander sein. Ich möchte, dass Du beides mitnimmst, wenn Du wieder gehst, das Weinen und das Lachen, dass Du beides mitnimmst in Dein fernes Amerika. Ich weiß ja nicht, ob ich Dich wiedersehe, meine Kleine. Amerika ist weit weg, und ich bin alt, und wer wird Dir alles erzählen?

Kannst Du Dich noch an Hamit erinnern? Du warst noch sehr klein, als Du ihn zuletzt gesehen hast. Er hat Dir immer bunte Bonbons geschenkt. Du hast ihn geliebt, Du hast auf seinem Schoß gesessen. Er konnte schöne Geschichten erzählen, klügere Geschichten noch als ich. Er hat ja auch studiert, in Beirut. Er wusste alles, er erzählte uns, wie man die Wüste besser bewässern kann, welche Pflanzen in irgendwelchen Fabriken gezüchtet werden, damit sie auch auf trockenem Boden gedeihen - aber mehr noch als über die Landwirtschaft wusste er über

Politik. Er wusste alles über die Geschichte unseres Landes, er las viele Bücher, ich weiß nicht, wo er diese Bücher fand, er schimpfte manchmal auf Amerika und manchmal auf Europa, ich wollte nicht, dass er so redet, aber ich konnte ihm auch nichts entgegensetzen. Ich wollte nicht, dass er sich so viel mit Politik beschäftigte. Er sollte Ackerbau studieren, nicht die Revolution. Aber wer hört heute noch von den Jungen auf die Alten. Ich habe ihn ermahnt. Aber Hamit hatte schon immer seinen eigenen Kopf. Schon als kleiner Junge wollte er alles verstehen. Er fragte mir und seiner Stiefmutter und Deiner Mutter, seiner Schwester, Löcher in den Bauch. Warum ist das so? Warum ist das so? Oft wussten wir keine Antwort. Dann sagten wir: „Weil Allah es so will." Dann schwieg er. Und irgendwann fragte er mich: „Woher wisst ihr, dass Allah es so will?" Vor allem wollte er wissen, warum seine Mutter gestorben ist. „Allah hat sie zu sich gerufen, weil er sie sehr lieb hatte", sagte ich zu ihm. „Aber Du hast sie doch auch lieb gehabt?", fragte er dann. Ich musste mich abwenden, damit er die Tränen in meinen Augen nicht sieht. „Es war sein Wille", sagte ich. „Und nun habe ich Dich, den ich liebe, wie ich deine Mutter geliebt habe." Da schwieg Hamit. Er muss vielleicht zehn gewesen sein.

Als er älter wurde, ging er oft zu seinem Onkel Kashim, dem Bruder von Leila. Ich sah das nicht gern, Kashim war ein Hitzkopf wie sein älterer Bruder, und sein Vater, inzwischen ein alter Mann, fast blind und ganz taub, konnte mit seiner Autorität nichts mehr ausrichten. Kashim ging jeden Freitag in die Moschee, er tat sehr wichtig, er ließ sich den Bart wachsen und hielt Versammlungen ab nach dem Freitagsgebet. All die jungen Männer trafen sich bei ihm, auch Hamit wollte hin. Bis er fünfzehn wurde, verbot ich es ihm. Aber in seinem fünfzehnten Lebensjahr sagte er zu mir, er sei jetzt ein Mann und wolle wissen, worüber die Männer sprechen. Ich sage ja, er hatte seinen eigenen Kopf. Hadija stritt sich heftig mit Kashim: „Er ist ein Kind noch", fuhr sie ihn einmal an, „lass wenigstens den Sohn Deiner Schwester in Ruhe, wenigstens ihn". Aber Kashim lachte: „Er ist ein Mann, und ein Mann muss bei Männern sein und nicht bei den ängstlichen Frauen hocken. Leila wäre stolz, könnte sie ihn sehen!"

Aber Hamit hatte schon längst selbst entschieden. Er sagte zu mir und Hadija: „Ich will verstehen, wie sie denken. Wie soll ich mit diesen Menschen reden, wenn ich nicht weiß, wie sie denken?" Und so ging er, zweimal in der Woche, mittwochs und zum Freitagsgebet. Er ging allein immer den Weg hinauf in das obere Dorf, und schweigsam kam er zurück. Er ließ sich einen Bart wachsen wie die anderen Männer um Kashim. Aber sein Verstand blieb klar und ungetrübt. Eines Tages kam er zu mir: „Sie wollen Israel vernichten", sagte er, „dabei haben sie noch nie in ihrem Leben einen Menschen aus Israel gesehen." Kurze Zeit später rasierte er sich den Bart wieder ab und ging seither nicht mehr am Freitag zu Kashims Versammlung. Kashim verbreitete viele böse Worte über Hamit, er sei ein Zweifler und nicht rein genug für die gute Sache. Bald, im Monat darauf, fuhr Hamit nach Beirut. Er schrieb sich an der Universität ein, und wir sahen ihn nur noch selten. Er lud uns ein, ihn zu besuchen, aber für mich alten Mann ist die Stadt zu groß und die vielen Lichter und Autos machen mich hilflos wie ein Schaf, das sich verlaufen hat. Mahmood besuchte ihn einmal. Er erzählte, er treffe sich jeden Abend mit jungen Leuten, es gebe Kino und Theater, Musik und Feste, und dort gingen sie machmal auch hin, aber Hamit bliebe immer ernsthaft, diskutierte über Politik und alles, was er in der Zeitung lese. Er habe nicht alles verstanden, aber er kehrte beruhigt zurück, dass sein Bruder weder Geld noch Zeit vergeude, sondern ernsthaft mit seinen Dingen beschäftigt und von klugen Leuten umgeben war.

Die jungen Männer von Kashims Versammlungen kamen manchmal vorbei. Sie fragten nach Hamit, aber ich sagte, er studiere in Beirut und käme nur noch selten zu Besuch. Irgendwann kamen sie seltener.

Als er zurückkehrte aus Beirut, war er sehr anders geworden. Ich verstand vieles von dem nicht mehr, was er sagte. So ruhig war er auf einmal geworden, er, der sonst immer so vorlaut gewesen war. Aber mit Dir, Zeinab, spielte er und lachte. Dir brachte er bunte Bonbons mit.

Er sagte etwas davon, man habe ihm eine „Professur" angeboten, vielleicht sogar im Ausland. Er könne dorthin gehen und wäre dann ein wichtiger Mann. Ich verstand nicht, warum er es nicht tat. Vielleicht war es wegen einer Frau. Er hatte wohl eine dort kennen gelernt, aber sie hatte ihn warten lassen, wie Frauen so sind, vielleicht war auch ihre Familie dagegen - er wollte es nicht erzählen. Sie studierte wie er. Aber sie durften sich abends nicht sehen. Ich weiß nicht, ob es wegen dieser Frau war oder doch wegen etwas anderem. Er traf sich wieder mit den Kashim-Brüdern. Er sagte, er wolle nur beten gehen. Dass er zu den Kämpfern ging, als sie wieder begannen, Bomben auf uns zu werfen, das habe ich nicht verstanden. So oft hat er die Hisbollah kritisiert, so oft habe ich zu ihm gesagt: „Mein Sohn, Du hast recht, die Tapferkeit und Rechtschaffenheit macht einen ehrenhaften Mann aus, nicht ein großes Maul voller Prahlerei und ein paar dreckige iranische Raketen." Ich sagte auch zu ihm: „Mein Sohn, denk an Deine Mutter! Sie wollte Dein Leben und hat ihres dafür geopfert! Wirf das nicht weg!" Er aber lachte nur, sah mich an und sagte: „Hast Du mir nicht selbst gesagt, es war Allahs Wille? Ich liebe dieses Land, wie meine Mutter mich geliebt hat, ich lasse es nicht zerstören!"

Er ging zu den Kämpfern an dem Tag, als er das von Kana erfuhr. Kashim ist schuld. Er hat es ihm gezeigt. „Da", hat er gesagt, „da haben sie die Frauen und Kinder erschossen. Hundertundsechs wehrlose Menschen. Das Blut klebt noch am Boden. Und die Welt, dieser Verein vereinigter Feiglinge mit ihren weißen Fähnchen, stand daneben und sah zu! Welchen Weg siehst Du jetzt noch, als sich selbst zu verteidigen?"

Hamit schwieg lange an diesem Abend. Am nächsten Tag ging er, um sich die Raketenwerfer erklären zu lassen. Hätte ich ihn abhalten können? Ich weiß es nicht. Ich versuchte es: „Hast Du nun studiert und so viel Klugheit in Deinen Kopf gepumpt, um Dich abschießen zu lassen, wie einen Hasen? Hat es nicht schon genug Tote gegeben in diesem Land? Was ist mit Deinem Onkel, meinem Bruder Mohammad? Hast Du seine Witwe weinen sehen? Und die Kinder, die nach dem Vater weinten, aber der Vater lag längst unter den Steinen? Und wofür? Die Flugzeuge werden wiederkommen, in einer Woche, in einem Jahr. Geh, wenn Du es hier nicht aushältst. Geh nach Amerika zu Deiner Cousine. Sie lädt Dich ein. Geh nach Europa, wo sie Dir eine Stellung angeboten haben. Was willst Du hier in diesem dreckigen zerrissenen Land?"

„Ich habe keine Frau und keine Kinder", sagte Hamit nur, „aber ich habe ein Land, Dein Land, Vater, das jedes Opfer wert ist. Wenn sie uns töten wollen, dann werden sie das tun, mit oder ohne iranische Raketen. Das macht keinen Unterschied."

Starrsinnig war er, das hatte er von seiner Mutter. Aber er war nicht dumm, nein, dumm war er nicht, mein Sohn. Jetzt steht sein Name an den Hauswänden. Er war nicht sehr gläubig, das weiß ich. Immer hat er Zweifel an allem gehabt. Als sie ihn brachten auf der Bahre, da hatte er die Augen weit offen. „Vater", sagte er, „es ist nicht recht, dass ich euch allein lasse."

Ich habe seine Hand gehalten, als er starb. Ich habe nicht auf seine Verletzungen gesehen, nur auf sein Gesicht. Ich wollte ihn küssen, doch ich konnte nicht. Ich sah nur seine Augen. Ich habe ihn so sehr geliebt, Kind, vielleicht mehr als Dich, ich gebe es zu. Es war nicht einfach mit ihm, er war der eigensinnigste von allen, sanft, aber ungeheuer eigensinnig. Er tat immer, wofür er sich entschieden hatte. Er gewann unsere Herzen durch Schmeichelei und Unschuldsbeteuerungen, aber irgendetwas in seinem Herzen trieb ihn. Er wollte an diesem Tag in dieses Haus gehen, wo die Raketen stehen, er wollte es. Ich warnte ihn, aber er hörte nicht auf mich.

Als sie ihn forttrugen, wickelten sie ihn in die Fahne des Libanon und in das grüne Tuch der Märtyrer. Dabei hat er über diese grünen Tücher immer nur gelacht.

*Brief an die Welt -2-*

*„Hussein, Hussein, wo bist Du? Ich habe Dich verloren, verdammt, ich dachte, Du bist auch morgens früh auf der Küstenstraße. Oder wolltest Du woanders hin? Wo bist Du? Bitte melde Dich! Ich bin hier im Park, im Sanaje-Park, im Zentrum von Beirut, Du weißt schon, wo alle sind. Tante Hashime ist schon da und Großvater Yashid, und die kleine Ela fragt nach Dir. Hussein, bitte, ich kann nicht oft hier herkommen, das Internetcafe ist überfüllt, alle suchen jemanden, gleich fällt wieder der Strom aus. Wenn Du noch lebst, melde Dich, und mach keinen Scheiß. Vielleicht bist du auf einem Schiff nach Zypern, ich hoffe es für Dich. Hast Du nicht eine Cousine in England? - Wir haben Essen aufbewahrt für den Fall, dass Du noch kommst. Irgendwie kann man es warm machen, die Nachbarn bringen uns Holz zum Kochen und Lebensmittel in den Park. Ich mache mir Sorgen um Dich. Bitte, melde Dich!"*

An diesem Abend weinten wir alle, Deine Mutter, Deine Tanten, Deine Onkel, sogar Nassija war gekommen, im schwarzen Kleid. Aber wir hatten nicht viel Zeit zum Weinen. Die Flugzeuge kamen erneut. Wir duckten uns an der alten Friedhofsmauer in eine Kuhle. Tante Jila drückte ihre CD-Hüllen an sich. Sie hatte in letzter Zeit ihre CD´s immer dabei. Die waren zum Teil leer und manche schon zerbrochen. Trotzdem drückte sie sie an sich, als wollte sie damit etwas von ihrem Leben retten, diesem leichten Leben mit dieser Musik - Kind, ich verstehe nichts davon, ich kann nichts finden an dem Gestampfe und Gekeuche der neuen Musiker. Aber es gefällt den jungen Leuten, sie tanzen dazu in glitzernden Lokalen mit glitzernden Kugeln. Sie trinken Alkohol dort, obwohl man das nicht soll, ja, ich weiß das, man hat es mir erzählt, und dazu süße Getränke, die die Bitterkeit des Alkohols verdecken. Sie tanzen und lachen und trinken die ganze Nacht. Tagsüber müssen sie dann ihren Rausch ausschlafen. Ich weiß nicht, ob das gut ist. Als ich jung war, gab es das alles nicht. Ich weiß nicht, ob mir etwas fehlen würde, wenn ich heute jung wäre und tanzte nicht unter der Glitzerkugel. Vielleicht. Wichtig ist: Jila hielt sich an ihrem Leben fest. Und die CD´s zerbrachen. Als der letzte Angriff vorbei war, starrte sie auf die letzte zerbrochene CD, sekundenlang, und fing dann plötzlich laut an zu schreien.

Ich weiß nicht, ob Jila schon einen Freund hatte. Vielleicht. Mir hat sie nichts davon erzählt. Ihrer Mutter hätte sie es vielleicht gesagt. Aber die ist tot. Ob sie es Nassija gesagt hat, weiß ich nicht. Ich war nie so streng wie andere Väter. Doch, getadelt habe ich sie schon manchmal, wenn ihr Rock mir zu kurz vorkam. Aber niemals hätte ich sie verstoßen, niemals ihr länger gezürnt. Was wird nun aus Jila? Mit wem soll sie ihre Frauenprobleme besprechen? Ich bin zu alt, und außerdem ein Mann. Du bist zu jung. Deine Mutter lebt mit ihrem Mann ganz weit weg. Hamit hätte vielleicht mit ihr sprechen können. Sie waren einander sehr nahe. Hamit war ihr Lieblingsbruder. Aber nun ist er tot. Er kann sie nicht mehr beschützen.

*Brief an die Welt -3-*

*„Bitte, Computer, bitte, nein, gib nicht auf, bitte jetzt nicht, bitte - ich bin eh schon ein Nervenbündel - scheiße. Da ist er schon wieder, der knatternde Lärm. Unters Bett? In den Keller? Ich bin wie gelähmt. Stehe am Fenster, starre hinaus. Als es kracht, schwanke ich nur leicht. Oder schwankt das Haus. Mein Computer zischt, als hätte jemand die Luft rausgelassen. Ich will schreien. Mein Mund geht ein paar Mal leer auf und zu. Mama? Nader, mein geliebter großer Bruder, warum beschützt du mich nicht? Ich zittere wie Espenlaub, ich stehe immer noch am Fenster. Sehe, wie die Sonne blutend untergeht. Sehe wie der Himmel blutrot wird."*

Mein Kind, ich muss Dir von dieser Nacht erzählen. Ich weiß, dass es vielleicht nicht gut ist, dir das zu erzählen. Aber du bist eingeschlafen, Du kannst mich nicht hören, oder doch nur im Traum - ich weiß auch nicht, ob ich von dieser Nacht erzählen kann. Ich meine, ob ich alles richtig erzähle. Mein Kopf ist immer noch heiß von dieser Nacht und schmerzt, und wie so oft kann ich nicht schlafen. Es war ein schöner Abend, eine milde Brise vom Mittelmeer kühlte die Gassen zwischen den Häusern. Wir saßen noch draußen auf den Plastikstühlen, weißt du, da, wo Onkel Mahmood und Tante Najla immer gerne sitzen. Oma Hashime war noch vorbeigekommen, um ein wenig zu plaudern. Dein kleiner Cousin schlief, er lag auf einer Decke mit Blumenmustern, den Daumen im Mund, lächelte er, wie er immer lächelte im Schlaf.

Weißt du noch, wie du auf der Hochzeit von Onkel Mahmood und Tante Najla das hübsche blaue Kleid mit der Rose getragen hast? Das war vor eineinhalb Jahren. Mein Ältester hatte all die Jahre so viel Mühe mit seinem Laden, dass er gar keine Möglichkeit hatte, nach einer Frau zu suchen. Aber dann, endlich, hat er eine gefunden. Der Laden lief besser, und vielleicht gab ihm das Mut, auf jeden Fall hat er Najla gefunden, eine liebenswürdige Frau und schön noch dazu. Ich hätte ihn gern mit Geld unterstützt, doch hatte ich damals schon nicht mehr so viel, weil ich krank war, mein Herz ist nicht mehr so, wie es mal war, schon lange schlägt es nicht mehr richtig.

Najla stammte aus Kana. Du weißt, das ist das Dorf, von dem erzählt wird, dass Jesus, der Prophet, dort einst zu Gast war, auf eine Hochzeit geladen. Mahmood hatte in Kana öfter geschäftlich zu tun. Wir feierten die Hochzeit in Kana. Die Bewohner feiern heute noch gern. Damals, zu Jesu Zeiten, haben sie Wein gehabt, sie haben so viel getrunken, dass er alle wurde, bevor das Fest zuende war. So war es bei Mahmoods und Najlas Hochzeit nicht, denn Mahmood und sein Schwager Nabila hatten alles wunderbar vorbereitet, und das ganze Dorf aß von den fünf Hammeln, die Mahmood hatte schlachten lassen. Das Fleisch duftete, die Musikanten waren gekommen, ein Flötenspieler auch aus den Bergen, der spielte die alten Lieder, die mein Herz berührten, und die Sehnsucht stieg auf in mir, und ich fühlte mich, als sei ich erneut auf den Weiden und habe Leila gefunden, die Schönheit des Mondes. Eigentlich wollte ich nicht kommen nach Kana, weil Hamit, mein Sohn, das Blut von Kana gesehen hatte und gestorben war. Aber dann sagten sie mir: „Du hast noch einen zweiten Sohn. Es ist der Abend seiner Freude. Welcher Vater feiert nicht mit seinem Sohn?" So fuhr ich mit ihnen, und, ja, ich war glücklich an diesem Abend, für meinen Sohn, aber auch für mich, und ich tanzte sogar, das erste Mal seit ich Leila verloren hatte. Die Frauen tanzten für sich und die Männer tanzten für sich. Ich frage mich, ob Jesus auch getanzt hat, damals, er war ja noch jung, und warum sollte er nicht, wenn er doch auch den Wein hervorgebracht hat, damit alle weiterhin fröhlich sein können. Ich glaube, der Prophet liebte die Fröhlichkeit, und auch wir lieben die Fröhlichkeit, an diesem Abend stand auch der Vollmond wieder am Himmel, wie damals im Olivenhain, als wir Hamit zeugten. Du, kleine Zeinab, hüpftest mit den anderen umher, bis du müde warst und einschliefst im Schoß deiner Mutter. Und ich saß bei den alten Männern, und wir erzählten Geschichten, so viele Geschichten, bis der Tag erneut über den Horizont sein Dämmerlicht ergoss.

Dieser Tag war ein glücklicher Tag in meinem Leben. Es sollte ein neuer Anfang sein. Mahmood und Najla liebten sich noch in dieser Nacht, und Jarnocan wurde geboren zu der Zeit, die wir erwartet hatten, mein Enkel, der Sohn meines Ältesten, das Kind meiner Freude. Ach, hätte auch Hamit glücklich sein können und ein Kind zeugen, ich hielte es so gern in den Armen. Aber ich liebte auch Jarnocan, und Du, Zeinab, Du mochtest seine kleinen Fingerchen und stecktest ihm manchmal Süßigkeiten zu, die er noch gar nicht essen konnte. Weißt Du es noch? Ich war gern zu Gast bei Mahmood und Najla, nie habe ich sie sich beschweren hören; auch wenn Najla müde war von der Arbeit, so machte sie mir doch gern einen Tee, und sie buk die süßesten Plätzchen, die ich kannte. So war es auch an jenem Abend in den schwülen Gassen von Tyrus. Am Hafen hatte Mahmood eine Autowerkstatt aufgemacht, gleich neben meinem alten Laden. Wir saßen zwischen dem Haus und der Werkstatt. Wir wussten, dass die Israelis gedroht hatten, uns anzugreifen. Flugblätter lagen hier und dort im Schmutz der Straßenränder. Aber wir dachten nicht an sie. Wir sprachen über den Krieg, aber als sei er irgendwo anders als in unserem Land. Wenn man zu viel Krieg erlebt hat, glaubt man nicht mehr an den Frieden. Aber man glaubt auch nicht mehr an den Krieg.

Es war diese Nacht, in der der Wein von Kana Blut wurde. Es war diese Nacht, in der das Blut von Kana unser Blut wurde. Dein kleiner Cousin Jarnocan lag auf einer Decke mit Blumenmustern, er lag mit dem Daumen im Mund und lächelte im Schlaf.

Die Uhr in der Hochhauswohnung, die wir nicht mehr betreten sollten, blieb um ein Uhr nachts stehen. Allah, ich kann es Dir nicht sagen - die Explosion war so laut, dass ich Minuten nachher nichts mehr hörte. - Zeinab, mein Herz, Du bist aufgewacht, was siehst du mich so erschreckt an? Komm her, komm an mein Herz, Dein Großvater zittert, mein Herz ist so schwer, viele Steine liegen darauf, viele Steine liegen dort begraben, die Steine auf Jarnocans Kopf, auf Jarnocans Bauch, auf Jarnocans Bein, auf Jarnocans kleiner Hand. Die Steine auf Jarnocans Grab. Zeinab, die Luft war so schwer, Asche atmeten wir, Najla hustete, und aus ihrer Nase lief Blut, als sie schrie, schrie nach Jarnocan, nach dem Propheten Mohammad und Fatima, als sie schrie nach dem Allmächtigen, sie schrie, ich kann das nicht hören, wie verrückt, wie verrückt. Wir wollten in den Keller rennen, aber was half uns das, Feuer brach aus, und Steine und Staub waren überall. Zeinab, verzeihe mir, wenn ich weine. Ein alter Mann wie ich darf weinen. Was bleibt mir übrig als der salzige Geschmack der Tränen? Mahmood hatte die Hand im Tod noch ausgestreckt, ausgestreckt nach dem Kleinen, deinem kleinen Cousin auf der Blumendecke. Dessen Lächeln war verzerrt, der Kopf abgeschlagen. Najla schrie und schrie, sie rannte schreiend zur Straße, ich hörte ihre Schreie noch, als sie bereits weit weg war. Ich höre sie in meinem Kopf noch immer schreien, manchmal, in den Nächten. Ich blieb. Ich blieb sitzen, bis der Morgen kam.

Sie haben ihn in eine Plastiktüte gesteckt. Dann schrieben sie seinen Namen darauf und legten ihn zu den anderen Plastiktüten. Ich lief immer wieder um die Plastiktüten herum, zählte wieder und wieder, bis ein Mann mich ansprach, er war groß gewachsen und sprach mit Akzent, bis er mich am Arm nahm und fortzog.

Ich setzte mich unter einen Baum, ich weiß nicht mehr, wie viele Stunden. Najla fand ich erst, als die Sonne schon unterging, im Krankenhaus von Tyrus. Sie schrie nicht mehr, sie starrte nur an die Decke, ihre Lippen waren weiß. Ich fasste sie am Arm, sie wehrte sich nicht und niemand hielt uns auf. Ich fand mein Auto - es war heil geblieben, es stand ganz unten am Hafen - wir stiegen ein. Ich kurvte durch die Trümmerlandschaft und bog ein in die Straße nach Kana. Die Luft roch nach Ruß. Rechts und links und auch mitten auf der Straße standen die Autowracks. Köpfe hingen heraus, manchmal ein Bein. Najla hatte die Augen geschlossen. Ein Mann hielt uns an. Er fragte: „Wo wollt ihr hin?" Als er es hörte, sah er uns sehr merkwürdig an. „Nein," sagte er, „fahrt nicht dorthin." Ich wendete, auf der Straße nach Beirut fuhren viele Autos. Trotz der Angst fuhren sie. Wir hörten die israelischen Flugzeuge. Aber sie zogen über uns hinweg.

²*Brief an die Welt -4-*

*Laut Muhammad Mahmud Shalhub, einem 61-jährigen Bauern, der in dem Gebäude anwesend war während des Angriffs, hatten 63 Mitglieder der weitverzweigten Shalhub und Hashim-Familien Schutz gesucht in den drei Erdgeschoß-Räumen eines soliden dreistöckigen Hauses, als die ersten Bomben das Dorf trafen. Israelische Flugzeuge begannen am frühen Abend des 29. Juli, das Gebiet zu attackieren, sagte er, und griffen ca. 50 mal an. Er erzählte, dass um etwa ein Uhr nachts am 30. Juli israelische Munition das Erdgeschoß des Hauses traf:*

*„Es fühlte sich an, als ob jemand das Haus hochgehoben hätte. Das Erdgeschoß des Hauses ist zwei Meter fünfzig hoch. Als der erste Angriff traf, schlug es unter uns ein und das ganze Haus wurde angehoben. Die Rakete schlug unter dem Haus ein. Ich saß neben der Tür - es wurde sehr staubig und voller Rauch - und wir alle waren im Schock. Ich war nicht verletzt und fand mich selbst außerhalb des Gebäudes geschleudert wieder.*

*Von innen hörte man viele Schreie. Als ich versuchte, wieder hineinzukommen, konnte ich nichts sehen wegen des Rauchs. Ich begann, Leute herauszuziehen; jeden, den ich finden konnte.*

*Fünf Minuten später ereignete sich ein weiterer Angriff und traf die andere Seite des Gebäudes, hinter uns. Nach dem zweiten Einschlag konnten wir kaum noch atmen und nichts mehr sehen. Es waren drei Räume in dem Haus, im Erdgeschoß, in denen Menschen Schutz gesucht hatten. Nach dem ersten Einschlag war eine Menge Erde in die Räume geschleudert worden. Wir konnten nur noch ein paar Leute im ersten Raum finden."*

*Herr Shalhub bestritt energisch, dass sich irgendwelche Hisbollah-Kämpfer in der Umgebung des Hauses oder im Haus selber aufgehalten hätten, als der Angriff erfolgte. Alle vier Straßen nach Kana seien von den Israelis durch Bomben zerstört worden, sagte er, was es schwierig, wenn nicht unmöglich für die Hisbollah gemacht habe, Raketenwerfer in das Dorf zu bringen. „Wenn sie wirklich Raketen-Abschussrampen gesehen haben - wo sollen sie hingebracht worden sein?" sagte Herr Shalhub. „Wir haben den Israelis unsere Toten gezeigt. Warum haben die Israelis uns die Raketenwerfer nicht gezeigt?"*

*Ghazi 'Udaybi, ein weiterer Bewohner von Kana, der zum Haus rannte, als es gegen ein Uhr nachts getroffen wurde, gab einen gleichlautenden Bericht zu dem von Herrn Shalhub ab. Er und andere halfen einer Anzahl von Menschen nach dem ersten Angriff aus dem Gebäude, so sagte er, aber nach dem zweiten Angriff fünf Minuten später konnten sie niemanden mehr* retten. „Wenn die Hisbollah aus der Nähe des Hauses gefeuert hätte - würde dann eine mehr als fünfzigköpfige Familie gerade dort Schutz suchen?", äußerte er sich gegenüber Human Rights Watch.

*Die Namen der Opfer, deren Tod das Libanesische Rote Kreuz und das Krankenhaus von Tyrus bestätigt haben, lauten:*

1. *Ahmad Mahmud Shalhub, 55*
2. *Ibrahim Hashim, 65*
3. *Hasna' Hashim, 75*
4. *`Ali Ahmad Hashim, 3*
5. *`Abbas Ahmad Hashim, 9 months*
6. *Hura' Muhammad Qassim Shalhub, 12*
7. *Mahdi Mahmud Hashim, 68*
8. *Zahra Muhammad Qassim Shalhub, 2*
9. *Ibrahim Ahmad Hashim, 7*
10. *Ja`far Mahmud Hashim, 10*
11. *Lina Muhammad Mahmud Shalhub, 30*
12. *Nabila `Ali Amin Shalhub, 40*
13. *`Ula Ahmad Mahmud Shalhub, 25*
14. *Khadija `Ali Yusif, 31*
15. *Taysir `Ali Shalhub, 39*
16. *Zaynab Muhammad `Ali Amin Shalhub, 6*
17. *Fatima Muhammad Hashim, 4*
18. *`Ali Ahmad Mahmud Shalhub, 17*
19. *Maryam Hassan Muhsin, 30*
20. *`Afaf al-Zabad, 45*
21. *Yahya Muhammad Qassim Shalhub, 9*
22. *`Ali Muhammad Kassim Shalhub, 10*
23. *Yusif Ahmad Mahmud Shalhub, 6*
24. *Qassim Samih Shalhub, 9*
25. *Hussain Ahmad Hashim, 12*
26. *Qassim Muhammad Shalhub, 7*
27. *Raqiyya Mahmud Shalhub, 7*
28. *Raqiyya Muhammad Hashim, unknown*

Ich wünschte, Deine Großmutter wäre dagewesen. Sie hat immer ein gutes Wort gewusst. Sie hätte Najla trösten können, vielleicht. Was konnte ich tun? Ich sah das Meer blau schimmern an der Grenze zur Nacht. Ich war nur so froh, dass ihr weit weg wart, weit am anderen Ende des Meeres, Du, meine Kleine, Hadija, Hossein und Ali, dein Bruder.

Ali wird eines Tages wiederkommen. Wir haben das besprochen, Deine Mutter und ich. Er wird die Tochter von Najlas Schwester heiraten. Sie waren nicht in diesem Haus, als es geschah. Sie waren bei Freunden.

Kana ist nur ein Dorf, ein kleines Dorf mit verdorrten Bäumen und blutenden Brunnen. Wenn Ali studiert haben wird und wird ein junger Mann sein, den alle mit „Herr Doktor" anreden, dann wird er kommen, und es wird ein großes Fest geben. Die Braut wird schön geschmückt sein mit den Blumen des Feldes, die Musiker werden zurückkommen aus ihren Höhlen, in die sie sich verkrochen haben. Sie werden nicht aufhören zu heiraten in Kana, schon weil Jesus, der Prophet, sich nicht zu schade war, dorthin zu kommen. Ali wird Geld mitbringen, wie es Sitte ist, und Geschenke für alle Verwandten. Er wird in Beirut ein Geschäft eröffnen, vielleicht ein Reisebüro oder einen Traktoren-Import. Bei seiner Hochzeit werden alle für eine kurze Zeit vergessen, was war, und werden tanzen, trillern und singen, tanzen und essen, tanzen und lachen, damit Mahmood und Jarnocan bei uns sind, und Oma Hashime und ihre Enkelin Leila, und der Mann von Najlas Schwester und Hamit, und Ibrahim, der neugierige Siebenjährige und die süße kleine Fatima und die zweijährige Zahra und die Schwester von Hossein - alle, alle, die starben, aber nicht tot sind, sie sind nicht tot. „Wir kommen alle ins Paradies", sagte Hamit einmal. Ich weiß nicht, warum er sich so sicher war. Doch Allah, der Große, wird Gerechtigkeit walten lassen. Sagen nicht die Christen, die Toten stehen wieder auf? Sagen nicht die Imame, die Märtyrer erwartet das Paradies? Ach, Jarnocan war noch so klein. Aber das Paradies kann nicht groß genug für ihn sein. An Wasserbächen, zwischen Seerosen und Hibiskusblüten soll er spielen! Sanft schläft er ein, und lächelt im Schlaf! Zeinab, warum habe ich so viele verloren? Er war so klein noch. Najla lächelt nicht mehr. Ali und Serife, werden heiraten, und sie werden einen Sohn bekommen, so einen wie Jarnocan. Vergiss ihn nie, Zeinab! Sein Bild hängt über Deinem Bett. Aber Ali wird klüger sein als wir, Mahmood, Hamit, Leila und ich. So klug wie Deine Mutter. Er wird seine Familie mitnehmen nach Amerika, dort werden sie es gut haben, ich weiß es.

Aber eigentlich wünsche ich mir, dass ihr hier bleibt. Hier in Tyrus. Oder in Kana. Oder in meinem Dorf. Dass ich meine Urenkel noch sehe. Ich bin ein alter Mann, Zeinab, und ich verstehe die Menschen schon lange nicht mehr. Beirut ist mir zu groß und zu laut. Ich möchte zurück in mein Dorf oben in den Bergen, wo die Luft kühl ist. Ich möchte das klare Wasser wieder trinken. Sie werden nicht wiederkommen, Hamit und Jarnocan. Auch Jila wird nicht wiederkommen. Sie hasst dieses Land. Aber Du darfst es nicht hassen, Zeinab. Das Land hat uns nichts getan. Die Zedern haben vieles gesehen und seufzen manchmal leise, aber das hört nur, wer das Ohr an den Stamm legt. Nimm den Staub, hier, küsse den Staub: Allah schuf aus ihm das Leben, schuf den Menschen, schuf Mann und Frau. Allah allein weiß, wann wir wieder zu Staub zerfallen. Allah allein setzt an den Himmel den Regenbogen.

*Libanon im Jahr 2006*

1 Im Sommer 2006, als israelische Kampfflugzeuge den Libanon angriffen und einen Großteil der Infrastruktur des Landes zerstörten, erzählten zahlreiche libanesische Blogger in ihren Internet-Tagebüchern von dem, was sie erlebten, fühlten und dachten. Etliche überregionale Medien griffen auf diese Internet-Tagebücher als Informationsquelle zurück. An diese Internet-Einträge, hier als „Briefe an die Welt" betitelt, lehnen sich die Texte an.

2 Dieser Text ist original entnommen der folgenden Quelle: Human Rights Watch Newsletter, 2.August 2006, http://hrw.org/english/docs/2006/08/02/lebano13899.htm. Übersetzung der Verfasserin

Heide Rabe

# Ein besonderer Tag

Wieder einmal war es so weit. Mit leichtem Herzklopfen schlug sie das Kalenderblatt um - August. Sie sah nicht das Foto mit der traumhaft schönen Landschaft der Toskana, sondern starrte nur auf das eine Datum. Grit erschrak, denn in diesem Jahr würde er auf einen Sonntag fallen, dieser Tag, der sie in jedem Jahr aufs tiefste bewegte, denn er hatte vor nunmehr fünfundvierzig Jahren völlig unerwartet ihr Leben auf den Kopf gestellt.

Schnell räumte sie die Wohnung auf, stellte den Geschirrspüler an, nahm die Tageszeitung und setzte sich mit einer Tasse Kaffee auf die Terrasse. Ich muss mich beruhigen, dachte sie verzweifelt. Aber gleichzeitig wusste sie, dass sie wieder einmal ausgeliefert sein würde, hilflos ihren Grübeleien und schwermütigen Gedanken ausgeliefert, die sie so oft schon in der Vergangenheit hinabgezogen hatten in tiefe Verzweiflung, in der sie schließlich nur noch die Scham über ihr Versagen und ihre Lügen empfunden hatte.

Es war mit den Jahren, je älter sie wurde, nur noch schlimmer geworden. Besonders als ihre Töchter in das Alter gekommen waren, in dem sie und ihre Schwester Rica damals - an diesem Tag im August - gewesen waren, hatte sich ihr Schuldgefühl zu seinem ganzen Ausmaß entwickelt.

Schließlich hatte sie sich ihrer Verantwortung gestellt, alle bisherigen Einwände, Gründe, Entschuldigungen, Rechtfertigungsversuche als nicht hinnehmbar verworfen. Klar und mit dem Bewusstsein der furchtbaren Konsequenz für ihr weiteres Leben hatte sie erkannt: Ich habe meine Mutter getötet. Getötet aus der Ferne, aus einem anderen Teil Deutschlands. Getötet, weil ich sie verraten habe, sie in tiefster Verzweiflung allein gelassen, ihr Vertrauen missbraucht und ihr jeglichen Lebenswillen genommen habe.

Aus der Ferne hatte sie mitverfolgen können, wie ihre Mutter Schritt für Schritt dem tödlichen Abgrund näher gekommen war - und sie hatte nichts unternommen! Mit dieser Schuld zu leben, schien sie manchmal ans Ende ihrer Kräfte zu führen, besonders dann, wenn dieses Datum kam.

Die Briefe! Werd' ich sie irgendwann noch einmal lesen können? Aber wegwerfen kann ich sie auch nicht, grübelte sie. Niemals dürfen die Töchter sie in die Hände bekommen. Auch die Enkel nicht. Irgendwann muss ich eine Entscheidung treffen. Später.

Sie begann zu rechnen: Inga, ihre Älteste, war zweiunddreißig Jahre alt. Genau in diesem Alter war sie selber gewesen, als ihre Mutter sich das Leben genommen hatte, mit vierundfünfzig Jahren. Was sind schon vierundfünfzig Jahre, sinnierte sie. Sie hätte doch heute noch leben können, wäre jetzt sechsundachtzig. Na und? Immer mehr Menschen werden schließlich hundert und älter. Sie selber fühlte sich mit ihren vierundsechzig noch immer gesund und fit, wenn nicht... Sie verbot sich weiterzudenken.

„Die Sonne meint es aber heute besonders gut", murmelte sie, stand auf und kurbelte die Markise herunter. Es war inzwischen fast Mittagszeit. Sie ging in den Garten, betrachtete versonnen die Rosen, die in voller Blüte standen, zupfte gedankenverloren ein paar verwelkte Blütenblätter von der besonders üppig blühenden ‚Gloria Dei', streute den Fischen eine Handvoll Futter in den Teich und setzte sich schließlich auf die Gartenbank, die im Schatten der großen Weide stand und die zu ihren Lieblingsplätzen gehörte. Ihr fiel ein, dass die Zeitung, die sie mit auf die Terrasse genommen hatte, immer noch ungelesen auf dem Tisch lag. Aber ihre Gedanken gingen schon wieder andere Wege.

Ja, sie hatte Zeit, viel Zeit - im Moment, heute, morgen. Morgen? Weiß man, wie lange man noch leben wird? Nein, nun reicht's aber, schimpfte sie mit sich. Nicht auch noch daran denken! Wie einfach gelang es ihr doch manchmal, bestimmte Gedankengänge abrupt zu beenden, auf Befehl quasi. Warum konnte sie das nicht immer? Schließlich hatte sie jahrelang mit ihrer Schuld leben können, hatte wegen Beruf, Mann, Kindern und Haushalt kaum Zeit gehabt, an sich selber zu denken. Und wenn, dann hatte sie Methoden der Verdrängung gefunden, diesen schwarzen lästigen Punkt, den dunklen Schatten in ihrem Leben, immer wieder zu ignorieren. Wenn nur diese Briefe aus Rostock nicht gewesen wären und dieses jährlich wiederkehrende Datum, das nicht nur für sie und ihre Familie eine so große Bedeutung hatte.

Unzählige Male schon hatte Grit ihre erlebte Vergangenheit in Gedanken heraufbeschworen und schließlich ihre eigene Wahrheit gefunden. War es deshalb auch eine wahre Geschichte? Oder hatte sie ihre Erinnerungen zu sehr mit Wünschen, Gefühlen, Rechtfertigungen verwoben, dass es schließlich ein verzerrtes Abbild ihrer wirklichen Erlebnisse geworden war? Aber irgendwann war es ihre ganz persönliche Geschichte geworden, mit der sie sich immer wieder selbst konfrontierte. So wie heute.

An ihre Kindheit erinnerte sie sich gerne. An die große, geräumige und von Sonne durchflutete Wohnung in einem ruhigen Vorort von Rostock, die sie mit ihren Eltern und ihrer vier Jahre jüngeren Schwester bewohnt hatte. An Lehrer, Freundinnen, an den oft endlos erscheinenden, langen Schulweg, den sie täglich mit einer Reihe Gleichaltriger aus ihrer Umgebung gegangen war, an die ständigen Kabbeleien mit ihrer nervigen, naseweisen Schwester Rica, die so ganz anders war als sie. Sie erinnerte sich an ihren Vater, den meist korrekten Bankangestellten, der aber auch manchmal jungenhaft albern sein und wunderbare Geschichten erzählen konnte. Und an ihre Mutter dachte sie: Eine schöne Frau mit kastanienfarbenem langen Haar, meist flüchtig hochgesteckt und mit herausgerutschten Strähnen, die sie bei der Hausarbeit immer wieder zu bändigen versucht hatte. Elegant gekleidet war sie eigentlich nur gewesen, wenn sie zum Theater gegangen war, zu ihrer Arbeit. Sie hatte Modistin gelernt und trug die abenteuerlichsten Hüte, und das in einer Zeit, als kaum eine Frau in Rostock einen Hut besessen hatte. Sie und ihre Schwester hatten ihre extravagante Mutter immer mit einer Art peinlicher Bewunderung betrachtet, wenn sie so aus dem Haus gegangen war.

Die Unstimmigkeiten zwischen den Eltern hatten sie kaum bemerkt. Der kühle und sachliche Umgangston, das Fehlen jeglicher Zärtlichkeiten in ihrem Beisein war ihnen normal erschienen. Schließlich hatten sie es nicht anders gekannt. Streiten, schreien oder laute Worte waren verpönt in ihrer Familie. Aber dann war der Tag gekommen, nach dem alles anders geworden war.

Noch heute erinnerte sie sich ganz genau an den Morgen im September 1953, als ihre Mutter ihnen beim Frühstück unter Tränen mitgeteilt hatte, dass ihr Vater sie verlassen hatte. Er war in der Nacht - ohne sich von seinen Töchtern verabschiedet zu haben - zum Bahnhof gefahren, um „in den Westen zu gehen". Sie hatte ihnen einen Brief über den Tisch geschoben, in dem der Vater ihnen seine Entscheidung zu erklären versucht und ihnen versprochen hatte, auch in Zukunft immer für sie da zu sein - auch wenn das Deutschland, in dem er nun leben wolle, unendlich fern zu sein schien.

Die Sprachlosigkeit und das Entsetzen, das dieser Mitteilung gefolgt war, das Gefühl der Leere und Verlassenheit, wollten lange nicht abklingen. Sie und ihre Schwester hatten sich verraten gefühlt, tief verletzt. Würden sie jemals wieder einem Menschen vertrauen können? Hatte ihre Mutter es gewusst? Warum hatte niemand etwas gesagt, warum waren sie nicht vorbereitet worden auf diesen Schock? Damals hatten sie ihre Eltern nicht verstanden und es hatte lange gedauert, bis der Alltag wieder einigermaßen normal verlaufen war. Nun hatten sie einen Vater, der ‚abgehauen' war, der ‚die Republik verraten hatte', der zum ‚Vaterlandsverräter' geworden war, der seine Familie im Stich gelassen hatte - alles Wendungen, die in diesen Jahren zum täglichen Vokabular gehört hatten.

Es waren mehrere Wochen vergangen, bis ein Brief ihres Vaters eingetroffen war. Es gehe ihm gut, das Lagerleben sei vorbei und er habe nun in Kiel einen Neuanfang gefunden. Ihm seien ein kleines möbliertes Zimmer und eine Anstellung in der dortigen Sparkasse zugewiesen worden. Von seinem ersten Gehalt werde er ihnen ein Paket schicken.

Die nächsten Jahre waren in Grits Erinnerung eine Abfolge unspektakulärer Alltagserlebnisse. Schon immer war ihr das Lernen leicht gefallen, so dass sie problemlos nach der achten Klasse in die Oberschule am Goetheplatz wechseln durfte. Damals war ihr diese Auszeichnung als völlig normal und verdient erschienen. Erst viel später war sie ins Grübeln gekommen. Wusste die Schulleitung nicht, dass ihr Vater ‚drüben' lebte? Merkte denn niemand, dass vom Kugelschreiber bis zum Pullover, den sie trug, alles aus dem Westen, vom ‚Klassenfeind' kam? Fiel es nicht auf, dass sie im Staatsbürgerkunde-Unterricht besonders schweigsam war und jeder parteilichen Stellungnahme aus dem Weg ging? Die Mutter hatte sie immer wieder beruhigt, dass sie schließlich eine hervorragende Schülerin sei, dass nur die Leistung zähle, das sei überall so. Außerdem beweise sie ja jeden Tag, dass sie sich von ihrem Vater distanziere, sonst säße sie ja wohl in Kiel auf der Schulbank und nicht in Rostock.

Trotzdem empfand sie ihre Schulzeit an der Oberschule im Rückblick als eine anstrengende Gratwanderung. Einerseits geachtet und respektiert wegen ihrer Leistungen, andererseits beneidet und argwöhnisch beobachtet wegen ihrer Westsachen und ihrer zweifelhaften politischen Zuverlässigkeit.

Dass sie mindestens zwei- bis dreimal im Jahr an einem Wochenende mit Rica nach Berlin gefahren war, wo sie sich im Westteil der Stadt mit ihrem Vater getroffen hatten, war kaum jemandem bekannt gewesen. Ihre Mutter hatte sie begleitet und dafür gesorgt, dass sie wohlbehalten den Westteil Berlins erreichten, in dem der Vater sie in Empfang genommen hatte. Der Rücktausch am nächsten Abend hatte ebenfalls immer reibungslos geklappt. Die Mutter war bei Bekannten im Ostteil geblieben. Sie hatte gewollt, dass die Kinder alleine mit ihrem Vater ein unbeschwertes Wochenende verleben konnten. Oder hatten sich die Eltern nichts mehr zu sagen? Warum ließen sie sich eigentlich nicht scheiden? Fragen dieser Art waren von ihnen nicht beantwortet worden.

Finanzielle Sorgen schien ihre Mutter nicht gehabt zu haben. Der Vater hatte sie mit allem, was eine dreiköpfige Familie brauchte, versorgt und immer versucht, auch die ausgefallensten Wünsche seiner drei Frauen zu erfüllen. Grit erinnerte sich an ihren ersten traumhaft schönen Petticoat aus Schaumstoff, Nylon und Spitze, an die ersten Ballerinas, die sie zum Jeans-Latzrock getragen hatte. Aber sie erinnerte sich auch genau an dieses Gefühl des Überdrusses, dass es irgendwann keinen Spaß mehr gemacht hatte, diese Dinge zu tragen und dabei die neidischen Blicke der Mitschüler im Rücken zu spüren. Wie oft hatte sie sich danach gesehnt, in einer ganz normalen Familie zu leben, einfach sie selbst sein zu dürfen, sich nicht mehr verstellen, nicht jedes Wort, jeden Satz dreimal überlegen zu müssen, ehe man ihn aussprach. Nicht von West-Berlin erzählen zu dürfen, nicht von der beruflichen Karriere des Vaters zu schwärmen, seinem schicken Auto und den tollen Auslandsreisen, die er sich leisten konnte, obwohl er eine dreiköpfige Familie im Osten zu versorgen hatte, war ihr immer besonders schwer gefallen. Aber nein, der Vater musste ein Tabu-Thema bleiben.

Das Abitur hatte sie mit Bravour bestanden und als Auszeichnung einen Studienplatz für Medizin in Sofia bekommen. Bulgarien, welch ein Traum! Sie war überglücklich gewesen. Hier würde sie neu beginnen können. Hier würde niemand nach ihrem Vater und ihren Familienverhältnissen fragen. Obwohl wieder die bohrenden Zweifel aufgetreten waren und die Fragen nach dem Warum, war sie in einer euphorischen Stimmung in diesem Sommer des Jahres 1961 gewesen. Ein Studienplatz im befreundeten sozialistischen Ausland war wie ein Sechser im Lotto. Verbunden mit einem auskömmlichen Stipendium würde sie in den nächsten Jahren sorglos studieren können und nach fünf Jahren als Ärztin zurück in die DDR kommen.

Warum aber ausgerechnet sie? Mindestens an einer Hand konnte sie sie abzählen: intelligente Mitschüler, die sogar gleich nach ihrem achtzehnten Geburtstag in die SED eingetreten waren - nicht der beruflichen Zukunft wegen, sondern aus tiefster politischer Überzeugung. Warum hatten sie einen solchen Studienplatz nicht bekommen?

Und dann Rica. Auch sie hatte nach ihrem phantastischen Zeugnis der achten Klasse die Zulassung zur Oberschule bekommen. Trotz des republikflüchtigen Vaters!

Es war nicht das erste Mal, dass Grit - an dieser Stelle ihrer Geschichte angekommen - ihrem Vater, der schon seit vielen Jahren tot war, zutiefst misstraute. Bis heute wusste sie nicht, weshalb er wirklich damals im September 1953 sie so plötzlich verlassen hatte. Seine Erklärungen und Argumente hatten sie nie überzeugt. Und wegen Unstimmigkeiten in der Ehe und Ärger in der Bank seine Kinder und seine Heimat zu verlassen, das hatte einfach nicht zu ihrem Vater gepasst. Aber er war immer bei dieser These geblieben und es gab niemanden mehr, den sie befragen konnte. Und wollte sie es denn wirklich noch wissen? Würde es irgendetwas an ihrer persönlichen Schuld ändern, wenn sie das Leben ihrer Eltern, besonders das ihres Vaters, genauer durchleuchten lassen würde? Sie hatte von Waldeck bei Rostock gehört, wo man auf Antrag Einblick nehmen konnte in seine Akten der Staatssicherheit. Gab es überhaupt eine Akte über ihre Familie? Und wenn ja, was würde dieses Wissen ihr nützen? Würde nicht alles nur noch schlimmer werden? Und vor allem: Sie müsste diese Reise antreten, die Zeitreise, wie sie sie in Gedanken immer nannte, vor der sie sich aber doch so sehr fürchtete.

Grit stand auf, ging in die Küche und räumte den Geschirrspüler leer. Immer noch war sie in Gedanken versunken und spürte, dass sie heute nicht mehr in der Lage sein würde, zu ihren sonstigen alltäglichen Geschäftigkeiten zurückzukehren. Warum auch? Ihr Mann war mit Freunden zu einer mehrtägigen Segeltour aufgebrochen und würde erst übermorgen zurückkommen. Ihre Töchter lebten mit ihren Familien in Lübeck und Hamburg. Sie erwartete heute keine Besuche, brauchte keine Besorgungen zu machen - kurz, es war ihr Tag und sie spürte, dass sie die innere Ruhe haben würde, um weiter einzutauchen in ihre Geschichte.

Im Wohnzimmer stand sie unschlüssig vor dem Bücherregal, nahm dann aber ein dickes Album aus einer der unteren Schubladen und kehrte in den Garten zurück.

Sie setzte sich wieder auf ihre Bank neben der Weide und schlug die erste Seite des Albums auf: 13. August 1961 - BERLIN

Ihre Abreise nach Bulgarien hatte unmittelbar bevorgestanden, deshalb war mit dem Vater ein Abschiedsbesuch in Westberlin am 12./13. August geplant worden. Sie hatte nicht lange betteln müssen, die Mutter hatte schnell eingesehen, dass sie ihrer nunmehr erwachsenen Tochter die quirlige Rica anvertrauen und sicher sein konnte, dass die beiden Mädchen die Reise zum Vater auch alleine bewältigen würden.

Die Schwestern hatten ein paar Sachen eingepackt: Schlafanzug, Waschzeug, ein frisches T-Shirt. Dazu die Zeugnisse, die ihr Vater unbedingt sehen wollte. Viel mehr hatten sie nicht gebraucht. Sie hatten die S-Bahn-Verbindungen gekannt, wussten wo der Treffpunkt mit dem Vater war und sich schon auf das erlebnisreiche Wochenende mit ihm und auf die netten Wirtsleute in ihrer Pension in Charlottenburg gefreut. Die Mutter hatte versprochen, sie am Sonntag vom Bahnhof abzuholen und ihnen zum Abschied an der Haustür nachgewunken.

Wenn sie damals nur gewusst hätte, dass es ein Abschied für immer sein würde. Niemals wäre sie dann gefahren! Wirklich nicht? Wie oft, wie oft hatte sie an dieser Stelle ihrer Geschichte innegehalten und sich diese eine Frage gestellt: Wenn sie ihr Leben noch einmal leben könnte - angefangen an dieser Abschiedsszene. Wäre sie nach Berlin gefahren, wenn sie gewusst hätte, wie ihr Leben nach dem 13. August verlaufen würde?

Sie wusste nur eines mit Sicherheit: Ein glückliches, erfülltes Leben war es nicht geworden. Ich bin nicht nur schuldig geworden am Tod unserer Mutter, sondern auch an mir selber, hatte sie schließlich erkannt.

Der Samstag war in ihrer Geschichte nicht mehr recht präsent. Zu viele Samstage hatte sie mit Vater und Schwester schon in dieser atemberaubenden, faszinierenden Stadt erlebt, die ihr jedes Mal lebendiger und aufregender erschienen war. Sicher waren sie wieder shoppen, in ein elegantes Lokal, vielleicht auch ins Kino gegangen. Grit konnte sich beim besten Willen nicht mehr an Details erinnern. Alles war überlagert worden von den irrsinnigsten, chaotischsten und furchtbarsten Erlebnissen des darauf folgenden Tages.

Grit blätterte in dem Album auf ihrem Schoß. Sie kannte alle Zeitungsausschnitte, die Berichte, Kommentare und Fotos enthielten, hatte sie zig Male angesehen. Aber nichts in diesen sachlichen, aber auch teilweise hoch emotionalen Quellen konnte annähernd das eigene Gefühlschaos ausdrücken, das sie an diesem historischen Tag durchleben musste. Ja, auch für sie, ihre Schwester und ihren Vater war dieser Tag zu einem wirklichen Schicksalstag geworden.

Oft hatte sie über dieses, etwas hochtrabend klingende Wort, das für sie immer den Beigeschmack der Passivität, des Ausgeliefertseins, des widerstandslosen sich Fügens in sich trug, nachgedacht. Aber es stimmte, sie waren ausgeliefert gewesen, hatten das politische Schicksal Berlins und damit ihr eigenes damals in keinerlei Weise beeinflussen können. Sie hatten - ohnmächtig, zutiefst verzweifelt und voller Wut - gemeinsam mit tausenden Berlinern ansehen müssen, wie Stacheldraht, Sperrzäune und eine Unmenge schwer bewaffneter NVA-Soldaten und Mitglieder der Kampfgruppen Berlin in eine geteilte Stadt verwandelten. Grenzübergänge waren plötzlich geschlossen, S- und U-Bahnen in den Ostsektor fuhren nicht mehr. Sie hatten in der Falle gesessen.

Niemals würde sie diesen Tag vergessen können! Niemals die Verzweiflung vergessen, die über sie gekommen war, als der Vater nach mehreren Stunden der Hilflosigkeit plötzlich zu einer Entscheidung gekommen war. Noch heute hatte sie seine Worte im Ohr: „Ihr werdet nicht mehr nach Rostock, zu eurer Mutter, zurückfahren können. Ich werde versuchen, für morgen einen Flug nach Hamburg zu bekommen - und dann werdet ihr bei mir in Kiel leben."

Rica hatte nicht lange gebraucht, bis sie in freudigen Jubel ausgebrochen war. Sie liebte Abwechslung und neue Herausforderungen und hatte volles Vertrauen zu ihrem Vater, der sicher die richtige Entscheidung getroffen hatte.

Und sie? Wie versteinert, leer im Inneren, hatte sie auf der Parkbank gesessen. Ein kurzer Blick zur Uhr hatte ihr gezeigt, dass in wenigen Minuten der Zug vom Ostbahnhof abfahren würde. Um einundzwanzig Uhr sieben würde er schließlich in Rostock ankommen - ohne sie und Rica. Und ihre Mutter würde verzweifelt warten, bis auch der letzte Fahrgast den Bahnsteig verlassen hatte. Und dann?

Es war das erste Mal an diesem Tag gewesen, dass sie an ihre Mutter gedacht hatte. Ganz sicher wusste sie, was an diesem Sonntag in Berlin geschah, denn zu Hause lief fast immer ununterbrochen das Radio. In panischer Angst würde sie diesen Tag verleben, sicher bis zuletzt hoffend, dass ihre Kinder wieder zu Hause eintreffen würden. Grit hatte es doch versprochen, ihre kluge und vernünftige erwachsene Tochter, so würde sie sich immer wieder Mut zusprechen.

In ihrer Pension angekommen, hatte der Vater ein Telegramm nach Rostock aufgegeben, in dem er seiner Frau in kurzen Worten mitgeteilt hatte, dass er die Töchter angesichts der Ereignisse mit nach Kiel nehmen würde. Danach hatte er - wie geplant - den Flug nach Hamburg gebucht. Sie hatte damals vermutet, dass das Telegramm nicht vor Mitternacht die Mutter erreichen würde. Am Nachmittag des nächsten Tages waren sie in Kiel eingetroffen.

Die ersten Wochen hier waren ungeheuer stressig und hatten viel Verständnis und Einfühlungsvermögen verlangt für alle drei in dieser neuen Kleinfamilie. Ihr Vater hatte Urlaub genommen, um Zeit zu haben für die tausend Dinge, die erledigt werden mussten, besonders aber, um seinen Töchtern die schwierige Phase der Eingewöhnung zu erleichtern. Da seine jetzige Wohnung viel zu beengt war, hatten sie bald eine schöne Vierzimmerwohnung im Westen der Stadt gefunden, nicht weit entfernt von der Universität, an der sie in den nächsten Jahren Medizin studieren würde. Rica wurde im Gymnasium angemeldet. Ihr neues Zuhause musste eingerichtet, neue Garderobe für sie und Rica und zwei Fahrräder gekauft werden. Sie hatten mit Vaters kleinem Polo wunderschöne Tagestouren durch Schleswig-Holstein und nach Hamburg gemacht und es hatte sie irgendwie beruhigt, dass die Ostsee auch hier in Kiel quasi vor der Haustür lag. So hatten sie kaum Zeit gehabt, an Rostock zu denken und Heimweh aufkommen zu lassen. So manches Mal hatte sie sich gesagt, dass Sofia doch schließlich viel weiter weg gewesen wäre und hier habe sie doch wenigstens Rica und ihren Vater bei sich. Eigentlich hätte alles aufregend und schön sein können. Wenn nur die Briefe der Mutter nicht gewesen wären.

Nein, sie hätten nicht in der Falle gesessen. Das sei eine Schutzbehauptung, eine simple Ausrede, so hatte sie an Grit geschrieben. Ob sie wirklich geglaubt habe, dass sie die einzigen DDR-Bürger gewesen seien, die sich an diesem Wochenende in Westberlin aufgehalten hätten. Sie müsse doch gewusst haben, dass es zum Beispiel eine Vielzahl von Ostberlinern gegeben habe, die im Westteil gearbeitet hätten, sicher auch viele an diesem Sonntag. Und die vielen Berliner, die im jeweiligen anderen Teil Berlins Verwandte besucht hätten. Ob sie im Ernst angenommen habe, dass die alle nicht mehr zurückgekehrt seien? Wenn man von einer Falle spreche, dann gelte dieses für die Bewohner der DDR und Ostberlins, denn für sie sei Berlin abgesperrt worden. Sie wäre zutiefst enttäuscht, vor allem von ihr - von Grit. Sie habe ihr Vertrauen missbraucht und sich und Rica ohne Widerstand von ihrem Vater kidnappen lassen.

Ja, dieses schlimme Wort hatte ihre Mutter verwendet und sich in der Folgezeit konsequent geweigert, wichtige Papiere und persönliche Gegenstände der Töchter nach Kiel zu schicken. Stattdessen hatte sie sie beschworen, in jedem Brief eindringlicher werdend, die Rückkehr nach Rostock vorzubereiten. Sie habe sich bei den örtlichen Behörden erkundigt und die Gewissheit erlangt, dass sie mit keinerlei Bestrafung rechnen müssten und dass Grit sogar trotzdem noch nach Sofia fliegen könne.

Sie hatte ähnliche Briefe auch an Rica und ihren Mann geschrieben und schien sich auf diese Weise eine Art Ventil geschaffen zu haben für ihren Schmerz, ihre Enttäuschung und gegen das Gefühl der Einsamkeit.

Es war sehr schwer gewesen, auf solche Briefe die richtige Antwort zu finden. Gab es überhaupt eine richtige Antwort? Hatte die Mutter nicht eigentlich Recht? Hätte sie nicht... Ja, was hätte sie alles tun müssen, tun sollen, tun können? Hatte sie nicht wirklich versagt? Aber wieder zurückkehren, um dann endgültig in der Falle zu sitzen? Wahrscheinlich dann nie mehr den Vater und vielleicht auch die kleine Schwester wieder sehen zu können?

Grit hatte sich damals endgültig entschieden: Dieser 13. August hatte ihrem Leben eine neue Richtung gegeben, ungeplant und nicht gewünscht. Aber nun wollte sie hier bleiben und ihre Mutter würde es hoffentlich irgendwann akzeptieren.

Der Inhalt der Briefe und die Art der Formulierungen hatten sich allmählich geändert. Nachdem die Mutter begriffen hatte, dass sie ihre Kinder wahrscheinlich niemals wieder sehen würde, fürchtete sie nun, auch noch das letzte Band zu zerschneiden, indem sie sie mit ihren ständigen Vorwürfen belastete. So wurden gegenseitige Befindlichkeiten ausgespart, dafür Beschreibungen und Berichte ausgetauscht, die das Alltagsleben in den jeweiligen Städten beinhalteten.

Die große Wohnung sei schließlich eine Belastung geworden, eine psychische Belastung, der sie sich nicht mehr gewachsen gefühlt habe. Alles habe sie an die Zeit mit ihr und Rica erinnert, hatte die Mutter irgendwann geschrieben. Deshalb habe sie sich bemüht, die Wohnung gegen eine kleinere in der Altstadt zu tauschen. Hier sei sie schnell im Stadtzentrum, niemand kenne sie und ihre traurige Geschichte, so dass sie keine lästigen und quälenden Fragen nach dem Verbleib ihrer Kinder beantworten brauche.

Eine tiefe Resignation schien die Mutter erfasst zu haben. Deshalb hatte Grit sich nicht getraut, die einfache Frage zu stellen: Mutti, wie geht es dir nun eigentlich? Denn sie hatte wirklich keine Vorstellung, wie ihre Mutter diesen Verlust, diese

Enttäuschung verarbeitet hatte. Konnte man so ein traumatisches Erlebnis überhaupt alleine verarbeiten? Hätte sie nicht dazu professionelle Hilfe gebraucht?

Seit sie Medizin studierte, war sie weit stärker sensibilisiert als früher und sie hatte sich Gedanken gemacht, die ihr vorher nie gekommen waren. Oder war sie nun erst richtig erwachsen geworden? Und Rica? Warum konnte sie mit ihrer Schwester nicht darüber reden? Wie hatte es geschehen können, dass Rica ihr altes Leben in Rostock so völlig verdrängen konnte. Als habe sie seit frühester Kindheit im Westen Deutschlands gelebt, hatte sie nichts mehr interessiert, was sie an Rostock, an die DDR - und scheinbar auch an die Mutter - erinnern könnte.

Oft hatte sich Grit in diesen ersten Jahren sehr einsam gefühlt. Es hatte eine vertraute Person gefehlt, die ihr helfen konnte, ihr seelisches Gleichgewicht wieder zu finden. Der Vater war dafür nicht in Frage gekommen. Er hatte alles getan, um ihnen das Leben in Kiel so sorgenfrei und angenehm wie möglich zu gestalten und immer wieder betont, wie glücklich er sei, dass sie bei ihm lebten. Aber es waren eher die materiellen und organisatorischen Probleme, die er für sie aus dem Weg geräumt hatte. Über psychische Befindlichkeiten hatte sie mit ihm nicht sprechen können. Grit hatte auch keine Vorstellung, ob er seiner Frau gegenüber auch nur die geringsten Gewissensbisse verspürte, weil er ihr die Töchter genommen hatte. Niemals war über dieses Thema gesprochen worden.

Schließlich hatte auch sie gelernt, solche Gedanken nicht mehr aufkommen zu lassen. Diese ‚Gefühlsduselei' hatte sie beenden wollen, denn eine Alternative zu ihrem neuen Leben war für sie nicht mehr in Frage gekommen.

Die Mutter und ihre Vergangenheit in Rostock waren endlich in eine nebelige, dunstige Ferne gerückt und sie hatte sich immer öfter dabei ertappt, dass sie manchmal tagelang nicht mehr an das Früher gedacht hatte. Das Heute war schließlich aufregend genug.

Grit verspürte plötzlich ein Bedürfnis nach Bewegung. So schön es auch in ihrem Garten war, sie konnte nicht stundenlang grübelnd und in der Vergangenheit versunken auf der Gartenbank sitzen. Entschlossen ging sie ins Haus, legte das Album zurück in den Schrank, zog sich Jeans und bequeme Schuhe an und holte ihr Fahrrad aus dem Schuppen. Eine kleine Radtour an die Schlei wird mir gut tun, dachte sie. Es war ihr zur lieben Gewohnheit geworden, mit dem Rad die Gegend zu erkunden, im Hafen nach ihrem Boot zu schauen, kleine Einkäufe zu erledigen oder auch einfach mal Frust oder Ärger von der Seele zu strampeln. Bei den Königswiesen, den Yachthafen mit dem Wohnturm im Blick, machte sie Rast. Schön war es hier und ruhig, die richtige Stelle zum Weiterdenken.

Sie hatte Schleswig in den vielen Jahren, in denen sie mit ihrer Familie hier lebte, lieben gelernt. Es war ihre Heimatstadt geworden. Obwohl die Töchter seit langem ihre eigenen Wege gingen, fühlte sie sich wohl hier. Sicher lag das auch an Nils, ihrem Mann, mit dem sie nun schon seit 38 Jahren verheiratet war.

Beim Radfahren hatten sie sich kennen gelernt, damals in Kiel. Genauer gesagt, gefahren war sie nicht wirklich, sondern hatte mit ihrer Hose in der Kette gehangen, unfähig, sich alleine zu befreien. Nils, der mit zwei Kommilitonen an ihr vorbeiradeln wollte, hatte ihre missliche Lage erkannt und ihr geholfen. Ziemlich schnell hatte es ‚gefunkt' zwischen ihnen.

Er, der technisch begabte Physikstudent aus Flensburg - groß, blond, sportlich, begeisterter Segler mit dänischen Vorfahren -, war ihr Traummann geworden. Bald hatte sie auch seine Familie kennen gelernt und verstanden, weshalb er diese Sicherheit und dieses natürliche Selbstbewusstsein besaß, das sie damals so sehr fasziniert hatte. Wieder einmal war ihr schmerzlich bewusst geworden, wie problembehaftet ihr eigenes Leben war und wie schwer es sein würde, ihre Lebensgeschichte glaubhaft und nachempfindbar für andere Menschen darzustellen.

Aber musste sie das überhaupt? Nils war der einzige Mensch geworden, dem sie sich rückhaltlos anvertraut hatte. Sofort hatte sie damals gespürt, dass ihre Beziehung etwas ganz Besonderes werden würde und hatte von Anfang an ehrlich sein wollen. Aber Fremden gegenüber? Niemanden hatte es zu interessieren, dass irgendwo drüben, in der so genannten DDR - wie man damals noch sagte - ihre Mutter lebte, eine vereinsamte, unglückliche Frau.

Nach langen Gesprächen hatte Nils ihren Wunsch schließlich akzeptiert und Grits Vertrauen in den nächsten Jahren nie enttäuscht. 1968 hatten sie geheiratet und waren bald nach Schleswig gezogen. Grit hatte ihre Facharztausbildung zur Internistin am dortigen Krankenhaus beginnen können und auch Nils hatte die für ihn richtige Arbeitsstelle gefunden. Sowohl Kiel als auch Flensburg waren schnell zu erreichen und das Wasser lag wieder fast vor der Haustür. Kinder wollten sie vorerst nicht, dafür aber beruflich Fuß fassen, sparen, sich irgendwann ein eigenes Segelboot kaufen und viel, viel reisen.

Die Mutter hatte in diesen Jahren vor allem bunte Ansichtskarten und Fotos erhalten, die ihr Schwiegersohn, den sie vermutlich nie kennen lernen würde, aufgenommen hatte. Dass sie die Hochzeit ihrer Grit nicht miterleben durfte, habe sie mit tiefem Schmerz erfüllt, so hatte sie in einem ihrer Briefe geschrieben. Aber wie solle sie nach Schleswig-Holstein kommen? Wenn sie Rentnerin gewesen wäre, dann hätte sie fahren dürfen. Aber sie sei doch erst 47!

Schlimmer noch als die Briefe waren für Grit die Telefongespräche. Wie oft hatte sie selber - damals, nach 1953 - mit Mutter und Schwester in der Rostocker Hauptpost gewartet, bis eine Verbindung mit ihrem Vater in Kiel zustande gekommen war. Irgendwann, manchmal nach stundenlangem Warten, war dann schließlich der erlösende Aufruf gekommen: „Ferngespräch nach Kiel, Kabine 3!" Dann waren sie zur Telefonzelle gestürzt, um endlich die lange vermisste Stimme ihres Vaters zu hören. Sicher hatte es an der unpersönlichen Atmosphäre gelegen, an ihrem enormen Erwartungsdruck, ihrer Aufregung, an der Kürze der Sprechzeit, an … Sie wusste es nicht. Aber es war immer dasselbe gewesen: Die Gespräche waren enttäuschend nüchtern und sachlich. Keine Herzlichkeit, keine spontanen Gefühle - welcher Art auch immer. Zurück waren nur Traurigkeit und eine große Enttäuschung geblieben - vor allem aber der dringende Wunsch, sich bald wieder in Berlin zu treffen.

Grit hatte geahnt, dass die Mutter nun ähnlich empfunden haben müsste. Sie hatte vermutlich hin und wieder das zwingende Bedürfnis, die Stimmen ihrer Töchter zu hören. Und da ihre Kinder sie nicht anrufen konnten - einen Telefonanschluss besaß sie natürlich in Rostock nicht - hatte es für sie immer noch nur die eine Möglichkeit gegeben: das Hauptpostamt. Rica war kaum zu erreichen, da sie als Reisejournalistin fast ständig unterwegs gewesen war. Aber mit Grit hatte sie sprechen können.

Nach solchen Gesprächen war Grit stundenlang nicht ansprechbar gewesen. Meistens hatte sie sich ihr Fahrrad aus dem Schuppen geholt und war an die Schlei gefahren, dort wo sie in Ruhe nachdenken konnte.

Die Mutter war plötzlich aus dem ‚Nebel' aufgetaucht und hatte damit auch Grits Selbstvorwürfe und Schuldgefühle wieder erweckt. Warum hatte sie sich nicht spontan freuen und herzlich reagieren können, wenn die Mutter angerufen hatte? Stattdessen war sie vor Angst wie gelähmt gewesen, vor Angst, die Mutter könnte ihr trauriges Leben und ihre große Enttäuschung wieder thematisieren. So wurden Belanglosigkeiten ausgetauscht, über Alltäglichkeiten gesprochen, die weder die Mutter noch die Tochter verletzen konnten.

Zu gut aber hatte Grit gespürt, dass die Mutter sich abgeschoben, ins Abseits gestellt gefühlt hatte und diesen Zustand nur sehr schwer ertragen konnte.

Aber was sollte sie dagegen tun? Hätte die Mutter nicht allmählich gelernt haben müssen, sich mit der Situation zu arrangieren und einen neuen Lebenssinn zu finden? Hätte sie nicht ein einziges Mal sagen können: Gritti, mach dir keine Sorgen um mich, es geht mir wirklich gut mittlerweile. Irgendwann werden wir uns ganz bestimmt wieder sehen können... Aber nichts dergleichen war gekommen. Immer hatte Grit versteckte Vorwürfe und Anklagen gespürt - obwohl sie nie mehr geäußert worden waren in den letzten Jahren. Oder bildete sie sich das alles nur ein?

Sie hatte nach solchen Anrufen nicht mehr ein und aus gewusst - und auch Nils hatte ihr nicht helfen können. Wie auch? Sie hatte sich ja nicht einmal selber verstehen können. Ihren einzigen Ausweg hatte sie darin gesehen, wieder zu vergessen, zu verdrängen was sie so sehr belastete. Sie musste versuchen, dass die Mutter wieder im ‚Nebel' verschwand.

Grit hatte ihr Medizinstudium und ihre Facharztausbildung immer als absolute Priorität angesehen. Die Bonner Deutschlandpolitik hatte sie nur am Rande interessiert. Das ewige Gerangel in der Politik hüben und drüben um die Frage, wie viele Staaten, wie viele Nationen es in Deutschland gebe, Formulierungen wie Alleinvertretungsanspruch, so genannte DDR-Brüder und -Schwestern jenseits der Zonengrenze, die sie in der ersten Zeit in Kiel immer wieder lesen und hören musste, hatten sie nur abgestoßen. Dass es ihr nicht alleine so ging, hatte sie in den hitzigen Diskussionen an der Uni mitbekommen, an denen sich Nils eifrig beteiligt hatte.

Sie aber wollte in Ruhe gelassen werden, wollte mit Politik nichts mehr zu tun haben. Aber ihr Desinteresse hatte nicht lange angehalten. War es das Zusammenleben mit Nils oder war es der allmähliche Wandel der An- und Einsichten führender Politiker, die mit der sozialliberalen Koalition Ende 1969 erkennbar geworden waren? Es hatte sie tief berührt, als Willy Brandt am Mahnmahl im Warschauer Ghetto auf die Knie gefallen war und schließlich für seine Ostpolitik den Friedensnobelpreis bekommen hatte. Sie hatte gewusst, dass Brandt, genau wie sie, damals an diesem furchtbaren 13. August an der Stacheldraht-Mauer gestanden hatte - er allerdings als Regierender Bürgermeister von Westberlin. Aber ihre Gefühle hatten sich sicher nicht sehr unterschieden. Konnte er nun ein Hoffnungsträger sein für Millionen von Menschen, die zusammengehörten, aber nicht zusammen sein konnten?

Grit hatte plötzlich begonnen, sich für die politischen Geschehnisse zu interessieren, besonders als Anfang der 70er Jahre die so bedeutenden Verträge mit der DDR-Regierung abgeschlossen worden waren, deren Ergebnisse für viele Familien Erleichterungen gebracht hatten.

Für sie und Rica hatte dies ganz konkret bedeutet, dass ihre Mutter sie in Schleswig-Holstein besuchen könnte, wenn ‚dringende Familienangelegenheiten' es erfordert hätten. Und eigentlich hätten auch sie wieder nach Rostock reisen können.

Ja, eigentlich! Aber waren sie nicht auch Verräter und Republikflüchtige geworden? Könnten sie sicher sein, dass sie auch wieder die Rückreise hätten antreten dürfen? Würde die Staatssicherheit sie nicht sofort festnehmen, wenn sie die Grenze passiert hätten? Nein, einem solchen Risiko hatte sich Grit nicht aussetzen wollen

Und die Mutter? Eine ‚dringende Familienangelegenheit' würde man finden. Aber dann?

Grit ließ ihr Fahrrad auf der Wiese liegen. Sie musste ein paar Schritte gehen. Zu genau erinnerte sie sich an die Diskussionen, die sie damals tagelang mit ihrem Mann ausgefochten und die schließlich zu einem ernsten Zerwürfnis zwischen ihnen geführt hatten. Langsam schlenderte sie zum Segelclub, sah den Enten und Schwänen zu, die sich von der Geschäftigkeit auf den Bootsstegen nicht beeindrucken ließen. Schließlich kehrte sie aber zu ihrem Fahrrad zurück. Hier auf der Wiese war es ruhiger und sie konnte sich wieder in der Vergangenheit verlieren.

Grit war schwanger geworden, ihr erstes Wunschkind sollte Anfang 1974 geboren und - so war es geplant - einige Wochen später getauft werden. Die ‚dringende Familienangelegenheit' war damit gegeben und die Oma hatte zur Taufe des ersten Enkelkindes eingeladen werden sollen. So jedenfalls hatte es sich Nils gewünscht. Endlich hätte er seine Schwiegermutter kennen lernen, endlich auch Grit wieder richtig glücklich sehen können, die sich so offensichtlich mit schlechtem Gewissen und diffusen Schuldgefühlen quälte.

Aber sie - Grit - hatte ihre Mutter nicht in Schleswig haben wollen. Sie hatte sich kategorisch geweigert, ohne anfangs ihre Gründe benennen zu können. Zuerst war es auch nur ein eigenartiges Gefühl, ein typisch weibliches Bauchgefühl, das ihr signalisiert hatte: Lass es wie es ist! Aber Nils hatte sie mit seinem analytischen Verstand zur schonungslosen Auseinandersetzung mit sich selbst gezwungen.

So hatte sie begonnen, sich Fragen zu stellen: Würde ich mich eigentlich freuen, wenn Mutti hier bleiben möchte? Vielleicht auch hier bei uns, in meiner Familie leben möchte? Wie soll ich Freunden und Nils Eltern und Geschwistern plötzlich diese Mutter erklären? Ich hab sie doch jahrelang verschwiegen - eigentlich lebt sie doch schon lange nicht mehr! Und überhaupt: Mutti ist mir so fremd geworden. Kann Pflichtgefühl überhaupt ein ausreichendes Motiv sein für eine ‚Familienzusammenführung'? Und warum ich? Warum kann Rica sich nicht auch mal endlich um Mutti kümmern?

Schließlich war sie dabei geblieben. Strikt hatte sie sich geweigert, die Mutter einzuladen, obwohl Nils mit überzeugenden Gegenargumenten und seinen ethischen Prinzipien sie wochenlang um den Schlaf gebracht hatte.

Aus Rostock waren euphorische Briefe gekommen. Die Mutter schien überglücklich, dass ihr erstes Enkelkind auf die Welt kommen würde, und sie hatte zutiefst bedauert, dass sie das Kleine nicht in die Arme nehmen könne, wenn es geboren sei. Aber schließlich gebe es doch jetzt endlich wieder die Möglichkeit, sich zu sehen, wenn … Es war so schwierig gewesen, auf solche Briefe zu antworten. Grit hatte sich damals dabei ertappt, dass sie jeden Tag erleichtert aufgeatmet hatte, wenn unter der Post kein Brief aus Rostock gewesen war.

Am 18. Februar 1974 war dann ihre kleine Inga geboren und Ende April getauft worden - und die Oma war nicht dabei gewesen.

Nun waren häufiger Briefe aus Rostock gekommen. Die Mutter war zutiefst enttäuscht und verbittert und hatte die Kinder angeklagt, dass sie sie aus ihrem Leben verstoßen hätten und sie mittlerweile keine Hoffnung mehr habe, dass ihr Leben jemals wieder glücklich werden würde. Grit hatte an der Schrift, die flüchtiger und zittriger zu sein schien, gemerkt, dass die Mutter in einem höchst erregten Zustand diese Briefe geschrieben hatte. Oder hatte es einen anderen Grund geben können?

Was war mit ihr? Nils hatte sie solche Briefe nicht mehr zeigen können. Er hatte scheinbar ein tiefes Mitgefühl mit seiner ihm unbekannten Schwiegermutter entwickelt. Und trotz der gemeinsamen Freude über ihre kleine Tochter war ihre Beziehung immer noch ziemlich spannungsgeladen. Er hatte seine Frau einfach nicht begreifen können. War das die sprichwörtliche Mecklenburger Sturheit, die bei ihr erkennbar war? Er hatte keinen Rat gewusst.

Und dann hatte ihm ein Zufall geholfen. Im späten Frühjahr war ihm die Einladung überbracht worden, an einer Regatta anlässlich der jährlich stattfindenden Ostseewoche Anfang Juli in Rostock teilzunehmen. Er war unendlich glücklich über diese Chance und hatte sich gefreut, die Geburtsstadt seiner Frau kennen zu lernen. Und natürlich würde er seine Schwiegermutter aufsuchen.

Grit erinnerte sich, mit welchen ambivalenten Gefühlen sie damals gerungen hatte. Natürlich hatte sie sich mit ihrem Mann gefreut und ihm von ganzem Herzen diesen Segeltörn nach Rostock gegönnt. Aber wie würde er den Besuch bei ihrer Mutter erleben? In welchem Zustand würde er sie und ihre Lebensverhältnisse vorfinden und interpretieren?

Sie hatten der Mutter schließlich brieflich seinen Besuch angekündigt, nicht aber Tag und Uhrzeit angeben können, weil Nils keine Ahnung gehabt hatte, wie ihr Programm und ihre Freizeit in Rostock geplant waren. Er werde irgendwann in diesem Zeitraum in den frühen Abendstunden kommen, hatten sie geschrieben.

Als Nils dann endlich wieder in Schleswig eingetroffen war, hatte sie voller Spannung seinem Bericht entgegengefiebert. Seine Begeisterung hatte eindeutig überwogen. Vor allem das Segeln und die Kameradschaft innerhalb ihrer Männercrew hatten ihn tief beeindruckt. Und dann Warnemünde, dieses herrliche Segelrevier, der Alte Strom - nicht vergleichbar mit Travemünde oder anderen Orten an ihrer Ostseeküste. Und Rostock! Besonders der Blick über die Warnow zum Gehlsdorfer Ufer - beeindruckend! Nils hatte erzählt und erzählt und dabei scheinbar gar nicht bemerkt, dass Grit oft Mühe gehabt hatte, ihre Tränen zurückzuhalten. Hatte sie etwa Heimweh bekommen? Oder war es einfach nur die Anspannung, das Warten auf den einen Abend in seiner Schilderung. Der Besuch in der Altstadt.

Ja, Nils hatte mit einem Blumenstrauß in der Hand seine Schwiegermutter aufgesucht. Sie hatte eine kleine Wohnung hinter der Langen Straße, Richtung Hafen, gemütlich eingerichtet. Sein erster Eindruck von ihr? Vermutlich hatte er sich zu sehr an seiner Mutter oder anderen Frauen ihres Alters gedanklich orientiert, so dass er doch etwas erschrocken gewesen sei, dass ihm eine Frau die Tür geöffnet habe, die er auf den ersten Blick auf sechzig Jahre und mehr geschätzt hätte. Es wäre zuerst etwas schwierig gewesen, ins Gespräch zu kommen. Trotz der verwandtschaftlichen Nähe seien sie doch eben Fremde. Er habe dann aber die Fotos aus der Tasche genommen und von ihrer kleinen Familie, ihrem Zuhause und dem Alltag erzählt. Die Schwiegermutter hatte Gläser herausgeholt, Wein und Weinbrand hingestellt, dazu Salzstangen und belegte Brote. Sie hatten angestoßen - auf das Du, auf seinen Besuch, auf die Familie. Es hatte nicht lange gedauert, bis die Fremdheit überwunden und die Mutter erstaunlich redselig geworden wäre. Er selber habe nicht viel getrunken, hatte Nils erzählt, dafür die Schwiegermutter umso mehr.

Irgendwann wäre dann aber die Stimmung umgekippt. Die Schwiegermutter wäre plötzlich weinerlich-traurig geworden und hätte sich ihren ganzen Kummer von der Seele geredet. So als wäre ein Damm gebrochen, als hätten sich Schleusen geöffnet, hatte Nils damals diesen emotionalen Ausbruch beschrieben. Ihre tiefe Verzweiflung, ihre Verlassenheit, ihr ganzes verpfuschtes Leben wäre plötzlich offensichtlich geworden. In Selbstmitleid gefangen - niemand brauche sie mehr, sie sei nicht mehr wichtig - zerfressen von abgrundtiefer Verbitterung, sei sie eine Frau, die keinen Lebenssinn mehr fände und keinen Lebensmut mehr besäße. Das war also seine Schwiegermutter.

Völlig hilflos hätte er diesen Gefühlsausbruch ertragen, nicht fähig, irgendetwas Tröstendes zu sagen - denn er hätte ihr doch keine Hoffnung machen können.

„Kannst du dir vorstellen, wie mies ich mich gefühlt habe?", hatte er Grit damals gefragt. Irgendwann habe die Schwiegermutter sich dann aber beruhigt und ihn gebeten zu gehen. Sie müsse nun allein sein, habe sie gesagt.

Nils sei froh gewesen, dass sie schon am übernächsten Tag Rostock verlassen mussten und er die Tage zuvor so unvergesslich schöne Erlebnisse gehabt hätte. Besonders aber diesen Abend würde er nie vergessen können.

Tief berührt hatte Grit damals Nils' Schilderung aufgenommen. Hatte sie nicht etwas Ähnliches befürchtet? Sie rechnete es noch heute ihrem Mann hoch an, dass er damals ohne jegliche Vorwürfe geblieben war. Aber sie hatte es auch so gewusst: Sie war Schuld, dass ihre Mutter in diesem Gefühlchaos steckte, sie hatte mit ihrem sturen *Nein* alles auf die Spitze getrieben. Ihre Weigerung hatte die Mutter psychisch krank gemacht. Es war nicht nur ihre Verbitterung über den Verlust der Kinder am 13. August 1961, nein es war viel mehr, was zu diesem Zustand der Mutter geführt hatte.

Bedrückt hatte sie in den nächsten Wochen auf Post aus Rostock gewartet. Nils hatte sofort nach seiner Rückkehr eine Ansichtskarte geschrieben, dass er wieder gut zu Hause angekommen sei und sich gefreut habe, sie kennen gelernt zu haben. Aber es war kein Brief mehr gekommen.

Grit hatte krampfhaft versucht sich abzulenken, ihre düsteren Gedanken zu verdrängen. Es hatte schließlich doch jahrelang einigermaßen funktioniert. Die Arbeit war ihr dafür als die einzige Möglichkeit erschienen. Sie hatte nach der Geburt ihrer Tochter beschlossen, einige Jahre zu Hause zu bleiben, um neben Ingas Betreuung an ihrer Dissertation zu arbeiten. So hatte sie sich in die wissenschaftliche Arbeit gestürzt, war oft nach Kiel gefahren, um in der Uni-Bibliothek zu arbeiten oder ihren Doktor-Vater zu konsultieren. Eine zuverlässige Kinderfrau hatte unterdessen auf die kleine Inga aufgepasst. Aber es hatte die Abende, die Nächte, die besonderen Familientage gegeben, an denen kein Verdrängen möglich gewesen war.

Und dann war die furchtbare Nachricht gekommen. Sie erinnerte sich, als sei es erst gestern gewesen, dass sie von einer schlimmen Vorahnung erfasst worden war, als ihr Vater sie am 12. Dezember angerufen und sie gebeten hatte, möglichst umgehend zu ihm nach Kiel zu kommen. Er hatte am Telefon nicht über den Grund seiner Bitte reden wollen.

Zwei Stunden später war sie bei ihrem Vater gewesen, der ihr mitgeteilt hatte, dass ihre Mutter verstorben sei, genauer gesagt, dass sie sich das Leben genommen habe mit einer Überdosis von Tabletten in Kombination mit Alkohol. Eine Nachbarin hatte die Polizei alarmiert, nachdem sie Frau B. tagelang nicht gesehen und sie auch auf ihr Klingeln nicht reagiert hatte.

Der Vater hatte Grit die offiziellen Schreiben der Polizei und des Nachlassgerichts gezeigt. In Anbetracht der Sachlage war die Mutter bereits beigesetzt worden, denn man war anfangs davon ausgegangen, dass keine Angehörigen existierten. Der Vater war nun aufgefordert worden, sich mit den zuständigen

Behörden in Rostock in Verbindung zu setzen, von denen er dann weitere Einzelheiten erfahren würde.

Wie versteinert hatte Grit sich alles angehört und blitzartig erkannt: Ich bin schuld, ich habe meine Mutter getötet. Nichts, überhaupt nichts hatte sie mehr rückgängig machen können. Sie würde mit dieser Schuld bis ans Ende ihrer Tage leben müssen - oder sie musste das Vergessen lernen. Aber würde sie sich selber irgendwann verzeihen können?

Das Leben war schließlich in gewohnten Bahnen weitergegangen. Als Inga zweieinhalb Jahre alt geworden war, hatte sie ein kleines Schwesterchen bekommen, ihre Leni, die so viel Ähnlichkeit mit Tante Rica hatte.

Sie hatte schließlich wieder in der Klinik angefangen zu arbeiten - als Frau Doktor - und hatte hier viel Befriedigung und Akzeptanz gefunden. Eigentlich hätte sie völlig zufrieden und glücklich sein können, wenn nicht dieser dunkle Schatten sie begleitet hätte, der sie so unglaublich belastete. Dieses Schuldgefühl, das wie ein böser Dämon in ihr saß und sie noch heute quälte. Wie sollte sie es jemals loswerden?

Eine Zäsur in ihrem Leben hatte der plötzliche Tod ihres Vaters gebracht, der 1985 mit nur neunundsechzig Jahren bei einem Verkehrsunfall ums Leben gekommen war. Neben Nils und den Töchtern war er der wichtigste Mensch in ihrem Leben gewesen, der ihr immer wieder gezeigt hatte, dass er es niemals auch nur eine Sekunde bereut hatte, seine Töchter an diesem Tag im August 1961 mit nach Kiel genommen zu haben. Ja, sie hatte immer gewusst, wie stolz er auf sie gewesen war. Dabei hatte er es aber auch verstanden, die nötige Distanz zu ihr zu halten und immer als Vertrauter und Berater bereit zu sein. Sie hatten sich sporadisch gesehen, häufig miteinander telefoniert und so Anteil am Leben des Anderen genommen. Nur - ihre Beziehung zur Mutter war niemals thematisiert worden. Darüber konnte sie nur mit Nils sprechen. Grit hatte lange und schmerzvoll um ihren Vater getrauert.

Nils, sie bekam plötzlich Sehnsucht nach ihm. Sie war zwar hin und wieder gerne alleine, aber nun war er schon eine Woche mit seinen Freunden unterwegs und sie hätte ihn gerne wieder bei sich. Sie beschloss, nach Hause zu fahren, denn sie spürte allmählich ihren leeren Magen. Wieso hab ich eigentlich den ganzen Tag nichts gegessen? fragte sie sich. In Gedanken betrachtete sie ihren geöffneten Kühlschrank und hatte plötzlich keine Lust, sich schon wieder nur ein Rührei mit Brot zu machen. Morgen muss ich unbedingt einkaufen. Als sie am Hafen vorbeiradelte, sah sie die Fischbuden. Natürlich, das war die Lösung. Sie kaufte sich ein Matjesbrötchen und setzte sich auf die Bank neben dem Kiosk. Schön war es hier am Hafen in der untergehenden Abendsonne.

Es war mittlerweile fast acht Uhr, als sie die Haustür aufschloss. Ein wohliges Gefühl der Zufriedenheit hatte sie erfasst. Sie hatte sich mit ihrer Geschichte konfrontiert - ohne in das dunkle Loch gefallen, ohne in Panik geraten zu sein, ohne zu verzweifeln. Sie war überrascht von sich selber. Warum war es heute anders gewesen als sonst? Sie hatte keine Erklärung dafür. Aber in ihrem langen Leben hatte sie hin und wieder erfahren, dass es solche ganz besonderen Tage geben konnte. Tage, an denen alles stimmte, an denen man sich abends ins Bett legen konnte mit dem Gefühl, alles richtig gemacht zu haben, ein Glücksgefühl zu empfinden, das man kaum erklären konnte. Könnte dieses Gefühl doch andauern.

Plötzlich hielt sie inne und war fast erschrocken über ihre kühne Idee. Würde es nicht hilfreich und befreiend sein können, wenn sie ihre Geschichte einmal aufschreiben würde? Wäre das nicht eine Art Therapie, wenn sie sich ihre Nöte und Schuldgefühle von der Seele schreiben würde? Nur für sich - und sie zögerte - vielleicht auch für ihre Kinder?

Wie benommen stand sie im Flur. Was war das heute nur für ein sonderbarer Tag.

„Hallo, mein kleiner Ausreißer, da bist du ja endlich", tönte es plötzlich fröhlich aus dem Wohnzimmer. „Als ich die offene Schuppentür sah, wusste ich gleich, dass du mit dem Fahrrad unterwegs bist." Nils nahm sie glücklich in die Arme und küsste sie zärtlich. „Wieso bist du schon zurück, du wolltest doch erst übermorgen kommen?", fragte Grit fassungslos. Nils erzählte, dass einer seiner Segelfreunde einen wichtigen Termin wahrnehmen müsse und sie deshalb schon heute zurückgesegelt seien. Außerdem - er wirkte fast etwas verlegen - habe er eine Riesenüberraschung für sie.

„Ich weiß, dass du Überraschungen liebst. Aber komm, setzen wir uns auf die Terrasse, es ist noch so schön draußen. Einen Rotling hab ich schon aufgemacht. Holst du bitte noch die Gläser?" Nils war sichtlich euphorisch, aber auch irgendwie angespannt. Oder irrte Grit sich?

„Noch eine Überraschung? Die schönste Überraschung ist doch, dass du wieder hier bist." Sie strich ihm liebevoll über das immer noch blonde Haar und stellte dann die Gläser und eine Schale mit Crackern auf den Tisch. Nils schenkte ein und sie genossen schweigend diesen herrlich kühlen Sommerwein.

„Weißt du", begann Nils schließlich, „mit so einer Männercrew zu segeln, kann wunderschön sein. Du kennst ja alle. Besonders abends auf dem Schiff ist viel Zeit zum Erzählen, Zuhören und Nachdenken. Man redet nicht nur über Politik, Frauen und Heldentaten, die man eigentlich niemals begangen hat. Du weißt, wir kennen uns schon ewig, da spricht man eben auch über die wirklich wichtigen Dinge im Leben, kommt zwangsläufig dabei ins Philosophieren und Träumen, rechnet ab, zieht Bilanz. Na ja, du weißt schon. Ich denke, das ist bei euch Frauen nicht viel anders. Dabei ist mir wieder einmal bewusst geworden, wie viel Glück wir beide doch miteinander haben. Vielleicht sag ich es dir nicht allzu oft, aber ich bin so froh, dass wir uns damals gefunden haben, dass du am richtigen Ort und zur richtigen Zeit deine Hose in die Fahrradkette verheddert hattest, so dass ich dich retten konnte."

Grit war gerührt, aber auch verunsichert. Es war bisher nicht oft vorgekommen, dass ihr sachlicher Nils, der eher introvertiert war, solche Worte fand. Die bevorstehende Überraschung beunruhigte sie fast etwas. Aber sie unterbrach ihn nicht.

„Wir waren an einem Abend ins Grübeln darüber gekommen, wie viele gute Jahre uns noch bleiben würden und was wir noch unbedingt in unserem Leben erledigen möchten", fuhr Nils fort. „Dabei wurde uns schnell klar, dass die gute Zeit morgen schon vorüber sein könnte. Denk an deinen Vater, Gritti", schob er erklärend ein. „So kamen wir zu dem Schluss, dass wir nicht mehr allzu lange warten dürfen, um Dinge, die uns am Herzen liegen, zu erledigen. Wir waren uns einig, dass es furchtbar sein müsse, wenn man eines Tages sagen muss: Hättest du doch…" Nun nahm er Grits Hand, die plötzlich eiskalt geworden war.

„Gritti", sagte er liebevoll, „ich wünsche mir nichts sehnlicher, als dass du deinen Frieden mit dir schließt, dass du deine Schuldgefühle überwindest und dir selber verzeihen kannst. Ich möchte dir helfen, dass du dein inneres Gleichgewicht wieder findest und wir die nächsten zwanzig Jahre, die uns hoffentlich noch bleiben, unbeschwert leben können."

Grit musste schlucken, die Tränen waren kaum mehr zurückzuhalten. Aber sie sagte nichts, konnte nichts erwidern. Nils hatte ja so Recht. Und dass er gerade heute diese Gedanken aussprach!

„Du kannst dich doch noch an das Novemberwochenende 1989 erinnern, als wir alles stehen und liegen ließen, um nach Berlin zu fliegen? Dieses Glück, diese Atmosphäre, diese Stimmung in Berlin, an der geöffneten Mauer. Ich weiß noch, wie überwältigt du warst, wie du dich immer wieder achtundzwanzig Jahre zurückversetzt und tief berührt diese neuen Eindrücke aufgenommen hattest. Es war für uns ein unvergessliches Wochenende. Ich hatte damals so gewünscht, dass du durch diese Fahrt nach Berlin angeregt werden würdest, nach Rostock zu fahren. Ich weiß, du hast Angst vor der Fortsetzung dieser Zeitreise. Aber du musst sie machen, Gritti - wir beide müssen sie machen", betonte er eindringlich.

Grit merkte gar nicht, wie die Tränen über ihr Gesicht liefen. Die Überraschung, dachte sie nur immer wieder. Was für eine Überraschung kann noch kommen?

„Du weißt, dass heute der 1. August ist und weißt auch, dass der 13. August dieses Jahr auf einen Sonntag fällt?" Sie konnte nur nicken.

„Dann bist du genau fünfundvierzig Jahre und einen Tag aus Rostock fort", rechnete er vor. „Du weißt aber sicher nicht, dass an diesem Wochenende, genau gesagt vom 10. bis 13. August in Rostock die Hanse-Sail stattfindet, mittlerweile die 16.", fügte er hinzu. „Und nun kommt meine Überraschung!"

Nils schenkte die Gläser wieder voll und sah Grit bittend an. Sie kannte ihn gut genug, um zu wissen, dass er lange überlegt hatte, wie er ihr das Folgende sagen könne. Mit tränenerstickter Stimme fragte sie: „Und du möchtest, dass wir beide nach Rostock zur Sail fahren?"

„Ja", antwortete er, „nichts wünsche ich mir mehr, als mit dir nach Rostock zu fahren. Nicht nur, um die herrlichen Segler zu sehen. Du weißt, die Möglichkeit habe ich Jahr für Jahr in Kiel. Nein, es ist mehr. Lass uns auch zum Friedhof gehen, zeige mir das Rostock deiner Kinder- und Jugendzeit, das Haus, in dem du aufgewachsen bist, die Schule, in der du dein Abitur gemacht hast. Ich möchte alles kennen lernen. Es wird für uns ganz bestimmt eine wunderschöne Entdeckungsreise werden. Wir könnten mit der Bahn fahren und haben sogar die Möglichkeit, mit der ‚Kieler Hansekogge' zurückzusegeln." Nils schwieg - sichtlich erregt - und sah sie erwartungsvoll an.

Wie liebte sie doch diesen Mann. Und wie musste sie ihn all die Jahre psychisch belastet haben mit ihren immer wiederkehrenden Depressionen, ihren Schuld- und Schamgefühlen, ihrer Verzweiflung. Sie hatte immer nur an sich gedacht. Hatte ihre Mutter unglücklich gemacht, aber auch ihren Nils, der ihr helfen wollte, aber schließlich keinen Weg mehr gewusst hatte.

Sie musste ihm diesen Wunsch erfüllen. Vielleicht war Rostock wirklich der einzige Ort, um endlich einen Schlussstrich ziehen zu können?

„Lass uns fahren", sagte sie. „Lass es uns versuchen - und", sie blickte ihn liebevoll an, „ich danke dir schon jetzt."

Andreas Erdmann

## Im Tränenpalast

Und Emma ging wieder zum Tränenpalast. Die alte Frau war, wie an den vier vorherigen Tagen, frühmorgens um Viertel nach Fünf aus der Wohnung ihrer Bekannten in Westberlin aufgebrochen. Sie hätte von dort aus den Bus nehmen können und ging doch, das Geld für das Ticket zu sparen, zu Fuß durch die nachtkalte Stadt. Denn als ehemalige Arbeiterin, die eine geringe Rente empfing, wusste sie sehr genau, was die Mark wert ist.
Es war stockdunkel, als Emma den Weg durch den Stadtpark einschlug. Wie sie im Flutlicht der Straßenbeleuchtung den großen, gepflasterten Platz überquerte, begann es zu nieseln. - Herrje! Sie hatte den Schirm nicht dabei... und beschleunigte ihren Schritt.
Im fein gefädelten Regen tauchte der Tränenpalast vor ihr auf. Sie passierte die Pforte, schritt durch die Halle und stieg die Treppen hinunter, hinab in den Untergrund des Bahnhofs Friedrichstraße. Heute stand Emma als erste am vergitterten Tor vor dem Grenzübergang. Hier galt es zu warten. Aber nicht lange... Pünktlich um Sechs kam der Volkspolizist, der die DDR mit dem Schlüssel aufsperrte.
Die alte Frau trat an den Schalter und grüßte die beiden uniformierten Beamten dahinter: „Den Ausweis, bitte!", sprach der junge Mann durch das runde Loch in der Glasscheibe. Sie schob ihren Reisepass durch den Spalt unterm Fenster. Mürrisch nahm er ihn entgegen, blickte auf Namen und Passbild, sah auf zu Emma, wieder aufs Passbild, wieder zu Emma, verharrte. - Da wurde ihr heiß; und wie er dann in die Schublade griff, ein Papier hervorzog und darin zu lesen begann, schlug ihr das Herz herauf bis zum Hals.
„Einen Moment!" Der Mann erhob sich, wandte sich an seinen Kollegen. Die beiden steckten die Köpfe zusammen und fassten sie missmutig durch die Scheibe ins Auge: „Ick sach dir, det isse!", konnte Emma erhaschen. „Du meinst doch nicht die Mutter von dem... schrecklichen Sänger?" - „Nu, wenn ick dat sage!"
Kurz darauf kehrte der junge Beamte zurück und wollte wissen: „Sie wohnen in Hamburg, Frau Biermann?"
Emma bejahte.
„Und Sie besuchen die Hauptstadt der Volksrepublik schon den fünften Tag hintereinander?"
„Ja, aber heute zum letzten Mal", sagte sie, suchte zu lächeln.
„Sie kommen stets früh und verlassen uns abends als eine der Letzten..."
„Ich möchte die Zeit eben ausnutzen."
„Verwandtschaftsbesuche?"
Sie nickte - und spürte, wie ihr das Blut ins Gesicht schoss.
„Warum haben sie keine Aufenthaltsgenehmigung für die fünf Tage beantragt?"

„Das… das habe ich ja", erklärte sie stammelnd, „nachdem ich jedoch keine Antwort erhielt, hat mir die Behörde in Hamburg geraten, jeden Morgen per Tagesvisum einzureisen. Dies ist doch nicht verboten, oder?"
„Das ist es nicht", erwiderte er, neigte sich vor und wies auf die Handtasche: „Sie führen Westwaren bei sich?"
„Ein Päckchen Kakao."
„Noch etwas?"
„Schokolade - zwei Tafeln."
„Vorzeigen!"
Unverzüglich öffnete sie ihre Tasche: „Es sind nur Mitbringsel. Sehen Sie hier, einmal Vollmilch und einmal Zartbitter…"
„Gestattet!", sprach er, griff nach dem Stempel, drückte ihn auf das Stempelkissen und anschließend in ihren Pass. „So! Und jetzt möchten Sie sicher gern Westgeld in Ostmark umtauschen?"
„Äh… ja, bitte!" Emma langte in ihr Portemonnaie. Mit zittriger Hand schob sie dem Mann einen Zwanzig- und einen Fünfmarkschein hin. Es fiel ihr nicht leicht - immerhin leistete sie den Zwangsumtausch zum fünften Mal… Ein kleines Vermögen für eine Frau, die eine geringe Rente empfing und sehr genau wusste, was die Mark wert ist.
Endlich hinaus aus dem Tränenpalast! Emma eilte die Stiegen hinunter zum Ausgang Friedrichstraße… Ein Schritt noch und auf einen Schlag hin schien alles so anders: Im Ostteil der Stadt zeigen sich um diese Uhrzeit schon weitaus mehr Leute auf den Beinen als drüben im Westen. Die LKW knatterten lauter. Das Licht der Laternen, das gegen den Nieselregen anbrannte, flackerte gelblich und trübe verschwommen. Am Kiosk gab's keine Bildzeitung, sondern das Neue Deutschland zu kaufen; und es gab noch einen Unterschied: In der Volksrepublik konnte die alte Frau sich ein Fahrticket leisten.
Sie huschte durch den Regenvorhang hinüber zur Straßenbahnhaltestelle. Im Wartehäuschen, unter dem Wellblechdach angelangt, setzte sie sich - „Gu'n Morgen!" - „Gu'n Morgen!" - zu einem Herrn mit Hut auf die Bank und verschnaufte.
Emma war erleichtert darüber, dass man sie an diesem Morgen ohne größere Schwierigkeiten über die Grenze gelassen hatte. Was aber würde am Abend geschehen, wenn sie den Übergang auf ihrem Rückweg nach Westberlin in umgekehrter Richtung passierte? Würde das Grenzpersonal sie wiederholt so respektlos behandeln wie an den drei vorherigen Abenden? Die Vorfälle gingen ihr nicht aus dem Kopf… Bislang hatte sie alles für sich behalten. Vielleicht sollte sie heute, bei ihrem vorerst letzten Besuch, das Schweigen brechen und ihrem Sohn von den Demütigungen berichten? Oder… nein, besser nicht! Wölfchen sollte besser gar nicht erfahren, wie die Beamten mit seiner alten Mutter umsprangen. Der Junge würde sich furchtbar aufregen - oh ja, gewiss! Und überhaupt, so etwas konnte sie niemandem sagen. Für solche Taktlosigkeiten fehlten ihr einfach die Worte… - Da, plötzlich fuhr Emma zusammen, wie sie eine scheppernde Glocke

vernahm und mithin das schrille Aufkreischen quietschender Bremsen: „Die Straßenbahn kommt!", sagte der Herr und half ihr beim Aufstehen.
Emma stieg ein. Sie grüßte den Fahrer und grüßte den Schaffner, bei dem sie mit Ostgeld bezahlte. Dann suchte sie sich durch den Gang zu bewegen: Proppenvoll war es hier... Abermals tönte die Glocke. Es gab einen Ruck - die Bahn fuhr an, und die alte Frau wankte und schwankte, bevor sie - „Hoppla!" - nach hinten herum fiel, einem jungen Mann direkt in die Arme: „Verzeihen Sie, bitte!"
„Keine Ursache!"
„Ich wollt Ihnen nicht zu nahe treten. Bin für mein Alter halt etwas stürmisch", bemerkte sie schmunzelnd.
Er lachte.
Ein Mädchen in Schultracht bot ihr ihren Platz an. „Bitte sehr, wenn Sie sich setzen möchten...?"
„Das ist lieb von dir. Vielen Dank!"
Alsbald saß die Frau am verregneten Fenster und ruckelte langsam in Richtung Prenzlauer Berg. Sie hob die Handtasche auf ihren Schoß... Die Handtasche - ach! Mit dieser hellbraunen Kunstledertasche hatte am gestrigen Abend das Unheil begonnen: „Aufmachen!", hatte die Grenzbeamtin am Schalter von Emma gefordert.
Sie tat, wie geheißen.
„Auspacken!", wurde sie angewiesen.
Nacheinander brachte sie ihre Geldbörse, das Etui mit der Lesebrille und das gebundene Buch zum Vorschein.
„Ui!", staunte die andere, „Sie lesen Brecht?"
„Äh ja, mit Vorliebe."
Es folgte das Glas mit den Spreewaldgurken: „Nanu!? Was muss ich da sehen!?", bekam sie zu hören.
„Wieso...? Ist mit den Gurken etwas nicht in Ordnung?", fragte sie noch.
„Das wird sich zeigen! Packen Sie erstmal alles schön zurück in die Tasche!" Die Beamtin fuhr auf dem Drehstuhl herum und rief „Genossin Rosske!?" durch eine halbgeöffnete Tür nach hinten.
Genossin Rosske erschien - und Emma erbleichte... Ihr war die stämmige Volkspolizistin, die in einer speckigen, viel zu knappen Uniform steckte, durchaus bekannt - von den Tagen zuvor. Breitbeinig, die Rechte am Waffengurt, stand sie im Raum, nahm die Order entgegen: „Personenkontrolle!"
„Jawohl, wird gemacht!"
„Die Tasche der Dame genau untersuchen! Besonders das Glas mit den Gurken!"
„Jawohl!"
Im Folgenden ging alles sehr schnell: Die Stahltür sprang auf: Wuchtig kam Rosske herausgestiefelt: „Frau Biermann, wenn Sie mir folgen wollen!" - Sie führte sie durch die Tür, in einen langen, spärlich beleuchteten Gang. Dann bald nach links, bald nach rechts durch ein Labyrinth von Korridoren und unterirdi-

schen Zimmern und Kammern. Anschließend ging es die Treppen hinab in den Keller des alten Gemäuers, tief und immer tiefer hinein in die entlegenen Katakomben.

Vor einer Wachstube hielt Rosske inne: „Frau Helga!", ließ sie mit schallender Stimme verlauten: „Ich komme mit einer Personenkontrolle!"

„Hach!", war ein Stöhnen von innen zu hören, „un ick hab jedacht, 'is jleich Feia'abend!" Mit schlurfenden Schritten erschien eine bleiche, schmächtige Frau in einem grünlichen Kittel und stockte sogleich, wie sie Emma bemerkte, meinte mit breitem Grinsen zu ihr: „Ei, kiek ma an, die Biermann!"

„Tja", erwiderte diese, „so sieht man sich wieder."

Weiter ging es, zu dritt einen sich neigenden Tunnel hinunter zu einer Tür mit vergittertem Fenster. Rosske zog einen rasselnden Schlüsselbund vor, entsperrte das Schloss, griff in die Klinke und stieß den knarrenden Türflügel auf. Sie langte zum Lichtschalter: Daraufhin ein Surren - und grelles Geflacker! Alsdann ergoss sich das gleißende Licht einer Neonleuchte unter der Decke in den kleinen, feuchtkalten Raum mit den fensterlos grauen Betonwänden, in dem sich nichts weiter als ein rostiger Stuhl und ein schäbiger Holztisch befanden.

Rosske ließ sich von Emma die Tasche aushändigen, stellte sie auf den Tisch: „Hier, Frau Helga, *ihre* Aufgabe!"

„Ick weeß ma, ick weeß... Aba nich janz so hastich", murmelte die Polizeigehilfin und zupfte erst mal ein Paar Gummihandschuhe aus ihrem Kittel hervor. Sie streifte sie über: „Det is ma so Vorschrift, wa?" - griff nach der Tasche, klappte sie auf und stülpte sie um: Der Inhalt purzelte auf den Tisch. Mit geschickter Hand durchsuchte sie das Tascheninnere, strich durch die Ritzen und Falten. Hernach durchfächerte sie das Buch, zerpflückte die Geldbörse sowie das Brillenetui und rührte zuletzt noch mit ihren Fingern durch das geöffnete Glas mit den Gurken.

„Und?", fragte Rosske.

Frau Helga vermeldete: „Allet in Ochtnung!"

„Also dann... ausziehen!", sagte die Uniformierte zu Emma.

„Muss das sein?"

„Ja, Frau Biermann, es muss!"

Sie schlüpfte aus ihrer Kostümjacke, reichte sie der Gehilfin. Während diese die Jacke nach außen kehrte und das Futter abtastete, stieg die alte Frau aus dem Rock.

„'N bisschen zügiger, wenn ich bitten darf!"

„Momentchen, Moment...", erbat sie sich und fragte noch so: „Dürfte ich wissen, wonach Sie suchen?"

Sie erhielt keine Antwort. Stattdessen hieß es jetzt: „Unterkleid!"

„Aber es ist sehr kalt hier im Raum."

„Na, stellen Sie sich nicht so an!"

So zog sie auch ihr Unterkleid aus. „Genügt das?"

„Frau Biermann!", raunzte Rosske sie an, „Tun Sie nicht so, als würden Sie den Ablauf nicht kennen!" Forsch schob sie Emma den Stuhl hin. Sie setzte sich, schnürte die Schuhe auf, streifte sie ab, schälte sich anschließend aus ihren Strümpfen.

„Büstenhalter!"

„Nein, bitte nicht!"

„Büstenhalter, hab ich gesagt!", befahl sie und trat ihr bereits in den Rücken, um ihr beim Öffnen der Schnallen zu helfen.

„Schlüpfer!"

„A... aber... mir fröstelt..."

„Gleich wird Ihnen heiß!", höhnte die andre.

Die alte Frau seufzte schwer. Völlig unbekleidet, wie sie nun war, ließ die Polizistin sie solange in dem feuchtkalten Raum herumstehen, bis die Helferin jedes Kleidungsstück untersucht hatte.

„Haben Sie etwas gefunden, Frau Helga?!"

„Nix Verdächtijes. Allet in Ochtnung."

„Hnn", raunte Rosske, „irgendwo muss sie den Mikrofilm doch versteckt haben."

„Mikro... film?", Emma verwundert.

„Stellen Sie sich mal nicht doof!", bekam sie im scharfen Tonfall zu hören. „Der Staatssicherheitsdienst hat uns gut informiert. Im Übrigen schmuggeln Sie ja nicht das erste Mal Material Ihres Sohnes zum Klassenfeind rüber."

„Dies ist gar nicht wahr!"

„Ach nein!? Und wie war das mit dem Mikrofon?"

„Das hab ich von West nach Ost importiert, weil man's bei euch nicht zu kaufen kriegt."

„Schluss jetzt! Es reicht!", herrschte Rosske sie an. „Entweder Sie händigen uns den Film freiwillig raus - oder wir gehen über zu einer Leibesvisitation!"

„Nein, bitte nicht!", flehte Emma. „Ich hab keinen Film, weiß gar nicht, wovon Sie sprechen." Sie schluckte - verspürte noch, wie ihr die Tränen aufstiegen - und sah im nächsten Augenblick schon verschwommen.

„Das Weinen wird Ihnen nicht weiterhelfen", vernahm sie wie aus der Ferne. „Frau Biermann, ich weise Sie ausdrücklich drauf hin, dass Sie sich hier im Verdacht einer strafbaren Handlung befinden. Wir können auch anders mit Ihnen verfahren, Sie unverzüglich in Untersuchungshaft nehmen und Ihren Sohn zur Vernehmung vorladen."

„Nein, tun Sie das nicht!", schluchzte sie auf, wischte sich mit dem Handrücken durch das Gesicht. „Gehen Sie vor, wie Sie meinen, nur... lassen Sie meinen Sohn aus dem Spiel!"

„Demnach erklären Sie sich mit der weiteren Visitation einverstanden?"

„Ja, ja, ja...", erwiderte sie, zitternd am ganzen Leibe.

„Fein!", sagte Rosske und griff ihr grob in die Armkehle, zog und zerrte sie an den Tisch: „Wollen Sie sich jetzt mit ihren Ellbogen vornüber auf die Tischfläche stützen... und sich dabei tief bücken!"

„So?"

„Nein, tiefer, tiefer!"
Drauf bohrte sich ihr eine Hand in den Rücken und presste sie nieder aufs Holz. Kaum lag sie da, zuckte sie unversehens zusammen, als sie nahe am Ohr das laute Schnappen des Gummis vernahm: Die Gehilfin wechselte ihre Handschuhe...
Alsdann hieß es: „Beine breit!"
„Aber... ich bitte Sie, nicht das Geschlecht!"
„Beine breit, hab ich gesagt!"

„Fehlt Ihnen was?", fragte jemand.
„Ä... nein, mir fehlt nichts."
„Und weswegen weinen Sie dann?", sagte die Schülerin, welche ihr in der Straßenbahn das Antlitz zuneigte.
„Weine ich etwa?" Emma presste ein Lächeln hervor. „Na ja, habe mich halt an etwas Unangenehmes erinnert", räumte sie ein und öffnete ihre Tasche. Sie entnahm ein Taschentuch, tupfte die Tränen von ihren Wimpern. „Nun ist es gut", sprach sie zu dem Mädchen. „Will nicht mehr dran denken."
Hierauf drehte sie sich zum Fenster und drückte die Stirn an die Scheibe: Mittlerweile pochten dicke Tropfen ans Glas; draußen war kaum etwas zu erkennen: Die Stadt schien im feuchten Film zu zerfließen; das Wasser ergoss sich in Strömen über die grauen Fassaden der Häuser, und wie die Bahn nun im weiten Bogen den Platz überquerte, spritze es wild von unten herauf. - „Die Chausseestraße, ach! Ich muss aussteigen!" Rasch stand sie auf.
Emma setzte den Fuß vom Trittbrett hinunter aufs schwimmende Pflaster. Mit stakenden Schritten bewegte sie sich durchs schaukelnde Nass zum Bürgersteig rüber und stellte sich dort unter die breite Markise vor der Bäckerei. In dem Laden wollte sie Brötchen zum Frühstück einkaufen: ‚Brötchen?', dachte sie bei sich, ‚nein, Schrippen! Schrippen, wie man hier sagt...' - Vorab aber lenkte sie ihren Blick zum gegenüberliegenden Ufer der Straße und spähte hinauf an dem Haus mit der Nummer 131: Die Fenster, welche zur Wohnung des Sohnes gehörten, zeigten sich dunkel: Er schlief also noch... Wie gewohnt würde sich Emma nachher auf leisen Sohlen zur Tür hineinschleichen, die Diele passieren und in der Küche so lautlos wie möglich mit dem Bereiten des Frühstücks anfangen. Der Duft des Kaffees, der sich dann verströmte, würde den Jungen wecken. Bald würden sie munter beisammensitzen, lachen und scherzen und, dem betrüblichen Wetter zum Trotz, einen heiteren, sonnigen Tag miteinander verbringen. Dabei wollte sich Emma, wie gewohnt, tapfer zusammennehmen und nichts, nicht ein Wort von den furchtbaren Dingen erwähnen, die ihr in den Katakomben des Bahnhofs zustießen.
„Unerhört!" Der Sohn war außer sich, nachdem er's erfuhr. „Niemand darf dich derart entwürdigen!", rief er laut aus und hieb mit der Faust auf den Tisch. - Der Wirt sah erschrocken über den Tresen, während die beiden anderen Gäste, die an diesem Nachmittag in der Kneipe dasaßen, schlagartig verstummten und ihnen verstohlen die Köpfe zudrehten. Aus der Musikbox tönte ein Schlager herüber: ‚C'est la vie - so ist das Leben...'

168

„Wölfchen, rege dich doch nicht so auf!", wisperte Emma und legte sacht ihre Hand auf die seine.

„Wölfchen? Ich bin der Wolf", knurrte er, zog die Finger zurück, brauste abermals auf: „Und wie sollte ich mich darüber nicht aufregen!? Es ist empörend, was diese Schweine dir angetan haben!"

„Junge, beruhige dich!"

„Ich mich beruhigen, das Maul halten, kuschen? So hätten die's gern!", polterte er: „Nee, nee, ich sage es frei heraus: Es ist eine Schande für diesen Staat!" Wütend stemmte er sich vom Tisch auf. - „Warte, Wölfchen!", suchte sie ihn am Arm festzuhalten. - „Mutter, lass mich!" - Jäh riss er sich los, durchquerte mit stampfenden Schritten den Raum und knallte dem Wirt, der ihn aus riesigen Augen anstarrte, das Geld auf den Schanktisch: „Auf Wiederseh'n! Und geruhsamen Tag noch!" Er drehte sich um, schnappte sich seinen Schirm aus dem Ständer und stürzte bereits dem Ausgang entgegen.

„Entschuldigen Sie! Er ist manchmal ein klein wenig ungehalten", meinte die Frau zu dem Mann hinterm Tresen, eh sie dem Sohn durch die Tür folgte.

„Warum hast du mir das nicht vorher gesagt!?", wollte Wolf von ihr wissen, derweil er mit hektischem Zerren und Zurren den Regenschirm über ihnen aufspannte.

„Na ja", gestand sie ihm zögernd, „im Grunde wollt ich es dir gegenüber gar nicht erwähnen."

„Oh ich danke für dein Vertrauen!", sagte er spitz.

Sie trat neben ihn, ohne etwas zu erwidern, und hakte sich bei ihm ein.

Ein Stück weit zogen sie schweigend die Straße hinunter. Kurz vor der Kreuzung blieb die Frau abrupt stehen. „Weißt du, mein Lieber…", setzte sie an - und biss sich sogleich auf die Lippen. Einen Augenblick lang verharrte sie stille an seiner Seite, während das Wasser von droben lautstark aufs Regendach trommelte. Dann schluckte sie, brachte mit schluchzender Stimme heraus: „Ich behielt's halt für mich, weil… weil ich mich schämte."

„Du schämtest dich? Aber wofür denn?"

Sie sah zu Boden. „Mir sind die Vorfälle unsagbar peinlich."

„Oh Emma, es tut mir so leid!" Er kehrte sich zu ihr, nahm sie in den Arm und drückte sie an seine Brust. In dem Moment peitschte ein Windstoß unter den Schirm, erfasste ihn, riss ihn mit sich, den Bordstein hinunter. Da standen sie nun, Mutter und Sohn, eng umschlungen, beide laut schluchzend im brennenden Regen.

Später hockten sie Schulter an Schulter auf dem Sofa am wärmenden Stubenofen. Sie hatten sich Wolldecken übergelegt und hielten Tassen mit dampfendem Tee in den Händen. „Warum nur, warum…?", seufzte Wolf.

„Die Frau von der Vopo hat mir unterstellt, ich würde einen Mikrofilm schmuggeln."

„Einen - waas!?"

„Die denken, auf solch einem Film könnte ich Manuskripte mit Liedern von dir in die BRD rüberschleusen."

„So was Verrücktes!"

„Ja ha!", lachte Emma mit einmal auf, „als ob ich deine Musik... in meinem A..."

„Mutter, ich finde das überhaupt nicht komisch", grinste Wolf bitter. „Tragisch ist es... und all dies nur wegen mir."

„Wie meinst du das?"

„Weil ich so ein missratener Sohn bin."

„Unsinn! Mach dir bloß keine Vorwürfe! Schlimm genug, dass sie einem ehrlichen, aufrechten Menschen wie dir einen Maulkorb verpassen."

„Tja", sagte er nur, nippte vom Tee und starrte betrübt vor sich hin auf die Tasse.

Draußen durchzuckten jetzt Blitze das Fenster. Rasch rollte ein dunkler, dumpf dröhnender Donner heran. Emma legte dem Sohn ihren Kopf an die Schulter: „Du, Wolf...?"

„Ja, Emma?"

„Ich fürchte mich..."

„Vor dem Gewitter?"

„Davor doch nicht!", verwehrte sie sich. Sie schöpfte Atem und hauchte ihm zu: „Du, ich fürchte mich vor dem Rückweg..."

„Vor dem, was sie am Grenzübergang mit dir anstellen könnten?"

„Ja, und wenn sie dort wieder mit ihren Gummihandschuhen---"

„Nein!", unterbrach er sie. „Nein, Mutter, nein, das darf nicht geschehen! Das lass ich auf keinen Fall zu!" Ruckartig warf er die Decke von sich, schnellte in einem Satz von der Couch und preschte rastlos im Raum auf und ab: „Diese schweinische Bande!", rief er wutentbrannt aus. „Ich werd etwas gegen sie unternehmen!"

„Aber, Junge, was willst du denn tun?"

„Ich weiß es noch nicht - ich weiß es noch nicht..." Er stürzte zum Fenster, stützte sich auf das Fensterbrett und warf einen Blick über die Dächer empor zum grauen, von dichten Wolken verhängten Himmel. Dann sah er nach unten, an den Fassaden der Häuser hinab auf die Straße, die menschenleer war - nein, halt! In dem schattigen Hauseingang, ihm schräg gegenüber, drückte sich eine Gestalt in einem schwarzen Mantel herum. - „Da steht er schon wieder! Der elende Spitzel vom SSD... beobachtet uns!" - Rrrratsch! zog Wolf die Vorhänge vor; er fegte herum - „Verfluchte Scheiße!" - stieß einen heulenden Laut aus, taumelte händeringend zurück in das Zimmer und schrie, von Verzweiflung geschüttelt: „Oh Emma, ich... ich verlier glatt die Nerven!"

Grünheide am Möllensee, am frühen Abend... In dem kleinen Haus an der Burgwallstraße schrillte das Telefon.

„Robert, wieso gehst du nicht dran?", rief's aus der Küche.

„Bin schon dabei, Katja!", tönte der Mann und bahnte sich seinen Weg durchs Büro. Er zwängte sich an den Stapeln mit Büchern vorbei, erreichte den Schreibtisch und langte zum Hörer, hob ab: „Havemann!?", sprach er in die Muschel.
„Ja - hallo Robert! Ich bin es."
„Wolf! Was gibt's Neues?"
„Etwas Schreckliches!", schallte es ihm aus dem Hörer entgegen. Er sank nach hinten weg auf den Stuhl. „Was ist geschehen!?"
„Robert, pass auf! Ich hatte dir doch von dem Besuch meiner Mutter erzählt?"
„Ich erinnre mich. Ist sie noch bei dir?"
„Ja. Jedoch nicht mehr lange. Sie schläft bei einer Bekannten im Westen und geht gleich das letzte Mal über die Grenze und… und… und---"
„Was ist los mit dir, Wolf? Du klingst so aufgeregt."
„Aufgebracht, sauer, stinksauer bin ich!", schlug's ihm ins Ohr. „Stell dir vor, viermal abends am Grenzübergang haben sie meine alte Mutter bezichtigt, sie würde staatsgefährdendes Material zum Klassenfeind schleusen."
„Nein."
„Aber ja! Drauf zwangen sie sie dort unten im Bunker, sich nackend auszuziehen bis auf die Haut…"
„Wie entwürdigend!"
„Robert, du sagst es! Dann haben sie ihr - ach! ich kann es dir gar nicht erzählen…"
„Na, was denn?"
„Die haben ihr doch wahrhaftig im A… im Hintern herumgewühlt!"
„Ungeheuerlich, welch eine Grenzüberschreitung! So behandelt der Staat seine Gäste…"
„Dabei ist meine Mutter 'ne grundanständige Frau - und überdies Kommunistin."
„Ja, ja, eben!"
„Robert, und jetzt prophezeie ich dir, wenn die Schweinehunde sie noch ein einziges Mal drangsalieren, dann mache ich diese eine Sache bekannt."
„Welche Sache?"
„Du weißt schon."
„Weiß ich's?" Havemann stutzte.
„Nu, das, worüber wir letztens im Garten gesprochen haben."
„Ah ja, ich entsinne mich", hörte der andre sich plötzlich sagen, ohne dass er sich wirklich entsann. „Du meinst, falls der Zwischenfall sich wiederholt, bringst du jene Sache an die Öffentlichkeit?"
„Allerdings, und zwar an die Presse der BRD! Du weißt, die Geschichte ist für die DDR höchst brisant."
„Und wie…"
„Pah!", tönte Biermann, „das gibt 'nen Skandal! Da soll'n die von unsrer Regierung mal sehen!"
„Das soll'n sie!"

„Also, mein Freund, mit deiner Unterstützung kann ich wohl rechnen?"
„Das kannst du, Wolf."
„Versprochen?"
„Versprochen!", versicherte Havemann. „Du hältst mich auf dem Laufenden, ja?"
„Aber klar, ich melde mich umgehend wieder bei dir. Und pass auf, wenn sie es heute noch einmal wagen... dann... dann schwappt eine Riesenwoge durchs Land, und nichts bleibt mehr so, wie es war!"

Havemann legte auf und behielt die Hand auf dem Hörer. Er starrte gebannt auf das Telefon.

„Das Gespräch geht dir nach?", fragte Katja, die ihren Kopf zur Tür hereinsteckte, worauf er nickte und ihr erklärte, er habe niemals zuvor einen derart seltsamen Anruf bekommen.

Die Frau trat ins Zimmer. „Wieso? Wer war dran?"
„Wolf Biermann. Man hat seine Mutter am Grenzübergang drangsaliert."
„Die Ärmste!"
„Ja", er blickte sie an, „und im Gegenzug droht er damit, eine höchst brisante politische Sache ans Licht der Öffentlichkeit zu bringen."
„Au weih!" Katja wirkte beunruhigt. „Darf ich erfahren, um was es geht?"
„Das wüsste ich auch gern", sagte er achselzuckend. „Wolf setzte voraus, ich wüsste Bescheid. Wir hätten vor Kurzem darüber gesprochen."
„Doch das habt ihr nicht?"
„Nein. Nicht, soweit ich mich entsinne. Dennoch habe ich mitgespielt und ihn in seinem Plan unterstützt."
„Wie konntest du ihm darin nur beipflichten!?"
„Er bat mich darum - er drängte mich beinah."
„Robert! Um Himmels Willen!" Katja trat an den Tisch, neigte sich zu ihm - er sah es ihr an: Sie war tief bestürzt: „Das wird einen mächtigen Ärger geben!"
„Gewiss..."
„Und zwar für Wolf wie für dich!"
„Ganz bestimmt..."
„Hast du etwa vergessen", - sie deutete auf das Telefon, „dass sie unseren Apparat überwachen!?"
„Nicht eine Sekunde!", verwahrte er sich. „Man kann heutzutage ja nicht mehr frei sprechen. Wir leben schließlich in Orwellschen Zeiten: Der Staat hat überall seine Ohren..."
„Auch Wolf's Apparat wird, wie wir wissen, rund um die Uhr abgehört. Wie konnte er dich dann in solch ein Gespräch hineinziehen!?"
„Hm", machte Havemann. Er überlegte, bevor er sagte: „Wie ich ihn einschätze, sollten sie jedes Wort mit anhören."
„Meinst du?"
„Ja, und dies gleich doppelt, so nach dem Motto: Doppelt hält besser."
„Ein gefährliches Spiel..." Das Gesicht der Frau verfinsterte sich. „Ich mache mir große Sorgen um Wolf."

„Ich mir auch. Wenn er auf diese Weise den Stasi bedroht, ist er vollkommen hilflos." - Er stemmte sich auf, ging um den Tisch und stellte sich neben Katja ins Fenster. Wortlos schweiften sie mit ihren Blicken hinaus in den Garten, wo sich im Anflug der Dämmerung auf den Beeten zwischen den Bäumen allmählich gespenstische Schatten breitmachten.

Spätabends begleitete Wolf seine Mutter zur Grenze. Der Regen hatte ein Ende genommen: Die Luft war frisch und aufgeklärt: Vom Himmel über den Häuserschluchten blinzelten ihnen vereinzelt die Sterne.

Sie zogen die Friedrichstraße entlang und sahen sich des Öfteren um, ob sie jemand verfolgte. Stand dort wer an der Ecke vor dem HO? Hatte in der finsteren Toreinfahrt drüben nicht wer gehustet? Und warum fuhr hinter ihnen der Wartburg so langsam…? Wie sie auf die Bahnunterführung zugingen, drosselten sie ihre Schritte. Schließlich, wenige Meter vorm Tor, blieben sie stehen. Jetzt hieß es, voneinander Abschied zu nehmen.

„Mich drängt es, mit dir hineinzugehen", sprach er zu Emma, „und denen darinnen die Meinung zu sagen."

„Bloß nicht!", winkte sie ab. „Du brächtest dich noch mehr in Schwierigkeiten."

Wolf ergriff ihre Hände und sah ihr fest in die Augen. „Du fürchtest dich immer noch vor dem Gang durch die Abfertigung?"

„Nein, gar nicht mehr", sagte sie, lachte ihn an.

„Wirklich nicht?"

„Aber nein, mein Junge! Brauchst dir um mich keine Sorgen zu machen."

„Schreibst du mir, wenn du in Hamburg bist?"

„Sowie ich ankomme."

„Und lass mich wissen, wie du die Grenze passierst. Falls man dich schikaniert---"

„Dann werd ich's verkraften", fiel sie ihm mit einem Lächeln ins Wort. „Du weißt doch, ich habe die Gabe, mich tapfer zusammenzunehmen. Und du solltest besser nichts veranlassen", fügte sie im ernsten Ton hinzu. „Tätest ihnen nur einen Gefallen und gäbst ihnen Grund, dich ins Zuchthaus zu sperren."

„Hast ja Recht, Mutter!", griente er.

„Wie immer", meinte sie schmunzelnd, reckte sich auf und drückte ihm einen Kuss auf die Wange. „Bis bald, mein Sohn!"

„Bis bald, Mutter… und gute Reise!"

Daraufhin löste sie sich von ihm und stieg langsam die Treppe hinauf. Auf der obersten Stufe kehrte sie sich noch einmal um, winkte ihm zu und rief: „Gib gut auf dich Acht!"

„Und du bleibe tapfer!"

„Sicher, du kennst mich doch", meinte sie mit einem Augenzwinkern, fuhr wieder herum und trat in den Gang. - Wolf blickte ihr nach, wie sie sich geschwind in Richtung des Schalters bewegte. Sie tauchte in flimmerndes Neonlicht ein, und kurz bevor sie um die Ecke entschwand, gewahrte er, dass sie zögerte. Er sah, wie ihre Knie zu schlackern begannen und sie am ganzen Leib bebte.

Am folgenden Mittag schellte es bei Wolf an der Tür. Wer mochte das sein um die Uhrzeit? Er drückte den Türöffner, trat aus der Wohnung hinaus in den Hausflur, beugte sich über das Treppengeländer und spähte nach unten. Mit einmal versetzte es ihm einen Schrecken, als er drunten die Uniformmütze sah: ‚Die Polizei!' schoss es ihm durch den Kopf. Jetzt also standen ihm Schwierigkeiten ins Haus aufgrund seines Anrufs bei Robert! Er hätte den Mund nicht so voll nehmen sollen…

Wolf horchte hinunter, hörte ein Keuchen, begleitet von stapfenden Schritten, die durchs Treppenhaus hallten… - Kurz darauf konnte er aufatmen: Es war nur der Briefträger in seiner grauen Postuniform, der sich zu ihm heraufschleppte: „Herr Biermann, ein Telegramm für Sie!", rief der ihm von halber Treppe aus zu.

„Ein Telegramm!?" Schon erschrak er erneut. Solcherart Schreiben erhielt er nur selten; sicherlich kam es von amtlicher Stelle: Eine gerichtliche Vorladung wegen Geheimnisverrats oder Verunglimpfung des SSD…

Schnaufend kam der Postbote vor ihm zum Stehen; missmutig schaute er drein und hielt ihm ein Formular hin: „Würden Sie hier bitte unterzeichnen, Herr Biermann?"

Er nahm den Stift entgegen und setzte seinen Namen aufs Formblatt. Drauf überreichte der Bote ihm das Telegramm, brummte ihm ein „Wiederseh'n" zu und stieg sogleich wieder die Treppe hinunter.

Noch im Hausflur entfaltete Wolf das hauchdünne Blatt. Dem Papierstreifen, der darauf aufgeklebt war, entnahm er die Worte:

„Lieber Wolf. - Striptease gestern ausgefallen. - Bin wohl zu alt. - Deine Emma."

Johann Bettisch

## Schwarzfahren berechtigt

Endlich war es so weit. Die gezwungene „freiwillige" Arbeit der Studenten des zweiten Studienjahres ist in den Weingärten der Staatswirtschaft aus dem Banater Tirol zu Ende gekommen, und man fuhr endlich, endlich, endlich nach Hause. Mit dem Zug. Höchste Eisenbahn, denn die Geduld war auch fast am Ende. Die Fleißigsten der Studenten wollten lernen, in ihrem Fach, und nicht die Zeit in der Landwirtschaft verbringen, nur weil die Bauern, die für diese Arbeit zuständig waren, so schlecht bezahlt wurden, dass sie einfach nicht zur Arbeit gingen. Und da die Staatswirtschaft die Ernte nicht ganz zu Grunde gehen lassen wollte, war die verwerfliche Gewohnheit zur Staatspolitik geworden, die Ernte, die nur ohne Maschinen eingebracht werden konnte, von Schülern, Studenten, Soldaten, Angestellten oder wen man eben erwischen konnte, bewerkstelligen zu lassen.
Also, die fleißigen Studenten wollten lernen, die faulen wollten nicht arbeiten, und ihnen passte es auch, eher in den Hörsälen zu dösen oder unter dem Tisch Karten zu spielen, als in der starken Herbstsonne schwitzend, und umgeben von aggressiven Insekten, schwere Körbe voll Trauben zu schleppen. Die Leute waren schon ziemlich wild, aber die Perspektive, nach zwei Wochen schwerer Arbeit und unzureichenden hygienischen Wohn- und Waschbedingungen in einigen Stunden wieder bei Mütterchen, oder wo auch immer, zu Hause zu sein, beruhigte ein wenig die Geister und beflügelte zugleich ihre Phantasie, ihr Bedürfnis etwas anzustellen, um Spaß zu haben.
Auf dem Weg - von mehreren Kilometern - zum Bahnhof, rief einer in revolutionärem Tonfall: „Hört und merkt, was ich euch sage, Kollegen: Wir haben schwer geschuftet, miserable Fressage gefuttert, uns kaum waschen können, nichts zum Saufen gefunden, wir waren krank, alle hatten wir Diarrhoe ..."
„Besonders du, weil du die Trauben körbeweise in deine große Fresse, statt in die Traubenpresse gestopft hast ..."
„Schnauze auf hermetisch umschalten, Mann, und zuhören", übertönte er das Gelächter.
„Alle hatten wir das getan, was ich eben sagte, und wir haben keinen lausigen Groschen bekommen ..."
„Für die Diarrhoe?", wurde er wieder unterbrochen.
„Für die Arbeit, du Diversionist! Hat dich deine Mami mit purer Eselsmilch groß gezogen, oder hast du deine winzige Grütze in der Traubenpresse zu noch kleineren Dimensionen zusammendrücken lassen? Ich habe einen Vorschlag, Kollegen", schrie er weiter.
„Wir haben für den Staat gearbeitet, der Staat hat uns noch nicht bezahlt, was er auch nicht im Sinn hat; die Eisenbahn gehört dem Staat, also kaufen wir keine

Fahrkarten! Ist doch nur gerecht, also moralisch normal, oder? Wer ist dagegen, der melde sich jetzt oder schweige für immer und ewig."

Niemand war dagegen. Die Schnapsidee fand Gefallen bei den meisten, die anderen fügten sich. Die Fahrkarte kostete nicht viel, denn es waren ja bloß dreißig Kilometer bis in die Kreishauptstadt, aber auch einige Groschen machen für einen Studenten etwas aus, und noch viel mehr die Genugtuung, „die Rechnung mit derselben Münze, beziehungsweise gegebenenfalls ohne ‚Münze' beglichen zu haben.

Doktor M., der Assistent, der während des sogenannten „landwirtschaftlichen Praktikums" (für die zukünftigen Elektro- und Maschinenbauingenieure!) wie diese Arbeit offiziell bezeichnet wurde, mit ihnen war, versuchte sie von diesem kindischen Vorhaben abzubringen, aber ohne Erfolg. Am Ende sagte er: „Ihr seid ja alle sozusagen Erwachsene und macht was ihr nicht lassen könnt; ich muss auf jeden Fall eine Karte lösen, denn ich möchte nicht eine viel höhere Geldstrafe blechen, ich bin ja kein Student mehr ..."

„Auf keinen Fall, Doktor, wenn wir keine haben, dürfen Sie auch keine lösen ... Bitte, bitte!"

Die Verhandlungen hielten an, aber da pfiff schon die Lokomotive des einlaufenden Zuges, und in einer Minute standen die Waggons vor dem einzigen Bahnsteig der kleinen Station. Die Studenten stürmten hinauf in die zweite Klasse und rissen den jungen Assistenten mit sich.

„Ich kauf' mir eine von dem Schaffner", sagte die Universitätslehrkraft.

Zwei Studentinnen, die sich vorher allem Anschein nach abgesprochen hatten, sprangen auf: „Doktor M., wenn der Schaffner kommt und Sie eine Karte kaufen, springen wir aus dem Zug, unser Wort darauf!"

„Hoffentlich seid ihr nicht gar so irrsinnig, oder doch?"

„Wollen Sie es darauf ankommen lassen? Wir sind fest entschlossen."

„Würden sie das wirklich tun?", fragte Doktor M. leise den Studenten, der neben ihm saß.

„Ganz bestimmt! Die zwei sind ja unsere verrücktesten Hühner, die wir in unserem Geflügelhof züchten ..."

Nach ungefähr sechs sieben Minuten kam der „Klassenfeind" in die zweite Klasse und rief laut und nasal:

„Die Fahrausweise vorzeigen bitte die Herrschaften!" Er kontrollierte die Fahrkarten von zwei, drei Fahrgästen, die außer den Studenten noch im selben Waggon neben der Tür mitfuhren, dann wandte er sich an die jungen Leute: „Ihre Fahrausweise bitte."

Der Assistent hob die Hand und wollte etwas sagen, aber ein Student neben ihm kam ihm zuvor:

„Wir alle sind Studenten und reisen gemeinsam, die Karten sind beim Professor, der die Gruppe führt."

„Und wo ist er?"

„Mit den andern in einem anderen Waggon", hörte sich der Assistent sagen, fast ohne zu wollen, und machte dazu die allerernsteste Miene, die er zu schneiden imstande war.

„Warum sind Sie nicht alle beisammen?"

„Na wo denn?"

Tat verwundert ein Student. „Schauen Sie doch, da sind ja fast alle Plätze besetzt und der Professor nahm die anderen anderswohin, gerade damit die meisten, so wie es eben geht, beisammen sind; wir sind ja über fünfzig."

„Ach so!"

In der Gruppe waren nur achtzehn und der Assistent. Und alle waren beisammen. Aber bis zum Bahnhof der Kreisstadt kam der Schaffner nicht wieder zurück. Möglicherweise hat er die Studenten verstanden und spielte mit.

Hans Sonntag

## Ferien in Polen

### Unser Sommerabenteuer 1984

Mit einem völlig unerwarteten Telefonanruf, der die Bitte um Unterstützung beim deutsch-polnischen Jugendaustausch beinhaltete, begann ein Sommerabenteuer der besonderen Art. Im Nachhinein erinnere ich mich, dass die von mir in einem Schreiben gebrauchte Formulierung „deutsch-polnisch" zu negativen Wertungen hinsichtlich meines staatsbürgerlichen Bewusstseins führten, denn es musste wohl offiziell „Kinder- und Jugendaustausch DDR - Polen" heißen. Daraufhin habe ich mich an höchster Stelle über die Formulierung „Polen" beschwert, denn das Land hieß „Volksrepublik Polen", denn nicht anders war „Polska Rzeczpospolita Ludowa" zu übersetzen.

Bei einer zentralen regionalen Anleitungsbesprechung fiel mir in der Runde der vielen Lehrerinnen und Lehrer eine Frau auf, die alles sehr genau wissen wollte. Sie fühlte sich für die ihr anvertrauten Kinder voll und ganz verantwortlich, jedes Risiko, gleich welcher Art, sollte vermieden werden. Man hätte meinen können, die Reise der Kinder ginge nicht zu einem Ort, der nur 200 Kilometer weit vom Heimatort entfernt war, sondern in denkbar weitester Entfernung lag. Als sie mit ihrer markanten und resoluten Stimme lauthals verkündete, dass sie noch immer keinen Dolmetscher habe, nicht einmal wisse, ob dies eine Frau oder ein Mann sei, meldete ich mich etwas zurückhaltend und ahnte, dass wir zwei Wochen lang unzertrennlich aneinander gekettet sein würden, denn sie verstand kein einziges Wort polnisch, als hätte es diese Nachbarsprache nie gegeben. Ich war mir fast sicher, dass sie sogar beim Wandern und Pilze suchen, bei Baum-, Blatt- und Vogelbestimmungen meine übersetzerische Hilfe verlangen würde, denn der Übersetzer stand ihr zu! Das konnte ja heiter werden. An andere Verrichtungen und Verantwortlichkeiten konnte ich noch gar nicht denken, ich hatte überhaupt keine Vorstellungen von den Tagesabläufen und Aufgabenstellungen eines Dolmetschers in einem Ferienlager. Unsere ersten Kontakte wurden von praktischen Dingen geprägt, es ging um die Verwendung von Koffern oder Rucksäcken, ob eher Regenbekleidung oder Schirme mitzunehmen seien, sollte eine gut gefüllte Sanitätstasche mitgeführt werden und brauchten die Kinder womöglich Essbestecke? War es ratsam, gar Essen mitzunehmen, vielleicht Beutelsuppen? Gab es dort auch Instantbohnenkaffee? Die Fragen nahmen kein Ende. Für die meisten der anwesenden betreuenden Lehrer war Polen noch immer eine „terra incognita", obwohl man doch schon seit Jahren ganz problemlos in Frankfurt an der Oder über die Brücke nach Słubice laufen und in Görlitz über die Neißebrücke nach Zgorzelec gehen konnte. Per Auto, Bahn oder Autobus war Polen jederzeit erreichbar. Aber wer fuhr schon nach Polen? Dann schon eher nach Prag oder nach Budapest! Wer hätte noch vor einem Monat an einen Dolmetschereinsatz in Polen gedacht? Da schwitzten wir drei Lernenden in der Volkshochschule bei den Prüfungsvorbereitungen. Manchmal waren wir auch vier oder fünf Schüler, oftmals war ich aber auch allein mit der Lehrerin. Durch die geringe Anzahl der Schüler waren die Kurse extrem intensiv. Der Leiter der Volkshochschule wollte ohnehin den jeweiligen Polnischkurs nicht starten lassen, weil sich keine zehn Schüler einfanden. Stets kam er freudestrahlend in die Klasse zur ersten Unterrichtsstunde und verkündete nicht etwa den Beginn des Unterrichts, sondern das Ende. Damit fiel ihm vielleicht auch ein Stein vom Herzen. Aber wir fünf Schüler, die dieses „Spiel" schon lange kannten, zahlten die Lehrgangsgebühren für die erforderlichen zehn Schüler. Das war finanziell keine problematische Summe für uns und der Kurs konnte, ich will nicht sagen, musste beginnen. Natürlich gab es erhebliche Irritationen, Polnisch war nicht wirklich die Sprache der sozialistischen Freunde, bedenkt man, dass 1980 die Gewerkschaftsorganisation Solidarność gegründet und 1981 schon verboten wurde, aber bis 1989 im Untergrund tätig war. Schon in den 1970er Jahren galt Polen als ein unsicherer Posten innerhalb der sozialistischen Bruderstaaten, nicht nur weil das Land und die Menschen stark katholisch orientiert und geprägt waren, sondern vor allem wegen seiner aufmüpfigen Arbeiterklasse und der sehr engen und aktiven Kontakte des Landes zu den USA und zu Frankreich.

Seit 1970 fuhr ich allein bzw. mit meiner Familie regelmäßig nach Polen, seit 1971 veröffentlichte ich bereits Reisereportagen, vorwiegend in den deutschsprachigen Ausgaben polnischer Zeitschriften, wie z.B. in der „Uroda" oder im Kulturmagazin „Polen", teilweise auch in der beliebten Zeitung „Życie Warszawy", deren deutschsprachige Ausgabe im Postzeitungsvertrieb erhältlich war und natürlich auch in der „Sächsischen Zeitung". Ein Interesse an konkreten und überprüfbaren Informationen über Land und Leute Polens war dennoch vorhanden. Bei einem internationalen Literaturwettbewerb erhielt ich 1978 für eine Reisereportage über Warschau einen zweiten Preis, mit dem ein mehrtägiger Aufenthalt in Warszawa verbunden war. Von 1971 bis 1980 schrieb ich siebzehn umfangreiche Beiträge über die Kultur- und Kunstgeschichte Polens, wobei ich auch gleich die Fotos fertigte. Manchmal wurde ich in polnischen Museen gefragt, ob ich der Verfasser von dem oder jenem Artikel sei. In vierzehn Jahren hatte ich also sehr viel von diesem Land gesehen, viele Menschen kennen gelernt und dauerhafte Beziehungen geknüpft, zu Verlagen, Museumsdirektoren, Zeitschriftenleuten und Bibliotheksleitern. Regelmäßig besuchte ich in Meißen die Polnischkurse der Volkshochschule, die aber immer nur mit recht wenigen Lernwilligen besetzt waren. Nach den intensiven Unterrichtsstunden schienen unsere Zungen wie verknotet. Immerhin gelang es uns zunehmend, auch in dieser Sprache zu denken. Unsere Lehrerin, eine gebürtige Polin, verfügte über ein großes Maß an Geduld, Einfühlungsvermögen, Güte und Humor hinsichtlich unserer oftmals resultatlosen Bemühungen, die Zischlaute, Diphthonge und Nasallaute korrekt zu beherrschen. Ihr Unterricht war sehr praxisorientiert, wir spielten Szenen am Fahrkartenschalter im Bahnhof, wir kauften Schuhe im Geschäft, wir lagen im Krankenhaus, wir hatten viel Spaß dabei, wir konnten richtig lachen und zunehmend Freude empfinden, dass wir uns in dieser recht komplizierten Sprache ausdrücken konnten. Die Sprachabschlussprüfungen waren für mich in den ersten Jahren nicht wirklich wichtig. Ich musste nur ganz einfach gut sprechen und verstehen können, wenn ich auf meinen Touren unterwegs war, allein oder mit Familie. Ich sollte mir immer selbst zu helfen wissen. Erst später benötigte ich für meine Arbeit und für meine Ausbildung die entsprechenden Zertifizierungen. Unsere Prüfungen wurden damals, 1984, trotz aller Aufregungen und Ängste, von Erfolg gekrönt. Wir gingen alle abends in ein Restaurant in Meißen und sprachen konsequent nur Polnisch. Unsere Lehrerin übersetzte für den Kellner ins Deutsche. Wie aber würden wir uns wohl in der alltäglichen Übersetzerpraxis bewähren? Das Telefon unserer Lehrerin klingelte unaufhörlich. Wir meldeten viele wenn und aber an. Was würde passieren, wenn wir einen bestimmten Dialekt gar nicht verstehen würden oder wenn die Polen zu schnell sprächen, so dass wir nicht mit dem Übersetzen fertig würden? Unsere Sorgen waren riesig und keiner wollte sich natürlich blamieren. Hätten wir auch nur geahnt, wie schwierig tatsächlich manche Situationen waren, hätten wir sicherlich nicht den Mut für den Einsatz gefunden. „Fahren sie und lernen sie!", das war die weise Antwort unserer Lehrerin. „Was sie nicht verstehen und was sie nicht wissen, das können sie eben nicht übersetzen, aber mit Geduld, Ruhe und etwas Mühe werden sie schon alles verstehen und übersetzen können! Und wenn sie nur ein Zipfelchen verstanden haben, dann übersetzen sie eben nur sinngemäß. Oder sie haben den Mut zu sagen, das habe ich nicht verstanden, wiederholen sie bitte noch einmal den Satz!" Sie vertraute unseren Fähigkeiten und war sich ihrer Sache sicher. Unsere Sprachabschlüsse nannten sich „Sprachkundiger" in den Kategorien 1a und 1b sowie 2a und 2b.

Auf dem Neustädter Bahnhof in Dresden traf ich schließlich die Lehrerin mit den ihr anvertrauten Kindern aus einer Schule in Lommatzsch. Sehr diszipliniert, vielleicht auch ein wenig ängstlich, saßen sie alle auf ihren Plätzen im Sonderzug nach Wrocław, sicherlich mit einem Kribbeln im Bauch, denn für viele war es der erste Ausflug ins Ausland ohne Eltern. Über die konkreten organisatorischen Hinweise verfügte nur die Lehrerin, wir Übersetzer hatten keinerlei Unterlagen erhalten, nicht einmal eine Grundsatzinformation über das Land, in das wir für zwei Wochen fuhren. Mit der Organisation im Bahnhof haperte es, ganze Gruppen hatten keine Sitzplätze, gemeldete Gruppen fehlten, auf andere wurde noch gewartet. Die Ordnungshelfer waren zwar eifrig, aber ratlos. Keiner wusste, wie lange wir unterwegs sein würden. Nach der notwendigen Verspätung und nachdem alle ihren Platz gefunden hatten, setzte sich endlich der lange Zug in Bewegung - unsere Reise nach Polen begann! Für mich war es in jenem Jahr schon die dritte Reise nach Polen. Im Januar war ich in Poznan, im Mai in Warszawa und nun war ich unterwegs in das reizvolle Glatzer Bergland, in dem ich schon vor zehn Jahren mit meiner Familie im Urlaub gewesen war. Natürlich kannte ich Bardo, zum Fotografieren der eindrucksvollen Kirche hatte ich lange nach dem günstigsten Standort gesucht. Das Innere der Kirche war überwältigend prunkvoll. Früher mussten die Menschen, die in und um Bardo lebten, offenbar recht vermögend gewesen sein, um solch eine prachtvolle Kirche errichten zu können. Die notwendigen Wanderkarten der Region um Klodzko hatte ich im Gepäck, alle anderen Orientierungen erinnerlich im Kopf. Wir erkundeten damals das ganze Gebiet mit unserem Motorroller „Tatran", es gab wohl kaum einen Ort, wo wir nicht gewesen waren, den wir nicht kannten. Außerdem hatte ich für die Zeitschrift „Uroda" einen umfangreichen Beitrag über das Glatzer Bergland geschrieben, der alle Sehenswürdigkeiten erfasste und die Wanderrouten aufzeigte. Wir fuhren also keineswegs ins Blaue. Die Lehrerin konnte froh sein, einen Übersetzer bekommen zu haben, der sich dort an Ort und Stelle auskannte, wo wir gemeinsam hinfahren sollten. Wir reisten also nach Schlesien! Es war eine Region, in der die Menschen nicht recht wussten, wie es weitergehen würde, denn im Potsdamer Abkommen wurde von der Neiße als Grenzfluß geschrieben, aber es gab tatsächlich zwei Flüsse mit dem Namen, nämlich die Görlitzer Neiße und die Glatzer Neiße. Welche Neiße war im Potsdamer Abkommen wirklich und nachhaltig gemeint? Die Menschen, die im Glatzer Bergland wohnten, stammten zum größten Teil nicht aus dieser Gegend. Sie waren aus den östlichsten Teilen Polens, als sich dort die Grenzen veränderten, in das Glatzer Bergland umgesiedelt worden. Das Glatzer Bergland war nicht ihre Heimat. Viele waren der Ansicht, dass die existente Grenzziehung irgendwann wieder revidiert werden würde. Es lohnte sich also nicht, in eine völlig ungewisse Zukunft zu investieren. In dieses historische Wirrwarr wurden wir von den DDR-Oberen verschickt, ohne jedoch wichtige Hintergrundinformationen erhalten zu haben. Ich war derjenige, der noch am meisten von den Zusammenhängen wusste. Die Zugfahrt brachte uns alle rasch näher zusammen, nicht nur beim beengten Sitzen, denn die Plätze reichten doch nicht aus, sondern vor allem durch einige Ereignisse. In Görlitz erfuhren wir, dass unser Zug nicht über Wałbrzych fahren würde. Aber Wałbrzych war unser Anlaufpunkt und unsere Endstation laut Reiseformular. Was sollten wir tun? Jeder Erwachsene, der durch unser Zugabteil kam, wurde nach seiner Meinung gefragt. Ein eifriger, bärtiger und etwas dicklicher Mann wurde schließlich der kompetente Auskunftgeber. Er verkündete, dass wir in Zgorzelec, also auf der polnischen Seite von Görlitz, aussteigen müssten. Von dort würden uns dann die polnischen Kollegen abholen und betreuen, das wüsste er ganz zuverlässig. Also bereiteten wir unsere Kinder zum Aussteigen vor. Rucksäcke heruntwuchten von den Gepäckablagen, Rucksäcke aufsetzen, Aufstellung nehmen im Abteilgang - in zehn Minuten würden wir in Zgorzelec einfahren. Die Lehrerin prüfte noch einmal alle Abteilungen, dass auch keine Gegenstände vergessen wurden und keines der Kinder womöglich fehlte, weil es ganz dringend zur Toilette musste. Infolge der Überlänge des Sonderzuges befand sich unser Waggon bei der Einfahrt nicht an einer Bahnsteigkante. So schnell wie möglich stiegen alle aus, wir standen inmitten grüner Wiesen, nicht einmal eine Bahnhofsuhr konnte man erkennen. Wir blieben eigenartigerweise die einzige Gruppe, die ausgestiegen war. Von dem allwissenden Bartträger schien weit und breit keine Spur. Wir fühlten uns verloren! Kein Bahnbeamter, kein Zugbegleiter nahm von uns Notiz, obwohl wir doch kaum zu übersehen waren. Das Herz raste, die Pulsfrequenz stieg an. Plötzlich erschallte ein markerschütternder Schrei, der bestimmt weit zu hören war: „Wo ist dieser Mann, schafft mir den Menschen herbei!" Nur wir wussten, dass damit dieser Alleswisser gemeint war. Und tatsächlich, das Gesicht des Bartmenschen erschien am Zugfenster, ungläubig staunte er uns an, die wir draußen im Grünen standen. Schließlich meinte er, dass das Aussteigen nicht ihn beträfe, er würde mit seiner Klasse bis Jelenia Gora weiterfahren. Die Lehrerin entschloss kurzerhand, sich dieser Gegebenheit anzuschließen. Also, alle wieder hinein in den Waggon, draußen wurde gezählt, drinnen wurde gezählt, die Rucksäcke kamen wieder in die Gepäckablagen. Von den Reiseverantwortlichen war niemand zu sehen. Bis Jelenia Góra hatten wir Zeit, uns einen taktischen Verhaltensplan auszudenken. Auf alle Fälle sollten die Kinder im Zug verbleiben. Wir beide hatten uns vorgenommen, das Terrain und die Situation auf dem kommenden Bahnhof zunächst zu erkunden. Bei aller Sucherei sollte nie der Kontakt zum Zug verloren gehen. Unvorstellbar, wenn der Zug ohne uns abfahren würde. Die Lehrerin sollte unser Gruppennummernschild wie eine Fahne gut sichtbar hochhalten, um eventuelle polnische Betreuer anzulocken. Wir hatten die Nummer 604! Jedem unserer Kinder war die Nummer bestens vertraut, mindestens wie die Vornamen von Mama und Papa daheim. Gesagt, getan, aber in Jelenia Góra kam uns niemand zu nahe. Das Getümmel war riesengroß, gesucht wurden alle möglichen Gruppennummern, nur nicht unsere. Als Übersetzer hatte ich dabei volles Programm. Auf der Liste eines polnischen Pfadfinders, der sich mit den ankommenden Gruppen befasste, war unsere Gruppe nicht verzeichnet. Wir konnten also beruhigt im Zug bleiben und weiter in Richtung Wroclaw fahren. Auf der Weiterreise schlichen sich hausapothekliche Düfte durch unsere Abteile. Die erste Flasche Dreierlei-Tropfen tat ihre Dienste, die Duftschwaden wirkten wie eine sanfte Narkose. Der Stress baute sich nach und nach etwas ab, fast schlafend verging die Reisezeit bis Wroclaw. Ich fand dennoch keine innere Ruhe, im Kopf wälzte ich ständig das polnische Wort für „zelten", denn dies sollte die erste und wichtigste Frage bei der Ankunft sein. Bei der unbeständigen Wetterlage hätten wir alle gern gewusst, ob wir in Zelten oder in einem festen Haus untergebracht würden. Auf einen Zelturlaub war allerdings keiner eingerichtet. Das „mieszkac w namiocie" („wohnen im Zelt") wollte sich einfach nicht im Gehirn verankern. Schließlich machte ich mir einen kleinen Spickzettel und fand meine innere Ruhe wieder. In Wroclaw angekommen, belagerten wir zunächst eine Bahnhofsbank und machten diese zu einer Art Aussichtsturm. Ein Mädchen, obenauf stehend und das Nummernschild über den Kopf haltend, war unser Leuchtturm. Alle anderen verhielten sich diszipliniert und abwartend. Gruppe um Gruppe wurde von den polnischen Gastgebern abgeholt, aber zu uns kam niemand. Wollte uns keiner haben? Schließlich kam ein etwas atemloser, älterer Herr auf uns zu, mit Sicherheit kein Pfadfinder mehr, stellte sich vor als Pan Sowieso und sagte, dass er unsere Gruppe mit der Nummer 604 zum Bus begleiten wolle. Endlich! Gepäck auf, Schritt marsch, nichts liegengelassen, auf und unter und neben der Bank, noch einmal wurden alle von unserer fürsorglichen Lehrerin gezählt. In einem günstigen Augenblick fragte ich rasch: „Czy mieszkamy w namiocie albo w domu?" und es kam die Auskunft, dass wir in einem „kamienicy" wohnen würden. Ich schrie es der Lehrerin ins Ohr: „In einem Steinhaus, in einem gemauerten Haus!" Die Meldung ging wie ein Lauffeuer durch die Gruppe. Wir werden in einem festen Haus wohnen, na bitte, das war doch ein positiver Anfang!

Vor dem Bahnhofsgebäude angekommen, erscholl wieder ein markerschütternder Schrei, wieder von der Lehrerin trompetengleich ausgestoßen - die Brille, i h r e Brille fehlte! Wo war dieses lebenswichtige Ding? Es war sogar überlebenswichtig! Ohne Brille ging nichts, rein gar nichts. Hatte jemand diese Brille oder das Brillenetui gesehen? Nein, niemand hatte etwas bemerkt. Wussten denn die Kinder überhaupt, wie das Etui aussah? Nach einem rasenden Lauf zum noch immer stehenden Zug, fand ich rasch unseren Waggon, unsere Abteile - hoffentlich blieb der Zug noch eine Weile stehen! - und unter einer Sitzbank fand ich die vermisste Brille, schlummernd im Etui. Wenn ich zu diesem Zeitpunkt gewusst hätte, was mich mit dieser charmanten Lehrerin alles erwartete, vielleicht hätte ich die Brille besser nicht gefunden. Diese Brille machte sie weiterhin geschossfähig, wie eine Rakete; eine halbblinde Haselmaus wäre mir lieber gewesen. Als letzte von drei Gruppen kletterten wir in den bereitstehenden Autobus und auf ging die Fahrt in Richtung Bardo. Ab und zu wurde die Stille durch flehende Rufe der Lehrerin bei sich anbahnenden Brechreizen der Kinder unterbrochen. Wer brechen musste, sollte sich rechtzeitig melden, nicht erst, wenn alles schon passiert war. Doch unsere Kinder waren autobusfest, schließlich hatten alle die bewährten Dreierlei-Tropfen bei sich. Der Bus musste allerdings einige Male stehen bleiben und ein Junge oder ein Mädchen standen dann würgend an einem Baumstamm und kamen leichenblass in den Bus zurück. In abendlicher Stunde blieb nicht mehr viel Zeit, das imposante Urlaubsdomizil in Augenschein zu nehmen. Es war früher die Residenz eines reichen Bardoer Kaufmanns gewesen und nunmehr zu einem Kindersanatorium umfunktioniert. So etwas war uns auch aus der DDR vertraut. Rasch fielen alle in den ersten beruhigenden Schlummer auf polnischen Boden. Umquartierungswünsche sollten sich am nächsten Tag realisieren lassen, so die Empfehlung der Lehrerin. Es gab natürlich schon im Zug und später im Autobus diskrete Besprechungen, wer mit wem im Zimmer schlafen sollte oder wollte. Die Tage in Bardo vergingen wie im Flug, keiner hatte wohl jemals Langeweile, es gab jeden Tag verschiedene Aktivitäten, alle Ereignisse aufzuzählen ist schier unmöglich; erinnerlich bleibt das Badevergnügen in der flachen, aber quicklebendigen Glatzer Neiße. Wenn man sich flach ins Wasser legte, flog man wie ein Boot mit der reißenden Strömung dahin, dass die Kinder vor Vergnügen jauchzten. Wegen der wirklich ganz geringen Wassertiefe brauchten wir Erwachsenen kaum Angst haben, trotzdem waren alle sehr wachsam und die Ermahnungen der Lehrerin gehörten dazu, wie das Vogelgezwitscher.

Wir unternahmen ausgedehnte, lange Wanderungen in den Bardoer Wäldern, wir verirrten uns sogar, verloren jegliche Orientierung. Die Eisenbahnlinie wies uns dann doch den Weg, allerdings befand sich das Gleisbett jenseits des Flusses. Die Flussüberquerung war ein besonderes Abenteuer für die Kinder. In Schlüpfern und hoch gerafften Röcken, die Taschen und Beutel über dem Kopf haltend, musste der schlüpfrige, steinige Untergrund passiert werden. Die Lehrerin und ich blieben wie zwei Brückenpfeiler in der Mitte des Flusses stehen und dirigierten die Kinder ans jenseitige Ufer. Als wir dann alle schnaufend und keuchend den steilen Hang zur Gleisanlage hinaufkletterten, erscholl ein lauter Warnruf seitens der Lehrerin, denn keiner wusste, aus welcher Richtung denn ein Zug hätte kommen können. Höchste Vorsicht war geboten. Bei der nächstmöglichen Gelegenheit bogen wir jedoch von der Gleisanlage ab und wanderten durch den weglosen Wald. Plötzlich sagte ein Junge zu mir, dass er eine Tollkirsche gegessen hätte. Ich wusste überhaupt nicht, wie eine Tollkirsche aussieht, aber die Lehrerin hatte natürlich ein Pflanzenbestimmungsbuch in ihrer Tasche und nach eingehender Beratung und Betrachtung der Abbildungen kamen wir zu dem Entschluss, dass es doch keine Tollkirsche gewesen war. Der Junge bekam keine Krämpfe, er lief nicht blau an, er musste sofort viel trinken, alle hatten ihre Trinkvorräte zur Verfügung zu stellen, basta! Bardo war einst ein berühmter Wallfahrtsort, noch immer hatte der Ort einen relativ gepflegten Kalvarienberg mit den entsprechenden Kreuzwegstationen. Die Kinder wussten damit herzlich wenig anzufangen. Wir haben es ihnen erklärt, auch waren wir zu einem frühabendlichen Gottesdienst in der herrlichen Kirche. Für die Kinder waren die rituellen und zeremoniellen Handlungen der Priester interessant, sie waren sehr interessiert und mucksmäuschenstill. Schaden genommen haben sie nicht. Ob die DDR-Oberen wussten, dass wir in einem berühmten katholischen Wallfahrtsort stationiert waren? Auf unseren Wanderungen, bei kleinen Rasten, lernten wir gemeinsam immer wieder einige polnische Vokabeln, die man alltäglich im Umgang mit den polnischen Kindern gebrauchen konnte. Bald konnten unsere Kinder „danke", „bitte", „auf Wiedersehen" und „ich heiße" auf polnisch sagen. Auch die Zahlen und die Farben wurden ausgiebig geübt, diese Vokabeln waren wichtig für die Altersangabe und für bevorzugte Farben bei den Mädchen. Insgesamt waren etwa einhundert Kinder in diesem Sanatorium untergebracht, 60 polnische und 40 deutsche. Dazu kamen die Erzieher und zwei Dolmetscher. Am lustigsten waren für mich die Übersetzungen zu den abendlichen Diskos, wenn es zum Beispiel hieß: „Sagen sie doch bitte dem Mädchen, dass sie hier sitzen bleiben soll, ich muss nämlich mal aufs Klo." Oder die Familiennamen wurden mit den Vornamen verwechselt. Alltagsdramatik erlebte ich beim Kauf von verbilligten Zugfahrkarten für einen Ausflug, den wir uns selbst organisiert hatten. Statt 16 Złoty verstand ich nämlich 60 Złoty pro Fahrkarte und das wäre für unsere allgemeine

Reisekasse zu teuer gewesen. Wir flehten den Fahrkartenverkäufer an, uns doch bitte wenigstens Kinderfahrkarten zu verkaufen, obwohl unsere Jungen und Mädchen aus dem vorgeschriebenen Kindesalter längst entwachsen waren. Endlich erhielten wir eine verbilligte Gruppenkarte per Antrag. Ein Junge wurde zum Direktor geschickt, damit das Antragsformular unterschrieben und abgestempelt werden konnte, was auch problemlos erfolgte. Wir waren allesamt glücklich über diesen Coup und hatten auch noch etwas Geld übrig. Wir lernten bei den verschiedenen Ausflügen viele Orte im Glatzer Bergland kennen. Auf der Rückreise von Paczków versagten meine polnischen Sprachkenntnisse total, denn bei jeder Bahnhofsdurchsage verstand ich, dass der Zug in wenigen Minuten einfahre. Aber wir warteten mindestens anderthalb Stunden und kein Zug kam. Ich konnte mein Missverstehen nur auf die recht undeutlichen Durchsagen und auf die maroden Lautsprecher schieben. Jeder sah das ein, man verzieh mir, aber weniger der Lehrerin, die kurz und bündig anordnete, dass wir dann eben zu Fuß bis zum nächsten Ort wandern müssten. Dort könnten wir vielleicht einen Autobus finden, der uns mitnimmt. Als wir dann aber an der nächsten Bahnstation ankamen, traf auch ein Zug ein und wir kamen zufrieden in Bardo an. Bei der Abreise aus Zambkowice mit dem Autobus mussten wir unsere ganze Pfiffigkeit in die Waagschale werfen. Am Autobusbahnhof stand eine riesige Menschenmenge, wir mittendrin, mit Fahrkarten zwar, aber ohne Platzkarten. Wir mussten versuchen, trotzdem mitzukommen, aber wie? Zwei Mädchen wurden auserkoren, sich drängelnd bis ins Innere des Busses vorzuarbeiten. Von dort klopften sie an die Scheiben des Busses und ich rief aus Leibeskräften draußen, dass wir uns nicht von den Kindern trennen dürften, es wäre eine Katastrophe, zumal die Kinder nicht der polnischen Sprache mächtig wären und überhaupt wären wir eine Feriengruppe und müssten ganz pünktlich zum Mittagessen in Bardo sein. Es entstand eine Dramatik, als würden die Kinder auf der Stelle den Hungertod erleiden. Der Busfahrer hatte schließlich ein Einsehen und nahm unsere ganze Gruppe mit, so dass wir wohlbehalten, wenn auch arg gedrückt, in Bardo ankamen. Das Essen im Sanatorium war stets ausreichend und wie immer von den polnischen Küchenfrauen nach bestem Können gekocht, wobei sie sich auf die Situation der damaligen Zeit und auf den Geschmack der Kinder einrichteten. Früh gab es immer eine Milchsuppe, dazu Brötchen oder Brot mit Butter und Marmelade. Mittags gab es stets eine gut schmeckende Gemüsesuppe oder eine Kaltschale, wenn es sehr heiß war. Es gab gebratene oder gebackene Pilze, Eiergerichte, „naleśniki z serem" (Eierkuchen mit Quark), „Uszka z grzybami" (Öhrchen mit Pilzen) oder „Uszka z miesem" (Öhrchen mit Fleischfüllung), Milchreis oder Gries mit Früchten, manchmal auch Fleischgerichte wie Kotelett oder Schnitzel, denn die Sanatoriumsleitung hatte die Schlachtung eines Schweines veranlasst. Nach jedem Essen gab es Kompott und schließlich ein Dessert, zumeist etwas Gebackenes. Keines der Kinder musste hungern. Stets gab es einen Nachschlag. Da meine Sprachlehrerin auch vom Lernen und Üben während der Zeit des Einsatzes gesprochen hatte, nahm ich natürlich neben diversen Wörterbüchern, von denen ich mich erst im Bett trennte, auch einige Lehrbücher mit. Doch wann konnte ich wohl einen Blick in ein Lehrbuch werfen? Nur am ganz frühen Morgen war das möglich, zwischen sechs Uhr und sieben Uhr, da saß ich im Park auf einer Bank und paukte Redewendungen und Vokabeln, vor allem hinsichtlich bestimmter anstehender Tagesunternehmungen, wie zum Beispiel einem Sportfest. Ich musste mir einprägen, was Hochsprung, Weitsprung, Kugelstoßen und 100-Meter-Lauf auf polnisch heißt. Aber viel komplizierter war das sichere Verstehen der Maß- und Zeitangaben, wenn die Kinder sie laut und dennoch undeutlich ausriefen. Wenn ich schließlich zur morgendlichen Arbeitsbesprechung oder zum Frühstück kam, dann funkelten mich oftmals die Augen der Lehrerin strafend oder missbilligend an, denn sie meinte wohl, ich käme vom erfrischenden und erquickenden Morgenspaziergang, derweil sie sich schon dem Morgenstress ausgesetzt hatte mit Aufstehen, Waschen und teilweise auch Anziehen der Kinder. Diese frühe Morgenstunde war für mich wie ein Refugium, ich sammelte Kraft und auch Mut, den Tag zu überstehen. Glücklicherweise war der zweite Dolmetscher ein gebürtiger Pole, der die offiziellen Ansprachen und Problemberatungen übersetzte. Immerhin gab es noch Fahnenappelle, abendliche Lagerfeuer mit Ansprachen usw. Die Kinder bei ihren Begegnungen mit den polnischen oder deutschen Partnern zu begleiten, war zutiefst anrührend und belohnte für alle Mühen. Jedes Wort, jeden Satz, den sie sich bei mir abholten, trugen sie leise vor sich hinmurmelnd zu ihrem jeweiligen Gesprächspartner. Ehe sie dort angekommen waren, hatten sie vermutlich schon wieder vieles vergessen, aber die Bereitschaft, ihren Freunden oder Freundinnen die Nachricht selbst und in deren Sprache zu überbringen, war da. Oftmals wurde ich auch mitgenommen in eine Runde kichernder deutscher und polnischer Mädchen, die sich über die jeweiligen deutschen Jungen austauschen wollten. Alle waren verliebt, alle warteten auf die Dämmerung, auf die Dunkelheit im angrenzenden Park und natürlich auf die Klänge der Disko im großen Saal. Die Lehrerin wollte nicht den kleinsten Satz auf polnisch lernen, auch wenn er für sie von existenzieller Bedeutung war, nämlich „po prosze troche goroncej wody" (ich bitte um etwas heißes Wasser). Wie sollte sie sonst ihren mitgebrachten Instandkaffee trinken? Aber ihre Sprachfaulheit wurde dennoch nicht bestraft, irgendwie kam sie jeden Morgen zu ihrer Tasse mit heißem Wasser, wie, hat sie mir nie verraten. Eines Tages offerierte mir die Lehrerin, dass sie unbedingt einen Freundschaftsvertrag mit der örtlichen polnischen Schule abschließen müsse. Wie sollte das wohl funktionieren? Sie hatte schon eine lange Liste mit diversen Aktivitäten ausgearbeitet. Es war einfach großartig! Aber wie sollte ich in der Lage sein, einen Vertrag mit komplizierten Inhalten, Pflichten und Rechten zu übersetzen? Ich war verzweifelt, ich meinte, dass ich diesen Vertrag niemals zustande bringen könnte. Aber die Lehrerin war sehr optimistisch, sie vereinbarte einen Termin mit dem Schuldirektor und schon saßen wir in dessen Direktorenzimmer und besprachen den Vertrag Punkt für Punkt, in deutsch und in polnisch. Später wurde der Vertrag beiderseitig ratifiziert, es kam zu guten und dauerhaften Kontakten und die Lehrerin belegte sogar einen polnischen Sprachkurs daheim. Das Abschiednehmen der Kinder am Ende der zwei Ferienwochen war herzzerreißend. In grauer Morgenstunde, die Nebel hatten sich noch nicht gelichtet - das Sanatoriumsgebäude befand sich in fahlem Licht - bestiegen die deutschen Kinder ihre Busse und die polnischen Kinder, teilweise im Nachthemd und Schlafanzug, winkten aus den Fenstern. Gewiss, sie hatten abends zur Disko Abschied voneinander genommen, aber weh tat es am Morgen, als eine wunderschöne Zeit wirklich endete. Nach der Wende gab es diverse Bemühungen, die vorhandenen, gelebten, gewesenen Beziehungen zu Polen zu leugnen - die polnischen Nachbarn wurden plötzlich ganz neu entdeckt. Die positiven Begegnungen der Vergangenheit wurden in den Medien überhaupt nicht erwähnt, sie gab es einfach nicht! Aber wir kennen unsere Vergangenheit und sie wird in uns weiterleben.

Norbert Klatt

## Das Haus der frommen Nonnen

Zack! - Die Schöpfkelle mit der heißen Linsensuppe sauste auf den blonden Schopf eines Zwölfjährigen nieder. „Wieso", dachte Stephan Brahmer, „kommt mir gerade jetzt dieses Bild in den Sinn?" Stephan Brahmer fuhr auf der Autobahn Richtung München und hatte soeben in den Nachrichten aus dem Radio erfahren, daß der Deutsche Bundestag sich des Problems der Heimkinder annehmen wolle. „Das wurde endlich Zeit", fuhr es ihm wie ein Blitz durch den Kopf. Mit einem Mal waren die alten Bilder wieder da, Bilder, von denen er gehofft hatte, daß sie endlich aus seinem Gehirn verschwinden. Doch sie waren hartnäckig. Wenn er auch nicht darüber sprach und der irrigen Meinung war, worüber er nicht rede, das sei auch nicht in der Welt, so traf dies doch keineswegs zu. Es war nicht das erste Mal, daß die Bilder der Kindheit aus seinem Unterbewußtsein auftauchten. Meist hatte er sie aber gut unter Kontrolle, ließ sich nichts anmerken, denn es gab nichts Schlimmeres in diesem Lande als irgendwie anders zu sein.
„Das Vorhaben des Bundestages", dachte Stephan Brahmer, „ist ein mutiger Schritt. Doch werden andere, wenn das Schweigen zum Reden gebracht wird, auch zuhören?" Er war sich in diesem Punkte gar nicht so sicher. Warum sollten andere, die vielleicht in dem einen oder anderen Fall eine Kindheit hatten, die gar nicht viel von dem abwich, was er und seine Artgenossen erlebt hatten, sich mit dem beschäftigen, was er durchgemacht hatte? Wie viele Menschen gibt es in unserem Lande, die erzählen, sie hätten eine häßliche Kindheit gehabt? Manchmal drängt sich der Eindruck auf, daß deren Zahl sehr hoch, die Zahl derer aber, die auf eine glückliche Kindheit zurückblicken, gering einzuschätzen ist. „In was für einem Lande", dachte Stephan Brahmer, „lebe ich eigentlich?" Diese Frage stellte er sich nicht nur im Blick auf die Kinder, sondern auch im Blick auf alte Menschen. „Sind die Deutschen", so ging es ihm durch den Kopf, „eigentlich von Natur aus unmenschlich?"
Heimkinder sind irgendwie anders, sind psychisch und sozial stigmatisiert. Es gab Situationen, da konnte auch Stephan Brahmer die Herkunft aus dem Kinderheim nicht verleugnen. Um das Wort „Heimkind" zu vermeiden, nannte er sich später „Sozialwaise". Die meisten Menschen wußten mit diesem Wort nichts Rechtes anzufangen, hatten zumindest keinen klaren Begriff von dem, was mit diesem Wort gemeint ist. Und das war auch gut so. Er erinnerte sich noch gut daran, als er den ersten Personalausweis erhielt. Eigentlich, so könnte man denken, ein ganz normaler und harmloser Vorgang. Nicht für Stephan Brahmer. Er war 16 Jahre alt und schon seit fast zwei Jahren in der Lehre. Auf dem Ordnungsamt mußte er, wie das bei deutschen Behörden so üblich ist, ein Formular ausfüllen. Natürlich waren die Namen von Vater und Mutter verschieden. Eigent-

lich war es nicht sein Vater, denn dieser wurde offiziell nur „Erzeuger" genannt. Doch das Formular sah den Erzeuger nicht vor. Hätte Stephan das bedacht, wäre ihm einiges erspart geblieben. Wie wurde er von der Beamtin in aller Öffentlichkeit vor einer Menge fremder Leute angepflaumt, daß verschiedene Namen für Vater und Mutter ja wohl nicht anginge. Er geriet mächtig in Verlegenheit und bekam einen ziemlich roten Kopf. Alles starrte ihn an und er konnte nur stammeln, daß es so sei, denn er sei aus dem Kinderheim. Mitleidig nahm die Beamtin die Aussage zur Kenntnis und machte, ohne ihn eines weiteren Blickes zu würdigen, die für die Meldeangelegenheiten nötigen Eintragungen. Dabei hatte er gedacht, mit dem Personalausweis sei er nun endlich erwachsen und könnte den Zwängen des Heimes entkommen. Erst viel später erkannte er, daß das nicht möglich ist. Einmal Heimkind, immer Heimkind. Manchmal meinte er sogar, man sähe ihm das an. Er versuchte ein möglichst unauffälliges Leben zu führen, versuchte nicht anzuecken und vermied Situationen, in denen es persönlich werden konnte und wo nach Vater und Mutter gefragt wurde. Was auf den ersten Blick als ein Interesse an seiner Person erschien, stellte sich nämlich oftmals als Abfrage des sozialen Status heraus. Aus welcher Familie kam dieser Mensch, lohnt es sich, mit ihm gut Freund zu machen, oder ist der Einsatz nicht der Mühe wert? In der unschuldigen Frage nach Vater und Mutter liegt bereits der Keim der Diskriminierung. Später lernte er, daß es eine Vielzahl solcher Sätze gibt, alle ganz harmlos und unschuldig, doch sie haben es in sich. Klingt es nicht toll, wenn eine Bewerbung mit dem schönen Satz abgelehnt wird: „Wir wünschen Ihnen für Ihren weiteren Lebensweg alles Gute und viel Erfolg." Ob der Widerspruch zwischen Schreiben und Tun überhaupt bemerkt wird? Wissen die Leute eigentlich, was sie da schreiben?

Gewiß, die Erfahrung auf dem Ordnungsamt gehörte zu den harmlosen Episoden seines Lebens. Stephan Brahmer zog daraus seine Schlüsse und ließ bei nächster Gelegenheit den Namen des Vaters, da nach Erzeuger nicht gefragt wurde, einfach fort. Da er den Namen der Mutter trug und diese auch noch „Fräulein" genannt wurde, erkannten die Beamten ohnehin, daß er aus sittlich gefährdeten Verhältnissen stammte. So etwas konnten sie in ihr Weltbild problemlos einordnen. Sie waren damit zufrieden und stellten keine peinlichen Fragen. Nach dem heutigen Namensrecht ist der soziale Informationswert der Meldebögen natürlich bedeutend geringer. Doch bis dahin war es ein weiter Weg. Als Jahre zuvor den unverheirateten Frauen gestattet wurde, sich „Frau" statt „Fräulein" zu nennen, war das freilich zunächst kaum mehr als eine kosmetische Korrektur.

Nun also diese Nachricht aus dem Radio. „Was wird", so dachte Stephan Brahmer, „der Bundestag tun?" Er hatte immer den Eindruck, daß der Staat ihn nicht gewollt hat. Die Mutter erzählte ihm bei einem der seltenen Besuche, ich glaube, er war damals 12 Jahre alt, daß sie, als er noch sehr klein war, für eine Adoption angegangen worden sei. Irgendwelche Leute in Amerika hätten sich für ihn interessiert. Er konnte gar nicht das Gefühl beschreiben, das in ihm aufstieg, als die Mutter lapidar sagte, wenn sie 50 Mark für ihn bekommen hätte, hätte sie ihn

**189**

weggegeben. Dieser Satz brannte sich tief in sein Gehirn ein. Er konnte nicht verstehen, wie der Staat, dessen Bürger und Souverän er doch war, so etwas als Möglichkeit überhaupt dachte, ganz zu schweigen davon so etwas zuließ. Merkwürdig, ähnliche Gedanken gingen ihm durch den Kopf, als der Gesetzgeber die Abtreibung erlaubte. Wenn diese Möglichkeit schon früher bestanden hätte, so sagte Stephan Brahmer, wäre er wohl kaum hier. Ob die Abgeordneten sich jemals Gedanken darüber gemacht haben, wie diese Entscheidung auf Menschen wirken mußte, die bei früherer Geltung dieser Regelung gar nicht da wären, gar nicht gewollt waren? Ihm war diese Regelung, so drückte es Stephan Brahmer aus, ein rechtsstaatlicher Tritt in den Hintern. Was also war nun von der Aktion des Bundestages zu halten? Morgen wolle er sich mit ein paar Zeitungen eindecken. Mal sehen, was die Presse zu der Nachricht aus dem Radio schreibt. Werden sie es überhaupt bringen, auf welcher Seite und unter welcher Rubrik? Die Befürchtung lag freilich nahe, daß es, wenn überhaupt, nur eine kurze Notiz sein wird. Daran werde er aber erkennen, was er dieser Gesellschaft wert sei.

Stephan hatte mich angerufen. Ich war freier Journalist und immer auf der Suche nach einem Thema oder einem Stoff für ein Sachbuch oder eine Erzählung. Wir waren seit Jahren befreundet. Ich wußte, daß Stephan ein Heimkind war. Er machte gelegentlich Andeutungen in dieser Richtung, doch viel erzählt hat er nicht. Ich wußte auch nicht, ob mich das wirklich interessieren würde, denn ich brauchte einen Stoff, der für ein breiteres Publikum von Interesse ist. Also, er rief mich an und sprach von der Nachricht aus dem Radio und daß sie ihn mehr beschäftige als er anfangs erwartet hatte. Er wolle nun über seine Kindheit sprechen und ob ich vielleicht daran interessiert sei. Ich wußte nicht, was mich erwartete, doch da es ihm wichtig schien, sagte ich einem Treffen zu. Er wolle Klarheit über sich, über seine Gefühle und seine Situation. In den letzten Tagen seien vermehrt Szenen und Bilder der Kindertage aus seiner Erinnerung heraufgestiegen. Er vermutete, daß das Unterbewußte nach einer Klärung verlange. Es dränge ihn, den Ort der eigenen Existenz zu bestimmen, also zu wissen, wer er war, woher er komme und weshalb er so geworden sei, wie er ist. Er brauchte jemanden zum Reden. Reden, das war es, was er wollte und brauchte. Das Erlebte in Worte fassen. Schon am Telefon schien er kaum zu stoppen. Er sprach davon, daß es um die Auseinandersetzung mit seinem Schicksal und dessen Einordnung in das gesellschaftliche Ganze ginge. Dabei halfen ihm, wie er später ergänzte, Bruchstücke von Berichten, die er vor Jahren in den Akten gelesen oder von der Mutter oder Verwandten gehört hatte. Möglicherweise lag das Bedürfnis nach einer Standortbestimmung bereits der Ahnenforschung zugrunde, die er, ungewöhnlich für einen jungen Mann, in frühen Jahren betrieben hatte. Doch der Alltag hatte ihm keine Zeit gelassen, sich mit all diesen Fragen zu befassen. Er verdrängte sie, stürzte sich in die Arbeit und versuchte, ein unauffälliges Leben zu führen.

„Die Geschichte meines Lebens", so begann Stephan beim ersten Treffen zu erzählen, „beginnt lange Zeit vor meiner Geburt mit meiner Großmutter. Ein

Bild von ihr habe ich nie gesehen und bemerkenswerte Geschichten wurden, soweit ich mich erinnere, von ihr auch nicht erzählt. Manchmal wurde angedeutet, daß sie polnischer Abstammung gewesen sei, doch sprachen andere dagegen. Sie war in erster Ehe mit einem Manne verheiratet, der während des Boxeraufstandes als Soldat in China war. In ihrem kleinen Haus in Danzig hätten, so die Sage aus vergangenen Tagen, zahlreiche chinesische Kuriositäten gestanden, von denen aber nicht ein einziges Stück in meine Zeit gerettet wurde. Als ihr Mann starb, heiratete sie meinen Großvater. Es war eine sogenannte Mischehe, denn meine Großmutter war katholisch, mein Großvater aber evangelisch. Dann geschahen zwei Unglücke. Meine Großmutter starb und mein Großvater heiratete erneut, diesmal eine evangelische Frau. Damit fing eigentlich alles an. Die Weltordnung schien aus den Fugen zu geraten, wenn katholische Kinder bei evangelischen Eltern aufwachsen. Also, ab mit den vier Kindern in ein katholisches Heim. Meine Mutter war eins von ihnen. Ich weiß bis heute nicht, was sie dort erlebt hat. Von der Wäscherei hat sie erzählt, mehr nicht. Dann kam der Krieg und am Ende die Vertreibung von Danzig nach Graudenz und weiter in den Westen. Es soll ein langer Marsch gewesen sein. Meine Mutter sei hochschwanger gewesen. Was Krieg und Flucht mit ihr gemacht haben, weiß ich nicht. Sie hat nicht davon gesprochen. Sie erzählte sowieso nicht viel aus ihrem Leben. Auch was mit dem Kind geschehen ist, weiß niemand. Eine ältere Cousine, die damals dabei war, erzählte, daß die Russen sie geholt hätten. Als sie zurückgekommen sei, sei von der Schwangerschaft nichts mehr zu sehen gewesen. Meine Cousine fragte mich, ob ich das Kind sei. Ich sagte nein, ich sei zu jung. Ich sei erst ein paar Jahre später im Westen geboren worden."

Die Mutter, die in der äußeren Erscheinung, trotz der Neigung zur Korpulenz, als eine unauffällige Frau bezeichnet werden kann, spielte in Stephans Leben eine ungünstige Rolle, zumindest hatte er es so erlebt. „Mit meiner Geburt", so erzählte er, „hatte meine Mutter viel zu tun. Wie anders, wirst Du sagen, denn sonst? Nun, so war das nicht gemeint. Meine Mutter war leicht in Rage zu versetzen. Sie regte sich schnell über alles mögliche auf und ebenso schnell zerfloß sie aus heiterem Himmel in Tränen. Mich berührte das jedesmal peinlich, denn so etwas mochte ich nicht. Als Kind fühlte ich mich überfordert, zumal wir nicht lernten, jemanden in dem Arm zu nehmen und zu trösten. Wie sollte ich mich also in dieser Situation verhalten? Mußte ich sie nun trösten, und wenn ja, wie? Ich kannte sie doch kaum. Sicher, ich hörte Erzählungen wie Mütter sind, doch bei meiner Mutter stimmte gar nichts davon. Wie sollte ich damit umgehen? Konnte ich das überhaupt? Nein, ich konnte es nicht, und das ließ sie mich spüren. Vernünftig konnte man mit ihr nicht darüber reden. Sie war nun mal so. Ich hatte sie zu ertragen. Als sie später zunehmend zu einer Belastung für mich wurde, war der Abbruch jeglichen Kontaktes unausweichlich, als sie starb, war das die Erledigung eines Problems. Obwohl die Nonnen im Heim an meiner Mutter kein gutes Haar ließen, hielt man streng daran fest, daß sie meine Mutter sei. Bedrohlich wurde diese Auffassung in dem Satz ausgedrückt: ‚Der Apfel fällt nicht weit vom Baum'. Ich wollte aber nicht wie meine Mutter sein, nicht mit diesem sittlichen Makel herumlaufen. Doch mein Wille zählte nicht. Was ich bin und zu sein hatte, das wurde von anderen bestimmt. Der aufgezwungenen sittlichen Schicksalsgemeinschaft mit meiner Mutter konnte ich als Kind nicht entkommen."

„Ihre Neigung sich aufzuregen", so setzte Stephan nach einer Pause die Erzählung fort, „war für mein Leben kein gutes Vorzeichen. Schon mit meiner Geburt ging es los. Weil meine Mutter sich wieder einmal aufgeregt hatte, kam ich zu früh zur Welt. Es war einen Monat oder drei Wochen vor dem Termin, an dem ich vorschriftgemäß hätte geboren werden sollen. Meine nicht den Vorschriften gemäße Existenz, zur nächtlichen Stunde in der Zeugung auf einem badischen Rummelplatz festgelegt, wurde im Akt der Geburt nochmals bekräftigt. An der randständigen Existenz hat sich in meinem Leben nie etwas geändert. Ich war kein Normalfall, gehörte vielmehr zu jener Grauzone, die durch den Mangel an Normalität definiert ist. Jenseits dieser Grenze, für mein späteres Leben nicht ohne Bedeutung, gab es Rechtsansprüche, diesseits Ermessensentscheidungen. Doch davon vielleicht später. Also, meine Mutter hatte sich aufgeregt, und nach ihrer Erzählung, die ich Jahre später in den Akten des Vaterschaftsanerkennungsprozesses bestätigt fand, sei das der Auslöser der Wehen gewesen. Somit wurde ich viel zu früh in ein Land mit einer mir ungünstigen Geschichte und Kultur, in eine Nation hinein gestoßen, die mich nicht haben wollte. Nun mußte ich sehen, wie ich mit dieser Situation zurechtkam."

Stephan machte eine längere Pause, schien sich uneins, was er als nächstes berichten solle, dann entschied er sich, dem chronologischen Ablauf der Ereignisse zu folgen: „Es war", so fuhr er fort, „abends so gegen sieben Uhr, als es losging. Meine Mutter wohnte damals, wie sie dahin gekommen ist, weiß ich nicht, in einem Heim für Mutter und Kind. Es lag außerhalb einer westfälischen Bischofsstadt in einem Dorf einige Kilometer vom nächsten Krankenhaus entfernt. Sie wurde in den Volkswagen des Hausmeisters gesetzt und dann ging es los zur Stadt und zum Krankenhaus. Obgleich Heiliger Abend und die Straßen leer waren, schlich der Volkswagen über die Landstraße, denn vor ihm fuhr gemächlich ein englisches Militärfahrzeug, und das durfte damals nicht überholt werden. So kam es, wie es kommen mußte. Gegen die Vorschriften erfolgte meine Geburt im besagten Volkswagen am Straßenrand. So gegen acht Uhr erreichten wir dann das Krankenhaus. Welche Freude und Staunen meine Ankunft unter den dortigen Nonnen auslöste, ist kaum zu beschreiben. Damals ahnte ich freilich nicht, daß das Zusammentreffen meiner Mutter mit Nonnen", Stephan stockte für wenige Augenblicke und setzte dann die Erzählung fort „zu den ungünstigsten Konstellationen gehörte, die man sich vorstellen kann. Vielleicht klingt das etwas übertrieben, und deshalb will ich", so korrigierte er sich, „einschränken, wie ich mir vorstellen kann."

Ich schaltete das Tonband ab und machte mir wenige Notizen, fragte ihn nach dem Gefühl, das er beim Erzählen hatte. Dann holte ich zwei Flaschen Bier.

Vielleicht machte ihn ein Bier, dachte ich, etwas lockerer. Ich hatte Feuer gefangen und war daran interessiert, daß die Worte sprudeln. Ich spürte, hier war eine Geschichte, die ich in eine Story verpacken konnte. Ich schaltete das Tonband wieder ein und forderte ihn auf, mit seinem Bericht fortzufahren. „Die spärlichen Nachrichten", so hob Stephan erneut an, „die ich über die ersten Monate meines Erdenlebens erlangen konnte, zeigen eine rege Aktivität. Nach vorliegenden Dokumenten wurde ich am Tag der Heiligen Drei Könige getauft, wobei Nonnen, wie ich dem Dokument entnehmen konnte, die Patenstelle vertraten. Eine persönliche Beziehung entwickelte sich daraus jedoch nicht. Es war nur die formale Erfüllung eines kirchenrechtlichen Erfordernisses. Doch so harmlos war der Vorgang keineswegs, denn nun", Stephans Stimme wurde etwas ärgerlich, „gehörte ich ungefragt der katholischen Kirche an, ein Umstand, der den staatlichen Behörden die Einordnung meiner kleinen Person ungemein erleichterte. Ungefragt und ungewollt war ich auf einen Weg gesetzt, der schicksalhaft für mich werden sollte. Die Taufe, so mag es vielen scheinen, sei doch ein normaler und harmloser Akt. Gewiß, was auf viele zutreffen mochte, traf auf mich jedoch nicht zu. Nach der kirchlichen Lehre, die ich später kennenlernte, wurden mir durch die Taufe alle Sünden, die ich bis dahin begangen hatte, und sogar die Erbsünde vergeben. Nur eine Sünde konnte die Taufe, für mich das Wichtigste, nicht tilgen, und das ist der Makel der unehelichen Geburt. Obwohl ich in diesem Punkte keinerlei Schuld auf mich geladen hatte, wurde mir dieser Makel zugerechnet. Hätte ich Priester werden wollen, dann hätte dieser Makel einer Dispens bedurft, doch auch dann noch wäre ich von höheren kirchlichen Ämtern ausgeschlossen geblieben. Selbst bei den Freimaurern hätte ich niemals Mitglied werden können, und das bei einer Gemeinschaft, die auf Brüderlichkeit so viel Wert legt. Neben der rechtlichen Diskriminierung, denn die 1949 vom Grundgesetz geforderte Gleichstellung mit ehelichen Kindern blieb lange ein frommer Wunsch, gibt es Gruppen, die allein aufgrund der unehelichen Geburt in mir ein minderwertiges Wesen sehen."

Aus diesen wenigen Aussagen ging hervor, daß Kirche und Religion für Stephan wohl eher ein Problem, weniger eine Hilfe bei der Lebensbewältigung waren. Gewiß, bei vielen Menschen, die nach dem Krieg aufgewachsen sind, spielte Kirche meist eine große Rolle. Sie griff prägend in ihr Leben ein und verursachte dabei nicht unerhebliche Probleme. Viele wandten sich deshalb später von ihr ab. Die häufige Erklärung, mit diesem Schritt Kirchensteuer zu sparen, ist viel zu vordergründig und eher der Ausdruck einer Weigerung der Kirchen, sich kritisch mit ihrer Rolle auseinanderzusetzen, die sie damals spielten. Die Aufarbeitung der Vergangenheit, zumal wenn sie zu unliebsamen Wahrheiten führt, gehört nicht zu den Stärken der Kirchen. Welchen psychologischen Druck hatten sie, zwar gesellschaftlich sanktioniert, nicht in den Heranwachsenden aufgebaut? Man wundert sich, daß nicht mehr Menschen diesen Institutionen den Rücken gekehrt haben. Auch Stephan hatte sich irgendwann zu diesem Schritt durchgerungen. Ihm war das nicht leicht gefallen, denn die kirchliche Prägung war seit der Kindheit ein Teil seiner Identität geworden.

„Wollen wir weitermachen?" fragte ich. Stephan konzentrierte sich einen Augenblick und begann dann wieder zu erzählen: „Gerade mal 14 Tage auf dieser Welt, war ich schon in ein Geflecht von historischen und gesellschaftlichen Verhältnissen eingebunden, die wie Fäden eines Kokons um mich gesponnen wurden. An unsichtbaren Seilen wurde meine Stellung in der Gesellschaft fixiert. Das herausragendste Merkmal jener Zeit war, daß permanent andere, mir ganz fremde Leute über mich verfügten. Nicht einer von ihnen", Stephan hatte sich, trotz allem, einen feinen Humor bewahrt, „hat auch nur ansatzweise versucht, mit mir ins Gespräch zu kommen. Ich glaube, ich war kaum ein Jahr alt, da trat ich gegen meinen Erzeuger sogar als Kläger auf. Wenig konsequent wurde der Prozeß juristisch ‚Vaterschaftsanerkennungsprozeß' statt ‚Erzeugeranerkennungsprozeß' genannt. Weder ich noch meine Mutter, sondern die Behörde hatte die Klage in meinem Namen erhoben. Heute würde man das Handeln ohne Auftrag nennen. Inzwischen war ich offenbar in einem Heim untergebracht worden, über das ich später aber kaum etwas erfahren konnte. Ich habe den Verdacht, daß dieses Heim irgend etwas mit der geplanten Adoption zu tun hatte. Dieser Staat wollte mich loswerden. Als das nicht gelang und ich die Kosten für meine ungewollte Existenz nicht aufbringen konnte, sah sich das Jugendamt legitimiert, in meinem Namen gegen meinen Erzeuger zu klagen. Ob das günstig für die Beziehung zwischen Vater und Kind sei, wurde nicht gefragt. Später im Heim habe ich erfahren, daß solche Prozesse eine Beziehung zwischen Vater und Kind fast unmöglich machen. Doch ein Gutes hatte der Prozeß, ich erfuhr später, als ich Akteneinsicht nahm, etwas über meinen Vater und seine Familie."

Obwohl abwesend, spielte der Vater für Stephan durchaus eine gewisse Rolle, doch hatte er, in der bürokratischen Sprache bereits angelegt, keine günstige Stellung. Zwischen ihm und Stephan, so hatten die Bürokraten bestimmt, bestehe kein Verhältnis der Verwandtschaft. Damit fiel auch die Schutzfunktion fort, die ein Vater gegenüber Frau und Kindern wahrzunehmen hatte. Stephan empfand es als Herabsetzung, daß er nicht von seinem Vater, sondern nur von seinem Erzeuger sprechen durfte. Er hatte das Gefühl, daß der Staat ihn des Schutzes durch den Vater beraubte. Gerade im Heim hatte er sich einen Beschützer sehnlichst gewünscht. Im Begriff „Erzeuger", so meinte er, liege Abwertung und Diskriminierung, die nicht so sehr den Vater, sondern vor allem das Kind trifft. Das Wort sei ein Ausdruck dafür, daß dieses Kind nicht den gleichen Wert wie andere Kinder habe. Dem Wort hing etwas Verbotenes und Anrüchiges an. Es charakterisierte die Beziehung zwischen Vater und Kind als unsittlich. Stephan glaubte, daß dieses Wort die Ablehnung des Vaters in ihm erzeugen solle. Auch sei es eine Warnung, dem Vater es nicht gleichzutun. An dieser Einschätzung des Vaters hat die Mutter, die doch zumindest in einem Augenblick für ihn eine heftige Neigung gehabt haben muß, nie Korrekturen vorgenommen, denn über ihn verlor sie nur wenige Worte. Im Zusammenhang mit Kindergeldzahlungen untersagte sie jeglichen Kontakt mit dem Vater, weil sie befürchtete, er könne daraus den Anspruch auf Kindergeld ableiten. Die Nonne rief den elfjährigen Stephan vom Spielen und den übrigen Kindern weg auf den Balkon, wo sie diesen Sachverhalt erklärte und ihm eindringlich in Erinnerung rief, daß sein Vater nicht sein Vater, sondern nur sein Erzeuger sei. „Ich war damals", so berichtete Stephan, „sehr aufgeregt, denn es wurde erwartet, daß mein Vater mit mir Kontakt aufnähme, mich besuchen könnte, doch nichts derartiges geschah."

„Nun", so leitete Stephan zum gerichtlichen Teil seiner frühen Jahre über, „mein Vater war 10 Jahre jünger als meine Mutter. Da er noch minderjährig war, trat sein Vater, also mein Großvater, für ihn vor die Schranken des Gerichtes. Er versuchte mit allen Mitteln nachzuweisen, daß ich zu früh geboren sei und deshalb nicht aus der Beiwohnung seines Sohnes mit meiner Mutter hervorgegangen sein könne. Zudem hätte, was jedoch unbewiesen blieb, meine Mutter Umgang mit anderen Männern gehabt. Bereits jetzt, wie später oftmals, ließ meine Mutter mich im Stich. Ich hatte sie durch das Jugendamt als Zeugin benannt, doch der Aufforderung, als Zeuge vor Gericht zu erscheinen, kam sie nicht nach. Verständlich war das insofern, als sie zu dieser Zeit mit meinem Halbbruder schwanger war, und zwar von einem Mann, dessen Namen sie noch nicht einmal kannte. Erscheinen oder Nichterscheinen, beides war das Eingeständnis der Anschuldigung. In dieser kritischen Situation kam mir nur der Umstand zugute, daß meinem Vater einen Monat vor meiner Geburt ein erster Sohn geboren war, und zwar von jener Frau, die er dann auch ehelichte. Nachdem die Beiwohnung unbestreitbar feststand und der Vergleich der Blutgruppen meinen Vater als Erzeuger nicht ausschloß, wurde mein Vater gerichtskundig zu meinem Erzeuger erklärt, mit der Folge, für meinen Unterhalt aufzukommen. Ich aber hatte nicht nur meinen ersten Prozeß, sondern zugleich auch eine tiefe Skepsis gegen jede Art der juristischen Beweisführung gewonnen."

Ich schaltete das Tonband aus und meinte, daß dies für den heutigen Abend genug sei, zumal ich noch einige Texte korrigieren müsse, die morgen früh zur Redaktion gingen. Ich bat Stephan jedoch, sich an das Vergangene zu erinnern und aufzuschreiben, zumindest Notizen oder Stichworte zu machen, vor allem solle er herausfinden, welche Erlebnisse ihm wichtig sind, welche Erlebnisse ihn geprägt hatten. Dann verabschiedeten wir uns bis zum nächsten Treffen. Es solle der kommende Sonntagnachmittag sein. Ich werde es so einrichten, daß ich dann länger Zeit hätte.

Jener Sonntag war ein trüber Tag. Der März konnte noch recht winterlich sein und so fielen aus den dunklen Wolken auch heute wieder Schneeflocken. Meine Frau hatte Kaffee gekocht und in einer Blechdose sogar noch einige Weihnachtsplätzchen gefunden. Sie meinte, das passe für das Christkind. Dann war sie gegangen. Sie wollte eine Freundin besuchen. Bald darauf klingelte es und Stephan trat in meine Wohnung. Wir tauschten ein paar Freundlichkeiten und Bemerkungen über das abscheuliche Wetter aus. Dann setzten wir uns. Ich goß Kaffee ein und fragte, ob wir loslegen können. Nachdem er zugestimmt hatte, schaltete ich das Tonband ein, und Stephan begann wieder zu erzählen.

„Die Erinnerung an die ersten Jahre meiner Kindheit ist für mich verschwommen und könnte nachträglich durch die wenigen Photographien, die von mir aus dieser Zeit existieren, stimuliert sein. Die bildliche Dokumentation meines Lebens beginnt zwar nicht, wie man erwarten sollte, mit der Photographie eines in die Kamera lächelnden nackten Babys auf einem Bärenfell, sondern mit der Ablichtung eines etwa vier oder fünfjährigen Jungen, der versucht, irgendwelche Bauklötze zusammenzustecken. Erinnern kann ich mich daran freilich nicht. Ich weiß nur, daß es in einem kirchlichen Heim war, das hinter Bonn in einer kleinen Stadt am Rhein lag. Diese Information verdanke ich meiner Mutter und fand sie später in den Akten, in die ich Einsicht nahm, bestätigt."

Stephan hielt inne und nahm ein Plätzchen, das er mit Genuß verspeiste. Ich war aufgestanden und hatte, um die trübe Stimmung, die von außen durch die Fenster fiel, etwas zu vertreiben, ein paar Kerzen angesteckt und auf den Tisch gestellt. Sie erweckten ein bisschen von dem, was man Gemütlichkeit nennt. Nachdem ich mich wieder gesetzt hatte, fuhr Stephan fort: „Etwa ab dem fünften Lebensjahr kann ich der eigenen Erinnerung trauen, denn ich entsinne mich noch sehr genau des Tages meiner Einschulung mit Schulranzen und Schultüte. Sie geschah in Mülheim, einem Vorort von Köln, in der Stadt, die die nächsten Jahre der Ort meines Aufenthaltes wurde und die ich, trotz allem, als meine Heimat betrachten lernte. Zur Einschulung war sogar meine Mutter gekommen und hatte, was wohl ihr Hobby war, von mir Photos gemacht. Mein Bruder war auch da. Ihn hatte ich einige Wochen zuvor kennengelernt. Ich erinnere mich sehr genau daran. Ich spielte mit anderen Kindern, als plötzlich eine Nonne mit einem kleinen dicken Knubbel ankam und mir erklärte, daß dieser mein Bruder sei. ‚Mein Bruder', sagte ich, ‚davon habe ich noch nie etwas gehört'. Doch die Nonne redete auf mich ein, erzählte etwas davon, daß wir zusammengehörten und zusammenhalten müßten. Meine Mutter wolle es so. Gegen soviel Autorität ist schwer für ein Kind anzukommen. Also nahm ich den kleinen Knubbel an die Hand und zeigte ihm, was ich gerade spielte. Viel abgegeben habe ich mich mit ihm aber nicht. Er trat nur sporadisch in meinen Lebenskreis. Ich weiß noch nicht einmal, ob er in meiner Gruppe blieb, wohl kaum, denn sonst müßte davon etwas in meiner Erinnerung hängen geblieben sein. Obgleich er nur anderthalb Jahre jünger als ich war, habe ich ihn nie als gleichwertigen Spielpartner angesehen. Dafür waren andere Jungs da, die so alt waren wie ich und mit denen man so eigenes anstellen konnte. An einen erinnere ich mich noch heute, wenigstens an seinen Namen, Albert. Ich traf ihn später gelegentlich, verlor ihn dann aber aus den Augen. Wir bauten uns Phantasiegebilde, indem wir Stühle übereinander stapelten und dann zwischen den Stuhlbeinen hindurch in unsere Burg krochen. So ging es auch im Sandkasten auf dem Hof, wo die großen Jungs Fußball spielten. Mich zog dort häufig ein Gitter an, durch das man in einen wunderschönen Garten sehen konnte, wo Blumen blühten und sich ein gepflegter grüner Rasen ausbreitete. Es war der

Klostergarten, wo die Nonnen spazieren gingen und beteten. Wir durften dort aber nicht hinein. Unser Reich war der Hof. Wenn es warm und sonnig war, dann ging auch der Lehrer mit uns auf den Hof. Die Schule war im Heim. Wir hatten nur wenige Schritte zu den Räumen, wo wir unterrichtet wurden. Auf dem Hof sangen und spielten wir dann Bibabutze-Mann und ähnliches. Ich fand das alles sehr lustig und aufregend."

Stephan hielt wiederum inne, griff nach der Gesäßtasche und zog einen kleinen Zettel hervor. Es war ein Spickzettel, auf dem er sich einige Stichworte notiert hatte. Ich hatte ihm dazu geraten. Daß er diesem Rat gefolgt war, zeigte mir, wie ernst es ihm um seine Geschichte war. Vielleicht hatte er auch das Gefühl, daß ich mich für ihn und sein Leben wirklich interessierte. Ich muß gestehen, für mich war das eine ganz neue Welt. Vieles, was er erzählte, konnte ich mir überhaupt nicht vorstellen, ja nicht einmal ausdenken. Ich hatte immer angenommen, daß es in den Heimen ganz so wie in einer Familie zugeht. Wenn ich an Heime dachte, dann immer nur an SOS-Kinderdörfer. Nun wurde mir klar, daß ich da einem gravierenden Irrtum aufsaß, aber nicht nur ich, sondern auch viele andere. Es lohnt sich also, etwas genauer hinzusehen.

„Es gab", so setzte Stephan die Erzählung fort, „aufregende Plätze im Heim. In dem städtischen Heim, in das ich später kam, hat der Schweinestall, denn Schweine gehörten wie auch Hühner damals noch zum Inventar von Kinderheimen, mich immer angezogen. Es waren, von Fischen und Vögeln abgesehen, die einzigen Tiere, die im Heim gehalten wurden. Anders war es im Lehrlingsheim. Dort waren Meerschweinchen und andere Tiere und vor allem ein tapsiger schizophrener Bernhardiner, der auf den Namen Barry hörte, wenn er denn mal hörte, und der morgens zum Wecken auf die Betten gejagt wurde und mich mit seinem seifernden Gebell wach machte. Meine Schadenfreude war nicht gering, als er einmal in eine Steckdose pinkelte. Der Schweinestall hingegen war eine ganz eigene faszinierende Welt. Ich fand Schweine sehr lustig. Wenn wir uns über die Mauer ihres Auslaufes beugten und ihnen auf den Rücken schlugen, dann liefen sie quiekend davon, kamen aber immer wieder zurück und guckten uns genauso neugierig an wie wir sie."

„Bevor ich in die Schule kam, um noch einen Ort zu nennen, der mich magisch angezogen hat", so fuhr Stephan fort, „hatte es mir die Backstube des kirchlichen Heimes angetan. Ich weiß nicht, wie viele Stunden ich dort verbracht hatte. Sie war immer schön warm und vor dem Ofen gab es einen Tritt, den man ein- und ausziehen konnte. Der Abstand vom Boden zur Trittfläche war so hoch, daß ich bequem darunter kriechen konnte. Von dort aus beobachtete ich das Geschehen in der Backstube und dort reifte in mir der Entschluß, Bäcker zu werden. Hätte ich doch nur diesen Brotberuf ergriffen, mir wäre später manches erspart geblieben!"

„Du mußt Dir vorstellen", so versuchte Stephan mir zu erklären, „daß damals die Kinder in den Heimen in einer ganz eigenen abgeschlossenen Welt lebten. Du siehst und hörst nur das, was um dich herum geschieht. Gewiß, in dem städtischen Kinderheim gab es den Gärtner, den Schuster, Schlosser, Elektriker und Schreiner, doch wir kamen mit diesen nur zusammen, wenn wir etwas zu ihnen bringen oder von ihnen etwas abholen mußten. Damals in der Bäckerei aber, wo ich bleiben und zusehen durfte, wie der Mann, der von außerhalb kam, das Brot formte und dann in den Ofen schob, habe ich zum ersten Mal die Ausübung eines Berufes gesehen. Nach meinem damaligen Weltbild gehörten Lehrer und Erzieher nicht zum Berufsleben. Nur die Handwerker übten einen Beruf aus und ich fand es sehr anziehend, daß sie etwas machten, was man sehen und anfassen konnte. Das war eine reelle Sache."

Stephan unterbracht die Erzählung und nahm einen Schluck aus der Kaffeetasse. Er bemerkte, daß er den Kaffee ganz vergessen hatte, denn er war schon ziemlich abgekühlt. Dann griff er den Ereignissen voraus. „Als ich", so hob er an, „mich nach acht Jahren Volksschule für einen Beruf entscheiden mußte, war ich sehr in Verlegenheit. Alles, was ich wußte, war, daß es ein Handwerk sein sollte. Aber die Auswahl war nicht sehr groß, eigentlich hatten wir Kinder von der Berufswelt gar keine Ahnung. Ursprünglich wollte ich aufs Schiff. Einmal im Jahr machte das Heim nämlich einen Schiffsausflug auf dem Rhein. Meist ging es ins Siebengebirge, nach Königswinter, Linz oder nach Andernach und dann nach Maria Laach. Solche Ausflüge ließen für einen Tag das Heim vergessen. Es gab gut zu essen, sogar richtige Limonade, nicht nur Brause aus dem Tütchen. Als erstes gab es eine Bouillon-Suppe. Ich kann mich nicht erinnern, jemals eine getrunken zu haben, die so gut schmeckte. In Erinnerung geblieben sind mir auch die Fahrten, die die Taxifahrer für die ‚Waisenkinder' durchführten. Es ging zu Kaffee und Kuchen ins Bergische Land, doch am spannendsten war die endlose Schlange von Taxis. Alle Leute auf der Straße blieben stehen und konnten vor Staunen kaum den Mund zu bekommen. Doch zurück zum Rhein. Auf den Kähnen, die an uns vorbeifuhren, sah man junge Männer, die Schiffe schrubbten. Das, dachte ich, das könnte ich auch, denn Schrubben hatte ich im Heim gelernt. Wir mußten nämlich hin und wieder den Boden unserer Wohnräume schrubben, mit Terpentin und Bohnerwachs, damit der Boden wieder hell und sauber wurde. Dann wurde gebohnert, bis der Boden nur so strahlte. Ich erinnere mich, daß es in den Räumen immer eigenartig nach Terpentin und Bohnerwachs roch. In den Neubauten war das jedoch nicht mehr notwendig, denn in ihnen wurde ein Bodenbelag verwendet, der nur mit einer Lauge geputzt werden mußte."

Ich war aufgestanden, denn eine der Kerzen drohte, nachdem das Wachs sich eigenmächtig einen Ausfluß geschaffen hatte, zu verlöschen. Ich mußte, um nicht Schelte von meiner Frau einzustecken, dieses Problem lösen. Im Schrank auf dem Flur fand ich auch bald Ersatz, tauschte die Kerzen aus, zündete sie an und meinte: „Jetzt kann es weitergehen!" „Bei der Berufswahl machte sich", so setzte Stephan seine Ausführungen fort, „die Isolation im Heim sehr nachteilig bemerkbar, wenigstens für mich. Es war kein Vater da, der abends von der Arbeit nach Hause kam, der Freunde und Kollegen hatte, die unterschiedliche Tätigkeiten ausübten, wo man auch schon mal fragen konnte, was sie da eigentlich machten.

Das Bild der Berufswelt, das den Nonnen vorschwebte, war sehr eingeschränkt. Es hatte meist mit ihrer eigenen Herkunft zu tun und spiegelte eine Wirklichkeit wider, wie sie vor dem Ersten Weltkrieg und danach bestanden hatte. Ein beliebter Vorschlag war Bauer. Sicher, ich fand Schweine ganz lustig, aber das abgemähte Korn zu Garben zu binden, fand ich wenig aufregend. Ich wollte aufs Schiff. Doch die Nonne war dagegen. Vielleicht ahnte sie, daß versteckt dahinter der Wunsch nach Freiheit stand, der Wunsch, endlich der Heimsituation entfliehen zu können. Ich hatte das damals nicht begriffen, spürte nur eine Sehnsucht nach einer unbekannten Welt, die anders war als das Heim. Doch daraus wurde nichts. Ich kam ins Lehrlingsheim und erlernte einen Mechanikerberuf, weshalb, ist mir selbst nie klar geworden. Aber irgend etwas mußte man doch machen. Im achten Schuljahr stand die Berufswahl an und da mußte man sich eben entscheiden."

Stephan hielt inne, nahm ein Plätzchen und aß es nachdenklich. Dann nahm er einen Schluck Kaffee und setzte an, um eine entscheidende Episode zu erzählen. „Ich weiß nicht warum", begann er, „aber an einem Sonntag, ich war damals sechs Jahre alt, wollte ich nicht in die Kirche gehen. Und nun bekam ich zu spüren, was es heißt, ungefragt in eine Kirche aufgenommen zu sein und deren Pflichten nicht nachzukommen, denn nun setzte es Prügel. Die übrigen Kinder gingen mit der Gruppenschwester in die Kapelle. Sie lag direkt neben dem Tagesraum unserer Gruppe, wo wir spielten und aßen, und dem Altersheim, das zu dieser kirchlichen Einrichtung gehörte. Ich erinnere mich, daß wir in dieser Kapelle gebetet haben, als der Ungarnaufstand losging. Doch von Politik verstand ich damals nichts, dennoch spürte ich die Bedrohung. Nachdem die Nonne, die ich immer als sehr lieb empfunden habe - sie starb übrigens ein paar Jahre später eigenartigerweise mit drei weiteren Nonnen innerhalb weniger Tage - also, nachdem die Nonne mit den Kindern zur Kirche gegangen war, machte ‚die' Fräulein, wie wir zu sagen pflegten, sich über mich her. Annemarie hieß sie. Diesen Namen werde ich nie vergessen. Was viele Menschen nicht wahrhaben wollen, Frauen können sehr grausam sein. Diese Erfahrung mußte ich nicht nur einmal, sondern oft machen, denn von ihnen habe ich auch später viel Prügel bezogen. Sie schlugen nicht nur mich grün und blau. Manche Flecken und Striemen gingen erst nach Tagen fort. Doch die erste deftige Prügel, an die ich mich erinnern kann, war wohl die angemessene Antwort auf das große Vergehen, daß ich an jenem Sonntag nicht in die Kirche gehen wollte. Ich muß fürchterlich geschrieen haben. Ich glaube, daß man es durch die Wand hindurch auch in der Kapelle gehört hat, denn plötzlich stand die Mutter Oberin im Raum. Ich weiß nur, daß sie mich in die Kapelle mitnahm und daß ich schluchzend und weinend neben ihr sitzen durfte. Ich verstand überhaupt nicht, was geschehen war. Wieso durfte ich nicht sagen, daß ich nicht in die Kirche wollte? Was war daran so schlimm? Ich verstand gar nichts mehr. Nach dem Gottesdienst wurde mir erzählt, daß Kinder, die sonntags nicht in die Kirche gehen, nicht aus dem Fenster schauen dürfen, denn sie sollen rausfallen und dann tot sein. Das waren bedrohliche Worte und ich verstand, daß es da etwas gibt, das mir gewaltige Schmerzen und Qualen und sogar den Tod bereiten konnte. Ich glaube, ich habe damals einen gewaltigen Knacks bekommen. Die Erzieherinnen müssen das gewußt oder zumindest geahnt haben, denn mit Vorliebe schlugen sie auch später in diese Kerbe. Vor dem Hintergrund dieser Erlebnisse habe ich bis heute nicht verstanden, wie Jungs aus dem Heim später Erzieherinnen sogar heiraten konnten. Das ist mir ein Rätsel. Vielleicht ist in diesen Fällen die angestrebte Verhinderung von Bindungen nicht gelungen oder völlig in ihr Gegenteil umgeschlagen."

Stephan blickte mich an, als ob er fragen wollte, verstehst Du, was damals mit mir geschehen ist? Ich machte eine Pause und sagte ihm: „Wenn Du noch Kaffee möchtest, dann muß ich nochmals Wasser aufsetzen". Er bejahte die Frage und folgte mir still die wenigen Schritte in die Küche. Wir sprachen kein Wort. Mir fiel es schwer nachzuvollziehen, was mit ihm geschehen war. Dann ertappte ich mich bei dem Gedanken, wie ich das Erzählte so in Worte fassen könne, daß der Leser eine Ahnung von den psychischen Wirkungen dieser Vorgänge bekomme. Es ging ja nicht um die Prügel, sondern um das, was man ihm eingebleut hatte. Man hatte ihm klar gemacht, daß Frauen grausam sind. Wie sollte er ihnen jemals trauen? Stephan lernte zwar mit dieser Situation umgehen, fand einige Frauen später auch ganz attraktiv und charmant, doch an sich heran ließ er sie nicht kommen. Da war eine Schranke in ihm, an der ein Warnlicht aufleuchtete, wenn eine Frau ihm zu nahe kam. Das ging nicht.

Um das Schweigen zu beenden, fragte ich: „Wie war denn das Verhältnis zu Mädchen im Heim?" „Der Umgang mit Mädchen", so hob Stephan in der Küche an, „wurde nicht gern gesehen und streng unterbunden. In den Klassenräumen kamen Jungs und Mädchen jedoch zusammen und da gab es unbeaufsichtigte Augenblicke, wenn der Lehrer mal herausgerufen wurde oder der Rektor, der das siebente und achte Schuljahr unterrichtete, ans Telefon mußte. Wenn aber eine Anbändelung aufflog oder gar ein Zettel gefunden wurde, den ein Junge einem Mädchen zugesteckt hatte, dann war eine Standpauke fällig und vor allem die Jungs wurden vor der Klasse bloßgestellt. Ich habe diese Tändeleien zwischen Jungs und Mädchen immer als unschuldige Spielereien gesehen, verstand gar nicht, was die Lehrer und Erzieher eigentlich darin hineingeheimsten. Erst viel später wurde mir klar, daß sie an einer vorgeschobenen Sexualneurose litten, die den Machtmißbrauch legitimierte. Selbst wenn ich mit einem Jungen raufte, konnte es geschehen, daß die Nonne schon darin einen Verstoß gegen das Sechste Gebot sah. Manchmal denke ich an diese Vorgänge und frage mich, wie die vorgeführten Jungs später im Leben mit Frauen zurecht gekommen sein mögen? Mir wurde klar", so fuhr Stephan nach einer kurzen Pause fort, „daß die Erzieher und Lehrer an die Folgen ihres Handelns nie gedacht haben. Diese interessierten sie offenbar nicht. Die Hauptsache war die Wahrung der äußeren Ordnung".

Der Kaffee war durchgelaufen und wir gingen zurück in mein Arbeitszimmer. Ich füllte die Tassen, goß Milch hinein, und ließ langsam etwas Zucker in meine

Tasse hineinrieseln. Nachdem ich die ersten Schlucke genossen hatte und Stephan bereit war, schaltete ich das Tonband wieder ein und ließ ihn weiter erzählen.

„Also", so nahm er den Faden wieder auf, „die erste deftige Prügel hat mein Leben entscheidend verändert. Ob sie auch der Grund dafür war, weshalb ich und mein Bruder in das städtische Heim verlegt wurden, weiß ich nicht. Doch nicht lange danach muß es gewesen sein, da hieß es eines Morgens aus heiterem Himmel packen und den vertrauten Ort verlassen. Mit der Straßenbahn ging es nach Sülz, wo das städtische Heim angesiedelt war. Dort sollte ich die nächsten Jahre verbringen, die Volksschule durchlaufen und dann in die Lehre gehen. Meine Übersiedelung wurde bürokratisch ‚verlegen' genannt."

„Dieses Wort", so setzte Stephan zu einem Exkurs an, „wurde mir zum Kennzeichen des Umgangs der Behörden mit Heimkindern. Ich glaube, es gibt keinen Ausdruck, der das Verhältnis des Staates zu den Heimkindern besser ausdrückt. Damit meine ich nicht einen isolierten Aspekt dieses Wortes, sondern alle Möglichkeiten seines Gebrauchs zusammen. Es beinhaltet den Ortswechsel, der meist die Existenz bedrohte, denn ‚verlegen' bedeutete für die Kinder oft den Abstieg vom Heim in die Erziehungsanstalt mit erheblichen negativen Folgen für das spätere Leben. Es bedeutete aber auch das unbedachte Ablegen einer Sache, etwa einer Akte, an einem Ort, wo man sie nicht suchen würde, vielleicht auch unbewußt nicht finden will, ganz nach dem Motto ‚Aus den Augen, aus dem Sinn'. Mit einem angeblich schwierigen Kind wollte man nichts zu tun haben. Statt sich der Schwierigkeit zu stellen, wurde das angeblich schwierige Kind in eine andere Gruppe oder Anstalt abgeschoben. Das Wort ‚verlegen' drückt aber auch das unbehagliche Gefühl aus, bei einer Handlung ertappt zu sein, die man eigentlich nicht hätte begehen dürfen. Alle diese Aspekte", so Stephan, „schwingen in diesem Wort mit."

Stephan mochte die bürokratische Sprache nicht, die Kinder als Akten und Fälle betrachtet und behandelt. Er spürte, daß hier etwas nicht stimmte, doch als Kind war er nicht in der Lage, dieses Unbehagen zu artikulieren und auszudrücken, zumindest nicht in der Form, wie Erwachsene das erwarteten. Sein Unbehagen entlud sich vielmehr ungewollt in Aggressionen, Bettnässen und stiller Verweigerung, die ihm den Ruf einbrachten, schwierig und schwer erziehbar zu sein. Nach den Gründen fragte freilich niemand.

„In den Heimen", so erläuterte Stephan, „waren wir eigentlich nur Akten. Wir waren auf den Status von Akten reduziert. Nur was in der Akte stand, hatte Realität. Das vieles von dem, was mit uns geschah, nicht darin erwähnt ist, störte niemanden. Als ich meine durch Briefe der Mutter angeschwollenen Akten las, habe ich nirgends einen Hinweis darauf gefunden, daß ich von Erziehern geprügelt wurde. Nach meiner Erinnerung gab es von den Kindern, die ich kannte, nur wenige, die nicht irgendwann eine deftige Abreibung erhalten haben. Die Anlässe waren meist nichtig und beruhten nicht selten auf Ungeschicklichkeit, wenn zum Beispiel eine Tasse mit Kakao oder Milch umgeworfen wurde oder ein Teller aus der Hand fiel. An ausgesprochen bösartige Kinder kann ich mich nicht erinnern.

Besonders gefürchtet war bei uns der Auftritt der Nonne während des Mittagessens, wenn sie aus der Klausur zurückkam. Regelmäßig setzte es dann für einen von uns Ohrfeigen mit dem Hinweis, daß eine andere Nonne irgendetwas gesehen haben will, was man nicht hätte tun dürfen. Ob die Anschuldigung zutraf, wurde nicht gefragt. Manchmal bekamen, wo sie schon mal dabei war, andere direkt ein paar Ohrfeigen mit. Eines konkreten Fehlverhaltens bedurfte es dafür nicht. Wir Kinder sahen in der Klausur, wo die Nonnen sich zum Essen versammelten, eine Klatsch- und Tratschbude. Wenn eine Strafe auch notwendig erschien, dann waren doch, so empfanden wir Kinder, Häufigkeit und Maß der Prügel in keiner Weise gerechtfertigt. Wir Kinder waren den Erziehern hilflos ausgeliefert und keiner war da, der uns beschützte."

Dann machte Stephan eine mir überraschende Mitteilung. „Du wirst es nicht glauben, aber die Nonne, die mich oft brutal geprügelt hat, hat sich später bei mir entschuldigt und gesagt, daß sie bei mir viel falsch gemacht habe. Das hätte ich ihr eigentlich nicht zugetraut. Trotz allem hatte sie sich einen Sinn für Gerechtigkeit bewahrt. Sie erzählte mir auch, daß sie manchmal aus Akten Berichte entfernt habe, weil sie zu ungünstig für die Kinder gewesen seien. Ein Junge, mit dem ich zusammen in der Gruppe war und der später auch Einsicht in seine Akte nahm, erzählte mir, daß sie quer über den Bericht einer anderen Nonne groß geschrieben hat ‚stimmt nicht'. Die Rivalität unter den Erziehern schlug sich also auch in den Akten nieder. Doch abgesehen davon könnte ein Historiker, der nach Aktenlage eine Geschichte der Heimerziehung schreiben würde, glauben, daß es körperliche Züchtigung, von den seelischen Grausamkeiten ganz zu schweigen, in den Heimen gar nicht gab. Auch wenn er sich einer skeptischen Quellenkritik befleißigen würde, so würde er den Umfang und die Häufigkeit der verabreichten Prügel nicht ermessen können. Wenn Probleme auftauchten, so stand es in den Akten, dann waren diese in den Kindern begründet. Daß die Erzieher ein wesentlicher Teil des Problems waren, ja die Heimerziehung das Problem erst schuf, wird schlicht unter den Teppich gekehrt. In der Rückschau zeigen mir die Erzieher mehr Verhaltensauffälligkeiten als die Kinder."

Mir schien der Gedanke so erstaunlich, daß ich unterbrach und Stephan fragte: „Hast Du eine Erklärung dafür?" „Nun", so begann Stephan, „das heimpädagogische Ziel war damals, wie ich in einer kurzen Geschichte des Sülzer Kinderheimes aus Anlaß seines fünfzigjährigen Bestehens gelesen habe, das Bestreben, keine Bindungen entstehen zu lassen. Die Bindungsfähigkeit des Kindes, mit dem es Schutz und Sicherheit sucht, sollte systematisch untergraben werden, und das ist, wie die Erfahrung lehrt, mit katastrophalen Folgen für das Leben der Kinder auch oft gelungen. Das nannte man ‚von sich weg erziehen'. Dem Grundbedürfnis des Kindes für eine gesunde seelische Entwicklung wurde bewußt entgegengearbeitet, und damit schuf das Heim die Probleme der Kinder, auf die das Heim, so merkwürdig es klingen mag, heilend antworten sollte."

Stephan machte eine Pause, nahm einen Schluck Kaffee und schaute eine Weile in das Kerzenlicht. Dann nahm er seine Aktenkritik wieder auf: „Also, nicht ich, sondern die Akte, die über mich geführt wurde, war wichtiger als ich, denn darin stand die Wahrheit über mich geschrieben. Ich habe Akten zu mißtrauen gelernt, denn in meinen Akten fand ich keinen Hinweis darauf, wie ich die Situation erlebt oder eingeschätzt hatte. Das ‚audiatur et altera pars' war für Heimkinder außer Kraft gesetzt. Immer gab es andere Leute, die glaubten, objektiv über mich schreiben zu können, und den Anspruch erhoben, mich zu kennen und zu wissen, wo meine Schwächen und vor allem wo meine sittlichen Schwachpunkte lagen, für was ich geeignet bin und was für mich das Beste sei. Soviel Überheblichkeit, wie in Akten von Heimkindern anzutreffen ist, kann sich kaum ein Mensch vorstellen. Verzeih mir", unterbrach Stephan den Erzählfluß, „ich bin nicht gut auf Akten zu sprechen, denn regelmäßig bezog ich eine Abreibung, wenn mal wieder ein Bericht über mich geschrieben werden mußte. Schließlich könne man über mich nur Unerfreuliches schreiben."

Nach diesem Exkurs beendeten wir die Sitzung für den heutigen Sonntag, denn ich sah, daß Stephan ziemlich aufgewühlt war. Für eine ruhige Darstellung der Dinge, so dachte ich, mag die emotionale Erregung nicht günstig sein. Wir verabredeten uns für die kommende Woche zur gleichen Zeit. Ich wolle, so sagte ich Stephan, mir inzwischen Gedanken darüber machen, in welcher Form seine Geschichte der Öffentlichkeit präsentiert werden könne. Ich wollte dazu Vorschläge machen. Doch auch ich mußte das Gehörte erst einmal verdauen und Abstand gewinnen. Die Geschichte müsse verständlich und doch authentisch sein. Ganz leicht, das ahnte ich, wird das nicht werden.

Den nächsten Sonntag saßen wir also wieder zusammen. Das Wetter war ein wenig besser. Die Sonne schien sogar zwischendurch. Der Kaffee und auch ein Sandkuchen mit Schokoladenguß, den meine Frau gebacken hatte, standen bereit. Stephan war gut gelaunt und so plauderten wir nicht lange über die Fußballspiele von gestern, sondern gingen gleich zur Sache. Ich schaltete das Tonband ein und Stephan begann wieder zu erzählen. „Wie beim letzten Mal schon angesprochen, wurde ich mit meinem Bruder in ein städtisches Heim verlegt. Es war im Herbst, denn ich hatte in dem erwähnten kirchlichen Heim das erste halbe Schuljahr hinter mich gebracht und darüber auch ein Zeugnis erhalten. Als ich begriff, was mit mir und meinem Bruder geschah, begann ich zu weinen und konnte mich überhaupt nicht beruhigen. Wir saßen in einem Raum, wo das Aufnahmeverfahren durchgeführt wurde. Dort wurden wir auch ärztlich untersucht. In dem Raum, in dem wir saßen, kamen Nonnen herein, die sich wunderten, daß ein so großer Junge noch weinte, denn so schlimm sei das doch gar nicht, was mit mir geschehe. Mein Bruder saß ganz still da, sagte kein Wort und wartete ab, was passieren werde. Für mich war jedoch eine Welt zusammengebrochen. Ohne mich zu fragen oder auch nur den Vorgang zu erklären, wurde ich aus der gewohnten Umgebung gerissen und mit Leuten zusammengebracht, die ich nicht kannte. Was in mir vorging, hat niemand verstanden oder verstehen wollen. Aber das war erst der Anfang."

„Nachdem die Aufnahme abgeschlossen war", ich meinte in Stephans Stimme ein leichtes Zittern zu vernehmen, „kamen wir in eine Gruppe, die eine junge Nonne leitete. Man ließ mich in Ruhe, denn man glaubte, das ich mich schnell in die neuen Verhältnisse eingewöhnen werde. Das Drama begann aber so richtig, als es ins Bett gehen sollte. Wahrscheinlich kann auch das, was dann geschah, niemand verstehen. Ich sollte ein Nachthemd anziehen. Das wollte ich aber nicht, denn ich hatte, soweit ich mich erinnern konnte, nie Nachthemden getragen. Nachthemden waren für Mädchen. In dem Paket, das wir mitgebracht hatten, waren Schlafanzüge. Unsere Mutter hatte einige Zeit zuvor rosafarbige, flauschige Schlafanzüge für mich und meinen Bruder gekauft. Diese waren griffbereit und deshalb wollte ich meinen haben. Doch ich bekam ihn nicht. Ich habe ihn nie wieder getragen. Was mit unseren Sachen geschehen ist, weiß ich bis heute nicht. Ich weigerte mich also, das Nachthemd anzuziehen. Ich saß splitternackt auf dem Fußboden des großen Schlafsaales, weinte und verlangte nach meinem Schlafanzug. Einige Nonnen kamen herein, machten abfällige Bemerkungen über mich, doch meiner Bitte um den Schlafanzug wollte niemand nachkommen. Irgendwann war ich freilich so erschöpft, daß ich mir das Nachthemd überstreifen ließ und ins Bett ging. Am nächsten Morgen fand das Drama seinen Höhepunkt, denn ich hatte eingenäßt. Mitsamt der Bettwäsche wurde ich splitternackt in eine Badewanne gestellt. Die Nonne rieb mir das nasse Bettuch durchs Gesicht und duschte mich anschließend kalt ab. Diese Nachthemdgeschichte", so kam Stephan zum Schluß, „kommt mir oft ins Gedächtnis. Ich habe sie auch nicht selten erzählt, bin mir aber nie sicher gewesen, ob andere begriffen haben, was sie für mein Leben bedeutet. Ich glaube, sie hatte viel mit meiner Identität als Junge zu tun. Sicher weiß ich das natürlich nicht."

Da Stephan schwieg, nahm ich diesen Faden auf und fragte nach, ob er sich recht erinnere. Ich fand es, gelinde gesagt, skandalös, was man da mit einem noch nicht siebenjährigen Jungen gemacht hatte. Stephan bestätigte meine Auffassung und sagte, daß das die übliche Behandlungsart gewesen sei. Sie machte das auch mit anderen Kindern. Man sollte eigentlich meinen, entgegnete ich, daß eine junge Frau eher Verständnis für Kinder mitbringe, aber dem war wohl nicht so. Stephan erzählte, daß er mit dieser Nonne in den nächsten Jahren immer wieder zusammen getroffen sei, denn sein Bruder blieb in ihrer Gruppe, doch sie hat es nicht über sich gebracht, mit ihm ins Gespräch zu kommen. Er glaube, es läge daran, daß sie seine Verlegung in ein Erziehungsheim nicht durchsetzen konnte. Ich schüttelte verwundert den Kopf und bat Stephan, mit der Erzählung fortzufahren.

„Weißt Du", begann Stephan zunächst, „ich glaube, die Kinder können überhaupt nichts gegen das Einnässen tun, zumindest habe ich immer empfunden, daß das ohne meine willentliche Beteiligung geschah. Meist träumte ich, daß ich auf der Toilette war und da war es schon passiert. Ich kann mich übrigens nicht daran erinnern, daß ich in dem kirchlichen Heim eingenäßt hätte. Das erste Mal, wo mir dieses bewußt wurde, war in dem geschilderten Vorgang. Danach geschah es dann relativ häufig. Erst spät bekam ich das unter Kontrolle. Aber ich erinnere mich, daß wir fast jeden Morgen mit einem fürchterlichen Geschrei und Gezeter geweckt wurden, weil die Nonne entdeckte, daß jemand eingenäßt hatte. Diese künstliche Aufregung habe ich als viel schlimmer empfunden als die Tatsache, daß ein Kind ins Bett gemacht hatte. Unter uns Kindern wurde das Wort ‚Bettnässer' zwar auch als Beschimpfung gebraucht, aber so weit ich mich erinnere, nicht sehr oft. Bis heute weiß ich eigentlich nicht, was der eigentliche Mechanismus des Bettnässens ist, wie das geschieht und was man vernünftigerweise dagegen unternehmen kann. Bevor die Nonne selbst ins Bett ging, weckte sie diejenigen, die häufig ins Bett machten und schickte sie zur Toilette, genutzt hat es nur in wenigen Fällen. Erst mit der Zeit verlor sich dieses Phänomen."

„Die Nachthemdgeschichte", so nahm Stephan den ursprünglichen Faden wieder auf, „war also so gravierend, daß ich nicht in der Gruppe bleiben konnte. Die junge Nonne weigerte sich, mich zu behalten und setzte alles in Bewegung, daß ich in eine Erziehungsanstalt käme. Sie konnte auch den Direktor des Heimes davon überzeugen, und so dauerte es nicht lange, bis ich in eine andere Gruppe verlegt wurde. Es war eine sogenannte Aufnahmegruppe, in der die Kinder nur kurzzeitig blieben, bis entschieden war, wo sie hinkommen sollten. Obgleich es ein katholisches Heim war, gab es dort auch eine Aufnahmegruppe für evangelische Kinder."

„Übrigens", so schweifte Stephan ab, „bei den Evangelischen waren Jungs und Mädchen gemischt. Einer der Jungs aus meiner Gruppe, er hieß Philipp, hatte von seiner Mutter, die sich rührend um ihn sorgte, Schallplatten erhalten. Unsere Fräulein hatte um fünf Uhr Dienstschluß. Nachdem dann die Nonne abends um sechs Uhr zum Gebet und anschließend zum Essen in die Klausur gegangen war, waren wir also eine Stunde allein. Dann holte Philipp die Schallplatten und den Apparat heraus, der bei uns gewöhnlich zum Abspielen von Weihnachtsliedern benutzt wurde. Von nebenan kamen die älteren Mädchen rüber und dann wurde Rock n Roll getanzt. Das durfte natürlich niemand erfahren, und eine Viertelstunde vor sieben Uhr, bevor die Nonne zurückkam, wurde alles wieder weggeräumt und dann sah es aus, als sei nichts Besonderes geschehen. Doch lange blieb Philipp nicht in der Gruppe und mit ihm gingen natürlich die Schallplatten und die Einblicke in die Welt der großen Jungs für uns kleine Jungs, die wir nur staunend zuguckten, verloren."

„Also, in der Aufnahmegruppe", so nahm Stephan die ursprüngliche Erzählung wieder auf, „saß ich gleichsam in Abschiebung. Doch so einfach ging es dann doch nicht. Da meine Mutter, was ich damals freilich nicht wußte, das Aufenthaltsbestimmungsrecht für mich besaß, mußte sie zustimmen. Sie wollte aber, vielleicht eine Erinnerung an ihre eigene Zeit im Kinderheim, daß ich mit meinem Bruder zusammen bliebe. Sie verweigerte daher die Zustimmung. So kam es, daß ich mehrere Jahre in dieser Aufnahmegruppe verweilte. Die dortige Nonne schien zunächst ganz lieb zu sein, doch ich lernte sie auch als eine sehr grausame Frau kennen. Zu meiner Disziplinierung sagte sie oft, daß ich, wenn ich nicht pariere, in ein Heim für Schwererziehbare komme. Bisher habe sie das verhindert, doch sie müsse nur ein Wort sagen, dann würde ich schon morgen in ein solches Heim verlegt. Als ich später meine Akte las, stellte ich fest, daß das gar nicht stimmte. Meine Mutter hatte ihre Zustimmung nicht gegeben und so verhindert, daß ich in ein Erziehungsheim kam. Die Nonne wußte, daß ich die Akte gelesen hatte. Als ich sie wieder einmal besuchte, kam sie ungefragt darauf zu sprechen und meinte, daß das damals akut gewesen sei und ihr Vorschlag sei darauf gerichtet gewesen, mich in ein Heim zu verlegen, das von Nonnen und nicht von Patres oder Brüdern geleitet wurde. Sie glaubte, daß Nonnen für mich besser seien. Sie wollte mich den harten Erziehungsmethoden der Brüder nicht aussetzen."

Stephan nahm ein Stück des Sandkuchens und einen Schluck Kaffee, dann sagte er: „Auch wenn das merkwürdig erscheint, will ich doch noch sagen, daß ich mit dieser Nonne ein eigenartiges Verhältnis hatte. Ihre Drohung bewirkte, daß ich in ihr eine Art Rettungsanker sah, der mich vor Schlimmerem bewahre. Ich wollte daher alles tun, um nicht ins Erziehungsheim zu kommen. Obwohl ich oft von ihr geprügelt wurde, habe ich unbewußt zu ihr dennoch eine tiefe Bindung auf gebaut und mich stark mit ihr identifiziert, ihre Anschauungen und ihre Regeln übernommen und sogar versucht, da das oberste Glied ihrer kleinen Finger eine Schrägstellung aufwies, auch meinen kleinen Finger diese Form zu geben, indem ich sie häufig entsprechend gebogen habe. Noch heute kann ich, wenn ich genau hinsehe, bei mir eine leichte Schrägstellung dieses Fingergliedes erkennen. Doch was auf der einen Seite gut war, stellte sich auf der anderen Seite als die schlechteste Überlebensstrategie heraus, denn wenn Fräuleins oder Praktikantinnen allein die Aufsicht über uns führten, dann hieß es ‚jetzt wird gemacht, was ich sage'. Wenn ich darauf hinwies, daß die Nonne das aber anders machte, wurde ich zurechtgewiesen und der Nonne nachher mitgeteilt, daß ich mich geweigert hätte, den Anweisungen zu folgen. Und da die Schwester nun mal der Auffassung war, ich hätte den Erziehern zu gehorchen, setzte es mal wieder Ohrfeigen oder sogar richtige Prügel. Ich konnte machen, was ich wollte, ich saß zwischen allen Stühlen, konnte diesem Teufelskreis nicht entkommen. Mein Sinn für Gerechtigkeit wurde ziemlich ramponiert. Aber ich hatte keine Wahl, ich mußte, um die Verlegung in ein Erziehungsheim zu vermeiden, mich an diese Nonne halten, und sie ahnte oder spürte das."

„Ich war", so fuhr Stephan fort, „was wieder einmal den Vorschriften nicht entsprach, zum Dauerkind in der Aufnahmegruppe geworden. Erst einige Jahre später, als die Nonne eine Dauergruppe im Ursula-Haus übernahm, wechselte ich mit ihr in einen normaleren Zustand. Zunehmend mit den Abläufen in der Aufnahmegruppe vertraut, wurde ich zu Arbeiten herangezogen, die jede für sich zwar harmlos sind, doch für mich zu einer festen Beschäftigung wurden. Ich mußte die Vogelkäfige und das Aquarium sauber halten, das Futter für sie in einem Fachgeschäft einkaufen, das Gartenstück, das unserer Gruppe zugewiesen war, pflegen, die Duschen im Keller wischen, den Brotkasten zur Brotstube bringen, mitten in der Nacht, wenn die Nonne nicht daran gedacht hatte, Handtücher in den Umkleideraum, der im Keller lag, bringen und dort aufhängen. Während die anderen Kinder spielten oder schon schliefen, war ich mit irgendwelchen Arbeiten beschäftigt. Als ich etwas älter war, wurden mir Besorgungen in der Stadt aufgetragen. Meist standen sie in Verbindung mit der Kirche. So mußte ich Hostien, 2000 kleine und fünfzig große, oder Kerzen oder die heiligen Öle holen oder irgendwelche Sachen ins Kloster zum Guten Hirten bringen. Ich tat das nicht ungern. Heute glaube ich jedoch, daß meine damalige Gefühlslage durch das Einschwingen auf die Wertordnung der Nonnen eine gewisse sozial akzeptierte Stabilität erlangte. Auch wenn ich für meine Besorgungen keine Anerkennung erhielt, hat mich dieser Gleichklang der Gefühle doch vor manchen Widrigkeiten bewahrt. Noch heute staune ich darüber, wie die Psyche unbewußt nach einer Überlebensstrategie sucht und manchmal auch findet. Wenn sich diese jedoch verfestigte, dann waren freilich die Probleme für das weitere Leben schon vorprogrammiert, denn das Leben außerhalb des Heimes hielt sich nicht an die Regeln, die den Kindern im Heim beigebracht wurden. Wie dem auch sei, ich kam ein wenig in der Stadt herum. Meist war das nach den Schulaufgaben, wenn die anderen Kinder zum Spielen gingen. Kamen sie so gegen fünf oder halb sechs vom Spielen wieder herein, war auch ich wieder da, pünktlich zum Duschen."

„Das städtische Kinderheim in Sülz", so fuhr Stephan nach einer kurzen Unterbrechung fort, „war ein großer Komplex aus der Zeit des Ersten Weltkrieges. Hinter vorgehaltener Hand, und nicht für meine Ohren bestimmt, wurde von älteren Nonnen schon mal angedeutet, daß die Nazis Kinder aus dem Heim geholt hätten. Doch darüber wurde der Mantel des Schweigens gebreitet. 1967 wurde das fünfzigjährige Bestehen dieser Einrichtung gefeiert. Der Kardinal war gekommen und im Festsaal wurden viele Reden gehalten. Auch ein protestantischer Superintendent war da. Er sprach gut. Ich hatte noch nie einen evangelischen Geistlichen reden hören. Er hat mich sehr beeindruckt, obwohl ich katholisch war. Doch zurück zu diesem Komplex. Als ich im Herbst 1956 dorthin verlegt wurde, stand von der Kirche nur der Turm und das Ursula-Haus, in dem ich später in eine Dauergruppe kam, stand noch nicht. Linke Seite vom Eingang aus gesehen waren Gebäude, die nach dem Krieg wieder errichtet worden waren, rechte Seite war hingegen alles ältester Baubestand, der in den nächsten Jahren nach und nach erneuert wurde. Ich vermute, daß in diesem Heim damals gut 800 Personen lebten. Es gab eine Säuglingsstation, eine Krankenabteilung und, am Rande, ein Lehrlingsheim. Es gab einen Hühner- und Schweinestall, eine große Wäscherei, eine große Küche und die Volksschule. Auch eine Haushaltsschule für Mädchen mit Kleider- und Weißnähschule und eine Schwesternschule für Kranken- und Säuglingspflege war hier, sowie eine Gärtnerei und Werkstätten für die Handwerker. Wir hatten einen eigenen Priester und eine Kapelle, erst eine kleinere, dann, nach dem Wiederaufbau, eine richtige große Kirche. Einen Arzt, manchmal sogar zwei, gab es auch. Eine Nonne leitete das Musikzimmer. Zudem gab es eine Bücherei, aus der wir Abenteuer-Romane, Karl May und ähnliches ausleihen konnten. Neben den Nonnen lebten auch viele Fräuleins und Angestellte in diesem Heim. Die Schwesternschülerinnen wohnten im Aufnahmegebäude über uns und wir hörten sie manchmal zur abendlichen Stunde singen, wenn wir schon im Bett lagen. Auch eine Verwaltung gab es. Wie die Handwerker wohnten deren Angestellten jedoch meist außerhalb des Heimes."

„Für die Besorgungen in der Stadt", so kam Stephan auf sein Thema wieder zurück, „mußte ich zunächst zur Verwaltung. Dort bekam ich zwei Fahrscheine für den Bus oder die Straßenbahn. Eine Fahrt kostete damals 20 Pfennig. Als ich wieder einmal Fahrscheine brauchte und danach fragte, kam der Vorsteher der Verwaltung, damals im Rang eines Amtmannes, herein, fragte, was ich wolle, und regte sich dann fürchterlich darüber auf, daß ich Fahrscheine wolle und die Wege nicht zu Fuß mache. Ich hatte oft den Eindruck, daß im Heim meine Arbeit und Tätigkeit nicht geschätzt wurde. Mich hat das dumme Gerede des Amtmannes schwer verletzt, zumal ich für diese Besorgungen ja nichts erhielt."

„Erst als ich 16 war", Stephan schweifte wieder ab, „und bei den Pfadfindern Dieter, einen Studenten, kennenlernte, der mir eine ganz neue Welt öffnete, war da zum ersten Mal einer, der mir etwas zutraute, meine Arbeit zu schätzen schien. Das war das erste Mal, wo ich das Gefühl hatte, als Mensch ernst genommen zu werden. Mit ihm konnte man sprechen und sich gleichberechtigt absprechen, was man tun wollte. Man war nicht nur Befehlsempfänger für Handlangerdienste, sondern in den Entscheidungsprozeß einbezogen. Jetzt konnte ich auch beweisen, was in mir steckte. Wir haben zusammen bei den Pfadfindern dann einiges in Bewegung gesetzt. Der Direktor des Heimes war sehr erfreut über Dieter und ergriff diese Gelegenheit, das Kinderheim nach außen zu öffnen. Durch die Pfadfinder kamen viele Jungen dann mit Kindern außerhalb des Heimes in Berührung. Doch in den Familien, wo ich hineinblicken konnte, gaben die Kinder Widerworte und bekamen keine Ohrfeigen. Für mich war das ein Kulturschock. Kann man mit Kindern auch anders umgehen? Dieter gab mir oft Bücher zum lesen, meinte, sie würden mich interessieren. Ich glaube, die Hälfte seiner Bibliothek habe ich verschlungen. Im Heim selbst wurde ich häufig als dumm bezeichnet. Es wurde sogar behauptet, daß ich eigentlich auf die Hilfsschule gehörte. Auch wenn ich schulische Schwächen hatte, so wußte ich doch, daß ich nicht dumm war. Vom Gegenteil habe ich mich nie überzeugen lassen."

„Im Heim gab es eine Arbeit", so setzte Stephan seine ursprüngliche Erzählung fort, „wo man Geld verdienen konnte, und das war auf der Kegelbahn unter der Kirche fürs Kegelaufstellen. Dort bekam man auch Limonade und ich glaube, auch etwas zu essen, Brötchen und Schnittchen. Ich habe dort oft Kegel aufgestellt und kam dabei richtig ins Schwitzen. Geld", Stephan kam nun auf ein heikles Thema zu sprechen, „war so eine Sache. Irgendwann wurde Taschengeld für uns Kinder eingeführt. Ich glaube, es waren zunächst zwanzig Pfennig pro Woche. Die Heimkinder, so hatte die Stadt beschlossen, sollten lernen mit Geld umzugehen. Wir freuten uns darauf, denn nun, so dachten wir, könnten wir uns Micky-Maus oder Sigurd-Hefte kaufen. Doch das Geld bekamen wir nicht in die Hand, sondern es wurde in kleinen Portemonnaies aufbewahrt, auf denen der Name des Besitzers geschrieben wurde. Alles aber schloß die Nonne in den Schrank in ihrem Zimmer ein. Zweimal im Jahr waren große kirchliche Spendeaktionen. Dann wurden die Portemonnaies herausgeholt und wir wurden gefragt, wie viel wir spenden wollten. Oh Gott, war das ein Gezeter, wenn einer sagte, es wolle nur 50 Pfennige spenden. Es wurde solange auf den Jungen eingeredet, bis er fast die Hälfte seines Ersparten hergab. Dieses Spendengeld kam in eine bedruckte quadratische Pappschachtel. Im Gottesdienst durften zwei Kinder aus jeder Gruppe sie zum Altar bringen. Den nächsten Sonntag wurden dann die Zahlen verkündet. Die Kinder hatten immer mehr als die Erwachsenen gespendet und der Priester rieb das den Erwachsenen immer kräftig unter die Nase."

„Ich lernte schon früh", so Stephan, „daß man den armen Heidenkindern helfen müsse, denn diese waren, nach den Erzählungen, noch schlimmer dran als wir. In dem kirchlichen Heim, wo ich vorher war, stand an der Pforte eine Opferbox, auf der ein Negerkind saß. Wenn man Geld hineinwarf, dann nickte es. Das mochte ich und wenn meine Mutter zu Besuch kam, bettelte ich sie immer um Pfennige an, um diesen Kopf in Bewegung zu setzen. Ich liebte so etwas wie auch Schalter und Knöpfe, die ich alle ausprobieren mußte. Später im städtischen Heim kam ein Pater, der Lumpensammler von Tokio, der uns einen Vortrag über die armen japanischen Kinder erzählte. Dieser Vortrag löste bei uns dann ebenfalls das Lumpensammeln aus. Es waren nicht Lumpen, sondern Zeitungen, die wir zu einem Schrott- und Lumpenhändler brachten, der einige Straßen entfernt sein Geschäft betrieb. Erst beschränkte sich dieses Sammeln auf das Heim, dann aber zogen wir mit einem Bollerwagen durch die angrenzenden Straßen und sammelten aus den Häusern Flaschen und eine Menge Zeitungen. Das Geld mußten wir abgeben. Als dann die alten Häuser im Heim abgerissen wurden, gingen wir abends, wenn es dunkel war, mit der Nonne mit Taschenlampen bewaffnet auf die Baustelle und suchten im Schutt nach Eisenteilen, die wir den nächsten Tag zum Schrotthändler brachten."

„Es würde jedoch", so fuhr Stephan fort, „einen falschen Eindruck erwecken, wenn man meint, alles im Heim sei schlecht gewesen. Es gab sehr liebe Nonnen. Meist hatten diese jedoch nicht unmittelbar mit den Kindern zu tun. Wir Kinder spielten natürlich, soweit man uns ließ, viel miteinander. Mit der Nonne spielte ich oft Halma, doch konnte ich gegen sie nie gewinnen. Gut erinnere ich mich daran, daß wir Canasta gespielt haben, zu viert mit dem Fräulein. Zur Weihnachtszeit wurde gebastelt, zu Sankt Martin bunte Fackeln gemacht, wie durchgängig das katholische Volksbrauchtum sehr gepflegt wurde. Neben dem Heim war im Beethoven-Park aus Schuttresten des Krieges ein höherer Hügel aufgeschüttet worden, wo wir im Winter bei Schnee mit dem Schlitten hinunterfuhren und viel Spaß hatten. In diesem Park konnten wir auch Cowboy und Indianer oder Räuber und Gendarm spielen. Ostern, wenn wir in diesem Park spazieren gingen, ließ die Nonne unter ihrem Gewand kleine Ostereier auf die Erde fallen, so daß sich hinter ihr immer ein Knäuel von Kindern tummelte. Im Heim selbst gab es einen Fußballplatz und ein Schwimmbecken. Meine Begeisterung für Fußball hielt sich jedoch in Grenzen, vielleicht weil ich als Fünf- oder Sechsjähriger einmal von einem Ball schwer getroffen wurde, der mich nicht nur umwarf, sondern sogar einige Meter weit schleuderte. Schwimmen war da schon eher meine Sache."

„Andererseits", und nun wurde Stephan wieder ernst, „wurden wir streng kontrolliert. Eine Privatsphäre gab es nicht. Alles war den Erziehern zugänglich. Jedes Kind hatte zwar einen eigenen Schrank für Kleider und ein Schrankfach für Spielsachen, doch die Schränke wurden immer kontrolliert. Was nach Auffassung der Nonne dort nicht hineingehörte, wurde ungefragt entfernt. Es war schwer für uns Kinder, den Begriff des Eigentums auszubilden, denn es gab nicht die Möglichkeit zu sagen, das gehört mir und ich möchte es nicht weggeben. Mir wurden selbst Weihnachtsgeschenke genommen als Strafe für Widerworte oder andere Belanglosigkeiten. Es waren Sachen, an denen ich hing, und deshalb tat das richtig weh. Aber man lernte physische und psychische Qualen und Schmerzen ertragen. Das ganze Erziehungssystem war aufgebaut auf Belohnen und Bestrafen. Mit den Kindern reden, ihnen vielleicht einsichtig machen, daß sie etwas falsch gemacht hatten, vielleicht sogar im Gespräch zu einem agreement zu kommen, das widersprach dem moralischen Wertunterschied, der zwischen den Erziehern und den Kindern bestand. Man war der Willkür der Erzieher völlig ausgeliefert. Sie bestimmten, was wir zu tun hatten, und sie bestimmten", diesen Hieb konnte Stephan sich nicht verkneifen, „was über uns in die Akten kam."

„Meine Situation im Heim", Stephan kam nun wieder auf die dunklen Seiten der Heimerziehung zu sprechen, „war wesentlich durch meine Mutter mitbestimmt, vor allem durch ihre Eigenart sich schnell aufzuregen und in Rage Briefe zu schreiben. Ihr Lieblingswort war ‚Schikane'. Sie glaubte, daß ich und mein Bruder ihr entfremdet werden sollten. Die Nonne sah hingegen durch meine Mutter permanent ihre Autorität in Frage gestellt. Zwischen diesen beiden Frauen wurde ich als Kind hin- und hergerissen. Wie schon gesagt, meine Mutter war in jeder Hinsicht eine Peinlichkeit, eine Frau voller Emotionen. Wenn sie kam, dann flossen regelmäßig Tränen in Strömen. Streit gab es, Beschimpfungen und böse Briefe. Und ich, wenn meine Mutter gegangen war, ich bekam Prügel, denn ich mußte derjenige gewesen sein, der das alles ausgelöst hatte. Woher sollte meine Mutter denn plötzlich so böse auf die Nonne werden, wenn nicht etwa dadurch, daß ich etwas gesagt hatte, das ihr den Grund dazu gab? Nach meinen Erfahrungen mit den Nonnen war ich jedoch auf Vermeidung gepolt. Das entsprach meinem natürlichen Selbsterhaltungstrieb. Daß ich den Ohrfeigen unbewußt hinterhergelaufen sei, das kann ich selbst heute noch nicht so recht glauben. Ich dachte, das Leben, wie ich es erfuhr, sei das ganz normale Leben. Kinder werden überall grün und blau geschlagen mit allem, was gerade zur Hand war, sei es der Kleiderbügel, der Handfeger oder der Staubwedel."

„Der Grund für diese pädagogischen Exzesse", Stephan versuchte hin und wieder, das Unfaßbare sich verständlich zu machen, „lag jedoch, wie ich später erkannte, überhaupt nicht in mir oder doch nur zum geringen Teil. Meine Mutter und die Nonne, unter deren Obhut ich stand, waren Gegensätze, und zwar Gegensätze, wie man sie sich extremer nicht vorstellen kann. Mit den zwei unehelichen Kindern war meine Mutter, durch die Anrede ‚Fräulein' im Gespräch immer wieder betont, ein Widerspruch zur klösterlichen Lebensweise der Nonne. In den Augen der Ordensfrau führte meine Mutter ein moralisch verruchtes Leben. Festgemacht wurde dieses an der Unehelichkeit ihrer beiden Kinder. Allein der Umgang mit ihr führte schon zu der Einschätzung, daß auch ich ‚sittlich gefährdet' sei. Da prallten Welten aufeinander. Meine Mutter erregte etwas in der Ordensfrau, was dieser zutiefst zuwider war, was sie vielleicht in ihrem Lebensentwurf bedrohte. Sie verachtete meine Mutter und diese Verachtung übertrug sich von Zeit zu Zeit auf mich. Meine Mutter hatte außerhalb der Ehe Umgang mit einem Mann gehabt und ich war daraus hervorgegangen. Dieser frevelhafte Umgang wurde zwar nicht ihr, sondern mir, und das oft sogar vor allen Kindern, vorgehalten. Ich wehrte mich dagegen, wies trotzig daraufhin, daß ich dafür nichts könne, doch dann kam die pädagogische Retourkutsche, denn dieser Hinweis sei schließlich nur eine Warnung, damit ich nicht wie meine Mutter werde, damit ich nicht den gleichen Fehler begehe. Da ich nicht wie meine Mutter werden wollte, konnte ich diese Warnung nur wortlos hinnehmen."

„Wahrscheinlich", so versuchte Stephan zu erklären, „was ich aber nie erfahren habe, spielten in diesen Auseinandersetzungen die eigenen Erfahrungen meiner Mutter im Kinderheim eine Rolle, denn es gab Kinder in unserer Gruppe, deren Mütter ebenfalls keine Engel waren. Doch wurde über diese nicht so wie über meine Mutter geurteilt, erst recht nicht vor allen Kindern. Es kam viel darauf an, wie die Mütter, um die ging es meistens, sich um ihre Kinder kümmerten, ob sie etwa regelmäßig zu Besuch kamen. Taten sie das, dann konnte das durchaus ein Schutz für die Kinder sein. Doch waren die Mütter meist bestrebt, keinen Konflikt zu riskieren. Vielleicht ahnten sie, daß die Kinder die Leidtragenden davon sein werden. Einmal, es betraf ein Mädchen, ging eine Mutter mit ihrer Tochter zu einem Arzt außerhalb des Heimes. Es war eine Ärztin und die stellte fest, daß das Mädchen mißhandelt worden war. Da die Mutter nichts dagegen unternehmen wollte, erstattete die Ärztin Anzeige und die Nonne wurde verurteilt. Doch war das ein ausgesprochener Einzelfall."

„Wie schon angedeutet", so setzte Stephan seine Erklärung fort, „ich vermute, daß im Verhalten meiner Mutter wohl ihre Erfahrungen im Kinderheim eine Rolle spielten. Sie wollte sich nichts gefallen lassen. Jedem Besuch folgte ein langer Brief an den Direktor über die Schikanen, die sie von Seiten der Nonne ausgesetzt gewesen sei. Meine Akte schwoll durch solche Briefe erheblich an und oft wurde auch das mir zum Vorwurf gemacht. Über mich existierte die dickste Akte. Je dicker eine Akte, so war die Logik, desto schwieriger das Kind. Mit einem solchen Brief begann gewöhnlich der zweite Akt ihres Besuches. Ich wurde zum Direktor zitiert, und es ist kaum zu glauben, auch er war der Auffassung, daß ich hinter diesen Briefen stecke, ich ein kleiner Junge von 11 oder 12 Jahren. Für die Nonne und den Direktor war es offensichtlich, daß die angeblichen Intrigen von mir ausgingen, daß ich mit ehrenrührigen Erzählungen die Autorität nicht nur der Nonne, sondern, nun auf eine höhere Ebene gehoben, auch die Autorität des Heimes und die Ordnung in Frage stellte. Die Autorität der Nonne und die Ordnung wurden dadurch wieder hergestellt, daß ich eine Abreibung bekam, begleitet mit der Drohung: ‚Wenn Du nicht parierst, dann kommst Du ins Erziehungsheim'. Ich hatte mich zu fügen, mich einzuordnen, eine Forderung, die für mich überhaupt nicht zur Debatte stand, denn ich war der festen Überzeugung, daß ich gerade das getan hatte. Schon aus meinem Selbsterhaltungstrieb heraus mußte ich einer Vermeidungsstrategie folgen. Ich verstand diese Vorgänge damals nicht. Heute, zurückblickend, ist mir klar, daß die Erwachsenen ihre unverdauten Probleme auf dem Rücken der Kinder austobten. Damals brach die Prügel schicksalhaft wie ein Sturm über mich herein. Selbst als ich vermied, meine Mutter zu sehen, war auch das ein Fehler, den meine Mutter der Nonne als Schikane anlastete, und zwar mit den üblichen Folgen für mich. Ich konnte daran nichts ändern. Alles was ich tat, war falsch. Ich gewöhnte mich allmählich daran, nichts richtig machen zu können. Mein Bruder, der zumindest teilweise diese Vorgänge mitbekommen haben muß, blieb, soweit mir bekannt ist, von diesen Exzessen verschont, denn er war der jüngere von uns beiden und ihm wurden die angeblichen Intrigen nicht zugetraut."

„Ich glaube", so setzte Stephan nach einer kurzen Pause hinzu, „daß hinter vielen dieser Exzesse eine Sexualneurose steckte, an der die damalige Zeit allgemein litt und die sich im klösterlichen Umfeld verstärkte und in der Heimerziehung stillschweigend die rigiden Maßnahmen rechtfertigte. Als eines der alten Gebäude im Heim abgerissen wurden, fanden wir nahe der Baustelle ein Kondom. Wir Kindern wußten nicht, was das war. Wir freuten uns über einen Luftballon. Die Nonne wurde sehr ärgerlich und mit versteinertem Gesicht wurden wir zurechtgewiesen."

„In der Heimerziehung", so setzte Stephan seine Reflexionen fort, „spielten zwei Dinge eine überragende Rolle, und zwar der Kirchenbesuch und das Sechste Gebot. Der Kirchenbesuch war völlig unter der Kontrolle der Nonnen. Sonntags ging es in die Kirche, zweimal in der Woche Schulmesse, Samstag- und Sonntagabend Andacht, im Mai Marienandachten, im Oktober Rosenkranzandachten. Den Kirchenbesuch habe ich so verinnerlicht, daß ich ein ausgesprochen schlechtes Gewissen bekam, wenn er aus äußeren Gründen nicht möglich war. Es war, als sei der äußere Zwang zu einem inneren geworden. Lange habe ich später gebraucht, dieses Gefühl abzuschütteln. Die Einhaltung des Sechsten Gebotes war, wenn nicht ein sichtbarer Verstoß ruchbar wurde, nur indirekt zu kontrollieren, nämlich durch die Kommunion im Gottesdienst. Ein Verstoß gegen das Sechste Gebot war eine Todsünde und schloß von der Kommunion aus. Kinder, die nicht zur Kommunion gingen, standen daher im Verdacht, gegen das Sechste Verbot verstoßen zu haben. Andererseits erkannten Kinder, daß sie durch die

Weigerung, zur Kommunion zu gehen, die Nonne ärgern konnten. Dann hieß es aber nach dem Gottesdienst: ‚Bei dir stimmt es im Sechsten Gebot nicht'. Ich glaube, daß viele Kinder die religiöse Erziehung nicht sehr ernst genommen haben. Jedes Kind entwickelte unbewußt seine Strategie, möglichst unbeschadet durchzukommen, doch das gelang, wenn überhaupt, eben nicht immer."

„Du mußt wissen", so schweifte Stephan ab, „daß die Kirche der Mittelpunkt des Kinderheimes war. Der Kirchenraum lag über einem Saal, in dem die großen Versammlungen aus Anlaß von Festtagen oder Feierlichkeiten stattfanden. Dort wurden Erstkommunion, aber auch Karneval gefeiert, Theater gespielt und gesungen. einmal im Monat ein Film gezeigt und die Namenstage der Heimleitung begangen. Mit dem Kirchenbau, der der ‚Heiligen Familie' geweiht war, versuchte der Architekt eine schöne Idee umzusetzen. So sind die Mauern, außen mit Schafen und dem ‚Guten Hirten' versehen, von vielen kleinen bunten Fenstern durchbrochen, die Blumenblüten darstellen, in deren Mitte singende Engel oder Kinder zu sehen sind. In diesem Kirchenbau fand die pädagogische Leitlinie des Heimes ihren künstlerischen Ausdruck, doch die Realität sah ganz anders aus. Das althergebrachte Ziel der Heimerziehung, keine Bindungen entstehen zu lassen, war nach wie vor in Geltung."

Mir schien diese Abschweifung ein passender Einschnitt zu sein, und deshalb beendeten wir an diesem Punkt die Sitzung. Wir plauderten dann über verschiedene andere Dinge. Ich wollte von Stephan wissen, ob er einige Bücher kannte, die ich gerade las, denn inzwischen waren einige Bücher über Heimkinder auf dem Markt und die hatte ich mir besorgt. Stephan kannte sie nicht. So verging die Zeit bis in den Abend hinein relativ schnell. Dann verabschiedete sich Stephan. Wir verabredeten uns für den nächsten Sonntag und wollten dann zu einem Ende kommen. Ich bat Stephan sich auf wesentliche Punkte zu konzentrieren.

Am nächsten Sonntag setzten wir also das Interview fort. Ich wollte schon das Tonband einschalten, als Stephan etwas zögerlich einen Zettel hervorzog. Er hielt ihn mir schweigend hin. Ich fragte, was das sei, doch er antwortete nur, „lies!" Es war ein längeres Gedicht, das er in den vergangenen Tagen geschrieben hatte. Er hatte ihm den Titel „Heimerziehung" gegeben. Ich überflog den Text und begann dann laut das Gedicht vorzulesen:

Ein Abschaum war in diesem Lande,
Dem Volke ich als Kind schon klein,
So sprachen Leut' von hohem Stande,
Und schufen mir ein widrig Sein.

Verdorben seien meine Eltern,
Der Vater mein ganz unbekannt,
Die Mutter mein, sie griff so gern
Nach jedes fremden Mannes Hand.

Um mich vor Unmoral zu retten,
Ein Schutz der Sitte mir zu sein,
Ward ich entfernt von ihren Stätten
Zur Hege in ein frommes Heim.

Verschlossen wurde ich in Mauern,
Verlegt, da schwierig man mich fand,
Wie Sachen, die da achtlos kauern,
Ich aus dem Blicke schnell verschwand.

Erziehbar schwer sei ich gewesen,
Ein Bündel voller Aggression,
Den Grund allein in mir wollt' lesen,
Doch nie in euerer Person.

Geschrieben habt ihr dicke Akten,
Dies ist des Staates erste Pflicht,
Ihr trugt zusammen manche Fakten,
Die spiegeln euch, mich freilich nicht.

Euch war an Ordnung viel gelegen,
An Zucht der Kinder in der Welt,
Den Hof laßt ihr sogar noch fegen,
Wenn kalt ein starker Regen fällt.

Wag ja nicht deinen Kopf zu heben,
Wag nicht zum Trotze uns zu sein,
Tief unten, da hast du zu leben,
Und Dank zu sagen dafür fein.

Dank uns hast alles du zum Leben,
Ein Dach, ein Bett, und Speise auch,
Doch Leib und Seele mußten beben
Von Prügel und von Machtmißbrauch.

Moralisch nicht sei ich auf Erden,
Ein dummer Junge, der nichts taugt,
Mein Platz sei unter Schweineherden,
Bei Säuen, den' mein Sein nicht graut.

Ihr lehrt' mich schreiben, rechnen, lesen,
Daß ich ‚Gesetz' verstehen kann,
Auch Religion habt' ihr gegeben,
Daß ich gehorche jedermann.

Gehaßt hab ich Moral und Regel,
Die Predigt und den frommen Seim,
Ich sehnte mich hinaus, ich Flegel,
Nach Wärme, Freud und einem Heim.

Gefangen hielt mich eine Mauer,
Ein Reich, hell unter Kreuzes Macht,
Stets lag ich auf des Glückes Lauer
Zu fliehn hinein in dunkle Nacht.

Was macht ihr nur mit Kinderherzen,
Mit Augen, die noch staunend sehn,
Hinein stoßt ihr der Prügel Schmerzen,
Mit der Moral und Recht euch gehn.

Ich schwieg eine Weile. Stephan schaute mich erwartungsvoll an, wollte wissen, was ich davon halte. Gewiß, moderne Lyrik war es nicht, aber es drückte in kurzen Worten doch etwas von dem aus, worüber wir in letzter Zeit gesprochen hatte. „Vielleicht", sagte ich, „wenn Du damit einverstanden bist, will ich das Gedicht in den Text mit aufnehmen. Manche Menschen erreicht man mit einem Gedicht, andere nur mit einem wissenschaftlichen Vortrag. Es schadet also nicht, wenn wir eine zusätzliche Form in den Text aufnehmen." Stephan nickte still. Ich legte den Zettel beiseite, schaltete das Tonband an und bat Stephan zu sagen, was er noch zu sagen habe. Es war vom ersten Treffen an klar, daß er reden wollte, also sollte er reden, und je mehr der Worte kamen, desto besser für mich. Der Plan, aus seiner Geschichte eine Story zu machen, hatte sich bei mir verfestigt. Auch wenn ich noch nicht wußte, wie sie aussehen würde, so wollte ich es doch versuchen.
„Ich muß noch etwas nachholen", begann Stephan, „was mir sehr wichtig ist. Ich glaube, daß die Erzieher wenig Verständnis für die Ängste der Kinder hatten, in sie sich nicht hineinversetzen konnten, vielleicht auch nicht wollten. Ich habe mich später oft darüber gewundert, daß sie nicht in der Lage waren, ihre eigene Kindheit zu reflektieren, sich zu erinnern, was sie an Ängsten durchlebt hatten. Wenn sie das getan hätten, dann wäre in der Erziehung der Heimkinder manches besser gelaufen. Ich hatte manchmal heftige Ängste gehabt, Ängste, die mich lähmten und hinderten, eine Anweisung auszuführen. Beim letzten Mal habe ich erzählt, daß ich mitten in der Nacht in den Keller mußte, um im Umkleideraum Handtücher aufzuhängen. Es war ein Samstag, denn an diesem Tag wurde die Wäsche gewechselt. Warum die Handtücher nicht auch den nächsten Morgen aufgehängt werden konnten, habe ich nie begriffen. Ich wurde aus dem Schlaf gerissen und in den Keller geschickt. Von den Gruppenräumen aus konnte der Keller über zwei Treppenhäuser erreicht werden. Das hintere Treppenhaus hatte eine durchgehende Glasfassade. Durch das Fensterglas sah man auf das wenige

Meter entfernte Gebäude, in dem die Krankenabteilung untergebracht war, aber man sah auch auf den Eingang zum Totenkeller, wo die toten Nonnen und Säuglinge drei Tage aufgebahrt wurden, bis der Leichenwagen sie abholte. Wir gingen die toten Nonnen anzuschauen. Schwester Serafina war die erste. Es war eine alte, liebe Nonne, die oft an der Schwesternpforte gesessen und immer mit dem Kopf gewackelt hatte. Ich verstand damals aber nicht, was tot eigentlich ist. Die wildesten Bilder in meinem Kopf setzten mich in Angst und Schrecken. Als wieder eine Nonne im Totenkeller aufgebahrt war, ich meine, es sei Schwester Regula gewesen, eine kleine verwachsene Nonne, die im Keller des Aufnahmegebäudes das Kleidermagazin unter sich hatte, wurde ich in der Nacht aus dem Schlaf gerissen und erhielt die Anweisung, die Handtücher in den Umkleideraum zu bringen. Zunächst wollte ich ganz unauffällig das vordere Treppenhaus benutzen, doch die Nonne wies mich an, die hintere Treppe zu nehmen. Nun stand ich in diesem Treppenhaus mit den Handtüchern im Arm und starrte auf den Eingang des Totenkellers, wo man durch das Milchglas das Kerzenlicht, eine Art Ewiges Licht, flackern sehen konnte. Doch ich konnte nicht hinuntergehen. Ich blieb mit den Handtüchern vor der Gruppentür im Treppenhaus stehen und rührte mich nicht von der Stelle. Irgendwann muß die Nonne bemerkt haben, daß ich nicht zurückkam. Sie suchte mich und fand mich dann so, wie erwähnt, im Treppenhaus. Oh Gott, gab das wieder ein Gezeter. Sie schnappte sich die Handtücher, meinte, sie müsse alles selber machen, und stapfte die Treppe hinunter. Ich konnte froh sein, wenn es nur bei dem Gezeter blieb und ich nicht wieder Prügel bekam, doch dazu war die Nonne mitten in der Nacht wohl zu müde oder sie wollte nicht, daß durch mein Geschrei zu viele im Haus aufgeweckt würden. Daß der Haussegen die nächsten Tage mal wieder hinüber war, brauche ich wohl kaum erwähnen."

Mir war ein ähnlicher Vorgang bekannt, zwar nicht aus eigener Erfahrung, denn ich hatte keine eigenen Kinder. Meine Frau hatte mir einmal von ihrem kleinen Neffen berichtet, der sehr ängstlich gewesen sei. Aber er setzte sich durch, kroch zu den Eltern ins Bett. Sie gaben ihm das Gefühl von Sicherheit, das Gefühl, daß er beschützt ist. Doch Heimkinder haben das wohl nur selten oder gar nicht erlebt. Sie blieben mit ihren Ängsten allein. Stephan erzählte, daß die Kinder schon mal zu anderen Kindern ins Bett krochen. Aber das war verboten und wenn es entdeckt wurde, gab es eine harte Strafe. Vielleicht werde ich das, dachte ich, in die Story einbauen. Doch jetzt wollte ich mich auf das konzentrieren, was Stephan zu sagen hatte.

„Prügel gab es", so ging Stephan zu einem anderen Thema über, „nicht nur als Erziehungsmaßnahme für sogenannte Ungezogenheiten. Ich bezog viel Prügel auch für Fehler beim Lesen und Schreiben. Obgleich ich gern in die Schule ging, gab es Fächer, die ich nicht liebte, oder besser gesagt, die mir verleidet wurden. Dazu gehörte etwa, wie wir damals sagten, die Erdkunde. Wir hatten eine Lehrerin in Erdkunde. Sie unterrichtete normalerweise im Aufnahmegebäude die Kinder, die nur kurzzeitig in diesem Heim waren. Für das erste bis achte Schuljahr war dort ein Raum für den Unterricht eingerichtet. Vorausgesetzt sie kam, dann fand auch Unterricht statt. Sie wohnte in Brühl und fünf bis sechs Mal im Jahr wurde sie in die Tür der Köln-Bonner-Eisenbahn eingeklemmt mit der Folge, daß ihr Unterricht ausfiel. Diese Lehrerin also unterrichtete uns in Erdkunde. Sie machte es sich sehr einfach. Die Stunde begann mit der Aufforderung die Hefte herauszuholen und dann wurde diktiert. Schwierige oder für uns ungewohnte Namen schrieb sie an die Tafel. Der Unterricht schloß mit der Aufforderung, das Aufgeschriebene bis zum nächsten Mal auswendig zu lernen. Nun, nicht alle unsere Lehrer waren von diesem Kaliber."

„Lesen und schreiben", so begann Stephan nach einer kurzen Pause von einer traumatischen Erfahrung zu berichten, „waren damals nicht meine Stärken. Die Schule registrierte dies nur und gab entsprechende Noten. Lernen mußte ich freilich in der Gruppe. Wir lernten Lesen nach einem Lesebuch. Es dauerte einige Zeit, bis ich die Buchstaben zu Worten und die Worte zu Sätzen richtig zusammenfügen konnte. Ich mußte der Nonne vorlesen und für jede Verlesung setzte es eine Ohrfeige. Doch tränende Augen sind gewiß nicht die beste Voraussetzung, um Lesen zu lernen. Und so wurde das Lesenlernen für mich eine echte Tortur. Diese pädagogische Maßnahme verunsicherte mich freilich derart, daß ich mich oft nicht traute, das Wort richtig auszusprechen, weil ich fürchtete, ich könnte es falsch aussprechen, und dann bekäme ich wieder eine Ohrfeige. Deshalb sprach ich das Wort falsch aus und dann war es auch schon wieder geschehen. Während sich das Problem der Verlesungen irgendwann erledigte, blieb das Problem beim Schreiben noch lange bestehen. Die Nonne kontrollierte unsere Hausaufgaben und für jeden Rechtschreibefehler setzte es eine, manchmal gar zwei oder drei Ohrfeigen. Wie wenig geeignet diese pädagogische Maßnahme war, zeigte sich darin, daß ich auch in Rechtschreibung zunehmend verunsichert wurde und statt weniger sogar mehr Fehler machte. Ich erinnere mich, daß ich in einem Diktat sogar das Wort ‚und' durchstrich und falsch als ‚unt' darüber schrieb. Ich vermied möglichst Tätigkeiten, in denen ich schreiben mußte. Meine Rechtschreibung brachte mir die schlechteste Note in meinen Zeugnissen ein. Wenn der Lehrer bei meinem Abgangszeugnis im Punkt Rechtschreibung nicht beide Augen zugedrückt und mir nicht eine Vier gegeben hätte, hätte ich später wohl kaum eine weiterführende Schule besuchen können."

Mit der Schule war offenbar ein Stichwort gegeben, das die Assoziation anregte, denn Stephan fuhr fort: „Auch die Lehrer prügelten, wenn auch nicht alle. Mit Vorliebe wurde mit dem Rohrstock auf die Handflächen gehauen. Doch es konnte auch richtige Prügel setzen. Und das geschah dann auch mir, und zwar aus einem Anlaß, der vielleicht nicht völlig nichtig war. Es war an jenem Tag, als ein Kran die Figur des ‚Guten Hirten' hochhievte, damit sie in der Kirchenfassade befestigt werden konnte. Die Fassade der Kirche", so erläuterte Stephan, „wurde zum Leitbild für das Kinderheim mit Schafen und eben dem ‚Guten Hirten' bestückt. Von unserem Klassenzimmer aus, damals im vorderen Gebäude nahe zur Straße gelegen, konnte man den Vorgang, wie diese Figur in die Fassade eingefügt wurde, gut beobachten. Draußen hatten sich viele Leute versammelt, um ebenfalls diesem Ereignis zuzuschauen. Es war ein sonniger, warmer Tag und die Fenster unseres Klassenraumes waren weit geöffnet. Zu diesem Zeitpunkt stand ich auf dem Podest, auf dem die Lehrerin an einem Pult saß und mein Heft korrigierte. Ich war damals acht Jahre alt und kümmerte mich in diesem Augenblick nicht um die Korrekturen der Lehrerin, sondern schaute durch das offene Fenster, wie so viele andere, interessiert dem zu, was draußen passierte. Die Lehrerin bemerkte das und regte sich fürchterlich auf, daß ich aus dem Fenster und nicht auf das Heft schaute. Das war selbst für mich durchaus nachvollziehbar gewesen, denn das hätte ich nicht tun dürfen. Doch das Unglück wollte, daß gerade in diesem Augenblick der Rektor der Schule ins Klassenzimmer trat. Die Lehrerin hatte nichts Eiligeres zu tun, als mein angeblich ungezogenes Betragen zu berichten. Der Rektor fackelte nicht lange. Er setze mir ein paar Ohrfeigen, packte mich, schleifte mich aus dem Klassenzimmer über den Flur in den Klassenraum, in dem er unterrichtete, holte einen Rohrstock aus dem Pult und verprügelte mich vor den Kindern der siebenten und achten Klasse dermaßen, daß ich noch lange Zeit blaue und grüne Striemen an meinem Körper sehen konnte. Ich erinnere mich jedesmal daran, wenn ich an diesem Heim vorbeikomme und mein Blick auf den ‚Guten Hirten' inmitten der Schafe fällt. Verstehbar ist dieser Vorgang in seinem pädagogischen Nutzen für mich bis heute nicht."

Stephan machte eine Pause und sagte dann: „Ich glaube, die wichtigsten Erlebnisse im Heim habe ich geschildert. Man könnte natürlich noch vieles erzählen, doch ich weiß nicht so recht, ob das wirklich wichtige Erlebnisse sind. Hinzu kommt, daß jedes Kind die Vorgänge im Heim, zumal wenn sie nach vielen Jahren aus der Erinnerung hervorgeholt werden, aus seiner individuellen Erlebniswelt erzählen und bewerten wird. Das war schon damals so. Wie die pädagogischen Maßnahmen auf das Verhalten der Kinder untereinander eingewirkt haben, ist dann noch ein ganz eigenes Kapitel und viel schwieriger zu beschreiben. Deshalb möchte ich", sagte Stephan, „wenn Du damit einverstanden bist, hier Schluß machen. Ich werde beobachten, was der Bundestag macht. Vielleicht komme ich dann noch einmal auf meine Geschichte zurück." Ich nahm das Mikrophon in die Hand und sprach in es hinein: „Dem habe ich nichts hinzuzufügen" und schaltete das Tonband ab.

**Angelika Zöllner**

# A 46

*I*

Yasin Ali. Er lehnt seit Stunden über dem wuchtigen Lenkrad seines knallblauen Lasters und starrt auf die Straße. Dunkle Kraushaare fallen ungeordnet über seine Gedanken und über die Stirn. Erst 35 km ist er vorangekommen, zähflüssig zwischen Wuppertal-Sternenberg und Düsseldorf-Zentrum. Dieser elende Schleichschritt. Eigentlich sollte er längst die Gemüseladungen aus der Großmarkthalle abgeholt haben. Die kleinen, in Plastiktüten gebündelten Paprika, die frischen Geländetomaten, die Zwiebelsäcke, blaue Oliven und das appetitlich duftende Brot. Gerne hätte er jetzt einen noch warmen Sesamkringel probiert.
Er hat Zeit. Stau ist wieder angesagt, nie wird er aufhören, scheint es, allenfalls sich unterscheiden durch schneckenkriechendes Tempo oder gänzliches Stillestehen. Aber das macht nichts aus. Im Staustehen vor den Wagen und Baustellenarrangements kann er seine Gedanken sortieren.
Er klemmt sich eine Zigarette zwischen die Lippen. Eigentlich hat er die Bazillen des Alltags für heute Vormittag genug eingeatmet. Gern würde er jetzt für eine kleine Kaffeepause eine Oase der Erholung aufsuchen. Warum sie eigentlich keine warmen Getränke an den Parkplätzen verkauften ... bei diesem Schleichen auf der A 46 seit Jahren könnte die Einrichtung einer Coffeebar doch ein einträgliches Geschäft sein.
Um sich von den Strapazen des überlastenden Alltags zu entspannen, denkt er, gibt es verschiedene Möglichkeiten. Manche nehmen sich ein paar Tage eine häusliche Grippe. Andere verreisen in die südliche Wärme und Kultur eines andersartigen Landes. Z.B. auch in seines - seine heimatliche Türkei. Manche Leute wandern lieber durch die steile Schroffheit einer kühlen, sie beruhigenden Berglandschaft einem fernen, nie ganz zu erreichenden Himmelsgewölbe zu. Und einzelne verbringen sogar eine Auszeit in einem verschwiegenen Kloster. Er hingegen braucht nur 250 kurze Meter hinter seinem privaten Zuhause die A 46 zu betreten. Natürlich mit dem Laster, denn zu Fuß wäre es ja nicht erlaubt, obwohl man da häufig schneller vorankommen würde.
Und sofort fühlt er die Ruhe wie ein Morgengebet sich ausbreiten. Er fühlt in allen Zellen etwas Köstliches. Stille. Angehaltenes Schweigen. Wenn nur dieser betäubende Parfumgeruch nicht wäre - nein, von keiner ihn verwirrenden, aufregenden Frau, lediglich von einer ihn leitenden Asphaltroute. Wenn andere viel Geld ausgeben für teuer zu erwerbende Düfte wie Lindenholz, Jasminblüte, Granatapfel- oder Orangenaroma, genießt er hier gratis die geld- und rezeptfreie Autobahnluft.

Heute morgen bog er wie meist bei der Auffahrt Wuppertal-Oberbarmen ein. Nach sich endlos wälzenden Zeitminuten erreichte er nach wenigen hundert Metern erst die Raststätte Sternenberg-Nord. Da standen schon die Trucks, Reihe an Reihe. Ob sie auch gerade ihr Morgengebet verrichteten? Halb acht am Morgen erst und keine Möglichkeit, sich vorwärts in einen neuen Tag zu bewegen. Wenn er sich auch schon wieder herauslösen würde aus der Schlange und hier zu einer Pause anschließen?

Rückwärts ging es auch nicht - sprich, bewegte er sich eben seitwärts. Bog ab. Stellte seinen kleinen Transporter in eine letzte Nische neben die Fülle der sich reihenden Trucks. Nett sahen sie aus. Früher waren das doch immer so grauschwarze Dinger, allenfalls soldatengrün. Aber heutzutage - er staunte. Eigentlich hatte er noch nie richtig hingesehen. Das hat sich ja richtig verändert, wie die bunt gewürfelten Häuser an der türkischen Riviera sah das hier aus. Oder wie ein Ort für Kinderspielzeuge! Feuerrot, knatschblau wie *sein* Wagen, blankes Weiß, frühlingsstarkes Grün, ja sogar gelbsonnig war einer der Trucks. Ihm fielen die Fahrerfenster auf. In einem von diesen stand vorne ein weißes Schild. ‚*Wolfgang*', las er. In einem anderen Fenster stand: *Das Leben ist viel zu kurz, um einen kleinen, popeligen Truck zu fahren.* Dieser hier war wirklich riesig, im Gegensatz zu seinem kleinen blauen Transporter. Und in strahlendem Weiß ausgestattet. An der Wagenseite stand: ‚*Südkraft*'.

Dann schaute er auf die Wiese. Endlich war später Frühling. Das Gras hatte zu sprießen begonnen. Da lagen doch tatsächlich zwei auf dem Boden und genossen die Sonne.

„Was macht ihr da auf dem kalten Boden", fragte er überrascht, „wir haben erst 10 Grad plus."

„Macht nix", entgegnete einer der Männer, „Bodenturnen, da wird einem warm. Kannst ja mitmachen!"

„Was soll man sonst machen", ergänzte der andere Sportsfreund und hob gerade die Beine zum Radfahren. „Vor halb neun bis neun kommen wir hier eh nicht flüssiger weiter, also kann ich auch Sport machen und wärmer werden dabei."

Yasin Ali beschloss, für die Fahrt zwei belegte Käsebrötchen zu kaufen. Er könnte sich auch die Zeit mit Tanken vertreiben, aber der Diesel war hier noch mal um einige Eurocent teurer als sonst. Also las er lieber die Schilder. Ein riesiges blaues mit viel leerem, unbeschriebenem Raum darauf, stand direkt neben der Autobahn. ‚*Autohilfe*' entzifferte er und starrte auf den freien Raum auf der Tafel. Wer Angebote hat, ‚*kann hier sein Inserat reinsetzen*'. Ob auch ‚*Autobahnhilfe*' gemeint ist? Gleich daneben war eins dieser Wahlplakate platziert: ‚*NRW soll stabil bleiben,*' las er.

Und begriff. Die reinste Ironie. Bestimmt auch deswegen diese jämmerlichen Baustellen, unentwegte Verbesserungen an der Autobahn hier. Und wenn sie halbwegs fertig sind, kommt die nächste - dann die übernächste - anschließend sicher die Erneuerung der Schallwände und so fort. Die werden ja nie fertig ...

Yasin Ali verzog sein Gesicht in komische Nachdenklichkeit. Als er gerade die

Brötchentüte auf dem Beifahrersitz abgelegt hatte und sich wieder zurück drehte, fiel sein Auge auf ein Kind.

„Was treibst du denn hier - am frühen Morgen an der A 46", wunderte er sich. Es lief gerade zu einer Bank.

„Warten", sagte es und lachte. „Eigentlich wollten wir zur Oma - bis nach Aachen. Aber - das schaffen wir vielleicht nicht."

„Hast du keine Schule heute?", fragte Yasin Ali.

„Erst in zwei Wochen."

Das Kind hob ihm den Arm entgegen, und erst jetzt sah er es. Das Mädchen, denn er erkannte es jetzt als solches trotz der noch winterlichen Verpackung am zarten Gesicht, schien den Arm gebrochen zu haben. Er bemerkte ein paar eindringliche helle Augen, türkisblau, eine Farbe, die ihn erinnerte an das glitzernde Meer zuhause. Die türkische Riviera. Darüber trug sie bräunliches Haar zu zwei Rattenschwänzen aufgebunden. Seine Farbe sah fast aus wie der Landschaftsboden an manchen Plätzen im Taurusgebirge. Erdig, mit einem sonnengewärmten Rot darin. Etwas schnitt ihm ins Herz.

„Du hast dir was gebrochen?"

Sie nickte.

„Ich wollte nur aus dem Fenster gucken - weil der Zeppelin da war ... da bin ich auf den Stuhl geklettert und gekippt."

„Hm, das nächste Mal bist du vorsichtiger", grinste Yasin Ali. „Übrigens, das ist mir als Kind auch passiert." Er erzählte in zwei, drei Sätzen seine Geschichte von damals und streifte den linken Ärmel zurück. Das Mädchen sah einen leicht verbogenen Arm. „Am Ellenbogen ist er schief zusammengewachsen. Aber - ihr habt gute Mediziner hier in Deutschland, da passiert das sicher seltener. Außerdem, ich kann alles normal bewegen."

„Das ist die Hauptsache", sagte die Kleine ernsthaft und schaute ihn unter den Lidern mit den türkisblauen Meeraugen an.

„Manchmal, wenn wir hier lang fahren", fuhr sie dann fort und schaute etwas bekümmert in die sich stauende Richtung der A 46, habe ich alle Lastwagen gezählt. Dann habe ich in Rechenkästchen gezeichnet, wie viele es waren - rote, grüne, sogar gelbe und viele graue."

„Ein lustiges Spiel", wunderte sich Yasin Ali und lachte. Dabei wischte er sich fast verlegen gegenüber der Kleinen mit den Fingern über seinen Schnurbart. „Da hast du keine Langweile gehabt."

Und dann erklärte sie: „Die A 46 ist doch schon ewig so voll. Mein Opa in Aachen hat gesagt, er wünscht sich einen einzigen Tag im Leben, an dem er hier ohne Baustelle fahren kann!"

„Und?", fragte Yasin Ali entzückt über die Kleine. „Hat der Opa das erlebt?"

„Der ist doch schon 14 Jahre tot", erwiderte sie leise.

Yasin Ali schwieg betroffen und kräuselte seinen Schnurbart. Die Kleine scharrte mit den Fußspitzen auf dem Asphalt, als ob sie dabei eine Idee herauskratzen könne. Vierzehn Jahre ... das war exakt die Zeit, die er in Deutschland verbracht hatte. Und vermutlich staute sich die A 46 schon viel länger.

Da hob er wie von ungefähr den Blick zur Seite und sah die Mutter herankommen. Sie besaß die gleichen auffälligen Augen wie die Tochter, auch sie fast ein Kind der sommerflirrenden türkischen Meerfarbe, eine deutsche Nymphe mit dem gleichen Haar des Taurusgebirges, braunerdig und ein feiner Stich Sonnenröte zum Wärmen darin. Keine häufige Farbe des deutschen Haars. Sie sah ihrem Kind ähnlich, nur das Gesicht war natürlich ein wenig älter, vielleicht um die 28. Ein bisschen Traurigkeit hing ihr in den Augen wie ein türkischer Nebelmorgen - manchmal im März. Vielleicht war es auch nur Nachdenklichkeit, die verschwand, wenn dieser Fahrzeugnebel hier auf der Autobahn sich auflöste.

Wie Yasin Ali diese heimatlichen Farben hier in diesem oft wenig sonnigen Land vermisste. Er schaute eine Weile. Dann stieg er wieder in den blauen Truck ein, ließ seinen Motor an und blickte unschlüssig auf die sich stauende Schneckenmenge der Autos.

„Es hat keinen Zweck, weiterzufahren", rief die Kleine und hob den Gipsarm. „Du kannst ebenso gut hier bleiben."

Yasin Ali blickte in seine Zielrichtung und dachte, wie sauer sein Onkel sein würde, wenn er so spät mit der Gemüseladung zurückkam. Aber dies hier schien wieder einmal höhere Gewalt. Allah bestimmte, was gut war.

„Ok", sagte er, „dann werde ich eben schon hier Frühstück machen. Lass uns mal nach einem warmen Kaffeebecher schauen." Er stieg wieder aus und lief mit schnellem Schritt zum Shop. Bald kehrte er mit einem Plastikbecher heiß dampfender Brühe zurück. Es gab Bänke und sogar Tische. Er ließ sich auf einer Bank nieder, nicht auf der gleichen, an der die Kleine, Fatma hieß sie, und ihre Mutter saßen, sondern auf einer daneben. Ein gebührender Abstand, er wollte sie nicht erschrecken.

Fatma jedoch sprang bald unbekümmert hin und her zwischen den beiden. Sie konnte trotz ihrem Gipsarm nicht lange stillsitzen. Es gab ja genug zu gucken. Wie alt mochte sie sein, sieben oder acht Jahre?

Yasin Ali zog seine Käsebrötchen aus der Tüte. Die Mutter der Kleinen hatte ebenfalls Käsebrötchen, aber sie sahen anders belegt aus, vermutlich von zuhause. Außerdem packte sie gerade zwei Kringel aus.

„Sesamkringel", entfuhr es ihm. „Mögen Sie türkisches Backwerk? Oder griechisches? Die Dinger gibt es ja auch in Griechenland. Die Türken waren lange genug dort, um die Essgewohnheiten und so manche Sitte zu mischen."

„Wir fliegen doch oft in die Türkei in Urlaub", rief die Kleine fröhlich. „Nach Alanya zum roten Turm."

„Alanya?" Yasin Ali horchte auf. „Alanya kenne ich gut. Da habe ich mehrere Jahre gearbeitet. In einem kleinen Hotel. Das war hart, täglich wenigstens elf Stunden Arbeit. Gekellnert, Frühstück gemacht, abgerechnet, die Gäste bei Laune gehalten usw. - in der Hochsaison war ich an der Rezeption. Dort ging es dann bis zu 20 Stunden hintereinander ohne Schlaf, auch wenn man nicht immer etwas Taugliches zu tun hatte."

„Ich ahne das", erwiderte die Mutter der Kleinen und nickte ihm aus den meerglitzernden Augen zu. „Wir haben das auch beobachtet. Diesen Schlafmangel halten wohl nur junge Leute aus. Im Winter können sie das nachholen - wie die Igel."

„Im Winter gibt es nix zu essen", fiel Yasin Ali ein, „wenn im Sommer nicht genug Kohle verdient wird. Der Winter ist herb im Taurus oben. Ich komme aus einem Dorf von dort, ziemlich abgelegen, auf 1200 Meter Höhe über dem Meer."

„So hoch", wunderte sich die Kleine und machte die Augen groß. „Ist es schön da oben?"

„Wunderschön", stammelte Yasin Ali, weil ihn jetzt die Erinnerung wie eine Welle seines geliebten Meers überwältigte. „Eine herrliche, unbeschreibbare Landschaft. Manchmal hat die Erde eine Farbe wie dein Haar." Er war fast versucht es zu streichen. „Felsen, Pappeln, Steineichen, Maulbeerbäume, Tamarisken, Bienenkorbreihen usw. ... Mein Großvater hat Bienen gezüchtet, und mein Vater war der Müller im Dorf. Da kannst du heute noch sehen, wie das Korn gemahlen und gesiebt wird - falls du mal hinkommst. Für euch Deutsche ist es, als sei die Zeit dort stehen geblieben. Das Haus hat mein Vater selbst gebaut. Die Steinmauern mit Lehm versiegelt. So was kennt ihr hierzulande gar nicht mehr. Innen ist es gemütlich, besonders wenn man ein Feuerchen anmacht. Aber, es ist schrecklich arm dort - nur." Yasin Ali reckte sich jetzt sehr stolz, „wir kannten es eben nicht anders. Manche sind die Saison über in Alanya - zum Arbeiten wie ich. Andere pflanzen das Feld an. Wenn die Baumwolle reif wird, ziehen noch immer viele in die Çukurova. Dort kann man sich bei einem der reichen Besitzer verdingen."

Yasin Ali schwieg. Er fürchtete auf einmal, dass er zu viel gesagt hatte - zu wildfremden Menschen, die ihn nichts angingen. Auch er ging sie nichts an. Aber er hasste es, wenn Landsleute von ihm sich zu Lügengeschichten aufschwangen, nur weil sie hier etwas darstellen wollten in einem anderen Land als sie konnten.

„Das Leben dort ist hart, aber wunderschön", wiederholte er noch. „Wir leben mit dem Rhythmus der Natur. Verhungert sind wir nicht ... auch wenn es oft nur die tägliche Suppe gab. Mutter aber würzte sie immer unnachahmlich mit den Bergkräutern. Kennst du Tarhanasuppe? Bestimmt nicht. Und manchmal, nicht zu oft, gab es auch eine Reissuppe mit ein paar Stücken Huhn darin."

Er schwieg jetzt. Fatmas Mutter starrte ihn an. Das eindringliche Blau ihrer Augen wechselte tatsächlich mit einem Türkis wie das heimische Meer im Licht. Schließlich sagte sie leise: „Wir würden so ein Dorf gerne einmal erleben - auch die Landschaft des Taurus. Wir sind bloß um Alanya herum geblieben. Feriengäste eben. Wir hatten ja kein Auto. Dafür haben wir fast täglich auf dem Burgberg gesessen, immer an einer anderen Stelle, und tief herunter über die blaue Bucht geblickt. Am herrlichsten ist es, wenn der Abend seine blaue Stunde verzaubernd über das Städtchen legt. Der Turm leuchtet lange wie ein rötliches Wahrzeichen in der untergehenden Sonne. Der betäubende Duft der Glyzinien geht mir seitdem nie mehr aus der Seele. Und die Freundlichkeit der Menschen. Wie oft habe ich dort eine frisch gebackene Gözleme gegessen, mit Spinat und Käse gefüllt, manchmal mit Hackfleisch, den frisch gepressten Orangensaft dazu getrunken, eine sonnengereifte Köstlichkeit. Und hinterher bekamen wir oft Tee geschenkt ohne einen Kurus zu bezahlen ... Schwarztee, Apfeltee für die Kleine - oder auch Salbeitee."

„Und einmal waren wir dort sogar frühstücken", rief Fatma. „Es gab lauter eingelegte, seltsame Früchte. Wie wussten nicht einmal, wie sie hießen, aber es war sooo lecker."

Yasin Ali lächelte unter seinem Schnurrbart. „Auch meine Mutter hat Früchte süß eingelegt", sagte er. „Sie schmecken ein bisschen wie eure Marmelade, nur besser."

„Stimmt", echoten Mutter und Tochter fast gleichzeitig. Und sie lachten jetzt miteinander, verwundert, als würden sie sich schon lange kennen.

„Letzten Herbst haben wir in Alanya Aufregendes erlebt", fuhr die Mutter der Kleinen fort.

„Eigentlich - glaube ich nicht an Zufälle. Ich suchte Badeschuhe für die Kleine. Und direkt neben dem Hotel war einer dieser üblichen Läden - Schuhe, Taschen usw. Nicht sonderlich auffällig. Dort war aber die Größe der Kleinen ausgegangen. Schließlich näherte sich die Saison dem Ende. Doch in wenigen Stunden hatten sie uns die passende Größe besorgt, der ganze Liebesdienst für nur 2,50 Euro! Später kauften wir dort noch ein paar günstige Lederschuhe und eine rund abschließende Sonnenbrille. Der Verkäufer hatte meist nicht mehr viel zu tun. Dann saß er beim Teetrinken draußen auf der Straße und rauchte Selbstgedrehtes. Einmal fiel mir auf, dass er ein Buch las. Von Hemingway. Er las es auf deutsch. Wir kamen ins Gespräch. Er war gar kein Türke, sondern Deutsch-Perser. Seine Mutter ist Deutsche. Er erzählte, er habe lange Jahre in Deutschland gewohnt. Jetzt aber möchte er, auf Grund einiger Erlebnisse, nicht mehr dort leben. Ich erkundigte mich nach dem Grund.

„Ich verbrachte eine Weile in Tübingen", sagte er und zündete sich eine neue Pausenzigarette an. „Vor dem 11. September war es eine gute Stimmung. Ich hatte nach Jahren endlich das Gefühl, die Kulturen gehen offener miteinander um. Die Menschen tolerieren mehr und mehr das Anderssein. Wir hatten gute Kontakte, meine Familie und ich, vermeintliche Freundschaftsverbindungen zu Menschen aller möglichen Nationen. Natürlich auch zu den Deutschen. Aber einen Tag nach dem 11.9. änderte sich alles ..."

„Wie das?", fragte ich.

„Einen Tag nach dem 11.9. begannen sie schon, sich misstrauisch anzusehen. Selbst die Studenten an der Uni begannen sich in heftige Meinungsverschiedenheiten zu verwickeln und Partei zu nehmen. Jeder, der mit Muslimen zu tun hatte, erst recht, wenn er selbst einer war, wurde argwöhnisch beäugt. Als hätten wir alle Bin Laden zuhause versteckt - wenn er es überhaupt war."

Die Frau schwieg jetzt, und auch Yasin Ali hütete sich, sie zu unterbrechen.

„Und dann", fragte schließlich die Kleine und wippte auf ihren Zehenspitzen - neugierig auf eine aufregende Geschichte, auch wenn sie noch längst nicht alles verstand.

„Tja, dann war noch etwas anderes in Deutschland passiert. Viel früher. Als sie jung waren. Da waren einige junge Leute aus Persien geflüchtet, weil sie Angst hatten in den revolutionären Wirren unter Khomeini. Sie wollten nicht im Golfkrieg sterben. Und darunter war auch der Schwager von diesem Badelatschen-Verkäufer. Erst neunzehn Jahre alt und ganz frisch verheiratet.

„Sie heiraten dort oft früh, wie bei uns", sagte Yasin Ali und kräuselte die Stirn.

„Und stellen Sie sich vor", fuhr die Frau fort und sah ihn jetzt eindringlich an. „Der 19-Jährige war gerade in einem Supermarkt einer bekannten Ladenkette. Er hatte Lebensmittel im Einkaufswagen. Fleisch und Wurst, glaube ich, ich weiß es nicht mehr genau. Er war Asylant und hatte Hunger. Vielleicht aber hatte er auch gar nichts stehlen wollen. Das wurde nie bewiesen. Denn den Wagen hatte er nicht einmal hinausgeschoben, nur zu wenig Geld dabei gehabt."

„Und wenn", sagte Yasin Ali, „die Asylantenflüchtlinge bekommen weniger als Sozialhilfe und haben nicht viel zu essen. Und eine Arbeitserlaubnis gibt es nicht."

„Sie durften sich nicht einmal aus Tübingen fortbewegen! Die Verkäufer müssen auf Asylanten oft sauer gewesen sein. So manchen hat man halt erwischt beim Klauen, wurde später gesagt. Kurz, der Filialleiter und ein Lehrling haben den jungen Perser auf dem Hinterhof festgehalten, und dann wurde er öffentlich umgebracht! Mindestens 15 Augenzeugen sollen zugesehen haben! Der, der ihm den Hals zuhielt, war der Lehrling. Und als die Polizei kam und die Handschellen anlegte, stellte sie fest, dass der Perser schon nach drei, vier Minuten tot und erstickt war. Er war aber noch viel länger gewürgt worden ..."

Die Frau blickte plötzlich erschrocken zu Fatma. Es war in dieser Art noch kein Thema für sie. Fatmas Augen hatten sich im Entsetzen geweitet. Sie stand ganz stumm. Auch Yasin Ali saß sehr betroffen. Er grübelte: „Wie hieß er?"

„Kiomars Javadi. Es ging durch die Zeitungen. Vielleicht haben Sie von ihm gehört?"

„Habe ich leider nicht", bekannte Yasin Ali, „wann war das genau?"

„1987."

„1987 existierte ich noch nicht in Deutschland. Ich habe leider nichts davon mitbekommen. Das Ganze ist ja furchtbar!"

„Und ich war zu jung", sagte die Frau mit den türkisblauen Meeraugen traurig.

Er war ganz betroffen. Eine solche Reaktion in Deutschland, auch wenn sie eine längere Zeit her war, konnte auch einen Türken ängstigen.

„Man sollte so etwas nie vergessen", stammelte die Frau. „Ich habe mich so für Deutschland geschämt. Und es gab ja auch noch ein paar andere Fälle. Seit wenigen Jahren soll endlich eine Straße nach Javadi benannt sein in Tübingen. Ich war nie da. Aber - ich habe den Film gesehen! *‚18 Minuten Zivilcourage'*, von einem Perser, der ihn kannte, gedreht. Nur 20 Minuten dauert der Film, aber er ist sehr schwer zu bekommen, obwohl er im Internet öfter besprochen wird. Fatmas Deutschlehrerin hat mich eingeladen - in der Schule durfte sie den Film ja nicht vorführen."

„Was? Warum nicht?"

„Können Sie sich vorstellen, warum es verboten ist, einen solchen Film in Deutschland zu zeigen? Im Internet findet man ausladende Artikel dazu von der ‚Zeit', dem ‚Spiegel', vom Filmregisseur selbst. Viele haben sich aufgeregt. Vor allem über den Richter. Der Filialleiter oder der Lehrling hatten wohl Geld. Denn sie haben sich den Starverteidiger Deutschlands genommen. Den Rolf Bossi. Einen, den damals jeder kannte. Und der hat nur ein Jahr auf Bewährung und ein paar Monate für den Lehrling, den Hauptmörder, herausgeholt.

Warum ist es bloß verboten - angeblich ‚aus Lizenzgründen' - einen so wichtigen Film in Deutschland an Schulen zu zeigen?"

Yasin Ali starrte bestürzt vor sich hin. Auch er war nur Gast hier, selbst wenn er seit vier Jahren eine Aufenthaltsgenehmigung besaß.

„Es ist furchtbar, und ich verstehe, dass der Deutsch Perser nicht mehr in Deutschland leben will", sagte er leise.

Er hatte völlig vergessen, dass er zum Gemüsetransport unterwegs war und blickte wie von ungefähr auf die vorbeiziehende A 46. Plötzlich sprang er hoch. „Die Autos bewegen sich schneller. Ich muss los jetzt, in der Großmarkthalle das Gemüse abholen ..."

Dann wandte er sich noch einmal um: „Ich hätte gerne mehr von dieser furchtbaren Geschichte gehört", sagte er. „Wie war der Name des jungen Persers noch einmal?"

„Kiomars Javadi", sagte die Frau und buchstabierte. Er notierte sich den komplizierten Namen auf einem Zettel.

„Ich werde im Internet nachsehen."

Als er seine Wagentüre aufgeschlossen hatte, rief er noch einmal zurück: „Es war nett mit Ihnen ... und wie kommen Sie eigentlich ausgerechnet nach Alanya?"

„Der Vater von Fatma ist Türke", rief die Frau, „aber er lebt nicht mehr dort."

Mehr erfasste Yasin Ali-Ali nicht mehr, denn in diesem Moment klingelte sein Handy eine stürmische Melodie, und er berichtete eilfertig und etwas schuldbewusst seinem Onkel von diesem grässlichen Staugeschiebe auf der Autobahn und dass das Gemüse mit Sicherheit heute wieder einmal später gebracht würde.

„Wir müssen uns einen anderen Großmarkt suchen, nicht mehr Düsseldorf", schimpfte der Onkel. „Das kann nicht so bis in die Ewigkeit gehen!"

Auch die Frau war jetzt aufgestanden, richtete sich das Haar und hatte die Kleine bei der Hand genommen. Yasin Ali schaute sie ein letztes Mal unter ihrem erdbraunen Haar an, auch das sonnige Rot darin. Wie es ihn an eine besondere Gegend in seinem Taurusgebirge erinnerte. Nicht allzu weit von seinem Dorf entfernt. Dann legte er das Handy zurück, kratzte sich leicht verlegen am Kopf, murmelte mit einem Blick auf Fatma etwas wie „nett, die Kleine" und rief lauter: „Dann mal gute - äh - freie Fahrt bis Aachen!"

Er schaute sich nicht mehr um. Die Schlange der Schnecken auf der A 46 hatte sich etwas aufgelöst, und es gelang ihm, wenigstens anhaltend den zweiten Gang zu betätigen.

## II

Einige Tage später befindet sich Yasin Ali erneut auf der Autobahn. Die A 46 ist zunächst etwas freier, doch schon vor Wuppertal-Katernberg beginnt es wieder mit dem Schneckenschleichen. Die Sonne scheint heute ein helles Frühlingsversprechen. Bald schaltet er sich eine Musik ein. Eine instrumentale, volkstümliche Musik, die er sich aus Alanya mitgenommen hat. Sie erinnert ihn an zuhause - eine sanft sich über die Hügel von Anatolien hinziehende Urmusik, eine träumerisch fließende Begleitung zum Reisen. Auf diese Weise kann er fast vergessen, wenn er wieder allzu häufig vom zweiten in den ersten Gang zurückschalten muss und nur alle paar Kilometer ansatzweise in den dritten gelangt. Hinter Sonnborn weitet sich die Autobahn dreispurig, aber eine freiere Bewegung ist noch immer nicht zu spüren.

Plötzlich schrickt er zusammen. Trotz der Versunkenheit in seine heimatlichen Musikklänge und Volksinstrumente bemerkt er, wie er mit rascher Heftigkeit sich einem urplötzlich stehenden Stau nähert. Gerade hat er ein einziges Mal bis zur Kurve für vielleicht einen Kilometer in den dritten Gang schalten können, da geschieht es.

Er hört einen grässlichen Lärm in der Luft. Im letzten Moment reißt er das Lenkrad herum und kann erfolgreich auf den Seitenstreifen ausweichen. Er ist so erschlagen, dass er den Wagen nur ausrollt und bald stehen bleibt. Er muss sich wenigstens kurz umschauen. Es kommt ihm in Erinnerung, dass die Warnblinkanlage leuchten muss, und er drückt den Button. Noch immer läuft die sanfte Volksmusik aus der Heimat, eine rhythmisch dahinziehende, muntere Melodie, als bereise er weiterhin die Straße, und als sei nichts verändert.

Dann sieht er, was ihn beinahe wie einen Sog mit hineingezogen hätte.

Mehrere Wagen haben sich verdreht und verkeilt. Ein kleiner, roter PKW ist auf die Gegenfahrbahn gerutscht, und der darauf folgende Lastwagen hat sich fast über sein Heck geschoben.

Yasin Ali hört laute Rufe, auch ein Wimmern. Er dreht sich weg und fährt mit der Hand über die ausbrechenden Schweißperlen auf seiner Stirn. Allah hat ihn gerettet - doch warum müssen diese Menschen so furchtbar leiden?

Er vergräbt sein Gesicht in den Händen. „Allah, du mein Hoher", murmelt er schließlich kläglich zwischen den Zähnen. „Ich habe lange nicht gebetet. Den Ruf des Muezzin hier in Deutschland habe ich fast vergessen. Und doch hast du mich errettet. Aber - nicht diese da. Warum?" Einzelne Tränen ziehen eine nasse Spur über sein Gesicht wie ein unmerklicher Quell aus der Heimat im Taurus. „Wenn ich schon gerettet bin, Allah, will ich versuchen zu helfen, auch wenn ich bisher keinen Tropfen Blut sehen konnte!"

Yasin Ali hebt den Kopf wie in einem schweren Dunst. Als habe er getrunken. Aber mit einem Mal wird es nüchtern und klar um ihn. Er schaltet den Motor wieder ein und entdeckt mit zügigem Blick, dass er weiter vorn hätte parken können. Leicht wäre eine Ausfahrt in eine Parkbucht möglich gewesen. Der Platz besitzt eine öffentliche Toilette und ist nur von zwei parkenden Lastwagen besetzt, die ihre Nase nebeneinander gesteckt haben. Ein fast ohnmächtiger Zorn steigt auf in Yasin Ali, als er den weiten, ungenutzt freien Raum sieht. Einige der Verunglückten hätten hier vielleicht stehen können und wären gerettet worden.

Als er auf dem Seitenstreifen der A 46 zurückläuft, auch wenn es verboten ist, hört er schon die erste Sirene eines Krankenwagens. Auf dem Boden sieht er jemand liegen, ausgebreitet auf eine Decke. Drum herum steht wie angewachsen eine Menschentraube. Manche reiben sich die Augen. Andere bewegen nervös und flackernd die Hände. Offensichtlich ist die Person aus dem Wrack ihres Autos schon befreit worden. Auf der Gegenseite der Fahrbahn dampft ein PKW in züngelndem Qualm, der ihm bald in die Augen steigt.

Als er hinzutritt, sieht er erleichtert, dass die am Boden liegende Person die Augen hebt. Von meerhaftem Blaugrün sind sie - von türkiser Facette wie das türkische Lichtmeer. Er erschrickt. Sie ist also nicht tot, noch nicht. Das erdige, an das Taurusgebirge erinnernde Haar fällt lose um ihr verschrecktes Gesicht. Sie ist das also, und er kennt nicht einmal ihren Namen. In seinem Hals sitzt ein Klumpen. Mit einem Ruck zwängt er sich durch die Runde und kniet neben ihr nieder.

„Keine Angst," flüstert er. „Sie leben! Und die Krankenwagenkolonne kommt schon!"

Sie blickt ihn erstaunt an und hat sogar etwas wie ein unmerkliches Nicken im Blick. Ob sie ihn erkennt? In diesem Zustand? Einer der Herumstehenden hat ihr eine leichte Decke übergelegt. Soll er sie vielleicht in die stabile Seitenlage ... oder besser nicht, es könnte manches gebrochen sein.

Aber da sind sie schon da. Vier Männer eilen herbei wie die geflügelten Engel und heben sie auf eine Bahre. Man legt ihr direkt eine Transfusion an. Meist hat sie die Augen geschlossen. Nur manchmal öffnet sie sie in weitem Staunen. Gerade als sie in den Wagen geschoben werden soll, treffen sich ihre Augen mit den seinen.

„Sternenberg-Nord", flüsterte er ihr zu und hofft, sie wird sich erinnern. „Was ist mit der Kleinen?"

Da hebt sie die Lippen, bewegt sie mühsam und stößt fast geräuschlos hervor:" Fatma - Bäckerei Kreuzstraße - 16.00 ... Sie wartet."

Aber er versteht auch diesen Hauch.

„Wo bringen sie sie hin?", ruft er noch, ganz außer sich. Und die Rotgekleideten in den Leuchtjacken scheinen ihn wohl für einen Angehörigen oder Freund zu halten.

„Ins Klinikum", murmelt einer, „die haben Aufnahme. Sie können hinterher fahren."

Dann sind sie fort.

Yasin Ali läuft mit gebeugtem Kopf zurück. Ein meerblauer Blick, gemischt mit türkisgrüner Helle hat ihn glitzernd gestreift, ein erdig rötliches Haar wie das Land im Taurusgebirge - und schon hat er sich aufgeführt, als sei er mit ihr verlobt. Manches im Leben lässt sich nie erklären. Warum hat er sie wiedergetroffen?

Die Straße wird nun seltsamerweise frei. Er gibt Gas und merkt erst jetzt, dass noch immer seine anatolischen Volksklänge in unverändert singendem Rhythmus dahinziehen. Musik bleibt über allem, was sich ereignet, bestehen wie eine kleine Ewigkeit. Wie in einem Dunst aus dichtem Traum fliegt er jetzt fast über die A 46 und biegt in Düsseldorf-Zentrum ab - wie immer zur Großmarkthalle. Er lädt zügig das Gemüse ein für den Laden seines Onkels zuhause. Er lädt es in Wuppertal wieder aus. Es ist alles wie immer. Wenn er etwas gefragt wird, handelt er wie ein Automat - die Gewohnheit hilft ihm über das siedende Klopfen seines Pulses unter der Haut.

Ob er Fatma finden wird? Sie würde ja wohl ihren Nachnamen sagen können, er weiß ihn ja nicht. Der Weg zur Bäckerei ist nicht allzu weit.

Um 15.15 steht er schon am Treffpunkt und wartet. Nach einer Viertelstunde entschließt er sich hineinzugehen und ein Brot zu kaufen, auch wenn er keinerlei Hunger verspürt. Er muss sich beschäftigen. Sein Blick streift die Verkäuferin, eine rundliche Frau mit blonder, aufgesteckter Haarrolle in korrekter, wenig fleckenempfindlicher Kleidung - wie man sie in diesen appetitlich nach Frischgebackenem duftenden Läden öfter antrifft.

Fatma wird Hunger haben, denkt er plötzlich und macht noch eine Handbewegung auf ein paar Donuts mit Schokolade hinter der Scheibe zu. „Drei Stück", bestellt er. Zwei vielleicht für die Kleine und einer für ihn.

Dann steht plötzlich etwas in seinem Kopf. Ein Vater! Niemand hat von einem Vater gesprochen. Ob es überhaupt noch einen gibt?

Als er bezahlt hat, steht er noch eine Weile auf der Stelle - versunken. Die rundliche Verkäuferin schaut ihn an, über ihren Brillenrand hinweg.

„Ist noch etwas", erkundigt sie sich in seine Gedanken hinein.

„Fatma", murmelt er schließlich.

„Fatma?"

Die Verkäuferin blickt ihn etwas misstrauisch an. Fatma kommt jeden Tag, aber diesen Mann kennt sie nicht. Und offenbar noch ein unklarer Ausländer. Was will er von der Kleinen? Sie denkt schon fast an das Drücken ihres Alarmknopfes auf dem Fußboden, da beugt er sich nach vorne und stottert die ganze Geschichte hervor: „Ein Unfall. Auf der A 46 ... die Mutter soll im Klinikum - im Helios sein ... ich hoffe, sie lebt noch.. Aber erschrecken Sie die Kleine nicht! Das einzige, was mir die Frau noch zuflüsterte, war: „Fatma - Bäckerei Kreuzstraße - 16.00 ..."

Die Bäckerin starrt ihn wortlos an. Stille steht wie ein Abgrund zwischen ihnen. Ob er die Wahrheit sagt?

„Warten Sie bitte - draußen vor der Tür", entwindet sie schließlich ein paar Worte ihren auf sie einstürmenden Gedanken. Wie eine unsichtbare Flut überraucht ihre Zurückweisung ihn und den Raum. „Es ist noch nicht 17.00. Ich werde den Laden so lange schließen. Und im Klinikum anrufen."

Er nickt schweigend seine Zustimmung. Natürlich, sie kennt ihn nicht.

„Wir haben uns nur einmal vorher getroffen", fügt er noch zögernd hinzu, „an der Raststätte Sternenberg-Nord - als sie nach Aachen zur Oma fahren wollten."

„Ich gebe Ihnen gleich Bescheid", insistiert die Verkäuferin und öffnet die Türe. „Nun gehen Sie schon hinaus."

Yasin Ali-Ali fühlt, dass sie ihm noch immer misstraut und denkt, wie schwer es doch manchmal für Männer ist, Vertrauen zu gewinnen, nur weil sich einige seiner Art nicht benehmen können. Dann geht er folgsam hinaus. Die Türe wird hinter ihm abgeschlossen. Was nun? Er starrt die Kreuzstraße entlang, auch den Bus an. Wie er Passagiere auslädt und wieder einfüllt wie jeden Tag, einem unbekannten Ziel zu. Das tägliche Alltags- und Stadtleben. Die vollgestopften Busse, weil die Schwebebahn wieder einmal nicht fährt - und das für drei Monate. Reparaturen überall. ‚*NRW muss stabil bleiben*', erinnert er sich. Das gilt nicht nur für die Regierung, die Wirtschaft - es gilt auch für die Straßen offensichtlich, erst recht für die Schwebebahn, das Markenzeichen der Stadt.

Fatma steht plötzlich vor ihm. Das erdfarbene Kinderhaar, das sonnig Rote darin zu zwei braven Zöpfen geflochten. Sie schaut ihn mit aufgerissenen, geweiteten Augen an.

„Der Lastwagenfahrer", erinnert sie und lacht. „Ich habe dich gleich erkannt. Was machst du denn hier?"

Noch ehe er antworten kann, vernimmt er ein Geräusch hinter sich. Die Bäckereiverkäuferin - oder ist es die Inhaberin, wie auch immer - hat die Türe wieder geöffnet und nickt ihnen zu. Dann nimmt sie Fatma an der Hand und legt ihr schützend eine Hand auf den Kopf.

„Ich muss mich entschuldigen. Sie hatten recht. Ich hatte es fast für eine billige Masche, eine Anmache des Kindes gehalten. Wenn die Mutter von Fatma ihnen vertraut, vertraue auch ich Ihnen. Kommen Sie, steigen Sie ein, wir fahren zusammen los."

„Fatma", sagt sie leise und schaut das Kind an, in die meerklaren Augen, die sie von der Mutter geerbt hat, „wir fahren ins Krankenhaus. Deine Mama hatte einen - Unfall - auf der A 46 - sie ist schon operiert worden - nicht erschrecken, es geht ihr ganz gut!"

„Was hat sie, was hat sie", schreit Fatma ganz verschreckt.

„Einen Arm- oder Beinbruch, oder beides - wir werden sehen. Und eine leichte Gehirnerschütterung. Es soll ihr ganz gut gehen, das ist die Hauptsache."

Fatma lehnt sich im Auto eng an die Bäckerin an. Als sie im Klinikum anlangen und bald die Treppe hinaufstürmen, auf einen Aufzug möchten sie keine Sekunde warten, springt Fatma voraus.

„Halt", rufen Yasin Ali und die Bäckerin fast gleichzeitig. Die Verkäuferin greift ihre Hand, und Yasin Ali öffnet langsam die Türe.

Da liegt sie. Scheint zu schlafen. Aber bei dem Türknarren horcht sie auf - lächelt sogar, wenn auch blass genug, ihrem Kind entgegen.

„Alles wird gut, Fatma", flüstert sie. „Nur ein Bein - und der linke Arm." Sie nickt mit den Augen in die jeweilige Körperrichtung.

In der Folgezeit kommt Yasin Ali fast jeden Tag nach der Last der Arbeit. Er weiß jetzt, dass die Frau Elif heißt - Elif, die Einzigartige, die Besondere. Elif, weil ihre deutsche Mutter diese türkischen Namen so liebte und die unbeschreibbare Schönheit seiner weiten Heimatlandschaft zuhause. Manchmal taucht er zusammen mit der Bäckerin und der Kleinen auf, und manchmal kommt er auch ganz alleine. Fatma darf jetzt bei der Bäckersfrau wohnen, und sie weiß, dass ihre Mutter gesund wird, auch wenn es noch eine längere Weile dauert. Und Fatmas Vater?

„Der ist schon lange fort", hatte die Kleine einmal gemurmelt.

Am letzten Tag in der Klinik sitzt Yasin Ali wie meistens auf seinem Besucherstuhl. Fatma ist diesmal nicht dabei, auch nicht die Bäckerin. Er schaut auf ein Bild mit Sommermargeriten an der Wand. Es tut gut und macht freundliche Stimmung.

„Bald werden Sie wieder echte Blumen sehen," sagt er scheu.

Elif strahlt, und ihr Gesicht ist schon viel weniger blass als zuvor: „Wie ich mich freue", erwidert sie leise, „über diese Lebensrettung überhaupt - ich kann es kaum glauben."

Er überlegt, ob es jetzt vielleicht eine passende Gelegenheit sei. Und schließlich fragt er etwas vorsichtig stotternd nach dem Vater.

„Fatmas Vater wusste nie etwas von diesem Kind", sagt Elif leichthin.

„Aber", zögert Yasin Ali, „ist es nicht sein Recht, seine Tochter ein bisschen - hm - zu kennen?"

Elif richtet sich vorsichtig aus ihrem Kissen auf und stützt sich mit dem gesunden Arm ab.

„Er wollte nie ein Kind", murmelt sie. „Es war von Anfang an klar. Ich war auch nur drei, vier Mal mit ihm zusammen. Er war ja in der Türkei mit einer anderen verlobt. „Ich hoffe", sagte er jedes Mal, „du hast gut verhütet. Wenn du ein Kind bekommst, werden *wir* es wegmachen."

Er hat einfach über unser Leben und unsere Zukunft bestimmt! Und dann - war er ohnehin weg. In die Türkei zurückgegangen. Ich weiß nicht einmal, wohin. In Alanya wohnt er nicht mehr. Nun gut, ich könnte es bei seinen Verwandten herausbringen. Aber - ich wollte ja gar nicht. Ich wollte das Kind bekommen!"

„Also - Sie *könnten* ihn ausfindig machen ..."

„Vielleicht", sagte sie und hob die Schultern. „Nur wenn Fatma es eines Tages wissen möchte, sonst nicht. Ich komme durch - ich habe meine feste Arbeit bei der Bäckerei. Fatma ist in der Schule und kann nachmittags in die Kinderbetreuung. Sie lernt dort von den Kindern und hat ihre Freunde. Sie hat ja keine Geschwister. Es geht uns wirklich gut."

Trotzdem lächelt Elif jetzt durch einen Schleier wie von etwas nass Blinkendem im Auge.

„Du bist sehr stolz", sagt Yasin Ali langsam und duzt sie, ganz aus Versehen, zum ersten Mal. „Ich danke dir, dass ich dich trotzdem besuchen durfte."

Sie lächelt jetzt wie abwesend in eine ihm nicht zu greifende Ferne.

„Du bist ein guter Mensch, Yasin Ali. Ich hab es schon in Sternenberg-Nord gedacht. Und dein Allah und mein Christengott wollten sicher, dass wir uns wiedersehen. Vielleicht ist es doch der gleiche."

„,Man sieht sich immer zweimal im Leben', ist ein altes chinesisches Sprichwort. Übrigens, ich habe ein paar Artikel über Kiomars Javadi im Internet gefunden. Nur sein Alter geben sie unterschiedlich an."

„Hast du? Phantastisch", sagt sie. „Aber ich weiß es sicher von seinem Schwager, er war erst 19. Der Lyriker Erich Fried hat Kiomars Javadi eines seiner letzten Gedichte gewidmet und schrieb: „*Wenn der Tote Deutscher gewesen wäre, dann wäre er nicht tot ...*"."

„Ich habe es gefunden", nickt er ihr zu. „Aber Elif, wir dürfen nicht alle fortlaufen. Der Deutsch-Perser musste gehen - ich hätte es wohl auch getan an seiner Stelle. Doch einige müssen bleiben und dürfen nicht aufgeben - das Ziel kann nur sein, mit den Andersmenschen zusammen in die Zukunft zu gehen. Ihre Kultur etwas kennen zu lernen und wirklich zu tolerieren. Ebenso wie wir es uns hinsichtlich der eigenen wünschen. Wenn wir aufhören, an einem friedlichen Miteinander zu arbeiten, sterben wir, die Welt ..."

„Dann stirbt die Hoffnung," nickt sie, „ebenso wie die Zukunft."

Er greift nun hinter sich und raschelt ein wenig mit dem Papier. Dann hält er ihr eine einzelne, noch nicht aufgeschlossene, weißrosa Rosenknospe hin.

„Für die Hoffnung", sagt er, „und dass du noch ganz gesund wirst."

Anmerkung:
http://www.landesfilmdienst-nrw.de/

18 Minuten Zivilcourage

Im August 1987 wird in Tübingen der 19jährige Flüchtling Kiomars Javadi als vermeintlicher Ladendieb von Angestellten so lange im Würgegriff festgehalten, bis er stirbt. Noch als Toter bekommt er Handschellen angelegt; 15 Leute hatten zugesehen, ohne einzugreifen. Die perspektivlose Lage der auf Asyl wartenden Menschen wird ebenso dokumentiert wie die Reaktionen der Bevölkerung. Seine Mörder wurden wegen „günstiger Prognosen" zu einer kurzen Bewährungsstrafe verurteilt. * Asylbewerber * Ausländer * Justiz * Rassismus * Zivilcourage

Laufzeit: 20 Minuten, Produktionsland: D , Produktionsjahr: 1991
Mediennummer(n): 7018731 VHS

(Die inhaltlichen Angaben zu Kiomars Javadi sind einigen Artikeln im Internet - Zeit, Spiegel, Demokratie-Spiegel, dem Film ‚18 Minuten Zivilcourage' usw.- vor allem aber dem mündlichen Bericht seines Schwagers entnommen. Die nachträglichen Recherchen im Internet decken sich mit seiner Aussage (manchmal wird ein fehlerhaftes Alter angegeben). Den Schwager habe ich persönlich kennen gelernt. Der Film ‚18 Minuten Zivilcourage', eine Dokumentation, wurde 1991 gedreht von einem persischen Ex-Asylanten, Rahim Shirmahd, der heute als Journalist, Filmemacher und Fotograf arbeitet. Er war mit Javadi gut bekannt und lebt noch in Deutschland. Meine sich um diese Ereignisse bewegende Geschichte ist frei erfunden. A. Zöllner)

Gisela Witte

# Einfach genial

Was würde ihr dieser Tag bringen? Jeden Morgen las sie das Horoskop in der Tageszeitung, in der Erwartung einiger aufmunternder Worte. Heute prophezeite es ihr die Begegnung mit einem Menschen, der ihr Leben veränderte. Das wollte sie gern glauben, aber so wie es momentan aussah, konnte dieser Mensch nur sie selbst sein. Sie faltete die Zeitung zusammen und schaute aus dem Küchenfenster in den Garten. Hinter der Garage erstreckte sich das Grundstück bis zur Schlucht. Dort wucherte eine Wildnis von Brombeerbüschen. Schon lange hatte sie die Brombeeren pflücken und Marmelade kochen wollen. Auch musste der Rasen dringend gemäht werden. Außerdem hatte Walter ihr eine Reihe von Telefonaten aufgetragen. Sie sollte mit Galerien und Sammlern verhandeln, in der Stadt Farben kaufen und Zeichnungen rahmen lassen. Nachmittags erwartete er, dass sie für ihn Leinwände grundierte und Keilrahmen spannte. Dabei ließ er ihr nicht den kleinsten Fehler durchgehen.

Sie stieß einen tiefen Seufzer aus und spürte, dass sich Widerstand in ihr regte. Sollte sie nicht endlich etwas für sich selbst tun? Ihr Leben erschien ihr öde - eine Abfolge sinnloser, leerer Tage. Sie schaute auf die Uhr. Wenn sie ihr Tagesprogramm schaffen wollte, musste sie jetzt das Frühstück für Walter vorbereiten: frisch gepresster Orangensaft, aufgeschäumter Milchkaffee, dazu Roggentoast und ein Zwei Minutendreißig Sekunden-Ei gewärmt von einer Styroporhaube. Aus Erfahrung wusste sie, dass sie ihm im Interesse ihres eigenen Wohlbefindens ein makelloses Frühstück servieren sollte.

Als Iris den Briefkasten öffnete, flatterte ihr die Einladung zu einer Ausstellungseröffnung entgegen. Der Name der Künstlerin kam ihr bekannt vor und allmählich kehrte die Erinnerung zurück. Natürlich, sie kannte sie aus der Studienzeit. Es schien ihr, als seien inzwischen Jahrzehnte vergangen.

Iris konnte den Tag der Vernissage kaum erwarten. Als sie die Galerie betrat, war gerade die letzte Ansprache beendet worden, die Besucher flanierten von Bild zu Bild, tranken Wein und tauschten sich aus. Die Künstlerin ging spontan auf Iris zu und die Sympathie, die sie früher verbunden hatte, stellte sich sofort wieder ein. Iris verließ die Ausstellung mit einem Hochgefühl und der Telefonnummer der alten Freundin. Schon im Auto überfiel sie tiefe Niedergeschlagenheit. Warum hatte sie die letzten Jahre nur so vertan? Die kurvenreiche Straße verstärkte eine aufkommende Übelkeit. Kaum war sie vor ihrem Haus aus dem Wagen ausgestiegen, konnte sie gerade noch mit vorgehaltenen Händen hinter einen Busch laufen, um sich zu übergeben. Nachdem sie sich in ihrem kleinen Atelier hingelegt hatte, wurde ihr deutlich bewusst, dass dies nicht nur an dem reichlich genossenen Wein lag. Ihr Leben verlangte nach Veränderung, grundlegend.

„Hör mal, Walter", sagte sie behutsam, als sie ihm das Frühstück servierte, „würde es dir etwas ausmachen, die vielen Skizzen aus meinem Atelier zu räumen?"
„Wozu denn das?", brummelte er.
„Ich will wieder anfangen zu malen", murmelte sie fast entschuldigend. Er schaute sie über seinen Tassenrand hinweg an und musterte sie, als wolle er ihren Geisteszustand prüfen.
„Meinetwegen", entgegnete er nach einer Weile mit abwesender, sorgenvoller Miene, „wenn du darüber deine Aufgaben nicht vergisst."
Wie könnte sie das nur! Keine Gelegenheit ließ er aus, sie auf ihre Abhängigkeit hinzuweisen. Sie atmete auf, denn sie hatte sich die Unterredung komplizierter vorgestellt, mehr Widerstand erwartet.
Als sie abends ihr Atelier betrat, war tatsächlich eine Ecke freigeräumt. In einer Mischung aus Vorfreude und Nervosität holte sie die Staffelei und ihre Malutensilien aus dem Wandschrank. So lange war es schon her, dass sie all diese Dinge benutzt hatte. Ob man das Malen verlernen konnte?
Sie hörte ein Räuspern an der Tür. Er musste schon eine Weile dort gestanden und sie beobachtet haben. Auf unbestimmte Weise sah er beunruhigt aus.
„Kannst du nicht warten, bis ich alles entfernt habe", murrte er.

Der Neuanfang fiel ihr schwer. Das Zeichnen wollte ihr nicht von der Hand gehen und sie empfand die ersten Skizzen als ungelenk und laienhaft. Täglich arbeitete sie, wann immer sie Zeit fand, auch bis in die tiefe Nacht hinein. Nach einigen Wochen, als sie feststellte, dass sie das Handzeichnen wieder beherrschte, wagte sie sich an ein Ölgemälde. Sie plante alles ganz sorgfältig, wie auf der Hochschule, fertigte Skizzen an, zeichnete mit Kohle Konturen auf die Leinwand und mischte Farben. Als sie zu malen begann, schien es ihr, als führe der Pinsel ein Eigenleben und als entstünde das Bild ohne ihr Zutun. Mit dem Pinsel in der Hand schlief sie auf dem Sofa ihres Ateliers ein.
Geblendet von der Sonne erwachte sie und starrte benommen auf die Leinwand. In der Stille der Nacht war ihr das Bild noch als ein vollkommenes Werk erschienen, von weltbewegender Brillanz. Im unbarmherzigen Licht des Morgens bemerkte sie die Schwachpunkte.
Walter hatte unbemerkt den Raum betreten. Als sie ihn wahrnahm, murmelte sie zerknirscht: „Oh je! Schon so spät, tut mir leid, hab wohl verschlafen."
Doch das schien ihn im Moment weniger zu interessieren. Seine Augen wirkten verschwollen und er trug einen Dreitagebart. Eingehend betrachtete er die Leinwand.
„Ich weiß, es ist furchtbar", rief sie aus „ich werde es vernichten!"
„Es hat seine Schwächen", stimmte er zu, „aber vielleicht lässt es sich noch retten."

Er bekam seinen Raubtierblick, den er aufsetzte, wenn er etwas unbedingt wollte. Behutsam nahm er das feuchte Bild von der Staffelei. Sie schaute ihm verwundert hinterher, wie er es, wie eine Beute, in sein Atelier trug.

Heute waren ihr die Telefonate, die Besorgungen und die Hausarbeit besonders lästig, denn in ihren Gedanken formte sich ein neues Bild. Walter rührte sich den ganzen Tag nicht aus seinem Atelier und rief sie auch nicht auf seine übliche herrische Weise. So konnte sie sich nachmittags in ihr Arbeitszimmer zurückziehen. Nach einigen Skizzen auf dem Papier begann sie die Leinwand zu bemalen. Sie geriet in einen rauschhaften Zustand. Dieses Gefühl kannte sie aus früheren Zeiten. Sie malte ohne Unterbrechung, das Bild entwickelte eine Eigendynamik, die sich völlig ihrer Kontrolle entzog.

Draußen vor den Fenstern setzte bereits die Morgendämmerung ein, als sie sich vollständig bekleidet auf das Sofa fallen ließ und sofort einschlief. Beim Erwachen galt ihr erster Blick der Leinwand. Das Bild hielt noch immer ihrem kritischen Blick stand. Es war eine gute Arbeit, sie wusste es zweifelsfrei und ein lange nicht mehr gekanntes Glücksgefühl durchströmte sie: Sie hatte das Malen nicht verlernt und noch immer war sie zu schöpferischer Arbeit fähig. Voller Elan lief sie die Treppe hinunter in die Küche, um Walter das leidige Frühstück zuzubereiten.

So schnell wie möglich wollte sie zu ihrem Werk zurückkehren, sich an seinem Anblick erfreuen, es vielleicht mit einigen Pinselstrichen vollenden. Als sie ihr Atelier betrat, blieb sie wie vom Donner gerührt stehen: Die Staffelei war leer und ihr kam ein furchtbarer Verdacht.

„Walter!", rief sie mit einem hysterischen Unterton in der Stimme. Sie riss die Tür zu seinem Atelier auf. Er stand in seinem bekleckten Malerkittel vor der Staffelei und arbeitete wie in Trance.

„Wo ist mein Bild", rief sie außer sich „hast du vielleicht…"

Ihr Blick erstarrte, als sie es, schon im veränderten Zustand, erblickte. Er war dabei, die beste Arbeit, die sie seit langem hervorgebracht hatte, mit einem breiten Pinsel zu bearbeiten. Ihre unterschiedlichen Malstile waren eine erstaunliche Symbiose eingegangen.

Einen Moment lang drehte er sich um und schaute sie ausdruckslos an.

„In zwei Monaten habe ich eine Einzelausstellung in der Kunsthalle. Ich bin schon im Verzug", sagte er, als sei das eine ausreichende Erklärung.

Wut stieg in ihr auf, rot glühende Wut. Sie verließ den Raum, indem sie die Tür hinter sich zu knallte.

Am Spätnachmittag, als Iris die Rosen wässerte, spürte sie eine Hand auf ihrer Schulter. Sie zuckte zusammen.

„Lass uns miteinander reden", sagte Walter hinter ihr. Sie drehte den Wasserhahn zu und wischte sich die feuchten Hände an der Hose ab. Schweigend liefen sie nebeneinander her bis zum Ende des Gartens. Der Gärtner hatte auf ihre Anweisung einige der wild wuchernden Brombeerbüsche entfernt und die trockenen

Ranken zum Abtransport aufgehäuft. So war eine Schneise in der Hecke entstanden, die den Blick auf die Schlucht freigab.

Walter berührte ihren Arm und legte alle Aufrichtigkeit, zu der er fähig war, in seinen Blick.

„Schon seit einiger Zeit bringe ich einfach nichts zustande. Keine Inspirationen, keine neuen Ideen. Da ist es eine glückliche Fügung des Schicksals, ein Wunder zur rechten Zeit, dass du wieder malst. Deine Art zu malen inspiriert mich enorm. Du musst mir helfen. Bitte", sagte er flehend, „wir sind doch ein Team."

In einer hilflosen Geste nahm er ihre Hände. „Ich liebe dich", flüsterte er und legte seine stachelige Wange an ihr Gesicht. So zärtlich hatte er sich schon lange nicht mehr gezeigt. In ihrem Kopf herrschte Chaos. Etwas Umwälzendes war geschehen: Sie hatten die Rollen getauscht. Er brauchte sie und war von ihr abhängig. Wenn sie ihn recht verstand, wollte er, dass sie die Bilder malte und er seinen Stempel darauf setzte.

Stunden später stand sie am Fenster und schaute in den Nachthimmel. Eine leichte Brise trug den Duft der Rosen herein. Erst nach dem Gespräch hatte ihr Verstand wieder eingesetzt. Was war sie doch für ein Esel. Kaum sagte er ein freundliches Wort zu ihr, schmolz sie dahin. Seine letzten Worte klangen ihr noch im Ohr: „Es ist in der Geschichte der Malerei nicht ungewöhnlich, dass mehrere Personen an einem Bild malen. Denk nur an die holländischen Meister, die sich als Handwerker verstanden."

In diesem Moment kam ihr ein genialer Gedanke und sie fasste einen Entschluss. Am Himmel blitzte es - wie eine Zeichensetzung gefolgt von Donner und dann setzte ein gewaltiger Regen ein.

Während der gesamten Ausstellungseröffnung hielt sie sich im Hintergrund. In ihrem grauen Leinenkleid fühlte sie sich wie ein Gänseblümchen in einem Treibhaus voller Orchideen. All die eleganten Damen, die Walter mit Wangenküssen begrüßten, ihr makelloses Make-up, die tief ausgeschnittenen Kleider und die roten Fingernägel in Überlänge wie Konkubinen japanischer Kaiser. Sie gaben Iris das Gefühl unbedeutend und unscheinbar zu sein.

Walter hatte schon immer sehr anziehend auf Frauen gewirkt und konnte zweifellos charmant und witzig sein. Er schüttelte Hände, nahm überschwängliche Glückwünsche entgegen; in seinem Gesicht leuchteten Erfolg und Erfüllung. Von Zeit zu Zeit strich er sich geschmeichelt über seine angegrauten Schläfen. Nicht ein einziges Mal kam ihm der Gedanke, sie vorzustellen.

Der gefürchtete Kunstpapst, Heinz Topf, der seit Menschengedenken als Markenzeichen ein Ziegenbärtchen trug, trat an Walter heran.

„Wundervolle Bilder, geradezu Seelenlandschaften, was für eine Peinture! Ich beglückwünsche Sie zu dieser neuen Pinselführung, ganz erstaunlich frisch und unverbraucht".

Nachdem sich Heinz Topf mit einem letzten anerkennenden Nicken entfernt hatte, flüsterte Iris Walter verschwörerisch ins Ohr: „Der neue Pinsel war ich."

Walter drehte sich langsam zu ihr um, sein Blick schien zu gefrieren. An seiner linken Schläfe konnte sie eine Ader pochen sehen.

„Ich finde es höchst bedauerlich, dass du dich nicht mit mir freuen kannst. Es ist mir nicht entgangen, dass du als allenfalls mittelmäßige Malerin von Anfang an eifersüchtig auf mein Können und meine Erfolge warst."

Sein Mund war zu einer verächtlichen Linie gepresst. Er ließ sie stehen und zog mit seiner Gefolgschaft in den Nachbarraum. Sie schaute ihm nach, unfähig sich zu rühren, wie er sich - und das nicht nur räumlich - immer weiter von ihr entfernte. Er war wie ein Fremder - noch dazu einer, den sie nicht besonders gut leiden konnte. Sie verließ die Galerie und lief erregt, ohne ihre Umgebung wahrzunehmen, durch die Straßen.

Das Gespräch, das sie neulich mit ihrer Studienfreundin Beatrice geführt hatte, kam ihr wieder in den Sinn.

„Das Opfer trägt ebenfalls Schuld, wenn es sich nicht wehrt", hatte Beatrice entgegnet, nachdem Iris ihre Lebenssituation geschildert hatte.

Die folgenden Wochen verbrachte Iris fast ausschließlich mit Malen, sie malte wie besessen. Sie schloss sich dabei in ihr Atelier ein. Walter begegnete sie nur selten. Er hielt sich ohnehin nur im Haus auf, um sich umzuziehen oder um seinen Rausch auszuschlafen. Gelegentlich hörte sie ihn von seinem eigenen Anschluss aus telefonieren und konnte den Gesprächsfetzen entnehmen, dass er sich entweder auf Partys feiern ließ oder Verabredungen traf. Sie stellte fest, dass es ihr herzlich einerlei war, was er trieb, was zählte, war einzig und allein das Malen.

„Darf ich dir eine Einladung überreichen", begrüßte sie Walter eines Morgens, als er gerade das Haus betrat.

„Es ist nichts Besonderes, nur eine Ausstellung von Bildern einer mittelmäßigen Malerin." Sie lächelte und es war kein schönes Lächeln.

Ein Ausdruck tiefer Fassungslosigkeit breitete sich über sein Gesicht aus.

„Eine Ausstellung? Was für Bilder willst du denn überhaupt ausstellen?"

„Ach, kaum der Rede wert", sagte sie mit einer wegwerfenden Geste.

Am Tag der Vernissage ereigneten sich sonderbare Dinge, die ihre Aufregung noch steigerten. Beinahe wäre sie die Treppe hinuntergestürzt. Eine Diele hatte sich gelockert, glücklicherweise konnte sie sich gerade noch am Geländer festhalten. In diesem alten Haus sind doch ständig Reparaturen notwendig, dachte sie. Als sie in der Küche, wie gewöhnlich ihren Tee trinken wollte, schmeckte er ungewöhnlich bitter, sodass sie den Inhalt der Tasse in die Spüle kippte. Der Verdacht, dass Walter sie womöglich daran hindern wollte, zur Vernissage zu erscheinen, kam ihr erst, als sie feststellte, dass die Haustür verschlossen war. Auch befand sich ihr Schlüssel nicht, wie sonst, in ihrer Handtasche. Dieses Problem konnte sie jedoch rasch lösen. Sie rief bei der Nachbarin an, der sie einen Ersatzschlüssel überlassen hatte.

Vor der Galerie blieb sie für einen Moment stehen und schaute durch die Schaufensterscheiben. In den Ausstellungsräumen drängten sich die Besucher. Alle waren nur ihretwegen gekommen, um ihre Bilder zu sehen. Dies war der Moment, den sie lange herbeigesehnt und für den sie so hart gearbeitet hatte. Sie straffte die Schultern und stieß die Tür auf. Die Galeristin erblickte sie, stürzte ihr entgegen und zog sie in den Raum. Iris genoss die Aufmerksamkeit, sie war nicht länger unsichtbar - so wie in den vergangenen Jahren. All die Glückwünsche und anerkennenden Worte ließen sie aufblühen, es schien ihr, als ob sie sich schwebend durch die Räume bewegte. „Was für ein großartiges Comeback", sagte der Redakteur des bekannten Kunstblattes „Art fever". „Und dazu so viele rote Punkte an den Bildern", entgegnete sie lächelnd. Sie war absolut davon überzeugt, dass an diesem Abend ein neues, ein vielversprechendes Leben für sie begann. Daher fand sie es nicht weiter erstaunlich, dass der Redakteur sie zu einem Termin für ein Interview drängte.

Walter sah sie nur für wenige Minuten aus der Ferne. Er ignorierte sie und hastete mit grimmiger Miene von Bild zu Bild. Gelegentlich setzte er die Brille ab und putzte die Gläser mit einem Taschentuch als könnte er seinen Augen nicht trauen.

Als Iris nach der Ausstellung im Taxi heimfuhr, die Arme voller Blumen, fühlte sie sich im doppelten Sinn angeheitert. Was für ein grandioser Abend! Sie war als eine begabte Künstlerin gefeiert und von Männern hofiert worden. Ein Kunstsammler, ein durchaus geeignetes Objekt für erotische Fantasien, hatte ihr sogar seine Visitenkarte zugesteckt und eine Essenseinladung gemurmelt. Kichernd kramte sie vor der Haustür in ihrer Tasche nach den Schlüsseln. Sie stellte verwundert fest, dass die Lampe über der Tür nicht eingeschaltet war, was die Suche nach dem Schlüsselloch erschwerte. Seltsamerweise brannte im ganzen Haus kein Licht und ein Gefühl von Gefahr fiel sie förmlich an. Die ganze Hochstimmung wich wie Luft aus einem Ballon und sie fühlte sich schlagartig ernüchtert. Der Flur war schwach erleuchtet, nur durch das Fenster der angrenzenden Küche drang das fahle Mondlicht. Im Haus herrschte vollkommene Stille und sie hielt für einen kurzen Moment den Atem an. Als sie nach dem Lichtschalter tastete, hörte sie ein leises Knacken der Dielen. Gegen das Licht des Küchenfensters zeichnete sich ein dunkler Schatten ab. Iris stieß einen unterdrückten Schrei aus und drückte auf den Schalter. Das Licht flammte auf und sie erblickte Walter, der gegen die Wand gelehnt, eine Whiskyflasche umklammerte. Er starrte sie mit hassverzerrtem Gesicht an, warf die Flasche nach ihr und wollte sich auf sie stürzen. Um den Bruchteil einer Sekunde war sie schneller und hastete die Treppe hinauf. Sie hörte die Flasche an der Wand zerschellen, dann ein Schnaufen in ihrem Rücken, ein Poltern und lautes Fluchen. Jetzt erinnerte sie sich an die lockere Treppendiele, die ihr beinahe selbst zum Verhängnis geworden wäre. Walter schien gestürzt zu sein und rief nach ihr. Sie knallte die Ateliertür zu und schloss sie ab. Schwer atmend lehnte sie sich mit dem Rücken an den Türrahmen. Fassungslos schaute sie sich im Raum um: Sämtliche begonnenen Bilder waren verschwunden und der Fußboden war mit einer Lache wild ineinanderfließender Ölfarben bedeckt. Walter hatte - offenbar in einem Wutanfall - sämtliche Farbtuben ausgedrückt. Er war verrückt geworden, komplett durchgedreht. Spontan bewaffnete sie sich mit dem Papiermesser, das auf der Arbeitsplatte lag. Sie presste das Ohr an den Türrahmen. Die Rufe im Treppenhaus waren verstummt. Unschlüssig lief sie an den Rändern des Farbensees hin und her. Ihr schien, dass sich ihr ganzes bisheriges Leben innerhalb kurzer Zeit auflöste, und verglich es mit dem Durcheinander der Farben. Hektisch begann sie mit einem Spachtel die Farbe vom Fußboden zu kratzen, um dann wieder in das angrenzende Zimmer zu laufen, wo sie wahllos Kleidung aus dem Schrank zerrte und in den Koffer stopfte.

Sie musste eingeschlafen sein, denn sie wachte angekleidet auf ihrem Bett liegend vom Klingeln des Telefons auf. Mit einem Blick auf den Wecker stellte sie fest, dass es bereits fast zwölf Uhr Mittag war.

„Iris, mein Schatz", hörte sie Walter mit seiner sanftesten Stimme sagen, „es tut mir so unendlich leid. Ich wollte dir keine Angst machen. Ich habe dir etwas zum Essen vor die Tür gestellt." Nach einigen Minuten öffnete Iris die Tür einen Spalt und überprüfte den Flur. Als Walter weder zu sehen noch zu hören war, zog sie das Tablett mit dem chinesischen Essen in ihr Atelier. Während sie die Nudeln hungrig in sich hineinstopfte, kam ihr in den Sinn, wie er sie am Anfang ihrer Beziehung mit Aufmerksamkeiten überschüttet hatte.

Unfähig zu irgendeiner Handlung schaute sie aus dem Fenster. Die Ereignisse der letzten Nacht erschienen ihr allmählich unwirklich, wie etwas Erfundenes, Geträumtes.

Sie blieb die ganze Zeit in ihrem Atelier, überlegte sich ihre nächsten Schritte und konnte keinen Entschluss fassen. Ob eine Annäherung zwischen ihnen doch noch möglich war?

Irgendwann klopfte es an der Tür.

„Bitte komm runter, ich habe ein Abendessen gekocht"

Wahrscheinlich konnte sie sich jetzt gefahrlos im Haus bewegen, aber vorsorglich würde sie das Papiermesser mitnehmen. Als sie die Treppe hinuntertappte, stellte sie fest, dass das hervorstehende Dielenbrett repariert worden war. Walter hatte mit großer Sorgfalt sein Äußeres wieder hergestellt. Er duftete nach Rasierwasser, trug ein makellos gebügeltes weißes Hemd und dazu Jeans. Nur die blutige Schramme auf der Stirn, die ihm etwas Verwegenes verlieh, und ein leichtes Hinken erinnerten noch an den Unfall auf der Treppe.

„Liebes", sagte er fast unterwürfig, „es tut mir so leid, was letzte Nacht passiert ist. Das war nur der verdammte Alkohol. Magst du einen Tee?" Sie blickte auf den perfekt gedeckten Tisch. Sogar an Rosen aus dem Garten hatte er gedacht. Glaubte er vielleicht, dass sie jetzt einfach zur Tagesordnung übergehen könnten? Sie griff nach der Tasse, die Walter beflissen eingeschenkt hatte, und verließ wortlos die Küche.

Am frühen Morgen sprengte Iris wie immer den Rasen. Sie entfernte gerade verwelkte Blätter von den Blumen, als Walter aus dem Haus gestolpert kam. Er schwenkte eine zerknitterte Zeitung in der Hand und als er näher kam, schlug ihr eine Whiskyfahne entgegen.

„Das ist ja die Höhe", schrie er. „Hast du schon den schwachsinnigen Artikel dieses Analphabeten über deine Ausstellung gelesen?" Er las: „Sie meistert den Meister, wobei ich wohl den gemeisterten Meister darstellen soll." Er umrundete sie unablässig wie ein Hütehund und folgte ihr, ein Bein nach sich ziehend, über die Wiese.

„Das dulde ich nicht, dass du die guten Bilder heimlich aus dem Haus schaffst und mir nur minderwertiges Zeug zur Weiterarbeit überlässt. Ab sofort bekomme ich deine gesamte Produktion. Schließlich habe ich dir alles beigebracht, was du kannst", schrie er.

„Tatsächlich? Ich finde, dass, du mich eher in meiner künstlerischen Entwicklung blockiert hast", sagte sie ärgerlich.

„Madame hält sich für die große Künstlerin wegen einer einzigen erfolgreichen Ausstellung. Du hast schon immer zu den Schuld- und Sühnebesessenen gehört", entgegnete er giftig und gab beim Reden einen feinen Sprühregen von sich.

„Unsinn." Sie bemühte sich, ruhig zu bleiben. „Sei ehrlich zu dir selbst. Mach eine Pause, wenn du gerade ein künstlerisches Tief hast, aber lass mich aus dem Spiel."

Sie schwieg einen Moment und sagte dann mit fester Stimme: „Es ist besser, wenn ich ausziehe."

„Du Nutte", schrie er, „jahrelang habe ich dich durchgefüttert und wenn ich dich brauche, kneifst du!" Sein Gesicht verzog sich zu einer hassverzerrten Maske und er stieß sie vor sich her, bis sie am Ende der Wiese angelangt waren.

Wutanfälle hatte sie schon häufiger bei ihm erlebt. Aber seine Ohrfeigen trafen sie gänzlich unvorbereitet. Er geriet völlig außer Kontrolle. Seine rechte Hand hatte sich zur Faust geballt und wollte auf sie zusausen. Sie sprang zur Seite, sodass der Schwung ihn nach vorne riss. Er stolperte und stürzte durch die Lücke zwischen den Büschen in die Tiefe. Hatte sie bei seinem Sturz nachgeholfen und ihm zusätzlich einen Stoß gegeben? Im Nachhinein konnte sie sich nicht mehr erinnern. Sie hörte seinen gellenden Schrei. Er schien an einem Ast hängen geblieben zu sein und rief nach ihr.

„Iris, hilf mir, schnell!" Sie lauschte den Rufen unter ihr mit dem Gefühl, als ob sie das alles nichts anginge. Nach einiger Zeit gab es ein knackendes Geräusch - endlich verstummte die Stimme.

Als sie über die Wiese zurücklief, spiegelte sich die aufgehende Sonne in den Fenstern des Hauses. In diesem Moment wurde ihr bewusst, dass sich die Möglichkeiten und Chancen in ihrem Leben vervielfacht hatten.

Marko Ferst

## Arktische Begegnung

Der ständig finstere Winterhimmel in der Arktis zog allmählich auf. Schon wurde die Sonnenkraft schwächer und schwächer. Die Bärin suchte weit oben an einem geschützten Berghang eine geeignete Stelle für ihr neues Quartier, in dem sie die langen Monate der Nachtzeit verbringen würde. Eifrig kundschaftete sie den besten Standort aus, testete an mehreren Stellen, prüfte. Erst als sie sich sicher war, grub sie eine Vertiefung in den Schnee. Halb Höhle, halb offen richtete sie sich ein. Den Rest besorgten die ersten Schneestürme im polaren Winter. Bald lag ihr Quartier unter dickem neuen Schnee. Niemand konnte sie mehr stören. Mit ihren Pranken formte sie ihre Höhle weiter aus. Hier drinnen war es zudem längst nicht so kalt wie draußen im klirrenden Frost. Ihr Körper wärmte das Innere. Nun rückte eine neue aufregende Zeit auf die Bärin zu - das erste Mal in ihrem Leben. Eines Tages tauchten zwei winzige Wesen auf, kleiner noch als ihre eigenen Pranken. Mit ihrer schwarzvioletten Zunge schleckte sie die Geburtsreste ab. Später rollte sich die Mutterbärin kreisförmig zusammen. Vor ihrem Bauch entstand ein Raum aus Fell und Wärme. Alsbald saugten die beiden Häufchen die fette Milch aus ihren Zitzen. Noch konnten sie nichts sehen, wirkten wie völlig unbeholfene Knäulchen. Doch mit jeder Woche wuchsen die Winzlinge Schub für Schub. Draußen im dauernden Nachtdunkel fackelten die grünen Polarlichter. Als lange Schlangen spukten sie umher, entfachten immer neue Gebilde.
Als der Frühling nahte, verwandelten sich die beiden immer mehr in richtige Bären, sehr klein zwar noch, aber jetzt eindeutig erkennbar. Und die Kinderstube aus Schnee geriet zuweilen zum Tollhaus. Sie hechteten hintereinander her, stiegen der Mutter auf Kopf und Rücken, zwickten sie an ihrem Stummelschwanz und trieben allerlei Schabernack. Es schien, langsam wurde ihnen ihr weißes Quartier zu eng. Die Bärin verspürte, es war an der Zeit neuen Robbenspeck zu schlagen. Viele Monate fastete sie schon. Im vergangenen Herbst hatte sie die letzte Nahrung verschlungen. Spürbar magerte sie mit jeder Woche mehr ab.
Die polare Dauernacht löste allmählich ihre Himmelszangen. Die Frosttemperaturen sanken weniger tief. Das Weiß der Ebenen und Schneewehen kehrte zurück in die Welt des Lichts. Die Sonne stieg, wenn die Erde erneut sich selbst umrundet hatte, jeweils ein wenig höher über dem Arktishorizont. An einer weißen Anhöhe bewegte sich etwas unter der dicken Schneedecke. Ein kleines Loch bildete sich. Plötzlich griff die Tatze der Eisbärin aus der Schneetiefe. Ein schmaler Streifen Tageslicht drang ein. Ein paar Minuten später lugte ein kleiner Eisbärenkopf mit braunen, knopfartigen Augen aus dem weißen Schneehang. Schwupp tauchte er wieder ab. Ein wenig später drängten gleich zwei Eisbärenkinder ihre Schnute nach draußen. Aber beide zugleich paßten sie noch nicht durch die enge

tatzengroße Öffnung. Sie kabbelten miteinander und der Stärkere knurrte ärgerlich. So ging es nicht, so sehr sie sich auch mühten. Sie krochen zurück in die dunkle Mutterhöhle.

Die Bärin weitete den Ausgang und ragte nun mit halbem Körper hinaus. Auch sie mußte sich an die lange vermißte Helle gewöhnen. Die Mutter prüfte lange und aufmerksam die gesamte Gegend. Wehte nicht irgendwo ein Geruch heran, eine Gefahr. Aber alles verblieb in völliger Stille, nichts deutete auf Derartiges. Kurze Zeit später wagte sich eine junge Eisbärennase erneut ans grelle Licht. Sie schnupperte ein wenig von den ihr noch fremden, neuen Düften. Mit einem Satz sprang das Kleine dann hinaus in die neue Schneewelt. Doch was passierte nun? Es verlor den Halt. Unter viel Geschrei und Gebrumm rutschte es auf seinen Tatzen den Hang hinunter, wollte bremsen, doch es gelang nicht. Noch eine seitliche Rolle dazu, dann kam es unten an, sprang sofort wieder auf und schüttelte sich kräftig. Noch überrascht von der Rutschpartie, rief es nach der Mutter. Oben lugte der kleine Kollege Nummer zwei aus dem Bau und bewunderte die Akrobatik seines Vorgängers. Soll ich jetzt auch da runter?, fragte er sich. Er schüttelte den Kopf und dachte gar nicht daran. Hier im Bäreniglu ist es doch auch ganz angenehm.

Nach einer Weile deutete die Muttertatze an, der Ausgang da vorn sei doch lohnenswert, schau doch mal, was es da draußen alles gibt. So wagte sich auch der zweite Fellkamerad in die freie Natur. Aber er testete vorsichtiger das neue Terrain. Mit kleinen Tapsschritten tastete jener sich voran, prüfte, wo er sicheren Stand bekam. Doch dann merkte er, auch mit ihm sollte es den Abhang hintergehen. Mit aller Kraft klammerte er sich fest und wollte hinauf zur Höhle zurück. Ein paar Schritte schaffte er wieder nach oben. Doch dann verlor er den Halt und rutschte mit dem Hinterteil voran dem anderen Bärenkind entgegen. Ein dicker hartgefrorener Eiszacken ragte auf, stand wie ein Prellbock im Weg. Schrill jaulte das Kleine auf. Das tat weh!

Oben verließ auch die Bärenmutter das Winterquartier. Träge, aber mit gekonnter Balance folgte sie ihren Kindern. Sie rutschte den Hang auf dem Bauch hinunter und hatte ihren Spaß dabei. Unten richtete sie sich auf, stand ein paar Minuten auf zwei Beinen und nahm die Gerüche der weiteren Umgebung wahr. Aber alles schien in Ordnung. Die Alte drehte mit ihren Kindern eine erste kleine Runde. Die schnupperten überall, wo es etwas zu entdecken geben könnte, noch vorsichtig. Dann spielten die beiden eine Runde Fangen. Einer biß den anderen ins Ohr, immer wieder, bis der Reiz vorbei war. Dann tappten sie bald gemächlich hinter der Mutter her. Oben segelte eine weiße Elfenbeinmöwe und kehrte zum Eismeer zurück. Wieder angekommen in der Schneehöhle hatten die beiden Weißfelligen richtig Hunger. Sie bettelten und die Bärin ließ sie zu sich. So zapften sie mal an einer, mal an einer der anderen vier Zitzen von der fettreichen Milch. Hernach fühlten sie sich wohl und schliefen im weichen Fell am Mutterbauch ein. Auch sie gönnte sich wohlverdienten Schlaf.

So ging es nun jeden Tag auf Erkundungstour in die weißen Landschaften. Immer weitere Strecken pilgerten sie durch die Froststarre. Die kleinen Rabauken mußten ans Laufen gewöhnt werden, damit sie bald längere Touren meistern konnten, die Muskeln nicht zu schwach blieben. Bei einem ihrer Ausflüge gelangten sie an einen eisbedeckten See. Spiegelglatt und eben lag die Fläche vor ihnen. Zunächst mit Bedacht strichen die beiden über das Eis, rutschten immer mal weg. Da machte ihnen die Bärin vor, wie es geht. Einfach mal schlittern. Elegant und ohne Patzer glitt sie über das Eis. Beim Nachwuchs haperte es noch etwas am Stil. Man landete auf dem Hinterteil oder kippte zur Seite weg. Beim Rangeln und Spielen gelangten die Bärenjungen wieder in Ufernähe. Dort entdeckte einer der beiden einen kleinen Eisklumpen. Er machte sich daran zu schaffen. Etwas festgefroren ließ er sich nicht so einfach lösen. Doch das Bärenjunge gab nicht so schnell auf. Dann versuchte sich das zweite daran. Irgendwann scheppterte der Eispuck über den gefrorenen See. Die beiden Bären stürzten hinterdrein. Nun entfesselte sich eine wilde Jagd um den flinken Eisball. Einer der beiden Weißen hatte die Nase zunächst vorn. Das Schwesterchen speikte hinterher, konnte aber zunächst nicht mithalten. Doch sie ließ nicht locker. Als das Brüderchen etwas außer Atem innehielt, versuchte es den Anspruch auf das Spielzeug zu sichern, indem es ihn mit dem Maul und Zähnchen festhielt und schnaufte. Nur, warum mußte dieser Eispuck so kalt sein? Im rechten Moment luchste das Schwesterchen jenes begehrte Teil ab und speikte dem Brüderchen davon. Als die Bärin dem Treiben ihrer Kinder schon eine Weile zugesehen hatte, raffte sie sich selbst auf und beteiligte sich an dem amüsanten Hockeyspiel. Die Sonne zog schon immer weiter nach Westen, als sich alle drei im Schnee am Ufer niederließen. Nach einer Milchmahlzeit plazierten sich die beiden Spitzenspieler auf dem Fell der langgestreckt ruhenden Mutter und hielten ein kurzes Nickerchen. Vor Einbruch der Dunkelheit kehrten sie zu ihrem Abhang mit der Geburtshöhle zurück.

Einige Tage später hieß es für die Bärenfamilie Abschied nehmen vom gewohnten Heim. Die Bärin brach auf zu jener großen Wanderung, die auf das gefrorene Eismeer führen sollte. Der Hunger nach Robbenspeck trieb sie. Sie zogen noch nicht lange in nördliche Richtung, plötzlich schien der Bärin ein verdächtiger Geruch an die Nase zu dringen. Dann entschwand er wieder. Sie wurde unruhig, richtete sich auf, stand eine Zeitlang auf den Hintertatzen. Nichts konnte sie entdecken, aber sie witterte Gefahr. Über viele Kilometer hinweg konnte ihre empfindliche Nase die Gegend erkunden. Schnurstracks wies sie ihre Bärenkinder an ihr zu folgen. Geradewegs spurtete sie in Richtung Höhle zurück, doch die lag schon weit entfernt. Die Kleinen konnten kaum folgen, stolperten oder versanken halb im Schnee. Elfenbeinmöwen folgten ihnen in der Hoffnung einen Bissen Beute abzubekommen. Doch hier gab es vorerst nichts zu holen. Nur verrieten die Vögel jetzt den Standort der Flüchtenden.

In Abständen hielt die Mutter inne, schaute sich um. Nichts konnte sie entdecken. Doch sie gab keine Entwarnung. In hohem Tempo spurtete sie weiter, immer im Blick, daß die Zöglinge den Anschluß hielten. Eine eisharte Schneewehe wurde zum Hindernis. Schnell suchte die Bärin einen Weg sie zu umgehen. Immer neue Stufen im Gelände verzögerten das Fortkommen. Flugs griff sie ein Bärenkind mit dem Maul und hob es eine Schnee-Etage höher, dann kam das zweite. Mit einem Satz gelangte auch sie nach oben. Weiter ging es. Die Kleinen schnauften und prusteten. Konnte die Mutter ihnen nicht eine kleine Pause gönnen? Doch sie hechtete durch das unwegsame Gelände. Nur ab und zu schaute sie sich um und inspizierte das weite Gelände. War da nicht etwas, hatte sich bewegt? Noch einmal betrachtete sie die östliche Hügelkette. Alles verschwamm weiß in weiß. Absolut nichts. Aber die Bärin verließ sich lieber auf ihre Nase.

Schon die Hälfte des Weges zur Höhle hatte die Familie zurückgelegt. Die Kleinen wurden immer langsamer. Als sich die Mutter erneut umblickte, glaube sie kurz einen weißen Kopf gesehen zu haben. Sie richtete sich erneut auf, um weit ins Land blicken zu können. Die Eisbärin wußte, bei diesen Jägern durfte sie die Kleinen keinen Augenblick aus den Augen verlieren. Noch immer krakelten zwei, drei Möwen hoch in der Luft. Sie blieben hartnäckig und spekulierten auf Reste, die bei einer Mahlzeit anfallen könnten.

Und die Bärenmutter hatte sich nicht getäuscht. Da erschien er wieder, der Kopf eines weißen Tundrawolfs. In einer Mulde taucht er wieder ab und ließ sich nicht orten. Jetzt trieb die Bärin ihre beiden Jungen noch mehr zur Eile, scheuchte sie panisch. Die beiden konnten kaum noch, so hechelten sie. Da kam er wieder zum Vorschein, der Arktiswolf. Bedrohlich schnell sprintete er auf die Bärenfamilie zu. Aus der Mulde schoß wenig später noch ein zweiter Kopf hervor. Jetzt konnte nur noch die Bärenhöhle Schutz bieten. Doch die lag immer noch entfernt. In gemessenem Abstand umkreisten die beiden Wölfe die Familie. Durch ihr Weiß schimmerten graue Strähnen. Ganz klar, sie hatten es auf die Bärenkinder abgesehen.

Die Mutter schwenkte mit dem Kopf hin und her, drohte den weißen Isegrims. Da sah sie noch einen dritten Wolf aus der Mulde auftauchen und ein vierter folgte. Dicht hielt sie die Kinder bei sich. Sollten sie sich nur trauen anzugreifen, so leicht würde sie sie nicht preisgeben. Sie blieb in Trapp und ließ ihr Ziel keinen Moment aus den Augen. Von weitem sah sie schon den dunklen Eingang. Ein fünfter Wolf schoß auf die Eisbärin zu. Zugleich griff einer der anderen von hinten an. Jetzt wurde es brenzlig. Während sie den einen Wolf in die Flucht schlug, versuchte der zweite einen der Kleinen zu reißen, verbiß sich an dessen Kopf, gab aber klein bei als die Bärin auf ihn zustürmte. Das Bärenjunge blutete hinter dem Ohr.

Ein paar Minuten später folgte ein neuer Angriff der weißen Gesellen. Sie umkreisten die Bärenfamilie, die unablässig auf den Hang zusteuerte. Doch konnte die Höhle sie wirklich schützen? Immerhin ließ sie sich besser verteidigen. Dann keilten die fünf Raubtiere sie ein, fielen über die Bärin her und versuchten sie von den Bärenkindern zu trennen. Mit einem Prankenhieb schmetterte sie einen der Wölfe nieder. Kläglich fing er an zu winseln. Sie durchschaute das gefährliche Spiel und ließ die Kleinen keinen Deut von sich weichen. Ein weiterer Prankenhieb verfehlte einen der Angreifer, der sich aber schleunigst verzog. Der getroffene Wolf konnte sich nur mühsam wieder aufrichten und hinkte davon. Ein feine Blutspur ließ er hinter sich. Sein Schicksal hier im Eisland zu verenden, war vorgezeichnet. Noch immer umkreisten drei Wölfe die vermeintlich leichte Beute. Sie lauerten auf einen Augenblick, wo die Bärin ihren Nachwuchs nicht dicht vor sich herlaufen ließ. Doch sie ließ den weißen Wölfen keine Chance. So erreichte die Bärenfamilie ihren Bau, der jetzt zu einer frostigen Schutzburg wurde. Noch in der Nacht lagerten die Weißen unweit des Eingangs und ließen ihr Geheul unter dem Arktismond aufschauern. Die Bärin und ihre Jungen lagen völlig erschöpft in ihrer Heimstatt. Als die Isegrims auch am nächsten Tag noch vor der Höhle lungerten, begann die Bärin den Eingang mit Schneebrocken aus der Höhle zuzuschieben. Gegen Mittag hatte sie alles abgedichtet. Nun hieß es warten und Geduld zu wahren.

In der nächsten Nacht drang wiederum Wolfsgeheul durch die Schneedecke der Bärenbehausung. Wie lange würde die Mutterbärin noch warten müssen, bis sie zum rettenden Eismeer aufbrechen könnte, zu jenen Eisflächen, wo auch die Robben ihren Nachwuchs gerade großzogen? Dringend brauchte sie frische Fettreserven nach den langen Monaten des Fastens. Reichte die Muttermilch nicht mehr, wären die Kleinen verloren. Die Bärin fand keine Ruhe und immer wieder die eindeutigen Rufe der Wölfe, wenn auch weit entfernt. Erst nach sechs langen Tagen öffnete die Bärin die Höhle wieder. Jetzt prüfte sie um ein Vielfaches gründlicher, ob die Luft rein war. Im weiten Bogen umkreiste sie ihren Bau. Erst als sie sich sicher war, die Wölfe hatten das Weite gesucht, holte sie die Bärenkinder nach. Jetzt hieß es für die Kleinen auf immer Abschied zu nehmen von ihrem Bäreniglu, jener Höhle am Hang, die sie bisher geschützt hatte.

# Inhalt

| | |
|---|---|
| 5 | Andreas Erdmann<br>Wolfsjagd |
| 16 | Marko Ferst<br>Der Freund und das Fensterkreuz |
| 33 | Monika Jarju & Ali Amini<br>Die Ostroute |
| 56 | Johannes Bettisch<br>Die Alte aus Mittelasien |
| 65 | Tengis Khachapuridse<br>Der letzte Flug |
| 73 | Dimil Stoilov<br>Genervtes Anstehen für Liebe |
| 82 | Norbert Klatt<br>Nachruf auf Wildeshain |
| 96 | Günter Wirtz<br>Das gestohlene Christkind |
| 102 | Karin Heinrich<br>Omas neue Kinder |
| 108 | Lore Tomalla<br>Ostseesturm |
| 112 | Carmen Mayer<br>East meets West |
| 115 | Marko Ferst<br>Das Speziallager |

| | |
|---|---|
| 119 | Johannes Bettisch<br>Klauser Peters Heimkehr |
| 122 | Elisabeth Hackel<br>Lina |
| 124 | Andreas Erdmann<br>Eiszeit |
| 129 | Christine Koch<br>Die Hochzeit zu Kana |
| 144 | Heide Rabe<br>Ein besonderer Tag |
| 163 | Andreas Erdmann<br>Im Tränenpalast |
| 175 | Johann Bettisch<br>Schwarzfahren berechtigt |
| 178 | Hans Sonntag<br>Ferien in Polen |
| 188 | Norbert Klatt<br>Das Haus der frommen Nonnen |
| 219 | Angelika Zöllner<br>A 46 |
| 234 | Gisela Witte<br>Einfach genial |
| 242 | Marko Ferst<br>Arktische Begegnung |

# Autorinnen und Autoren

Ali Amini, geboren 1964 im Iran, Diplom-Ingenieur für Elektronik, Magister in Betriebswirtschaft, lebt im Iran, schreibt Gedichte und Kurzgeschichten, Veröffentlichungen in Literaturzeitschriften und Anthologien, u.a. in „Südseezeichen", „Letzter Gang", „Ein Netz von Wegen", „Geschwister" beim Geest-Verlag, „ZwischenZeiten".

Johannes Bettisch, Dr. phil., geboren 1932 in Temeschburg (Rumänien), lebenserfahren als Schlosser, Techniker, Sportpilot, Gymnasial- und Hochschullehrer, war Prodekan der TH von Reschitz, ist Mitglied der Wissenschaftlichen Akademie von New York. Er publizierte zahlreiche wissenschaftliche Beiträge und überdies viele belletristische Werke. Zuletzt erschienen: „Philosophieren im Alltag. Aphorismen", „Nägel und Köpfe. Pfiffige Fragen und Antworten" und „Blüten am Wegrand. Haiku, Gedichte zum Lesen und Wiederlesen".

Andreas Erdmann, geboren 1962 in Solingen, Dipl. Sozialpädagoge, Studium der Germanistik, Sprach- und Literaturwissenschaften, freier Mitarbeiter bei einer Tageszeitung, 2004 veröffentlicht: „Gethsemane. Blumen zum Unaussprechlichen" (Lyrik und Kurzprosa), zahlreiche Veröffentlichungen von Erzählungen, Kurzgeschichten und Gedichten in Anthologien und Zeitschriften. Preise u.a. 1998 Heinz-Risse-Literaturpreis, 2003 Literaturpreis der Bayreuther Festspielnachrichten, 2005 Literaturpreis des Bergischen Geschichts-Vereins.

Marko Ferst, Jahrgang 1970, Politikwissenschaftler, veröffentlichte die Gedichtbände „Umstellt. Sich umstellen" und „Republik der Falschspieler". 2014 erscheint ein weiterer Band mit Gedichten unter dem Titel „Jahre im September". Er ist Herausgeber der Bücher „Erich Fromm als Vordenker" und „Wege zur ökologischen Zeitenwende". Überdies schrieb er den Band „Täuschungsmanöver Atomausstieg?" 2006 erhielt er einen deutsch-polnischen Preis für Gedichte. Autorenhomepage: www.umweltdebatte.de

Elisabeth Hackel, geboren 1924 in Roßlau/Kreis Zerbst. 1947 - 1950 Studium der Pädagogik HU Berlin, lebt in Berlin. Zwei Söhne: gestorben 1987 und 1996. Mitglied der „Lesebühne der Kulturen" (gegründet von Charlotte und Ulrich Grasnick), Gesellschaft für Zeitgenössische Lyrik, Literaturlandschaften e.V. Von ihr erschienen die Bände „Luftwurzeln", Gedichte (1994), „Frei werden für Licht" Gedichte, mit Grafiken von Egon Bresien (2004), Gedichtband Deutsch-Spanisch, übersetzt von J. P. Quevedo (2005), „Tage ohne Geländer", Gedichte (2011).

Karin Heinrich, 1941 geboren, aufgewachsen in Ufhoven (Thüringen). Nach dem Studium 42 Jahre als Lehrerin gearbeitet, verheiratet, drei Kinder, vier Enkel. Zahlreiche Veröffentlichungen von Gedichten und Aphorismen in Anthologien, Schulbüchern und Internetpräsentationen.

Monika Jarju, geboren 1956 in Berlin, Diplom-Ingenieurin, lebt nach längerem Westafrika-Aufenthalt wieder in Berlin, zahlreiche Veröffentlichungen von Gedichten und Kurzgeschichten in verschiedenen Anthologien und Literaturzeitschriften. Erzählungen und Gedichte von ihr erschienen in den Bänden „Falsche Töne", „Juniland", „Cafe au lait" und „Juniland".

Dr. Tengis Khachapuridse geboren 1952 in Tbilissi (Georgien), studierte Wärmetechnik und Kraftanlagen (Technische Universität Georgien) und Germanistik (Institut für Fremdsprachen Tbilissi), fing seine literarische Tätigkeit (2001) zunächst als literarischer Übersetzer an, seit 2006 schreibt auch eigene Texte (in georgischer und deutscher Sprache), zahlreiche Publikationen in Deutschland und Österreich. Mehrere Literaturpreise in Österreich und Deutschland, sowie Stipendien in Deutschland. Von ihm erschienen die Romane „Die Rettungsringe" und „Finale Szene". Lebt und arbeitet in der georgischen Hauptstadt Tbilissi.

Norbert Klatt, geboren 1949, wohnhaft in Göttingen. Studium der Theologie, Philosophie und Semitistik. Promotion in vergleichender Religionswissenschaft. Freier Autor mit Themen zur Religions- und Geistesgeschichte, Rechts- und Wissenschaftsgeschichte. Erzählungen in den Bänden „Schön, dass man noch Träume hat" und „Von einer langen Heimkehr".

Christine Koch, geboren 1971 in Mainz am Rhein, verbrachte die Autorin ihre Kindheit an verschiedenen Orten innerhalb und außerhalb Deutschlands, u.a. drei Jahre in dem westafrikanischen Land Burkina Faso. Abitur in Enger/Westfalen, Studium der Evangelischen Theologie und der Diplom-Erziehungswissenschaft in Tübingen, seit 2001 tätig als Sozialpädagogin im Bereich der Sozialpsychiatrie und als Honorardozentin. Neben ihrem Beruf widmet sich die Autorin dem Gesang und der Literatur. Sie schreibt vornehmlich Gedichte und kürzere Prosatexte und veröffentlichte in Anthologien. Bei einem Lyrik-Schreibwettbewerb in Nordrhein-Westfalen wurden Arbeiten von ihr prämiert. Die Autorin lebt und schreibt am Fuße der Schwäbischen Alb.

Carmen Mayer, Jahrgang 1950, ist geborene Württembergerin, und lebt seit 30 Jahren in Bayern. Sie war lange Zeit für deutsche Firmen auf der Suche nach geeigneten Importartikeln in Asien und Amerika unterwegs, und hat dabei ihr Interesse an anderen Ländern und Kulturen entdeckt. Bislang wurden von ihr Kurzgeschichten in mehreren Anthologien veröffentlicht. Ihrem Kriminalromanen „Eiswein" und „Zwölfnächte" (beide 2009) folgt 2012 ein dritter Band. „Die Rose von Angelâme" (2011) ist ihr erster historischer Roman. Mehr unter www.burana-on-line.de.tl

Heide Rabe, geboren 1942, wohnt in Rostock, war vierzig Jahre lang als Lehrerin tätig. Seitdem sie pensioniert ist, schreibt sie Erzählungen. Eine Igelgeschichte für Kinder erschien in dem Band „Die verhexte Märchenwelt". Erzählungen sind publiziert in den Bänden „Windspiel der Sonne" und „Reisen in ein anderes Leben".

Hans (-Ulrich) Sonntag geboren 1944 in Meißen, Studium der Kultur- und Kunstwissenschaften, wissenschaftlicher Mitarbeiter der Albrechtsburg Meißen, Promotion an der Universität Leipzig, Leiter des Porzellanmuseums Meißen der Porzellanmanufaktur von 1991 bis 2005. Er schrieb zahlreiche Bücher und Fachaufsätze über die Kultur und Kunstgeschichte des Meißener Porzellans. Es erschienen von ihm mehrere Gedichtbände. Er gab drei Bücher „Politische Witze in der Weimarer Republik" heraus. In diversen Anthologien sind Gedichte und Erzählungen von ihm veröffentlicht, so z.B. in dem Band „Blauzeit".

Dimil Stoilov, geboren 1948 in Plovdiv, Bulgarien, debütiert 1986 mit dem Erzählband „Fahrplan der verpassten Züge". Schon damals thematisiert er, wie auch 1990 in seinem ersten Roman „Version der Untreue", den Ehebruch. 1998 folgt der Erzählband „Empörend charmant, raubgierig schön". Mit seiner Novellensammlung „Ein Mann mit gutem Geschmack" gewinnt er 2005 einen Wettbewerb des bulgarischen Kulturministeriums, wird für den Plovdiv-Preis nominiert und erhält die Prosaauszeichnung der Plovdiver Autorenvereinigung. Den gleichen Erfolg verzeichnet auch sein Roman „Der lange Liebesstreckenläufer", der 2010 Premiere feiert. In Deutschland wurden seine Erzählungen auf der Leipziger Buchmesse 2009 vorgestellt sowie in drei internationalen Literaturwettbewerben des Literaturpodiums ausgezeichnet und herausgegeben.

Lore Tomalla (geb. Harmening), geboren 1931 in Stadthagen/Hannover, lebt in Köln und an der Costa Blanca, literarische Ausbildung, Beruf: Textil-Kauffrau, Yogalehrerin. Mitglied: IGdA, FDA, DHG. Sie veröffentlichte mehrere Gedicht- und Haikubände sowie Sachbücher und Tonkassetten. Übersetzungen aus dem Englischen und Französischen. 2005 erschien der Gedichtband „Spiegelungen".

Günter Wirtz, geboren 1965 in Düren. Studium der Fächer Deutsch und Spanisch in Bonn. Nach dem Studienabschluss zweijähriges Referendariat in Bochum. Seit 1997 Lehrer an einer Schule in der Nähe von Siegen. Er ist verheiratet und hat zwei Töchter. Einige seiner Erzählungen wurden bereits in Anthologien veröffentlicht.

Gisela Witte, Abschluss einer Buchhändlerlehre, Gründung einer eigenen Kunstgalerie, Diplom in Erziehungswissenschaft an der FUB, Ausbildung in Kinder- und Jugendlichenpsychotherapie, Ausbildung in Integrativer Lerntherapie, in der psychosozialen Arbeit mit Kindern und Familien, als Lerntherapeutin und als freie Autorin in Berlin tätig, Veröffentlichung des Erzählbandes „Die silberne Kugel" und von Erzählungen in Zeitschriften und diversen Anthologien, Mitglied bei den Mörderischen Schwestern.

Angelika Zöllner, Jahrgang 1948. Früher Sozialarbeiterin/Bewährungs-helferin. Später Adoption von fünf Kindern. Publikationen: Lyrik, Prosa, Kinderbuch, Roman, Überetzung des slowakischen Theaterstücks ‚Krichen' von Eva-Maliti. Beiträge mehrfach bei Rowohlt und im Rundfunk. Diverse Stipendien (Griechenland, Slowakei) und Auszeichnungen, u.a. im Radio Impuls/Wuppertal als „die besondere Wuppertalerin". Einige Jahre Vorstandsarbeit und Redaktionsleitung in der IGdA. Gelegentliche Juryarbeit. Sie veröffentlichte das Kinderbuch „Das rote Haus". Zuletzt erschien eine Erzählung in dem Band „Weiße Weihnacht wieder", Homepage: www.angelika-zoellner.de.

Quellenangabe:

Die Erzählungen „Lina" und „Das Speziallager" erschienen in der Tageszeitung „Neues Deutschland".

## Erich Fromm als Vordenker

„Haben oder Sein" im Zeitalter der ökologischen Krise

Rainer Funk, Marko Ferst, Burkhard Bierhoff u.a.

Edition Zeitsprung, 224 Seiten

Als Psychotherapeut, Sozialwissenschaftler und Philosoph gehört Erich Fromm zu den wegweisenden Gestalten des 20. Jahrhunderts. Er ist ein prominenter Diagnostiker der Krisen der westlichen Welt, ein Kritiker unseres konsumistischen Lebensstils und von gesellschaftlichen Zuständen in denen nicht der Mensch sondern das schnelle Plusmachen im Mittelpunkt steht. Die Werte des Seins wollte Fromm über denen des Habens angesiedelt wissen. Die Beiträge setzen sich mit seinen Ideen und Vorschlägen auseinander.

**Leseproben: www.umweltdebatte.de**
*Bestellung: Ferst, Köpenicker Str. 11, 15537 Gosen, marko@ferst.de*

# Wege zur ökologischen Zeitenwende

Reformalternativen und Visionen für ein zukunftsfähiges Kultursystem

**Franz Alt Rudolf Bahro Marko Ferst**

Edition Zeitsprung, 340 Seiten,

Die ökologische Krise droht der menschlichen Zivilisation eine Richtstatt zu bereiten. Würden wir sämtliche Energie, die wir nicht einsparen können, über Solartechnik, Wasserkraft, Windkraft und aus Biomasse gewinnen, hätten wir schon ein gutes Stück Zukunft gesichert. Mit einer globalisierten Wettbewerbsökonomie, die auf permanentem Wachstum fußt und einen Pol auf Kosten des anderen Pols entwickelt, wird die Todesspirale nicht aufzuhalten sein. Gerechte gesellschaftliche Verhältnisse im globalen Maßstab sind nötig. Der erforderliche ökologisch-soziale Strukturwandel müßte umfassender sein als alle vorhergehenden Umwälzungen und Reformen in der Menschheitsgeschichte. Die eigentliche Chance für eine ökologische Rettungspolitik erwächst aus dem geistigen Lebensniveau der Gesellschaften. Jede Veränderung beginnt im Menschen, hat dort ihren Vorlauf. Wir brauchen ein ökologisches Kultursystem, das auf Herz und Geist gebaut ist.

**Leseproben: www.umweltdebatte.de**
*Bestellung: Ferst, Köpenicker Str. 11, 15537 Gosen, marko@ferst.de*